万象文库
科幻小说

中间地带

公惟韬 著

人民日报出版社

图书在版编目（CIP）数据

中间地带 / 公惟韬著. —北京：人民日报出版社，
2018.1
ISBN 978 - 7 - 5115 - 5178 - 8

Ⅰ. ①中… Ⅱ. ①公… Ⅲ. ①科学幻想小说—中国—
当代 Ⅳ. ①I247.5

中国版本图书馆 CIP 数据核字（2017）第 321844 号

书　　　名：中间地带
著　　　者：公惟韬

出 版 人：董　伟
责任编辑：曹　腾
装帧设计：中联学林

出版发行　人民日报出版社

社　　　址：北京金台西路 2 号
邮政编码：100733
发行热线：（010）65369509　65369846　65363528　65369512
邮购热线：（010）65369530　65363527
编辑热线：（010）65369523
网　　　址：www.peopledailypress.com
经　　　销：新华书店
印　　　刷：三河市华东印刷有限公司

开　　　本：710mm×1000mm　1/16
字　　　数：305 千字
印　　　张：19.5
印　　　次：2019 年 1 月第 1 版　　2019 年 1 月第 1 次印刷

书　　　号：ISBN 978 - 7 - 5115 - 5178 - 8
定　　　价：59.00 元

目 录
CONTENTS

第一卷 **01**

逝去的历史：
维度与时空

第一章　你必须知道的 N 维度简史

1. 虚空及各大主时空战役

在 N 维度偌大的宇宙中,一个又一个疆域横跨诸多星系的主时空随着时间绵延繁荣兴衰,其中包括圣清、虚空等各大主时空。沧海桑田间物是人非,任何事物都会在时间长河中消逝,但唯独有一种现象却永远纠缠着这些主时空,并将它们的过去、现在和未来纠合在一起,那种现象便是战争。

主时空和主时空之间相互不理解也不愿去理解对方的习俗和文化,相互觊觎着对方的疆域和资源,以至于主时空之间的战争纷至沓来。一直到一个军事巨头崛起,并统一了部分 N 维度的宇宙空间,主时空之间的大规模战争才得到缓解。这个军事巨头便是名为虚空的主时空。

目前,虚空已经坐拥近十分之一的 N 维度,并仍对其领土外的其他主时空虎视眈眈。虚空的最大心愿是统一整个宇宙以结束战争。然而,在遭受其侵袭的其他主时空眼里,虚空就是一个以对外侵略、掠夺为主的邪恶帝国。

2. 菲利克斯·命运的到来

菲利克斯·命运,即小菲利克斯·命运的父亲,是命运家族的第六代继承人。

在他的家族记忆里,当命运家族的第一代祖先在宇宙空间中醒来时,N 维度的宇宙还很年轻。

飘浮于尘埃间耀眼的黑暗中,他的祖先是如此困惑——不知自己从何而来,不知自己为何在此,不知自己如何至此,甚至不知自己是何模样,唯独记得的是一个女子朦胧的背影——光明里一条飘曳的白色纱裙渐渐隐去。

他的祖先想看到自己的样子,受满眼宇宙中星光的反射与折射的启迪,他便使用命运家族的能力,操纵周身的微粒,在一片繁星点点的黑暗宇宙空间内投射出自己的模样——一张坚毅而俊俏的脸庞、高大而健壮的身躯,眉头微蹙,神色严肃,但最令人感到着迷的是他的双眼,那双眼睛内闪耀着金色的光芒,仿佛万家灯火齐点齐明。

他的祖先诧异于其自身的能力,困惑于其此生的目的。为了寻找答案,他的祖先便开始在宇宙中穿梭,寻觅醒来时唯独记得的那个女子。

然而直到他的祖先垂垂老矣,却仅走遍整个 N 维度宇宙的冰山一角。他的祖先再次使用命运家族的能力,制造了最初醒来时的那个自己,并将记忆传授给那个自己——去寻找、去探索、去发现。

物换星移,宇宙中渐渐有了更多的生命,一个又一个主时空相互之间划清了疆域界限,硝烟四起。

当菲利克斯·命运接过命运家族的使命时,N 维度宇宙中仅剩最后一片命运家族的未知之地——圣清主时空。就在他缓缓飞向那个目的地的旅途中,那个命运家族祖祖辈辈日思夜想的女子突然出现在了他的眼前。

确切地说,那个女子将自己投射在了菲利克斯·命运的脑海里,但菲利克斯·命运仍然看不真切她的脸,只能看到如同梦境般朦胧的光明和背影,听到那空灵的声音。

那个女子给他取了名——"从今天起,你便是菲利克斯·命运。"

然而,她却指引菲利克斯·命运别再浪费自己的能力去寻找她。

"别再辜负自己的能力。"她对命运说。

"从今天起,你将为我寻找'和平公式',但是,请记住,寻找到后,千万不能去实践,这是我的旨意,违抗我,便是你们维度的末日。"

随着她在那片光明里渐渐隐去,命运听到了她的耳语:"我会再度降临。"

等等!菲利克斯·命运穷极命运家族的能力追逐着她消逝的身影,再次走遍N 维度的宇宙,却再也找不到她。不过,在这次重新寻找她的旅途中,菲利克斯·命运目睹了主时空与主时空之间时时刻刻都在发生的战争。当他身心疲惫地回到 N 维度宇宙中最后的未知之地——圣清主时空时,圣清主时空的生灵亦正在经受内战的洗礼,生灵涂炭。菲利克斯·命运顿悟"和平公式"的意义。他便在圣清主时空上安顿下来,依那女子之意开始寻找"和平公式"。

第二章　圣清主时空简史:"永恒和平的公式"

　　菲利克斯·命运先生在圣清主时空的议会身居要位后,便开始着手实施"和平公式"的研究计划。作为诸多党派中人数最多的党派的议员之一,命运先生向议会提出议案,希望能够利用圣清主时空浩瀚的疆域中的一部分创建子时空,并开诚布公自身的天赋超能力——不同于圣清主时空生灵的其他天赋超能力,他的天赋超能力之一使他能够给予子时空生命并控制子时空的时间,加速子时空中与圣清主时空相当的智慧生命的诞生,从而开展人性实验以得出"永恒和平的公式"。届时,圣清主时空内战刚刚结束、一切正百废待兴,这一议案在满怀梦想和期望的议会中以全票通过。

1. 圣清主时空辖下的子时空:子时空的去与留

　　子时空被设立在 N−1 维度,其上生灵不能感知到主时空的存在,而且为了方便管理,子时空生灵并不具有天赋超能力。在数以百计的子时空被渐渐建立后,子时空上的人性实验已进行许久,然而,"永恒和平的公式"的终极结论却似乎还远在天边,这漫长的等待让圣清主时空议会里曾经的逐梦者越来越难以维持初心的炽热。

　　另一边,虚空在 N 维度蠢蠢欲动、再掀战事,进一步吞并着其周边的主时空。圣清主时空部分党派的议员因此感到危机。这些感到危机的议员中的一部分意欲伙同虚空,共同分享全宇宙的领土与资源,另一部分则认为,凭借圣清主时空生灵的天赋超能力,圣清主时空完全有能力吞并虚空,然后独享全宇宙。

　　不过,一个客观的限制阻碍了这些意欲扩张的党派,那便是数以百计的子时空上正进行的人性实验耗费了过多圣清主时空本可以用于扩张的资源。于是,上述议员便提出议案要求关闭子时空——一方面他们认为这些人性实验或许只是在做浪费资源的无用功,另一方面即使不能关闭全部子时空,至少那些实验已暂告段落的子时空早已到了被关闭的时候,但命运先生还在年年要求议会划拨圣清主时空珍贵的"生"之能量以供应这些子时空,试想关闭这些子时空所节约出来的资源可以增加多少圣清主时空的军备预算呀！

　　子时空虽是实验空间，但其上承载生命的这一事实不假。纵使众子时空生灵尚不具备主时空生灵的天赋超能力，但他们作为智慧生命的生存权和主时空智慧生命的生存权无异，但关闭子时空对该子时空上的所有生灵而言意味着灭顶之灾。

　　为了保护子时空上的生灵，牺牲必须被做出。

　　菲利克斯·命运先生再次牵头向议会提出议案，希望对于要求关闭全部或部分实验已暂告段落的子时空的议案能够采取全民公投的形式来决定是否通过，并希望议会能够给予他时间将子时空中发生的千奇百怪的现象剪辑为纪录片，展示给圣清主时空的众生灵，从而使众生灵在公投时，能够对子时空及其功能有进一步的了解，以投出公证的一票。当然，为了进一步增加这项提议获得通过的可能性，命运先生还在议案中加入了将部分子时空转化为圣清主时空高智慧生物监狱，以减轻主时空监狱的负担。此外命运先生还在议案中提议将部分子时空转化为圣清主时空各项政务、公民资格的考验场所，从而最大限度地利用子时空。

　　这一采用全民公投的提议得到了议会的多数支持，那些意欲扩张的议员也没有反对，一来他们认为不应该过早与命运先生所在的多数党结下梁子，二来他们不认为这些纪录片能够左右圣清众生灵的选择，因为将心比心，他们自己就没有为诸子时空生灵所动。为了扩张，他们才不在乎子时空上的生命是否会因此彻底终结。

　　不过，他们低估了命运先生之子小菲利克斯·命运的剪辑能力。

2. 子时空纪录片——小菲利克斯·命运登场与党派间的分裂

　　不同于命运家族的前辈直至自身泯灭时才创造后裔，菲利克斯·命运先生在自己正当年时便创造了小菲利克斯·命运作为自己的忠实后盾。小菲利克斯·命运也不负所望，他出品的每一部纪录片都能够牢牢抓住圣清众生灵的心——无论是娱乐的还是煽情的，他都处理得非常到位。正是这些生动的纪录片在圣清主时空全民公投时保住了诸子时空生灵的生命。

　　那些意欲扩张的党派见情事不妙，便采取了更为极端的措施。由于他们在议会中尚不占绝对多数，但为了在将来能够获得压倒性优势，他们便开始归类研究圣清众生灵的天赋超能力基因，并对这些基因进行筛选，秘密制造着专属于他们的军队———种能够制衡所有圣清生灵的"新物种"。

　　一道在党派间隐秘的裂痕逐渐显露——一方是力主和平的鸽派，另一方是力主扩张的鹰派。

子时空纪录片在圣清主时空内部的宣传成功让菲利克斯·命运先生认为,其他主时空生灵也可能会喜欢这些纪录片。如果能够通过出口这些纪录片为圣清主时空赚取利润,圣清主时空辖下的子时空就不再是一味消耗圣清主时空资源的累赘,或许,由此赚取的利润便能平复那些想要关闭子时空的议员的不满,或者,至少能够让他们暂时找不出关闭子时空的借口,这样,子时空上所有人的生命就能够得以保全。

菲利克斯·命运先生便提出了欲将纪录片向其他主时空出口的议案,但这个议案的通过并没有像之前的那么一帆风顺,因为不少力主和平的议员担心出口纪录片虽能够赚取利润,但也很有可能会引起其他主时空尤其是虚空对圣清的关注,以至于引来战事。

出人意料的,这个议案获得了一向意欲扩张的党派的支持(他们期待被虚空关注后引来硝烟便能推行他们的扩张计划),这些议员的支持,加上命运先生一贯的在所有议员心目中积累起的人格魅力与集体信任,最终使得该议案以微弱的票数优势获得了议会的通过。

出口子时空纪录片的结果,在情理之中的是,其他主时空生灵非常喜欢圣清主时空的纪录片,就像是圣清主时空辖下不少子时空中的生灵喜欢看动物世界一样。然而,意想不到的是,凭借这些出口的纪录片,圣清主时空部分议员对其将引来战事的担忧并没有成真,反而渐渐地,圣清主时空在所有其他主时空包括虚空的心中建立了一个娱乐之都的形象。即使一众主时空之间的战争冲突白热化时,这些主时空仍源源不断从圣清主时空进口纪录片,而丝毫不会将圣清视作攻击目标或具有侵略性的威胁。

3. 子时空的创建目的初步达成——揭开"永恒和平的公式"的面纱

人性实验的"和平公式"——统一文化 + 娱乐至上 = 和平①——慢慢浮出水面,大多子时空上的实验业已完成。

一旦子时空上的实验完成,主时空便会停止对子时空的所有干预,任由子时空上的生灵自由发展。菲利克斯·命运先生按照神秘女子的旨意并未实践这一初步达成的"和平公式",但是,多年来对和平的追寻让他产生了对和平的信仰。为了不违抗那名女子但又能实现最终和平,命运先生没有使用命运家族的能力在

---

① 什么? 你想要成为"和平公式"实验的一员但又无从下手? 不用担心,请翻回目录并进入《第三卷 番外:"和平公式"实验室招贤纳士方针指南》,在那则广告实例里你便能了解成为"和平公式"实验的一员所需要具备的素养。

圣清主时空直接推行这一公式,而是通过议会循序渐进地践行着这一公式的精髓。然而,随着时间的流逝,子时空上能够开发的纪录片越来越少,或者说题材相同、故事情节相似的纪录片已经越来越难以吸引各大主时空观众。

为了保证子时空能够维持原有的利润不出现负增长,为了维持圣清主时空在主时空之间好不容易建立起来的中立形象,又一个牺牲必须被做出——子时空原本自然的纪录片变成了主时空干预后的电影。之所以称之为牺牲是因为完成"和平公式"实验任务的子时空原本已脱离于主时空干预获得自由,然而现在,为了保证圣清主时空能够继续供应子时空"生"之能量、为了证明子时空对主时空仍具有价值,子时空上的生灵将再度并非自愿地为了生命而舍弃自由。

4. 子时空电影剪辑团队与罗曼史的开启

菲利克斯·命运先生的亲信组成了子时空电影剪辑团队,由其子小菲利克斯·命运负责构建"时空蓝图"作为剧本,在此剧本的基础上"执行者"和"演绎者"应运而生。

为了最大限度地降低对子时空生灵的命运操纵,大部分子时空电影中的主角将由主时空的"演绎者"出演,这样时空蓝图就不会直接操纵子时空生灵的生命。执行者则负责扫除演绎者在子时空执行演绎任务时遇到的任何障碍,比如为了剧情需求,时空蓝图将会对子时空的社会大背景走向进行干预,这一干预就需要执行者通过"潜移默化"的天赋超能力改变子时空生灵在面对抉择时的选择。

这一对子时空的"干预"被菲利克斯·命运先生要求严加保密,他担心这种干预如果被公众知悉可能会导致非议,而不利于子时空的存续。全 N 维度宇宙除了子时空电影剪辑团队之外,无一人知晓这一秘密。尽管这干预方式本身或许并不为人称道,但从干预的结果上来说,这些"纪录片"的收视率在圣清主时空内和所有进口"纪录片"的其他主时空中均如预期地屡创佳绩,加之人性实验的初步结果又已公之于众,圣清主时空辖下的子时空再次向圣清主时空证明着自己的价值。圣清主时空的生灵也早就将子时空的存在当作理所当然,而非视子时空为毫无用处的资源消耗品,并且受到"和平公式"的鼓动,越来越少的圣清主时空人想要继续扩张。这样的社会背景让鹰派议员措手不及,他们要想出什么办法才能得到更多的资源、实现其扩张伟业呢?

尽管鹰派议员和命运先生所属的鸽派之间已经燃起了看不见的硝烟,但大人们的战争似乎总与下一代并无太大的干系。一段罗曼史正在小菲利克斯·命运与鹰派议员的后裔金·和美之间上演。金·和美的父母和表哥均是身居高位的鹰派成员,只是她的父母是鹰派里的温和派,但她的表哥兰迪尔·萨乌丁则不然,如他的外貌所示，这个顶着一颗锃亮的光头、容貌似意大利雕塑般的中年大叔是鹰派中的一个狠角色。

对于金·和美来说，她对小菲利克斯·命运的倾慕完全出于追星和叛逆。金最不愿意成为的就是她父母的样子，表面上和她父母的对立面在一起是她最想做的事，但在她内心深处只是想向父母证明不靠他们，她一样可以成功或者至少可以过得很好，并闯出属于她自己的一番天地。另一方面，小菲利克斯·命运几乎是逐渐走向娱乐至上的圣清主时空中最有名的人物，金也和大多数人一样，非常赏识他在纪录片中对生命光辉的歌颂。

尽管在小菲利克斯·命运与金·和美见面的那一刻，金·和美对自己倾慕的原因就被小菲利克斯看穿，但他还是禁不住被金吸引了，他觉得这个世界上不会有比金·和美更美丽动人的女子——金在小菲利克斯眼里就像是行走的明媚海滩，因为金·和美就像是她的名字那样，有着一头散发着明媚阳光的鬈发和一双仿佛明媚阳光下波光粼粼的海面的双眼，她的身材高挑、凹凸有致。

与她对视的那一刻，小菲利克斯·命运便在心底隐隐觉得，或许自己在无数时空蓝图中创作的虐恋终于要降临到自己头上了，因为他知道金·和美对自己的崇拜中非常重要的一部分是子时空纪录片里歌颂的生命光辉，但在这反叛而迷人的女子知晓时空蓝图的真相、知晓自己通过时空蓝图对子时空进行剧情操控时，她对自己的这种崇拜便会破灭——像金这样的理想主义者或许穷极一生都不会理解何为"必要的牺牲"。

5. 时空蓝图、设定内子时空与设定外子时空

自从子时空剪辑团队出现，圣清主时空辖下的子时空便分为了设定内子时空和设定外子时空。所谓设定内子时空便是经过时空蓝图规划的子时空，其上呈现的"纪录片"实为电影，至于设定外子时空便是时空蓝图干预暂时停止的子时空，其上出品纪录片。一般一个设定内子时空会在完成圣清主时空对该子时空的年度利润预算时，转化为设定外子时空，重获自由。

之所以存在设定内子时空和设定外子时空，是为了最大限度地保障子时空的自由。菲利克斯·命运先生认为不能永远干预子时空——虽然为了保证子时空的存续，其上的生灵必须在不知情的情况下做出双重牺牲：部分人上交隐私成为主时空纪录片的主角、上交部分自由并生活在时空蓝图规划的社会背景中，但只要有机会让他们重享自由、保护隐私，主时空便应停止监视与干预，将隐私与自由还给子时空生灵。

然而，命运父子却发现，只要将自由交还给设定内子时空即只要主时空停止

时空蓝图对子时空社会历史大背景的干预,这个子时空内的生灵之间往往会陷入战争。为了维持子时空物种的延续,命运先生在所有子时空上均设立了哨站。在设定内子时空,哨站被设立在时空蓝图所在地的执行者基地内的时空蓝图控制室里。一旦有导致子时空生灵灭亡的威胁出现——比如即将发生足以毁灭一切的核战,哨站便会发现并向主时空发出警报,执行者便会前往该子时空施加干预。

6. "永恒和平的公式"的修订

小菲利克斯·命运尽管忙于创作时空蓝图,忙于带着"失去她"的恐惧与金·和美热恋,但他也腾出了时间反思人性实验初步得出的"和平公式"。

在他看来,这个公式并不完整,所以他也没有反对父亲迟迟拖延运用命运家族的能力直接在圣清主时空甚至是全宇宙适用这个公式。

小菲利克斯认为,虽理论上说不同的语言和文化是导致人们之间相互不能理解的根本,统一文化能够避免人与人之间的分裂、避免不同党派之间为了角逐权力帮助在 A 文化背景下成长的人去对抗与 A 文化对立的 B 文化背景下成长的人。统一文化还能够作为人与人之间的纽带,就像是在不同文化中被普世歌颂与理解的爱情、亲情、友情、同情等情感,但小菲利克斯认为即使是统一文化,即使是娱乐至上,时间一长,自由意志必然会使一部分人产生逆反"统一"的思想,就像是在相对封闭的环境里同样有异教徒一般,而且绝对统一的文化似乎也违背圣清主时空生灵的自由天性。

因而,小菲利克斯·命运认为应该以统一文化为基础、多元文化为辅助,让人们有选择的"自由",有发泄逆反"统一"的出口。这种基础与辅助的关系就像是花瓶和其内鲜花的关系——如果将统一文化视作花瓶,多元文化就仿佛是色彩、形态各异的鲜花,将其一枝枝插入花瓶,从外观上看似乎百花齐放,但实则移除花瓶这些鲜花都不能存活。

为了防止过度的自由意志引发极端思想与混乱,同时又为了更地道地传播多元文化精髓,小菲利克斯·命运最终提出了新"永恒和平的公式"假想:统一文化为主 + 多元文化为辅 + 最强大脑 + 娱乐至上 = 和平,然后,他又将最强大脑定义为:最强大脑 = 人工智能。

7. 分久必合合久必分——鹰派与鸽派之争及其结果

(1)两派纷争的序幕与罗曼史的冷却

鹰派议员经过多年艰苦卓绝的试验,终于融合了所有圣清主时空生灵基因中的天赋超能力,并创造出了完全听命于他们并能够牵制圣清主时空生灵这一"物种"的"新物种"军队。这些"新物种"与圣清主时空生灵相反，他们不以"生"之能量即不以生命为能量而以死亡为能量。所谓以生命为能量，即以生为生，便是只要有新生命的诞生——比如婴儿的出生或者花苞的开放，圣清主时空生灵这一物种便能获得赖以生存的能量，而以死亡为能量，即以死为生，便是只要有死亡的出现——比如鲜花凋谢或者细胞衰亡，这一被创造的"新物种"便能获得赖以生存的能量。此外，为了牵制圣清主时空生灵的天赋超能力，鹰派研制的这一"新物种"的每一个单独生命体都拥有一个人工附加的致命天赋超能力，那便是他们能够夺走圣清主时空生灵体内蕴含的"生"之能量，并能在一定范围内抑制"生"之能量的出现。要说这一"新物种"唯一的缺陷便是他们的情感基因被全部剥夺，以至于他们并不知道自己所为的是非对错，而只知道必须完成自己造物主交代的任务。

另一边，金·和美与小菲利克斯的恋情被金·和美的表哥兰迪尔·萨乌丁与父母发觉，在与家人争执后，金一怒之下离家出走，并将她所知的少量秘密如鹰派建立军队、研制"新物种"等向小菲利克斯和盘托出。小菲利克斯虽早就知道这些秘密的全部，并仗着命运家族的天赋超能力从未将这些军队视作威胁，同时他也理解金对他的良苦用心，但他却并不喜欢金泄密的选择。因为一朝泄密、背叛亲人，未来若自己与金的立场不同时，金是否会保守自己的秘密就很难说了。小菲利克斯渐渐意识到或许自己终究不可能与金平和地共度余生，因为两人的世界观并不相同。

回到"和平公式"与人性实验，虽然小菲利克斯·命运认为人性实验得出的结论并不完整，但在大多数人看来实验已经进入尾声，鹰派议员也在成功研制出"新物种"这一撒手锏后，再次急不可耐地提出要求关闭全部子时空的议案。这一次，虽然命运先生很难再用人性实验这一免死金牌去说服圣清主时空众生灵做出保全子时空上生灵的决定，但是子时空对圣清主时空的价值举世瞩目，鹰派议员若要达成他们的意志仍然十分困难。这让鹰派与鸽派的分裂更为严重。

这一分裂的背景让小菲利克斯·命运处境愈加困难。倒并不是对金·和美保守时空蓝图的秘密令他感到为难，因为他自信命运家族的能力能够让他轻易掌握全局。让他感到困难的是虽然他认为公式尚未成熟、终极目标的达成还有待时日，但主时空潜在的党派分裂及其可能引致战争的严重后果让他希望能够直接使用家族能力适用公式、保障和平。这直接导致他同他的父亲菲利克斯·命运在"永恒和平的公式"的适用中产生矛盾。

"时机还没到。"老命运先生大张着嘴。

小菲利克斯心里也这么认为，而且他此前从未与父亲发生过争执，于是抱着"再看看吧"的心理，他躲回了自己的剧本世界。

（2）两派纷争白热化与罗曼史的消亡

然而，由于小菲利克斯·命运子时空电影剪辑团队的"演绎者"克里斯·星的疏忽，金·和美意外得知了部分子时空纪录片实为"电影"的真相。克里斯·星并无恶意，只是以为金和小菲利克斯之间真的已经没有秘密，而且根据圣清主时空的规则，任何人都不得对友人使用如读心术等天赋超能力，因而才不清楚小菲利克斯对金的隐瞒，不小心泄露了天机。

金和小菲利克斯之间起了冲突，作为理想主义者的她并不能接受这样的真相。

"你不是为了保护他们的生命吗？如果生命被操控、失去了自由，那么活着还有什么意义？"金质问完小菲利克斯后便扬长而去。

小菲利克斯并未一蹶不振，只是愧疚于辜负了一颗真心。

与此同时，获得了撒手锏的鹰派再也按捺不住了，他们自以为大权在握，便不再寄希望通过议会的正当程序实践所求，而是准备直接动用军队发动政变。他们就仿佛暗流，搅动着圣清主时空多党之间的分歧，每个党派都希望能够维护自身在议会中的席位和权力，互不相让，以至于政府决策的低效让议会渐渐失去圣清主时空众生灵的支持，议会内部也常常上演全武行，分裂与战争的气息似乎势必将再度笼罩这个主时空。

小菲利克斯·命运这时也不在乎"和平公式"是否完善，想要直接使用命运家族的能力适用这个公式，避免主时空陷入内战，却再次遭到父亲的制止。这让命运父子之间首次产生了尖锐的矛盾。

"你和金·和美交往，我就由着你，因为我们没什么好怕的，但是这个公式，我们绝对不能适用！"年迈的老命远先生皱着花白的眉毛，眼神依然坚毅。

"为什么，父亲？"小菲利克斯在父亲旁边看上去是那么充满生命的朝气，皮肤光滑、白嫩，两道褐色的眉毛同样皱着，眼神同样坚毅。

"因为这个公式并不能通往和平，我们不知道这个公式的结果究竟是什么，我们不能这么草率。"

"那就看着……"

"你好好写你的剧本，"老命运先生粗鲁地打断儿子，"其他的事，我来担心就好。"

酝酿着政变的鹰派决定擒贼先擒王，便派出"新物种"中能力最强的一个——一名以死为生的女杀手刺杀菲利克斯·命运。紧接着他们派出"新物种"军队开始发动针对圣清主时空原有军队的袭击。

金得知后，火速连夜前来找小菲利克斯，并告诉小菲利克斯鹰派不只准备伤害他的父亲,还准备利用军队发动政变,原先力主支持"和平公式"的鸽派议员都将遭到刺杀,但她也声明自己这次前来并非原谅了小菲利克斯在子时空真相上对她的欺骗,只是不愿看到无辜被害。说罢,她便为了不被发现而赶紧离去了。

命运家族向来都没有对局势失去过控制,但在小菲利克斯·命运胸有成竹地赶到其父亲的所在之处时,他的父亲却已在女杀手脚下奄奄一息。

老命运先生躺倒在他最喜爱的冥想室内,四周雕花的木墙稀稀落落地透进室外的自然光。

一盏香炉,余烟袅袅。

女杀手身着一袭飘逸白衣,后背上的白色披风随风摆动,她的左手仍然扣在倒地的命运先生的胸口,意欲榨干其最后一丝以生为生的能量——金光从老命运先生的胸口溢出。

小菲利克斯定了定神,缓缓跨过冥想室的木质门槛,轻轻抬起手,那个女杀手的一切行动突然中止,金光低落了下去,她被小菲利克斯定在了原地,香炉上方的袅袅青烟也在原地静止不动。

时间就此凝固。

小菲利克斯不解,他父亲完全有能力自卫,为何会如此?

老命运先生告诉了小菲利克斯长久以来他一直缄默未提的命运家族的秘密——那个神秘女子的旨意:寻找和平,但不去实现和平,不然便万物皆灭。然而,老命运先生认为若不是"和平公式"实验,圣清主时空早就有能力终结虚空的杀戮,现在正遭受虚空入侵的主时空便可免受苦难,和平便可以在主时空之间重铸,因而,命运家族应当牺牲自我,放弃缥缈的"和平公式",成全意欲扩张的党派。

"但是,父亲,终结虚空的杀戮之后就能和平永驻了吗?那些主时空之间能够相互理解而不再剑拔弩张吗?'和平公式'的价值不是为了一时的太平而是为了永恒的和平,在不知如何治理广袤疆域时,像鹰派那样扩张,只会引火烧身啊。"小菲利克斯捂住父亲的胸口,双手释放出金色的光线,意欲向父亲传输"生"之能量,但老命运先生执意不让小菲利克斯挽回他的生命,并在离世前嘱咐小菲利克斯,他们不能为了和平而夺取生命甚至是忽视世界的存续,他们存在的目的是维护生命的延续。

看着父亲在面前泯灭、灰飞烟灭、消散殆尽,想着整个宇宙之外的那个神秘女子,小菲利克斯第一次感到了无助与失控。

命运家族的能力原来也有其源头与尽头。

小菲利克斯仔细端详着那个白衣女杀手,她的容貌就仿佛是一朵正在梦游的玫瑰——她根本不知道自己做了什么。如果不是无知的她,如果不是她背后的那些目光短浅的议员,自己就不用面对这样残酷的现实,小菲利克斯心想,自己还能躲在自己的剧本里、躲在自己安全的想象世界里,无忧无虑地编织跌宕起伏的故事。

小菲利克斯决定实施一个计划,他轻抬手,并在抬手的一瞬,将基本情感基因与感知能力赋予了那个女杀手。白衣女杀手刚恢复行动能力,便向小菲利克斯单膝下跪,以示臣服。

"何为生?何为死?"女杀手低着头询问,"何为乐?何为忧?何为有?何为无?"

小菲利克斯轻叹:"你们的造物主对你们做了一件最残忍之事。"

"何为残忍?何为良善?"

"我会帮助你们理解。"说着,小菲利克斯背过身去,缓缓跨出冥想室的门槛。

随即,余烟袅袅恢复了盘旋而上的升势。

(3)两派纷争的结果

小菲利克斯复制自己的意识并转化为最强大脑即人工智能主机加布里埃尔,并不顾神秘女子的旨意,在圣清主时空践行他心目中的新"和平公式":统一文化为主+多元文化为辅+最强大脑+娱乐至上=和平。

物换星移,圣清主时空在万物静默中涅槃新生。

在新命运先生——小菲利克斯·命运的能力施展开后,主时空生灵的心智与世界观发生了变化。新的统一文化让人与人之间抛弃了过往的嫌隙,不再记得圣清主时空生灵之间曾经的不同,他们本性中的动物性被剔除了,不再有恃强凌弱、弱肉强食,议会中一个个议员成了来自圣清主时空不同地区、不同阶层的代表,他们提出的议案也都是以民众的名义、为民众的利益,并努力平衡集体与自己所代表的地区和阶层的利益,以保所在主时空的永恒和平。多元文化成了每个人可以选择的兴趣爱好,但统一文化中的谦和和包容维系着每个人,这种谦和与包容也成了维系圣清主时空和平的最关键纽带。

所有政变之夜的始作俑者都在加布里埃尔全方位无死角的监控下被抓获,经由审判程序接受他们应得的惩罚。小菲利克斯·命运继承圣清主时空纪录片公司董事长之位后,特地为"新物种"设立公益项目,旨在将这些"新物种"被剥夺的情感基因还给他们,并将他们的能量来源从"死亡"转化为"生命"。此外,命运先生承诺特辟由圣清主时空纪录片公司所拥有的子时空让"新物种"体验人生,帮助他们顺利过渡成为圣清主时空的一员,早日担任起与他们的天赋超能力相应的工作,比如作为子时空高智慧生物监狱的看守。政变的罪魁祸首们纷纷获刑后,被转移到了专门用作主时空高智慧生物监狱的 UWESE 子时空。

　　在上述过渡期结束后，小菲利克斯·命运没有像他父亲那样参与政事，而是继续全心经营圣清主时空纪录片公司，并渐渐成为圣清主时空纪录片公司的精品制片人，只要是他出品，必为精品。同时，命运先生凭借这一身份在暗中观察着适用了新"和平公式"的圣清是否能如他所愿破除两百年必内战的魔咒，永葆和平，或者即使"和平公式"无用，他也可以作为维护圣清主时空和平、抵御外族入侵的坚强后盾。

　　同时，小菲利克斯·命运先生等待着神秘女子的末日审判，但他也心存侥幸，或许，仅在圣清实现和平而并非在全宇宙实现这一和平，就并不违背神秘女子的旨意。

　　金·和美看到昔日的朋友甚至是亲人因为自己的泄密而遭受刑罚，加之此前得知了有关子时空"纪录片"的真相，她无心也无颜继续留在主时空。在新的统一文化背景下，金·和美前往位于主时空边疆的子时空，根据自己的天赋超能力成了镇守圣清主时空边疆的守卫者。当然，即使不是新的统一文化要求每个人按照自己的天赋超能力就业，她也会选择去边疆的子时空，而且随便做什么都可以，因为她只是为了尽可能远离小菲利克斯。

　　现在，小菲利克斯·命运先生眼里闪烁着万家灯火，望向圆形落地窗外的层层宇宙宏伟图景，凝视着正在边疆子时空上的金·和美。他的身后是"命运之家"中圣清主时空纪录片公司总制片人的复古红木办公室。整个办公空间里遍布着光束屏，显示着设定内子时空的"时空蓝图"走向和设定外子时空的哨站情况，以及各大主时空的动向。人工智能主机加布里埃尔则仿佛一对天使之翼悬于办公室中央，它轻轻舒展羽翼，询问命运先生："我无法断言她的未来，您觉得之后会怎样？"

　　"我也不能断言她在知道她表哥的情况后会怎么做，但这是我给她的最后一次机会，如果她不能站在我这边，那我只能……"命运先生揉了揉自己的眉心，抬眼望向宇宙深处，坚定地说，"遵照圣清主时空的法律。"命运先生眼里的万家灯火仿佛熊熊火焰燃烧了起来。

第二卷

02

历史进行时：
中间地带

坐标：N 维度 - 圣清主时空 ／ N－1 维度 - 圣清主时空 - UENSE 子时空

序

1

轻缓、柔和的呼唤声从遥远的天边传来,将她渐渐从梦中带回现实,"醒醒……醒醒……"

她缓缓睁开双眼,两个护士正俯身在她的床畔,嘴唇一翕一合,呼唤着,"单简然……"

随着呼唤,她似乎将这刺眼的环境看得更真切了——自己仍然身处几天前昏迷的医院,周身环绕着各种各样叫不上名来的医疗设备,指针式时钟上的一根时针指着3,另一根分针指着2,秒针随着旋转而频现着光点。

在护士的身后是两张熟悉的面孔。一张年轻貌美如花,一张饱经岁月沧桑。单简然知道或许自己的生命已到尽头,但是她没有在那两张熟悉的面孔上看到一丝伤感,那张貌美如花的脸——自己最好的朋友章麦喆的脸上虽然挂着泪水,但简然对她足够了解,看得出那是喜悦的泪水。从那张饱经岁月沧桑的脸上,简然先是看到了自己的影子——那是自己的父亲,接着,她从父亲的脸上看到了久违的释然微笑。

这是怎么了? 简然不解地心想。

然后那两张熟悉的脸庞被银衣铠甲遮挡住了。

简然躺在病床上,虽然想再最后看一次那两张熟悉的脸庞,却虚弱得动弹不得。

章麦喆突然猛地再次冲进了简然的视线,她难掩激动,抓住简然的手不住地颤抖:"简然,你被选中了! 你被中间地带选中了! 那里有治愈一切的良药,肯定会医好你的!"

什么? 简然还没反应过来,她想问麦喆,但是似乎连发声的力气都已尽失。

"简然,你被中间地带选中了! 虽然可能我们再也不能相见,但只要你好好的,我就放心了!"麦喆突然有些哽咽,"你父亲也是!"麦喆坚持着说完,然后和那两男一女的银衣铠甲使者点了点头。

那三位银衣铠甲的使者每一位的眉宇都是那么超凡脱俗,彰显着他们并不属于世界之内的身份。他们来自中间地带,即将把单简然带往中间地带,因为单简然是在一年一度的"中间地带大奖日"中被选中的众多幸运儿之一。

银衣铠甲中的一名女子俯下身轻轻将单简然扶起。

在那一瞬间,单简然只觉得周身的疼痛与束缚顿时消散。

银衣铠甲中的另两名男子在单简然面前轻轻挥手,世界之内与中间地带的传输端口便被开启——一束明亮的光线渐渐放大成为一片光明的空间,在单简然的面前仿若一扇大门般打开,充满希望的光亮洒满了她的周身。

光亮让单简然深受疾病折磨的特征显现了出来——消瘦、苍白,但也点亮了她的双眸——清澈、空灵。

"请跟我们向前。"那三名使者并没有移动嘴唇,简然却能够听到他们的心声。

单简然似乎被一种神奇的力量牵引,慢慢跟着他们的脚步向前走。站在光明之门的边缘,她缓缓转过身——她即将与她生命中最重要的两个人分离,这场分离是如此奇异,如果不分离,她即将在世界之内因家族癌症史而不久于人世,但如果踏上前往中间地带的道路,虽然她的生命将得到拯救,但她仍将与麦喆与父亲永久分离,因为被选中前往中间地带的人没有一个曾回来过世界之内。

"快去吧!"简然的父亲催促着,但双手却在颤抖,心里的不舍溢于言表。

"简然!"麦喆冲过来,与简然紧紧相拥。

使者们静心等待,嘴角带着暖心的微笑。

许久,麦喆放开手:"要照顾好自己,快去吧,让他们治好你。"

简然似乎没有其他的选择,她缓缓回过身,踏过了光明之门。

在她身后,使者向病房里的众人欠身,并尾随她进入了那扇光明之门的另一侧,随之纯白的光渐渐在医院的病房内向内融解、消失。

2

在世界之内与中间地带的世界之外,一双警惕的眼睛正观望着漫无边际的宇宙。

这是金·和美第一次来到位于圣清主时空边境的 UENSE 设定内子时空驻守。过人的视力是金·和美的天赋超能力之一,也是成为边疆守卫的必备天赋超能力之一。驻守基地中的值勤室内,一圈 270 度的落地玻璃外便是圣清主时空疆域之外的宇宙。

金一身帅气的守卫者制服,金色头发束在脑后,身姿曼妙。她双手背在身后,眺望着落地玻璃外烟雾缭绕的壮丽美景,在她如波光粼粼的金色海面的视线里,这些宇宙奇观不仅仅是景色,更向她诉说着光年之外其他主时空的动向——那团黄绿色的星云便是与圣清主时空相邻的两大主时空交战后的残骸,那束蓝白色似猫眼的荧光是调停主时空之间纷争、促进主时空之间贸易的主时空联合组织所在地,但就在这荧光附近却有着一团外观酷似骏马的猩红色电离云团,这标志性的骏马外形和标志性的猩红色便是现阶段再度开始扩张的虚空的前锋部队。

金不由一惊,若是当年她的议员表哥兰迪尔·萨乌丁成功了,或许圣清主时空早就吸引来了虚空的部队,整个圣清主时空辖下的生灵都可能化作那团黄绿色的残骸。

然而,她也记得,她为了小菲利克斯·命运背叛了兰迪尔。金不能接受一向歌颂生命光辉的圣清主时空纪录片沦为操纵子时空生灵命运的"电影",但她也不能否认,设定内子时空上的电影每个世纪都能够为圣清主时空创造足够的利润,维持主时空对子时空的能量供给。金明白如果没有这些实为电影的"纪录片",或许大量子时空早就因为能量供给不足而被关闭,其上的生灵也早就灰飞烟灭。

正想着,金的背后响起了一个尖细的男声:"金·和美,第一天到这里来上班就这么认真,还是之前设定外子时空的守卫都这么拼命的?"

金回头看了看这个长得像仓鼠、着便服的男守卫,心想这不是这个驻守基地的总管迈克吗?"迈克总管好!"金微微点头。

"你好呀,金·和美,随意一些,不要这么紧绷着。"迈克双手插在宽松的便服口袋里,看上去刚睡醒不久。

这时候整个值勤室虽不像金·和美一早来时的那样空无一人,但坐得满满当当的消极怠工或许更胜空无一人。守卫们穿着色彩缤纷的便服,在办公桌四周拿着早午餐点不断走动,就像在开派对,甚至还有一个观影团窝在光束屏后观看娱乐产品,总之没人在做与工作相关的事。

金在心里摇了摇头,正准备向迈克进一步问问设定外子时空和设定内子时空的情况时,一个矮胖的女守卫似乎接到了迈克总管的灵子,从观影团里探出脑袋招呼道:"金·和美,你过来休息会儿吧! 那些主时空即使是打仗要途经我们这里,都会绕着过的,因为他们没了我们出口给他们的娱乐产品就活不下去啦!"她挥舞双手、声调浮夸,金怀疑她就是这里的后勤总管玛丽。环顾整个值勤室,金无法不注意到这里每个人脸上、身上巨大的瑕疵,那个男守卫仓鼠般的眼睛,那个女守卫兔子似的门牙,一群啮齿类动物……

"这话说得好像你没有我们的娱乐产品就能活下去一样,玛丽总管。"之前那个矮胖女守卫身后的一个肤色较黑、身材浑圆的男守卫打趣道。

"快别说了，《我们的故事》又开始了！"玛丽招呼道，迈克听罢赶紧加入了玛丽身后的观影团，目不转睛地看了起来，似乎金突然化作空气成了小透明。

金心想这些人哪是主时空的边疆守卫，一个个都是自我的娱乐守卫吧。她背过身去，对着落地玻璃微微抬手一挥，落地玻璃上便出现了以红色为底色的控制面板。这里的控制面板和她之前工作的驻守基地一样，分布着两套系统，一套是以橄榄枝为核心按钮的主时空防御系统，另一套是以圣清主时空纪录片公司商标——天平——为核心按钮的子时空监视系统。

她正准备按下天平商标，那个尖细的男声叫住了她："金，你还没权限按那个按钮，这里是设定内子时空，你之前的权限能让你打开设定外子时空的监视系统，但这里的监视系统你需要向圣清主时空纪录片公司的首席执行官申请授予权限。"

金回头看到迈克仍然盯着玛丽面前的光束屏拔不出眼睛，便问："你怎么知道？"

"我之前看了你的档案，"迈克向金走来，他顿了顿，似乎明白了金的另一层意味，便来到金的身边对她低语，"金，你就放松些，别给我们压力了，我们也不是真放手不管，而且不是还有最强大脑在这里替我们看着其他主时空的动向？我们很信任加布里埃尔的能力。"

"谢谢你的信任，迈克。"控制面板作为圣清主时空最强大脑——人工智能主机加布里埃尔的分支之一迅速回应道，控制面板顶部的白色羽翼愉悦地舒展开。

"我就知道你最棒啦！"迈克对控制面板眨了眨眼睛，瞬间移动回到了观影团里。

金背过身去在原地双手叉腰站了一会儿，她真没想到设定内子时空的守卫会这么游手好闲。她又开始后悔如果当时议员表哥的计划成功了，然后圣清主时空又战胜了虚空，或许就有人能好好地收拾一下这些守卫了，但现在更值得她思虑的是接下来她就要向圣清主时空纪录片公司的首席执行官，也就是要向小菲利克斯·命运提交授权申请了！她要如何面对他呢？

3

金内心争斗了许久才下定决心提交设定内子时空监视系统权限授权申请，然而，金在主时空网上办事大厅申请时，却被系统告知这一授权申请得到批准后还需要通过高级政务人员资格检验才能监视设定内子时空。她知道千年之前的那场风波让小菲利克斯·命运将这类在子时空进行的资格检验都通过法律的形式确定了下来。

金十分反感高级政务人员资格检验,她认为这是个校正思维的测试。她知道如果自己接受这个检验,其结果多半是通不过的,然后就会困在测试中一遍又一遍地被洗脑直到丧失自我意志,而且如果不是因为涉及特殊权限,也不是人人都需要接受这个检验,所以金才一拖再拖。

至今,主时空的确如命运先生所愿,维持了千年的和平,似乎与外部主时空之间的战争绝了缘,内部也破了圣清主时空逢两百年必内战的魔咒。她也知道即使没有她背叛自己的议员表哥向命运先生泄密,凭借命运先生继承的命运家族天赋超能力,若要在主时空实践其主张也并非难事。

然而,金回顾往事,却只觉得她最爱的人和最爱她的人都深深伤害了她,她也为了她最爱的人深深伤害了最爱她的人。千年来,金没再敢回主时空大陆那块沉甸甸的伤心地,更未和毕生挚爱命运先生再见。

现在,她暂时还不想为了一个她本就反感的资格检验重返主时空大陆。

4

终于盼来第一次驻守基地的守卫轮休,金便找到那天当班的迈克,向他进一步了解设定内子时空的特性。

"你有近千年没回主时空了? 哦,你这可怜的娃!"迈克了解情况后,眯着仓鼠般的眼睛叹道,"好吧,看在你这么可怜的分上……不过,你应该回去,不然你父母还有你丈夫……我想你应该结婚了吧? 你父母、你朋友都会很担心你的,不要看他们不怎么联系你,他们都很想你呢,娱乐产品里都这么演,你要是一回去就会受到公主般的待遇,然后……"

金边听着迈克叨叨,边想这是迈克在旁敲侧击自己的感情状况吗。但她又控制不住地注意到迈克条纹衫便服上的破洞和他褪色的运动裤腰带,"我是已近千年没回去了,无亲无故也没什么羁绊,只想在这里为主时空尽自己的一份力。"

"你真这么想? 这么想很好!"迈克在 270 度落地玻璃前站定,微微抬手,两套系统在控制面板上展现,"我现在就来给你展示一下设定内子时空的监视系统的样子,当然,我事先问过加布里埃尔,他认为这样做并不违规,因为我和他解释说毕竟得等你看后,才能判断这个监视系统是不是值得你回一下主时空去接受资格检验,尽管我编的理由有那么一点点牵强,但加布里埃尔还是同意了。而且我想我们这里所有人都通过了资格检验,你又这么有干劲,比我们有干劲得多,所以你通过检验肯定没问题,想想你若是回去,你父母、朋友会有多高兴,你也会……"

"迈克?"金打断了迈克,实在受不了他的叨叨,"我之前了解到,设定外子时空是圣清主时空纪录片公司的纪录片素材来源,设定内子时空是圣清主时空纪录片公司的电影素材来源,只不过在圣清主时空内部销售和向其他子时空出口时仍然称这些电影为'纪录片'……"

"哈？名号什么的没那么重要吧？"迈克随口回答,"不过,这貌似是要经过授权之后才能了解到的内容吧,我们这里的人可都签了保密协议的,这些消息是谁和你说的？"

迈克按下了天平按钮,落地玻璃窗上随之出现了三个界面,一个展现的是自该 UENSE 设定内子时空被创造至今的历史以及该子时空上的时空蓝图背景与走向,一个是 UENSE 设定内子时空的时空蓝图执行者基地四周和基地内部的状况,另一个由许多小方格组成的界面,显示着该子时空内居民生活的实时监视画面。

"不,是我之前认识的人告诉我的,不是这里的人。"金摇了摇头。

"嗯嗯,名号什么的没那么重要,只要大家看得开心就好,就像在这个子时空……"迈克眯着眼睛看着第一个界面上的子时空历史与时空蓝图背景介绍道,"你看,这个子时空是最早被建立的几个子时空之一,这里的人性实验曾研究过郡县制、封邦建国制和一些其他的制度,然后你看,现在这个设定内子时空的时空蓝图背景及其拍摄意义是:(1)当人们拥有无限资源后他们会做什么？会和之前做的有怎样的不同？(2)如果享有无限资源的同时需要遵守不近人情的规则,这些人会如何应对？"

金皱了皱眉,似乎不明白为什么这样的子时空背景设定会吸引圣清主时空的观众和其他进口该"纪录片"的主时空观众。

"什么？"迈克好像被第二个界面上执行者基地的一些情况震惊到了,"我就说执行者可比我们舒服多了,他们这才刚完成时空蓝图规定的社会背景构建,在空中造了个叫中间地带的隔离区,怎么再过几个月就又放假了？真是幸福!"迈克回头对之前的那个矮胖女守卫说,"玛丽,我们待会儿去执行者基地串个门吧,他们就要放假了。"

矮胖女守卫一脸无奈地摊了摊手:"他们怎么又放假了？好,过会儿去。"

"什么叫放假？这里不是设定内子时空吗？如果没人执行时空蓝图,没人执行这个剧本,怎么就成设定内了呢？"金有些不解。

"哦,他们经常放假的,没记错的话,他们刚恢复工作没几年,听说刚恢复工作时还换了个执行者总管。他们的执行者不在就是任由子时空自行发挥呗,有时候是为了下一个故事铺垫社会背景,因为这些子时空生灵们哪,只要让他们自行发挥搞不好就会打仗,也有时候是圣清主时空纪录片公司完成了一个世纪的利润指标,不需要再通过你说的'电影'赚钱,所以就让执行者放假,成全子时空居民的自由生活。"

金还在思索着迈克的回答，突然在执行者基地的内部状况监控画面中，看到了一个熟悉的面孔，那大理石雕塑般的眼睛、鹰钩鼻的光头男子不正是自己的议员表哥兰迪尔·萨乌丁吗？他怎么会在执行者基地？他难道臣服于小菲利克斯·命运了吗？

"你看，金·和美，这就是我之前说的新换的执行者总管，刚说到他，他就出现了，真巧。"迈克轻描淡写地指了指监控画面里的兰迪尔，兰迪尔正身着金色执行者铠甲在会议室里，对一群金色铠甲的执行者下属交代着什么。

金突然话锋一转："你们过会儿要去执行者基地，我能一起去吗？"

"我问问加布里埃尔哦。"迈克回答。

加布里埃尔随即便准许了金随同拜访，但金又隐隐害怕，兰迪尔对自己当年的背叛会做何反应？

第一章　何为中间地带？（上）

1

随着世界之内在单简然身后融解、消失，她的面前出现了纯白的阶梯。

阶梯通向遥远的天际，三位使者中仅剩一名女使者在前为简然引路，另两名使者已然离开，前去迎接其他在"中间地带大奖日"被中间地带选中的幸运儿。

简然低了低头，发现自己竟已换上了这里的服饰——简易而美观的白色长袍，她下意识地碰了碰自己头上的那顶彩色的绒线帽，但她却什么也感觉不到。

此时此刻，她的内心就像是置身事外一般的平静，没有疼痛、没有情感，她感觉不到周围空气的温度，感觉不到自己正穿着的白袍的飘曳，感觉不到绒线帽在额头上摩挲时的酥酥痒痒。她只是默默攀爬着阶梯，脚底异常轻盈，仿佛那白色石阶并不是坚硬的石块。

在楼梯的尽头有两位与单简然衣着相似的女子，她们闪耀着金色光泽的头发上环绕着钻石头饰，看上去也是如此超凡脱俗、一尘不染。她们中站在左侧的那位礼貌地说："单简然女士，有两款针剂的注射需要得到您的同意。"

站在右侧的女子身边的白色桌面上有两枚试剂，她从中举起一枚闪烁着金光的试剂介绍道，"虽然中间地带与世界之内相互可见，但从世界之内而来之人在中间地带将失去一切感官，因而中间地带提供的第一枚试剂便是我手里的感知试剂，感知试剂还能够帮助您吸收中间地带的空气中所饱含的'生'之能量，"随后，她又举起另一枚闪烁着蓝光的试剂说，"这一枚试剂是治愈试剂，可以治愈一切疾病。"

"我们的建议始终如一，就是两枚试剂全部注射，它们会方便您将来在中间地带的生活。"左侧的女子总结道，她们的声音悦耳、动听。

简然明白原来不再感到疼痛并非疾病已被治愈，只是在这里她失去了一切感官，要治好癌症必须通过注射治愈试剂，于是她点点头回答："我听从你们的建议。"

　　在注射感知试剂后，简然瞬间感受到了空气中弥漫着的香甜气氛，感受到了头顶倾泻的温暖光线、使者亲切的脸庞，还有白袍的柔软，但病痛也随之缓缓袭来，使者轻抚简然瘦弱的后背，简然感到似乎疼痛被使者抑制了。

　　就在简然看着治愈试剂渐渐沁入自己的皮肤时，奇妙的事情发生了，她发现自己手背上的针眼全部消失了，皮肤恢复了白皙光洁。她的脸颊变得饱满，眼圈也不再深陷。她缓缓摘下自己的绒线帽，随着鲜艳的绒线帽缓缓掉落至纯白的地面，她原本稀疏的黑发瞬间变得浓密，宛如黑色瀑布。

　　她缓缓捋起一束头发，然后让它们随意从指缝滑落，眼里涌起泪水，感受到了难以置信的喜悦。

　　康复的简然恢复了原来的神采——这是一张极为干净的面庞，纤细而柔和的双眉，眼眸清澈，流露着古代水墨画中伊人的神韵。

　　简然头顶上方的白色空间渐渐褪去，露出了湛蓝的天空，其上飘满了粉嫩的云彩，仿佛柔软的棉花糖，触手可及。

　　微风浮动，带动香甜、美好、充盈着"生"之能量的空气，一切都是那样宁静。

　　简然面前的白色空间也隐去了，其后出现了宏伟、高耸的金色大门，无论向左望还是向右望，无尽的一扇扇高耸入云的金色大门连成一排，就仿佛是坚毅的城墙。

　　这便是中间地带的真正入口了吗？简然心想。

　　在每一扇金色大门前都有和简然一样穿着白色长袍的人们在等候着。

　　"请跟我向前。"使者向前伸手示意，并带着简然慢慢向其中的一扇金色大门走去。

　　简然紧跟其后，空气中的"生"之能量浸润着她身上的每一个细胞，令她备感如获新生般的轻盈与有力。

　　使者将简然引到她正前方的一队正等候着的幸运儿的队尾："请您于此处排队等候，我们为您所失去的深表抱歉，但欢迎来到中间地带。"使者向她鞠了一躬，然后转身离去。简然回过头去想要再寻找她的背影时，使者已然消失。

2

　　环顾四周，简然看到一些正在等待的老者，几个正在打闹的幼儿，一个笔直挺立却低垂着头的青少年，若干目光呆滞的中年人，甚至还有几个在使者手中的婴儿。她望了望自己前方正等候着的四位，都是穿着白袍的老人——两男两女。其中的第二位老奶奶向简然投来了关切的目光，她走到了简然跟前："孩子，你多大了？"老人的目光闪烁着。

"我今年20岁。"简然突然意识到她所有20岁的同学至少在世界之内还有未来，但自己却与那个世界永远分别了，以后可能什么都将是孤单一人。

老奶奶轻轻抱了抱简然，老人身上的麝香味扑鼻而来，"和家人分离并不可怕，"老奶奶的声音流露着慈祥，她抚着简然的肩膀，"我们都会和你在一起的，孩子。"

"王丽奶奶，"一个听上去乐呵呵的男青年的声音从简然的身后传来，"被中间地带选中不应该高兴还来不及吗？怎么被您说得这么……"

单简然回过头去发现一个穿着白色长袍的男青年正站在她身后，看上去30岁左右，棕色的平头，两道红棕色的小山峰眉此刻正弯着，仿佛平静湖面般的双眸里流露着笑意，白齿红唇地笑道："你好！我是克里斯·星，你可以叫我大星，没错，这里的环境很神奇，我们没有语言交流障碍，我刚在周围转了一圈熟悉了一下环境。"

简然也许是病久了，对这样热情的招呼有些不适应："啊，你好！我是单简然。"除此之外，简然竟不知该如何作答，甚至都忘了问这位男青年来自世界之内的哪个国家。

王丽奶奶回应克里斯之前的提问："你之前是没看到这女孩的眼神……"她用充满老者关怀的目光凝视着简然，安慰道，"没事的，孩子。"

伴随着一声号角声响，金色大门轰然打开。老奶奶缓步回到了自己之前站着的位子，简然目送着她，心里感到一阵暖意。

打开的金色大门内走出了一众中间地带辅导者，不同于使者的银衣铠甲，他们的服饰低调而华丽，更像是出席宴会时的装扮，但和使者一样，他们看上去也是那样超凡脱俗。他们径直来到各自分配的幸运儿组队面前。

简然这一批幸运儿的辅导者是一位50岁左右的优雅女士，她穿着深蓝色天鹅绒套装。

"在中间地带，所有刚被选中的世界之内居民都将被称为新生者，所以各位新生者，你们好！"她一开口，简然就觉得这是她听过的最安抚人心的嗓音，"我是你们的辅导者安佳·华，我将会在接下来的七年中为各位排忧解难。请各位在将来的日子里多多指教！我为各位所失去的深表抱歉，但欢迎来到中间地带。"说完，她深鞠一躬，"请各位随我向前。"

3

金色大门内是一个圆形报告厅，座位环绕舞台四周。

"这里是中间地带的中央报告厅。"安佳·华介绍道。

　　大厅的地面、墙面、座位都是深色调的,庄重、大气。座位之间以7人为一组分隔而开。单简然一行6人跟随安佳来到了第9排座位边,并按照指示以之前排队的顺序落座。在他们身后还有4排空空如也的座位,而在他们前排则坐着肤色各异、年龄参差不齐的各色人等,他们都穿着清一色的白袍,每一排座位的左侧靠走廊处都坐着一位辅导者。

　　安佳待自己的组员均落座后,轻声说:"在整个大厅坐满后将会举行新生者欢迎仪式,按照以往的经验,大家还要等待40分钟左右,很抱歉为此带来的不便。"安佳微笑着期许得到谅解,"在此期间各位如果有任何问题请向我示意,大家可以低声交谈,但请勿大声喧哗或者打扰他人。"安佳的语气拿捏到位,尽可能减弱了这类话中强硬措辞的冲击力,说完后,她便在最靠近走廊的座位上落座。

　　中央报告厅柔软的座位让简然整个人都放松了下来,但就在这时,她所在座位的前排突然出现了骚乱,一个头发花白、皮肤黝黑、身材高大的老先生嚷嚷着站起来:"我要回去! 我要回去! 我要回去告诉我孩子我没事!"

　　这位老先生的辅导者是一名年轻男子,戴着一副斯文的眼镜,他第一时间来到了老人身前,将老人轻轻安抚回座位上,右手搭在老人的后脑勺上,凑近老人的左耳安慰道:"老先生,没事的,老先生,没事的……"

　　简然直愣愣地盯着这一幕,她感到老人之前爆发出来的愤怒,似乎在那位辅导者的劝解下一瞬间就被按压了下去。那个辅导者安抚完老人后抬头四下里打量了一下,表情似乎有些尴尬。简然顺着他的视线望去,发现他其实在看其他的辅导者,收回视线,那个辅导者已经回到了他之前的座位上,而那位老人则背对简然一动不动地坐着,双手搭在座位的黑色扶手上。会场内人们的注意力也随着冲突的化解而转移到别处去了。

　　很长时间以来,单简然对中间地带并不抱有好感,她曾认为这个地方象征着人为的隔离与分化。那座悬浮于世界之内半空的天空之城从来没有帮助过其下世界之内的人们,从未共享过高新技术、新型资源。中间地带除了每年一次(几十年前还是每十年一次)在"中间地带大奖日"时从世界之内随机抽选幸运儿之外,他们从未屈尊与世界之内进行过接触。去了那里的人再也不会回世界之内,而且带走人们的银衣使者从来都是缄默不语的,也难怪这位老先生会如此——毕竟被银衣使者当着家人面带走或许并不是一件令爱你、关心你的人心安的事。

　　然而,三年前,在简然得知自己的病症后,从医院拿着薄如蝉翼的体检报告单走出,她的心中仿佛积压着巨石,不知该如何面对父亲——命运弄人,在因同样的病症失去了母亲之后,又将失去女儿? 她缓缓抬头,深呼吸一口晚秋的凉意,如往常一样,映入她眼帘的是夜空中最明亮的"星"——那位于云间之上的中间地带。

简然深深记得,那时,自己头一次对那座天空之城油然而生一种向往。因为,据称,去了那里的人将不再受疾病的困扰。如果自己能够被"中间地带大奖日"选中,至少自己还能继续活下去。

现在坐在宽大、温暖、芬芳的中间地带中央报告厅,缓缓地,一种感恩之情在简然心底油然而生,一种对于命运的感恩之情。虽然自己可能自此再也不能返回世界之内,虽然自己在世界之内的一切都已被不幸剥夺,但是命运并没有夺走她的一切,没有夺走对她或者对所有人来说最重要的——生命。

4

克里斯·星似乎在座位上有些不耐烦,一阵左顾右盼之后,他百无聊赖地问单简然:"你是什么星座的呀?"

"天秤座……"简然还没问出"你是什么星座的呀?"就被大星摇着头打断。

"不对呀?"大星抱起了手臂,小山峰眉弯着,湛蓝的眼睛眯着似乎是在研究单简然,"你竟然是天秤座,不应该呀,那你不应该这么沉默的。"

"我沉默吗?"简然轻蹙细眉。

"欢迎仪式即将开始,请保持安静!"会场上方一个洪亮的声音从上而下浸润着空气。

"那大星你是什么星座呢?"简然模仿克里斯的样子也抱起了双臂。

"射手座呀,像我这样的,不是射手座的月份才不出生呢!"

"你倒是像极了射手座。"简然笑道。

"这就对了嘛。"大星点着头,咧嘴一笑。

"克里斯·星先生!"安佳·华的声音从简然身后传来,但安佳并没有离开座位,甚至都没有看向他俩,而只是让单简然和克里斯·星听到了她的心声。

"我不应该说话。"克里斯打断安佳的心声,朝着走廊边的安佳招了招手,捂住了自己的嘴,然后又对安佳露出了一个谄媚的微笑。

简然暗自好笑地看着这个灵活生动的大星,此时,整个报告厅都缓缓暗了下来,简然环顾四周,发现中央报告厅已座无虚席。在镁光灯的照耀下,晶莹剔透的紫色舞台上,一位极具亲和力的男士走了上来。

他穿着灰色西服套装,向在场的所有新生者鞠躬致意后,便开启了欢迎仪式。

"各位幸运的被选中者,各位中间地带的新生者,你们好!我是今晚的介绍人肖洛。"

简然定睛一看,发现这位男士似乎并没有用话筒,但是他的声音却听上去极为洪亮又带着几分风趣。

"让我代表中间地带的创始人、中间地带现任居民以及全体中间地带人工智能员工向各位表示热烈的欢迎！"一阵稀稀落落的掌声过后，肖洛继续道，"396 年前，中间地带的七位创始人即现任七大元老在空中建立了这座理想之城。他们曾经历过 17 世纪孤儿院的洗礼，便知建立这理想之城的工具不适宜与全人类共享，就好比武器给予良善之辈或许会被用于防身，但若落入奸邪之人手中就必然将被用于战争。"

随着肖洛的介绍，精致的沙画投影浮现并填满了整个中央报告厅的半空，沙画描绘着肖洛口中的历史。

肖洛转了个身，继续介绍："然而七大元老又觉得如果他们不把这里的一切与人类分享，他们便成了那奸邪之人，只是中间地带的容量有限，因而他们才在中间地带之下的世界之内居民中每十年抽选若干人等，给予他们 100 年中间地带的馈赠。但几十年前，确切地说是 23 年前，七大元老为了将中间地带的资源更好地与人们共享，他们改善了'曾艺'的算法——'曾艺'就是全中间地带的总管人工智能主机，改善算法后，中间地带便可以每年抽选世界之内的幸运儿进入中间地带。"

大星歪着脑袋，揉着眉毛，对简然耳语："在下实在对这类集体讲话提不起兴趣，可能还是要劳烦我身边这位'学霸'替我做个笔记了。"

"啊？"简然觉得大星的这句话似乎和整个报告厅的画风有点不搭，"你开什么玩笑？"

"我觉得你很像我之前认识的一个很厉害的人，"克里斯对简然挤了挤眉，"你们都有一种特殊的气场。"

"如果这是恭维的话，谢谢你这么说，"简然将视线重新拉回舞台，喃喃低语，"只是现在说的东西很重要，我们接下来的生活是怎样的，还有我们要如何生活都必须听他说，本想你还能帮我记着一些……"简然正说着，转过头发现大星已把双手枕在脑后，闭着眼睛陷在椅子里。看到大星那副悠然自得的样子，简然轻叹了口气，无奈地摇了摇头。

"今天我介绍的主要目的是帮各位认清中间地带与世界之内的不同。"肖洛洪亮的声音从舞台传来，"中间地带的资源无限，因而一切免费。'曾艺'不仅仅是我们的总管人工智能主机，同时也是我们的能量源，每时每刻都在向中间地带的空气里传输'生'之能量。接下来就说到大家都感兴趣的重点了，正是这一'生'之能量，将唤醒各位基因内涵的天赋超能力。"肖洛适时地停顿了一会儿，似乎预料到了台下人群的骚动，他稍稍抬高嗓音补充道，"没错！在座的每个人都将拥有超能力！"

待骚动渐渐重归宁静,肖洛严肃起来:"但要享有这一切美好的甜蜜负担便是,各位将不能再回到世界之内,也不能同他们再进行任何方式的联系,我在后面会对此进行详细介绍,但凡事皆有例外,对于不能返回世界之内这一中间地带行为准则,中间地带将提供给各位一些例外。中间地带将提供给各位一些特殊的返回世界之内的方式,只不过这一特殊方式有着一条最为重要的使用法则。这一使用法则便是'所有被选中进入中间地带者不能在任何程度上影响世界之内人们的生活'。如有违反,中间地带将会对违反者予以严惩,即中间地带将流放违反者。"台下再度骚动起来,但这次的骚动不再是因激动与兴奋而起,而是因恐惧与惊愕。

肖洛待骚动消停后,正色说:"被流放的违反者,也就是被流放者,将被流放、遣返至与世界之内平行的暗物质层面,那一层面不为世界之内所知,且并不具有'曾艺'释放的'生'之能量,因而被流放者将会处于持久的饥寒交迫但又不至于死亡的困苦状态中,希望大家能够从中间地带创始人对违反该使用法则的严惩中看出他们对打击这类违法行为的决心。"

单简然听完这一段的介绍,整个人都处于一种蒙了的状态,她感到自己在心底尖叫,什么?暗物质层面?无限资源?超能力?流放?这些在世界之内的中间地带野史与正史中从未被提及过,她不安地想,中间地带到底是个什么样的地方?

5

【插播一段世界之内的纪录片《幸运儿·第一部》(节选)——该纪录片摄制于 2024 年】

"各位亲爱的观众朋友们,你们好!"世界之内纪录片频道的主持人笑容可掬地向电视机前的人们打着招呼,"又是一年一度的大奖日,转眼已是'中间地带与世界之内大危机'后的第五个大奖日,从今天起我们每周五晚九点将会播放大型纪录片《幸运儿》,希望帮助重构中间地带在人们心中的认知——本次纪录片的摄制得到了中间地带的倾力资助。"

主持人随着机位的转换,向左转身,继续正对着切换后的镜头说:"在中间地带之下的世界之内,每个人都同等地过着第一阶段的人生,然而其中只有少数人能被选中进入世界之上的中间地带,享有第二阶段的人生。中间地带究竟为何,在每个人心中都是一个谜。"

一位知名大学的历史教授随即出现在了镜头面前,他看上去已年过花甲,穿着卡其色的西装,戴着一副眼镜,正襟危坐,侃侃而谈:"在正式对中间地带的历史开始研究前,我对中间地带的印象也基本局限于当时的历史教科书和人们的成见之中。历史教科书中对中间地带的记载只有寥寥数笔——中间地带在近 4 个世纪之前(确切时间不详)由一群社会精英(具体身份不详)建立，并在每10年的开春之时随机抽选世界之内的居民进入中间地带，并在30年前改为每年一次。"

镜头切换到了一位年轻的社科研究所所长，她穿着社科研究所的白色制服，身后是一大棵绿萝；"然而，几乎所有史籍描述都未提及中间地带的建造历史、文化习俗、名流往事，也未提及那个世界是否曾与世界之内起过冲突，更未提及中间地带选址的玄机，如果是为了与世隔绝而建在空中，这就自相矛盾了，因为建在空中的城市终将为世人所知。"

一位爆炸头的科幻小说家坐在淡褐色的以木质结构为主的房间里接受着采访，他穿着休闲的墨绿色T恤笑道："或许只是4个世纪之前要上天，并不如现在这般简单？"

回到那位历史教授："在人们的成见之中，中间地带的形象更生动一些，但并不那么伟岸。"

科幻小说家继续说着："坊间传闻，中间地带是在约4个世纪前的某一个清晨，就这么'噗'的一下，突然出现在了太平洋上方的半空中。在它出现之前没有任何大兴土木的动静，而就是在一瞬之间——一道金光闪过后就出现了。"

纪录片中闪现着一些以"毁灭"为主旨的油画与其他艺术创作，伴随着社科研究所所长的声音，叙说着："中间地带的出现让当时的人们震惊不已，一些人陷入了世界末日的恐慌，一些人对这一天空之城好奇不已，各地的宗教组织认为这是神灵显灵。"

科幻小说家调侃："届时，世界之内的列强军队蠢蠢欲动——因为那又是一片可以瓜分的未知领域，先到先得。只可惜当时没有空军，列强们穷尽所有也动不了中间地带丝毫，中间地带也从未对列强的挑衅有任何回应，虽然不少历史学家认为正是中间地带——这一悬浮于空中的城市的出现，才使得列强的科学家有了发明飞机、导弹、火箭的动力。"

历史教授分析着："想象4个世纪之前，一群身着银衣铠甲的卫士突然出现在宁静的村庄里，带走被'中间地带大奖日'选中的人会是一番怎样的景象？又会对当时的居民产生多大的心理冲击？因而，在当时世界之内的居民对中间地带的成见里，中间地带并非一个超凡脱俗的伊甸园，而是专制残暴的帝国。然而，随着世界文明的进程，以及不少被选中进入中间地带的人偷偷返回世界之内，人们对中间地带的成见发生了些微转变。"

一位大腹便便的秃顶博物馆工作人员正站在一些藏品前，柔和的射灯光线从上方射下："不少人本以为被选中进入中间地带意味着坠入劫难，毕竟要被中间地带穿着银色铠甲的士兵当众从亲人面前带走，总是非常可怕的，但是，当人们看到被中间地带选中之人个个衣锦还乡时,他们对中间地带的看法发生了转变。那些衣锦还乡者还总带回来各式各样奇特的新鲜玩意儿,就像是这里展示的一些。"秃顶博物馆工作人员向镜头示意身后的高科技古董,"本馆的这些藏品证实了,的确,中间地带曾与世界之内有过接触,古籍中也记录了当时返回的被选中者还向人们描绘中间地带有着享用不尽的美食、丝绸、金银珠宝,有四季如春的气候,有一种想去哪儿就能在下一秒到达的交通工具,有治愈一切疾病的良药,还有能够记录影像的胶片,以及众人夜夜所见的灯火通明不是巫术而是科技,听闻这些返回的被选中者的描述,不少人开始向往中间地带,因为他们也想要享受那些荣华富贵。"

科幻小说家接着说:"我之前为了写《假如这个世界没有中间地带》,就对中间地带究竟对我们这个世界产生了怎样的影响做了研究。在研究的过程中,我在一些文献里发现了极为有趣的内容,里面记录着一些从中间地带返回的人士显露出异能,并拯救他们所在村落的居民于水火,在瘟疫肆虐时力挽狂澜,或者一些有表现欲的还当众展示如举起千斤顶、腾空禅坐、轻功飞行等超能力。"

"世界之内的人们似乎不再对中间地带的冷酷、强大而感到恐惧,反而希望自己能够成为被选中的幸运儿。"一位知名高校的中年人类学家总结道,他穿着蓝色的衬衫、戴着棕色的领带,满满的英伦风,"他们想要永驻的健康、举世瞩目的能力和他人仰慕的眼神,他们更想要成为掌握中间地带未知之谜的少数人。然而,纵观被中间地带选中之人,他们的社会地位、家庭背景、性格品质、先天与后天的能力均参差不齐,人们不知如何才能让自己成为那个幸运儿。一些极端的观点认为,中间地带是他们信奉的神灵的所在之处,只要虔诚自己的信仰,终有一天会被选中,得到眷顾。"

一位为联合国智囊团效力的法学家在他家一整面墙的藏书前介绍:"中间地带的最高决策者是七大元老创始人。尽管按照我们现在所知的中间地带管理规定,所有被选中之人均不应再返回世界之内,但是七大元老一开始并未对此严加管理与惩罚。不少18—20世纪的新发明都被传闻与中间地带偷偷返回的人士密切相关——返回者留下的中间地带科技启迪人们发明了如电灯、蒸汽机、集成电路等,并激发了世界之内的工业革命。虽然这些传闻并未得到考证,但如今,我们已得到七大元老证实,当时世界之内的生活质量因中间地带的技术泄露而提高,使得七大元老开始反思管理规定中要求的——被中间地带选中之人不应返回世界之内的这一条款。毕竟这七大元老曾都是世界之内的一员,对世界之内有着深重的同情与怜悯。然而,就在他们准备对这一条款着手修订时,20世纪初的世界大战爆发了。"

历史学家推了推眼镜说："有些阴谋论者传言说，这两次世界大战是世界列强的醉翁之意不在酒。他们想要先统一全世界的军事力量，从而有实力向中间地带发起总攻。不过，他们的计划落了空，与此同时，自这两场浩劫伊始，再也没有中间地带的被选中之人明目张胆地返回过世界之内。虽然，不少都市传奇新闻报道中提及过一些超自然现象，或者其他与中间地带相关的迹象，但中间地带与世界之内的联系已几乎全部中断。虽然，随着现代科学技术的发展，世界之内不断尝试通过各种信号频率、航天科技等技术与中间地带联系，但没有一架航空器能够靠近中间地带之所在，每每试图穿越或者进入中间地带时，航空器便会从中间地带的另一端被遣送而出。即使把信号接收器的功率调节到最大，仍无法监测或者接收到中间地带的任何信号。"

科幻小说家感叹："渐渐地，中间地带似乎成了悬于世界之内半空的静默之星，闪烁着神秘的永恒之光，与宇宙天体在地球的倒影融为一体。这也是我为什么会去想象一个没有中间地带的世界的原因，因为他们虽然在这儿，但其实也并不在这儿。"

"人们起初对未知总是恐惧的，接着才是好奇，但发现以他们的力量根本无法了解那未知时，人们或对未知肃然起敬，或对未知失去兴趣，或对未知变得麻木，未知便渐渐变成了成见和宣传中的知。"人类学家调整了一下坐姿，"当然，这不是说世界之内居民中的所有人真的对中间地带失去了兴趣。"

"进入 21 世纪，世界之内的科学技术有了质的飞跃，世界强国中的大多数对中间地带的兴趣陡然增加，"历史学家推测，"很难说，这种兴趣是否值得推崇，如果这种兴趣是以统一与和平为主导，希望统一中间地带与世界之内，而非以占领与称霸为主导呢？我们或许正生活在一段异常重要的历史之中，在'中间地带与世界之内大危机'后，中间地带与我们的联系得到重建，同时我们也在渐渐变得强大，将来我们对中间地带是不是可能进一步制衡，是不是可能在未来的某一天可以实现一个统一的世界，消除中间地带与世界之内的隔阂，又要如何去实现这样的宏图壮志？这些问题中只要有一个得到解决，都将书写新的历史篇章。"

第二章 圣清主时空插曲

1

"那不是金·和美吗?"

"她怎么回来了?"

"难道她和命运先生复合了?"

金·和美来到"命运之家"的玻璃门外,正在"命运之家"休闲饮食厅午休的圣清主时空纪录片公司员工纷纷热议起来。

金则气定神闲地手拿电子授权申请单前往总制片人办公室接受小菲利克斯·命运的授权。

她在休闲饮食厅停下脚步,望向热议的声音源,声音源们迅速与同事们恢复正常交谈。待金转过身去,继续沿着黑色玻璃走廊走向总制片人办公室后,声音源再度炸开了锅。

在金·和美穿门而过的一瞬间,加布里埃尔已经对她完成身份识别、危险识别,并迅速在她面前使用 AR 技术提示她今日在"命运之家"的日程安排——"请前往顶层总制片人办公室接受授权申请批复,时间窗口:12:00—12:15。"

金·和美一出顶层电梯门,便看到小菲利克斯·命运正卖力地工作着,他分了好几个身在不同的光束屏前,一边查探着各大主时空之间的战役走向及其他主时空的最新动态,一边细读着创作团队递交上来的设定内子时空的时空蓝图剧情走向及其他子时空是否存在威胁生命延续的危险,一边分析着各大主时空中最强大的存在——虚空,虚空占据着 N 维度宇宙十分之一的疆域并在不断扩张,命运先生比较着这一军事主时空与圣清主时空在政治、经济、文化等方面的优势和劣势,同时关注着圣清主时空内每一个生灵的喜怒哀乐,并和他的得力助手人工智能加布里埃尔一起严防任何战争侵扰圣清。

"你好,金·和美!"一众小菲利克斯分身中的一个迅速停下手中的工作,向金·和美走来,接过了她递上的授权申请文件。

"其实如果你这么忙的话，没必要亲自签这些授权文件的。"金有些不自在地低垂着眼帘，蓝色的大海里闪烁的星光黯淡了些，不敢直视小菲利克斯眼里的万家灯火。

"我至少得知道这个申请授权的人是不是准时，还有……"小菲利克斯突然停了下来。

千分之一秒，命运先生感知到空气中似乎打开了一道口子，那个口子通向那片能够解释一切未知的高维世界，然后从口子里一个小巧玲珑、容貌可爱的小姑娘鱼跃进入了他的办公室——那个小姑娘一身素雅的灰衣，命运先生听到了她从容神色下的飞快心跳，这暴露了她的慌张，但同时她身上正在褪减的肾上腺素似乎又显示她此前的疲于奔命此时已告一段落。"命运之家"是她感到安全的地方？小菲利克斯猜测，并制止了加布里埃尔的应急系统做出任何武力反应。因为现在，小菲利克斯已经看清了这名女子及其前来的原因。

千分之二秒，命运先生了解到这名女子来自比圣清主时空更高一层的维度即 N+1 维度，那个维度和圣清主时空所在的 N 维度一样连年战争，在那个维度，不同界、门、纲、目、科、属、种之间没有永远的朋友，只有永远的利益，永远都要为了那有限的资源拼个你死我活。这名女子所在的门刚刚遭遇了灭顶之灾，于是她不得不只身一人选择在这个时间节点逃至圣清主时空——这个女子知道圣清主时空甚至是整个 N 维度的一切，她很懊悔在金·和美在场时出现，但她在 N+1 维度已无路可退，这也是她的无奈之举，但她希望命运先生为她保守秘密。作为回报，她可以帮命运先生打探那个困扰命运家族多年的神秘女子的行踪，因为那名神秘女子正来自 N+1 维度。

千分之三秒，命运先生了解到这个女子之所以知道圣清主时空及 N 维度的一切是因为时间在 N+1 维度是一条可触摸的长廊，历史就是长廊两侧书架上的古籍。这名女子在 N+1 维度寻找不到和平，于是就在时间长廊中寻找和平，在翻阅古籍、阅读那些已经过去和正在发生的历史中，她发现了在各大维度里唯一持续了千年太平的便是这圣清主时空，所以在遭遇灭门时，她便逃到了这里，寻求庇护。

"哈，我的亲妹妹，你这个漫游者总算是回来了，欢迎！"命运先生的语气是如此沉稳，让人根本看不出破绽，他微笑着迎了上去，倒是这个被称作漫游者的小姑娘在原地愣了半晌，然后瞪着圆圆的黑眼睛，直勾勾地打量着金·和美。

"不是吧？哥？"她回过神来，也高兴地迎上去与命运先生相拥，然后迅速凑近金·和美，"这就是您常说起的金·和美大嫂？今日一见，果然名不虚传！"她的视线在金那头如阳光般明媚的金发与波光粼粼的蓝色眼眸间来回移动，似乎非常好奇。

　　金能够感到一丝诡异的气氛,她虽不像命运先生能够看透这小巧玲珑的女子,但她知道这个女子并非来自自己的这个世界。

　　"菲利克斯,你从来没说起过你的妹妹,而且,"金将自己的双手背在身后,凸显她得体的身形,她绕着那一身灰衣的小姑娘转了一圈,"我也从来都不知道你们家族还有穿越不同维度的世界的能力。"

　　"那是我父亲偏心,在创造我妹妹的时候把这神奇的能力糅合到了她的基因里。"命运先生转移了话题,"金·和美,你的授权申请文件我已审阅并批准,现在你可以前往高级政务人员资格考验室接受资格考验了。"

　　金一惊:突然这么生分地赶我走?她心想,这里面一定有鬼,但她没有理由继续留在这个屋子里,便只得无奈离开。

　　金临走时,仍未死心,便询问那个小姑娘:"很高兴见到你,你叫什么名字?"

　　"漫游者·命运。"小姑娘自信地回答,"我也很荣幸能够见到大美女。"

　　金点头示意,优雅地离开了这间办公室。

　　至少,她心想,她帮助她表哥兰迪尔·萨乌丁的第一步已经完成,现在只要通过资格考验就可以帮助表哥完成大计,到时候,漫游者·命运,不管你是谁,等我表哥掌权,我一定会让你告诉我的。

2

　　金刚刚离开办公室,这个小姑娘就在原地撒起欢来,她高兴地跳着、蹦着,然后扑入命运先生的怀里:"太感谢您了,命运先生! 您竟然愿意收留我?! 我都不敢相信,这真是我生命里最高兴的一天了!"

　　"漫游者……"命运先生突然从小姑娘的拥抱里消失,所有其他分身也都在分身面前的光束屏前一起消失,只留下最后一个站在办公桌后,与小姑娘拉开了一段距离,但仍面带和善的微笑。

　　漫游者愣了一下,双手摸了一下面前的空气,但迅速恢复了兴高采烈,眨了眨圆圆的大眼睛:"命运先生,您竟然允许我用漫游者·命运的名字了? 也允许我做您的妹妹了?"她的语气听上去是如此难以置信,"对了,刚刚真是抱歉,我没挑一个好时机前来,让金大嫂发现了我的存在,但我之所以前来是因为我相信我的能力和居住在'命运之家'的所有人一样,都值得留在这里保护圣清主时空永久的和平。"

　　命运先生知道自己之所以收留她,完全是为了逼死自己父亲的神秘女子,但他还是打探着问了一句:"即使你知道子时空的'纪录片'真相,以及我们命运家族的能力，你也仍然愿意替我出力？"

"我理解，并不是因为我贪生怕死所以赞同您，而是因为和平并非没有代价，子时空上的故事是维护圣清主时空在主时空之间形象的关键，即使不得不牺牲部分人的自由，甚至是向您所在维度的全宇宙撒谎。"她顿了顿，"我非常理解虽然您有能力平定所有主时空之间的战役于眨眼之间，但您却从未操之过急，因为在'和平公式'的实验结果尚未得到彻底检验前，从长计议才能防止引火烧身。"

"漫游者，谢谢你这样说。"命运先生知道她说的每句话都发自肺腑。

小姑娘走近命运先生的办公桌，凝视着命运先生熠熠生辉的双眼："要不是亲眼看到，我真的不会相信这个世界里会有这样一双眼睛，"她突然情绪低落了一些，"但要说我们是兄妹，谁信啊？你看我的眼睛，黑黑的，死气沉沉的，而且按照你们这儿的算法，不要看我外表不过年方二八，我可比你大了不少哟。"

"你我心里知道便好，"命运先生惜字如金，"人们会相信的，父亲想要怎么创造我们都可以。"

"那我是不是可以在这里住下了？我保证我那个维度里没有任何人知道我来这里哦。"漫游者·命运摇了摇手指，似乎跟着自己内心的节拍摇摆着小巧的身躯。

"我既然已经赋予了你在这里的身份，如果你在那个维度的仇家前来，我也会护你周全。"命运先生承诺，万家灯火熠熠生辉，"但希望你也能遵守你的诺言，告知我那神秘女子的动向，现在先让加布里埃尔带你熟悉环境，可能中间需要对你进行体检，防止检验检疫不善导致不必要的麻烦，希望你理解。"

漫游者转了转眼睛："等等，命运先生，我想要克里斯·星来带我熟悉环境，他这个人可好玩了，让他来带我熟悉环境一定不会很闷。"漫游者说罢，赶紧补充道，"啊，无意冒犯，加布里埃尔，你也很有趣。"加布里埃尔伸展了一下羽翼，似乎很高兴被夸有趣。

"哦，看来他声名远扬啊，"命运先生点点头，"那便让克里斯·星来带你熟悉环境吧。"

3

送走了漫游者·命运，办公室里安静下来，命运先生感受到空气里尚存的金·和美的气息。他轻叹一声，又分了多个身开始加班加点地工作，但他的另一个分身则拿着一份漫游者·命运刚抽取的身份识别液，回到"命运之家"的命运先生套房。

那个分身挥了挥手，身份识别液中的双螺旋分子便被凭空分离了出来，然后命运先生将自己的基因抽出,并与这个双螺旋分子融合。

整个过程看上去易如反掌。

现在命运先生不仅能够感知所有发生在 N 维度的事情,而且 N + 1 维度正向他展开大门。

他心中默默质问那个身影朦胧的神秘女子:你若允许漫游者来到我的身边,便应当料到我的对策与举动,你究竟是何用意?

4

金·和美回到了主时空边境守卫基地的休息室里,休息室四周都由青灰色的铁质材料构成,除了一张白色的小床贴着左墙摆放外,她的休息室里几乎没有其他家具。

远眺 UENSE 子时空那颗蔚蓝色的星球,金回想着和表哥兰迪尔在这个子时空初见时的情景:

执行者基地的食堂里,温馨的粉色墙壁和彩色气球、铺着红色桌布的 8 张八仙桌均衬托着假期的愉悦,再过一天 UENSE 子时空的时空蓝图就将关闭,所有执行者都将开启一段假期。

迈克和玛丽等一众主时空守卫一到执行者基地,就和他们的执行者伙伴们直奔食堂,并支起了简易的火锅。现在他们正忙着准备食材,火锅底料的香气已经在食堂里满溢。

金和兰迪尔则站在一边,似乎是在低声交流,但其实两人都没有开口,所有的对话都在他们的心声之间传递——如果所交流的内容可能会违反主时空法律,心声是在主时空人工智能加布里埃尔无处不在的监管下最安全的交流方式。

"表哥,你怎么会在这里?"

"我刚刚被调到这里。"

"你怎么会替他做事?"

"你难道不知道? 你不是和小菲利克斯很熟吗?"兰迪尔皱着眉,一身执行者铠甲金光闪闪。

"我和他千年都未见了,应该是早就断了,但你怎么替他做事了呢?"

"替他做事不好吗?"

"你怎么能替他打理设定内子时空,还来做执行者操控人们的命运呢?"金在心里质问兰迪尔。

"我以为你认同他,所以才和他相亲相爱。"

金眼神里蔚蓝的金光夹杂着怒火,她直直地看着兰迪尔:"你明明知道我当初和他分开就是因为这个！"

"你还是没变啊。"兰迪尔长舒一口气，拿起八仙桌上的红酒杯，斟上半杯，抿了一口，"在他那里尝不到甜头了，就想到家人了？不过，至少现在我们还是在同一阵线上的？"

金不置可否，但兰迪尔一次次地点到了她的痛处："你还是没回答我为什么你会替他卖命，如果你也不认同他的话，为什么要帮他做事？"

兰迪尔放下红酒杯："那是因为他动用私刑，把所有他担心是隐患的、我们所有的盟友，都扔到 UWESE 子时空的主时空高智慧生物监狱里去了！他还让那群以死为生的东西看着我们的盟友！"

"什么？"金大惊，眼里的怒火变为了疑问。

"你当然不会知道，这么长时间对主时空不闻不问，不过你的父母并没有牵扯进来，但我的挚友都因为不向他臣服而被他囚禁了起来！"兰迪尔又抿了一口红酒，"我要去救他们！现在这个 UENSE 子时空就可以给我们绝佳的机会，但是我需要你的帮助，只是，"兰迪尔轻叹了一口气，凝视着金·和美波光粼粼的眼眸，"我经历了这么多，不知道是不是还能相信你，我的亲表妹。"

金·和美向后退了几步，躲开了兰迪尔的目光，她知道对自己的至亲而言，自己犯过不可饶恕的罪——告密，但是现在她长大了，能认清是非了，不会再让他们失望了。

"你可以相信我。"金·和美低垂着眼帘，点了点头。

"简单和你介绍一下，"兰迪尔随意地走动了一下，从一张八仙桌走到了另一张八仙桌，金紧随其后，似乎两人相谈甚欢的样子，"UENSE 子时空的构建方法比较原始，是最初被建立的 7 个子时空之一，只要我们掌握了这个子时空的时空奇点——当初建造这个子时空时的生命源，我们就可以掌握这个子时空的生死。毁灭时空奇点，这个子时空便无以立足——时空奇点就是撬动该子时空的支点，甚至通过引力的连锁效应，这个子时空的毁灭将会引发子时空之间的接连毁灭，所以，掌握了这个子时空的时空奇点，便掌握了整个圣清子时空的去留。你知道的，他们命运家族只有一个软肋，就是这些子时空上的生命。"

兰迪尔·萨乌丁之所以出此下策，即决定请求金·和美帮忙，一来是因为在时空蓝图关闭后，所有执行时空蓝图的执行者都将离开执行者基地。执行者基地关闭后，主时空对于该子时空就会放手不管，通信也会中断，即使自己掌握了时空奇点，也无法将自己的威胁通信传递至主时空，更不可能带着时空奇点前往主时空，那是自投罗网，届时只有通过金·和美的守卫者基地与主时空建立通信，才能联系到小菲利克斯·命运，并索要等价交易的筹码。二来则是因为金·和美所在的守卫者基地设定内子时空监视系统,这一系统能够向兰迪尔提供子时空的局势走向信息,这样即使是时空蓝图关闭时,他也能时时刻刻掌握时空奇点的情况,并能够寻找机会从七大元老和他们的保护者手里劫持到时空奇点。再则就是 UENSE 子时空实在是一个不可多得的好机会,一方面,UENSE 子时空由于是最早创建的子时空之一,其创造方式原始、有瑕疵,一个时空奇点便可能颠覆一切,容易为他所用;另一方面,现在 UENSE 子时空上的社会背景也能够被拿来做文章,当时中间地带刚刚被创造,其优于世界之内的技术以及其与世界之内的隔绝关系,必然会招致人们的抵抗,到时他兰迪尔便可以利用这些抵抗者与元老对抗,得到那个在保护者实时保护下的时空奇点。总之,兰迪尔担心如果自己不把握 UENSE 子时空上的机会,将来他被调往他处担纲执行者后,可能再也不会拥有像现在这样这么有利于自己获得解救盟友筹码的机会了。因而,为了达到目的,他只能利用不知是否可以信赖的金·和美。

金的第一反应却是不认同这个方案,这不是用同样极端的方法来对付极端之人吗? 但一转念,到时候小菲利克斯定会为了子时空的生命,在自己面前哀求。想着这个画面,金不禁嘴角微微扬起,她期待这一天实在太久了,"要我做什么?"

"去获得设定内子时空的政务权限,这样我就能实时掌握子时空的动向,我们到时候还需要在守卫者基地与小菲利克斯·命运好好聊聊,其他的事情我会负责。"兰迪尔指示。

"我会去做的。"金信誓旦旦。

然而,现在,从回忆里回到现实的金羞愧难当地想,自己让表哥失望了。由于圣清主时空和 UENSE 子时空的时间流逝速度不同,所以当她获得高级政务人员资格并回到 UENSE 子时空时,已是近 396 个 UENSE 子时空年后。或许,她想,是自己并不真正臣服于小菲利克斯和那套主时空体系才让这个资格如此难以获得。

金打开了休息室玻璃窗上的控制系统——一枚橄榄枝图标和一枚天平图标显现,她犹豫不决地按下了天平图标。设定内子时空的实时监视画面填满了她面前的一整面玻璃。幸好,现在兰迪尔还是这个子时空的执行者总管,自己没有来迟,金心想,而且这个子时空的抵抗组织力量正在兰迪尔的暗中帮助下越发强大。她也知道兰迪尔曾在二十多年前,为了得到当时的时空奇点,与一名保护者交战,但最终他却身负重伤,险些丧命。她不知道自己和兰迪尔还有那些抵抗者联手的话,是否有能力颠覆这些保护者的防护,而且总有一天兰迪尔的所作所为都将被主时空了解。我到底要不要帮我的表哥呢?金随手一挥,关闭了设定子内时空的监视系统,不安地在自己的休息室里来回踱着步。

她知道自己依然深爱着小菲利克斯·命运,即使知道他操控子时空的一切,她仍然爱他，但令她气愤的是，小菲利克斯从未主动对自己坦白这些真相，小菲利克斯从未主动挽回过自己。再想到此前与小菲利克斯的相见，哼，那个妹妹漫游者？金心想，自己刚刚受到小菲利克斯的关注，又被这个漫游者打断。有那么一刻，金·和美以为小菲利克斯将要向她认错，两人就要重归于好。

金渐渐意识到，现在自己最想做的就是再次引起小菲利克斯的注意。全宇宙没人知晓圣清子时空的秘密，然而，即使她揭发，也没有足够的实力让人相信她。她知道，即使当年没有她出卖自己的表哥、向命运先生透露消息，或许他们鹰派也没人是命运先生的对手，因为命运先生的软肋不是其他，而是这些子时空上的生命。尽管他百般操纵那些无辜的灵魂，但他是为了保住这些生命才出此下策。

金明白，在与小菲利克斯·命运的这段关系中，只有自己掌握了这些子时空生命去留的决定权，才能掌握命运先生，赢得主动。现在，她已经能够看到 UENSE 子时空的一切了，为什么不参与她表哥的计划？凭借当年老菲利克斯·命运制造这个子时空时的瑕疵——整个子时空竟以单一生命载体作为支点，她一定可以捏住命运先生，让他向自己求饶，让他重新看到她。想到这里，她再次打开了监视系统，她要去见兰迪尔。

5
【圣清主时空子时空剪辑团队《绝密百科之 UENSE 子时空词条》内容节选】

UENSE 子时空作为菲利克斯·命运（小菲利克斯·命运的父亲）最初创立的子时空之一，其创立方式与众不同。命运先生首先创造了一个生命载体，然后以此为整个子时空的支点，赋予整个子时空以生气，然后物换星移、加速时间，才进入"和平公式"试验正轨。

这一生命载体支点，又称世界之源，每隔不等时间便会在该子时空从一个生命体轮换至其他生命体。该生命载体支点——于 UENSE 子时空的时空蓝图中被称为时空奇点——对这个子时空的重要性在于，如果这个生命载体支点被撬动，便会导致 UENSE 子时空的毁灭，并会对其周边所有子时空甚至圣清主时空造成严重影响。

第三章 何为中间地带？（下）

1

UENSE 子时空中间地带的中央报告厅内，肖洛准备总结一下自己的介绍，进入现场众新生者的提问环节。

"我知道在座的各位现在一定满腹疑惑，不用担心，很快就将进入提问环节，但在这之前，让我额外再强调一下今天介绍的重点，同时总结中间地带与世界之内的不同。"

肖洛身后的 360 度无死角光束屏浮现出各种令人心生向往的风景、餐点、居所图景，"在中间地带，各位可以享受到不同于世界之内的无限资源，'曾艺'这一无限'生'之能量源为我们带来的优惠便是一切物质免费。在中间地带，大家再也不用像在世界之内那样，朝九晚五、日复一日地做那些为生计所迫的工作，而是可以在中间地带的百年馈赠中重新追寻自己的梦想！但是，请大家注意，这种无限、免费会受到各位资格评级的影响。不过这一资格评级曲线是非常宽松的，并仅由此前提及的一条最具中间地带特色的条款决定。那么那个条款是什么呢？"

单简然回忆了一下，心想肖洛说的应该就是那个不能影响世界之内的条款吧？

肖洛自问自答道："这一条款便是'所有被选中进入中间地带者不能在任何程度上影响世界之内人们的生活'，对这一规则的违反将会被'曾艺'作为负面评价计入资格评级曲线。具体如何会被认定为违反，即如何定义'任何程度'与'影响'等条款中的词句，学术上的建议是请参考中间地带最高条例委员会做出的先例裁决。在这里我能做出的建议是请大家不要再回到世界之内。"

或许是肖洛的介绍中有太多令人感到惊讶的地方，台下的观众似乎已经对不被允许返回世界之内麻木了。

肖洛严肃地提醒道："资格评级不是司法审判，后果不是民事罚款、刑事监禁，而更接近于行政处罚——低于中间地带所有居民的资格评级均值的后果是被流放至暗物质层面的世界之内。这一处罚就像是吊销营业执照，低于资格评级均值的人不再有资格继续在中间地带生活。

"暗物质层面就像是宇宙中的暗物质一样，虽然存在，但具体为何，世界之内的人们并不知晓，暗物质层面的世界之内虽然与你们来自的那个世界之内处于同一维度的宇宙空间，穿行在暗物质层面的世界之内，你们将能看到世界之内的一切，却不会被世界之内的人看到，也不能触碰到世界之内的一切人、事、物。

"只是，根据中间地带的法律，如果各位想返回世界之内，其目的地也只能是这暗物质层面的世界之内，因为暗物质层面就像我之前说的，对世界之内不可见，这点可以天然防止各位在任何程度上影响世界之内人们的生活。"

"然而，我还是要建议大家不要返回世界之内！"肖洛加重语气又强调了一遍，"因为在暗物质层面的世界之内存在着的被流放者很有可能袭击各位。这是由于暗物质层面的世界之内缺乏'生'之能量，饥寒交迫的被流放者看到从中间地带刚刚返回的你们，身上充盈着中间地带'生'之能量，纵使被流放者本身并不邪恶，但在那样一个没有'生'之能量的荒凉环境里，任何事情都有可能发生。所以，不返回世界之内对各位最大的好处就是可以免受被流放者的骚扰与攻击。"

肖洛的话锋一转："不过，既然中间地带允许大家返回暗物质层面的世界之内，就不会让客观因素阻碍大家返回的自由。在暗物质层面的世界之内，每天的每时每刻都会有这些保护者为大家保驾护航，"说着，肖洛身后的光束屏上出现了一群穿着银色铠甲的保护者的全息图像，他们看上去与之前接新生者进入中间地带的使者无异，个个超凡脱俗，"另外，中间地带也为各位提供了'红宝石'报警装置与屏蔽服来屏蔽被流放者。"在那些保护者的全息影像旁随即出现了花瓣状晶莹剔透的红宝石项链，每块宝石的中央都有着一个白色的珍珠报警按钮，可以召唤辖区内的保护者，一件斗篷状的黑色屏蔽服也缓缓浮现。

"哟，那群娘儿们是干吗的呀？"大星冷不丁地吐槽了一句。

"你醒啦？"简然低声询问。

"我何时睡着过？你不是说这个欢迎仪式很重要？"大星懒洋洋的。

简然暗自好笑大星的语气，轻声解释道："那些是保护者！之前介绍到他们的时候放过'PPT'的，他们超能力很厉害的！"

大星努了努嘴唇："看来现在的女生的确都比较喜欢这样不男不女的。"

"星先生！"安佳的声音再次从简然和大星身后传来。

"我不应该说话，我错了，行吗？"克里斯没好气地白了眼安佳，似乎是还没睡醒的原因。

或许克里斯·星现在女生的择偶观有很大的不满啊，简然心想，但她倒是觉得这些图片上的保护者一点也不阴柔,反倒非常可信,权威中流露着某种柔和。

保护者的图像和红宝石、屏蔽服的图像被一堆花花绿绿的试剂取代。肖洛指着图片问听众:"还记得这是我之前介绍的什么吗?"

"'梦生'试剂!"台下有个观众抢答道。

"没错,正是'梦生'试剂。"肖洛的语气洋溢着愉悦,"顾名思义,各位可以借助'梦生'试剂进入世界之内的人们的梦境,与世界之内的亲人、爱人、友人、仇人梦中相会。但需要提醒的是,市场上看到的'梦生'试剂并非全部合法,只有中间地带官方药房发布的'梦生'试剂才是合法试剂,使用非官方渠道购买'梦生'试剂,并在世界之内使用,很有可能会导致'曾艺'对各位的资格评级做出负面评价,因为使用的潜在后果是在某种程度上影响世界之内人们的生活。"

"你有什么问题要问吗?"克里斯悄悄问简然,然后偷瞄了一眼安佳·华。

"嗯……我想想……"简然看了看如宇宙苍穹般闪烁着星光点点的天花板,脑中飞速思索,首先进入她思绪的是这里的元老制。按照肖洛的话来说,这七个元老就是4个世纪前的中间地带创始人?他们活了4个世纪?虽然之前肖洛提到过,中间地带的"生"之能量能修复人体新陈代谢中 DNA 复制的瑕疵,理论上可以让人永生,而且不会影响孩童体内的生长素分泌,不会影响他们的成长,但不是按规定每个人在中间地带只能享有一百年的馈赠吗?是对元老例外还是对某一类人例外?简然不解。

接着进入简然思绪的是中间地带的流放制度。被流放就是永远被囚禁在暗物质层面的世界之内吗?这时候,简然不自觉地想到了世界之内的父亲和麦喆,潜意识里她还在想着要与他们分享今天在中间地带的见闻,但随后她意识到,按照肖洛所说,被选中的幸运儿不仅不能从中间地带返回世界之内,而且连最基本的与世界之内进行通信都不被允许。

简然瞥了一眼身边这个叫克里斯·星的人。克里斯此时正一脸期待地望着简然,似乎非常希望简然一会儿能向肖洛提问。大星之前不是说对这类说教不感兴趣的吗?简然突然明白过来,就对克里斯说:"你就直说吧,你有什么问题想提,我来帮你在大庭广众之下问好了。"

"你这个年轻人真聪明!我对刚才的那群'娘儿们'带有比较恶意的好奇,我想知道他们被召唤之后将如何行使职责、怎么保护需要被保护的人。是直接杀死被流放者,还是制止他们?又是以什么为标准?"克里斯·星连珠炮似的对简然说。

看来他是对保护者很有意见。简然暗自好笑:"我就想你从头睡到现在,怎么会突然想起来问问题。"简然的语气略带戏谑,"原来是针对保护者啊。"简然笑了笑，"好吧，我一会儿就替你问。"事实上，简然也想知道这个问题的答案，所以她在肖洛欢迎大家提问的话音刚落，便径直举起了手。

"请说!"肖洛立马注意到了简然——她是目前全场现在唯一举手提问的新生者。

简然站起身来才觉得全场目光都聚焦到了她的身上，不过，她并没有因此慌神。

"这位女士，请您直接说，大家都能听到。"肖洛提示。

"好，"简然尽可能地提高嗓音，却发现自己的声音就仿佛肖洛那样在全场回荡，她怀疑这或许是肖洛的天赋超能力，"大家好! 我有三组问题：第一组关于流放制度，第二组关于元老制，第三组关于返回世界之内。就流放制度，我想问的第一点是资格评级以何为标准，是违反一次那条最重要的规定就一定会被流放还是会结合其他什么参数? 第二点是被流放的期限——如果资格评级低于均值、被判定流放，那是不是就永远被流放了?"说到这里，简然转头看了看克里斯。克里斯双手在胸前交叉，一副你敢不敢问的样子。简然回过头去看着台上的男士说："第三点是保护者如何在暗物质层面的世界之内保护我们免受被流放者的袭击，是直接杀死袭击者还是制止他们，又是如何区分何时应当制止、何时应动用极刑? 第二组，关于元老制，我有两点疑问，第一点是元老制下中间地带政府是如何做出决议的? 另一点是现在的七大元老是否就是 396 年前的那七位? 如果是，他们的永生是否与中间地带的百年馈赠制度相违背? 第三组问题比较简单，只有一个疑问点，那就是为何只能返回暗物质层面的世界之内，中间地带的这种与世界之内减少接触的起因和目的是什么?"简然稍事停顿，"我想问的就是这些，谢谢大家的耐心倾听。"

肖洛听完后，抬了抬眉毛，假意擦了擦额头的汗："这位女士，这都是非常棘手的问题啊。"他笑着示意简然落座，"您先请坐，感谢您的提问，请待我一一解答。"

简然入座后，肖洛面不改色地侃侃而谈："第一个问题资格评级的标准和第二个问题被流放的期限均由我们的'曾艺'通过违反原因、违反次数、违反企图等参数结合大数据技术完成统计，"肖洛叹了口气，"虽然我也不懂我刚才说的原理和运作，但'曾艺'总能给出一个从任何角度看来都是最为科学的结论，等大家住进新生者公寓之后，就会对'曾艺'更加了解的。简单来说，'曾艺'就是一个你们用过的最智能的人工智能主机。"他耸了耸肩。

"对第二个问题补充一点，"肖洛像是突然想起来什么似的，浑身一激灵，"被判定流放不是永久被流放，在流放期限到期后，保护者会第一时间将被流放者接回中间地带。然后，我们来说第三个问题——保护者如何保护。我这里简单说下最坏的情况:在暗物质层面的世界之内,只要保护者认为被流放者对你们的袭击具有致命威胁,就可以清除也就是杀死被流放者,而不需要经由上级同意,其他情况,保护者可以选择制止被流放者。保护者的这种'清除'权力来源于中间地带政府的直接授权,由于中间地带政府的权力来源于每一位中间地带居民,所以如果大家认为这条规则有违常理,都可以通过正当程序改变这条规则,我就参与过多次修订这项规则的议案大会,但是显然,'革命尚未成功,同志仍需努力'……"肖洛半开玩笑地说。

"接下来,"肖洛思索片刻,"第二组问题,元老制。这里的元老的地位有点类似于皇室,元老没有真正意义上的权力,真正的权力还是在中间地带政府的身上,但元老们总是能通过自身的人格魅力促使一些变革的发生。这里的变革更多是科技创新上的,而不是法律制度上的。希望这样的回答能够帮助你理解,另外你也可以在这里的一站式图书馆找图书管理员为你提供检索指引,在书籍里了解更多元老制的内容。"

肖洛似乎正准备接受新一轮提问,突然想起来:"啊,我还有两个重要问题没有回答,第一,元老是不是还是之前的那七位? 答案是没错,他们就是396年前的七大元老。要对此进行解释,就要先温故一下在座的各位之所以被中间地带选中的原因。因为我之前已经介绍过,被中间地带选中的幸运儿的基因往往蕴含超群的天赋超能力和较高的综合素质,天赋超能力能够通过不断训练得到提升,这也是大家从明日起便要参加新生者天赋超能力辅导班的原因。当大家在中间地带住满七年,由中间地带的新生者晋升为中间地带八级及以上居民时,'曾艺'将对各位的包括天赋超能力在内的总体综合素质进行统计,并将会在百年馈赠结束时,挑选若干人成为中间地带的永久居民,并在此后,每十年对永久居民的身份进行重新审核。七大元老便是中间地带的永久居民,与中间地带的百年馈赠制度并不违背。当然,要成为永久居民并非只有提升天赋超能力这一种方式,比如申请成为辅导者也是成为中间地带永久居民的方式之一,其他的方式大家仍然可以通过中间地带一站式图书馆中的相关书籍了解。"肖洛长舒一口气,"终于最后一个问题了,为什么返回的是暗物质层面的世界之内从而尽可能减少与世界之内的接触? 其起因是前几个世纪中,不少从中间地带悄悄返回世界之内的人夹带了专属于中间地带的制品,未经中间地带授权便向世界之内公开了中间地带的专利技术,或者自行展示身为中间地带居民所特有的天赋超能力。他们的这些行为,虽然从好的方面来说,提高了世界之内的科学技术与生活质量,但也大大增加了世界之内军用武器的杀伤力,以致两次世界大战都因中间地带而起。"

看来那些阴谋论者说得没错,简然心想,竟连中间地带也声称两次世界大战是因中间地带而起，只不过那些阴谋论者错在两次世界大战并非剑指中间地带，而只是利用了从中间地带泄露的武器技术。她又想，若世界之内的人真如那些阴谋论者所说，动得了中间地带，那么他们就没必要等统一了世界之内再进攻中间地带，他们尚且连世界之内都统一不了，又何谈是中间地带？

肖洛再次强调："中间地带采取这些措施并不是不信任各位，只是为了确保不会再有任何中间地带的专利与秘密被泄露。在各位享受中间地带生活的同时，总有一些代价是各位不得不付出的，请各位理解，毕竟中间地带的七大元老最不希望看到的就是世界之内因中间地带的技术外流而再陷入世界大战。"肖洛在人群搜索到了简然，然后紧盯着简然深棕色的眼眸，说道："好的，这就是我对于上述问题的回答，希望在座的各位能够满意。"肖洛视线一转，向其他听众询问，"还有其他问题吗？"

"有！"一个看上去像是科学家的男子径直站起了身。

"哦，好，请说。"示意他可以开始提问了。

科学家起身问道："你刚刚说了元老负责的科学项目，能够进一步解释一下项目内容吗？谢谢！"

"好的，不客气，接下来，我要为七大元老正在研究的项目打个广告，"会场的气氛不知为何突然轻松起来，肖洛的语气也显得兴奋起来，"如果各位对人工智能、人类起源、多维世界等话题有兴趣的话，敬请向七大元老申请，诸如我们是否是这宇宙中唯一的智慧生命、我们究竟由谁创造等问题都已经在对应的元老项目下立项。虽然我不能保证每个人的申请都可以获得七大元老的垂青，但是如果得到了垂青，兴许您便可以通过参与元老项目，为解决困扰世人多年的谜题出谋划策。"

2

"为什么他们不把真相说出来？"一个语气稚嫩的保护者询问。

这个语气稚嫩的保护者正在意念控制者远程操控室内，和其他五个均身着黑白制服的保护者，背靠背围坐在一圈白色的座椅上，座椅上方是连接每位保护者意念的设备，座椅前则是一面面光束屏。五人之外尚有一张座椅至今仍然空缺。这些保护者之所以身着黑白制服而非银衣铠甲，是因为这些保护者的身份并不普通。他们是中间地带为数不多的，以意念控制为专长的保护者中的五位。

这位语气稚嫩的保护者第一次参加中间地带的"平稳"计划，同其他兼具意念控制者身份的保护者一起平定月球阴暗面被流放者基地的叛乱。

年轻的保护者见没人回应他，便再次发问："为什么他们不告诉所有人，中间地带存在的根本目的不是分裂、隔离不同的人,而是保护世界之源、保护世界之内和中间地带免受这些被流放者的侵扰?"他瞪着硕大的黑眼睛,望着坐在他身侧的意念控制保护者负责人乔光。他不解的眼神期待着乔光的解答。

乔光留着一头卷曲的飘逸长发,眼神深邃,两道剑眉英气逼人。然而,满脸的络腮胡却遮挡了他原本英俊的容貌,加之深邃眼神里闪烁着的蓝色忧愁,均引人联想他以颓废形象示人的缘由。乔光专注地凝视着光束屏,光束屏上显示着将世界之内与月球阴暗面被流放者基地相连起来的基站端口的动态,这些基站端口基本均处于世界之内的各地地标,比如高耸的迪拜塔、基督像,又或者是鳞次栉比的摩天大楼,甚至是泰姬陵。

乔光轻叹了口气,淡淡地回答:"本杰明,之前你在意念控制保护者的培训课上没有得到解答的疑问,我这边或许也不能给出答复,"他的声线清亮、悦耳,"因为我并不比你的培训课老师了解得更多,但我们都知道,如果将不该与世界之内分享的秘密公开,其结果很有可能会引起全世界的恐慌,"乔光的手指修长,灵巧地在光束屏上点按着,提高检测设备对基站端口开启的波频扫描,"世界之内在得知这一切后,或许会想与我们联合抵御被流放者并要求我们共享技术,我们中间地带很难有正当的理由拒绝。最终,不说被流放者会对这两个世界造成怎样的影响,在世界之内很可能又会出现一些人利用我们的技术去伤害另一些人的现象,就像是之前的两次世界大战。"

"我不明白,"本杰明继续问道,"如果被流放者里有人已经有能力把那个基地建立在和我们并不相同的维度上,他们难道没有能力直接把我们这一维度的一切都毁了,然后据为己有,需要这样一次次地进攻我们这里吗?而且为什么我们只能防守呢?我们既然能够检测到基站端口即将打开的信号,为什么我们不能进攻呢?"

听到本杰明的疑问,除乔光外的另两女一男三个特工面面相觑,谁都不愿意理睬问这些愚蠢而敏感的问题的新来菜鸟。

乔光依然边平静地在屏幕上操作着,边平淡地回答:"我们并不知道那一部分被流放者的真实目的,七大元老对此闭口不谈,我们只知道在冷战结束前夕,世界之内出现了非世界之内或中间地带制造的、与月球阴暗面被流放者基地相连通的基站端口。在基站端口刚刚建立时,月球阴暗面被流放者基地还只是个名号,里面空无一人,但与基站被建立这一事件同时发生的是,所有在世界之内暗物质层面的被流放者都遭到意念控制,乖乖通过基站端口进入月球阴暗面被流放者基地,待他们再度归来时,便是那些被流放者与中间地带的第一次也是唯一一次战役。"

"我知道那次战役，那些人的目标是我们的'曾艺'，我们的能量源，"本杰明分享了他自己的观点，接着打探道，"那场战役真的是您一个人阻止的吗？"

另外三个特工齐刷刷地转过头来，一脸八卦。

"不是，是我和我的团队。"乔光喉头一紧，像是有许多难言之隐，又像是要奋力咽下一团痛苦，他眼神里的蓝色也更多了些，眉头随即拧了起来。

"确切地说，是乔光和另一个若是活到现在中间地带仍无人能敌的最强意念控制者，"一个声音从意念控制者远程操控室的门外传了进来，一个身着黑白制服的中年女子走入，浮动门在她身后关上并消失，使得整个室内看上去似乎没有出入口。她在乔光右侧的空位上坐下，操作起了光束屏，基站的画面显现，"只可惜，她在那场战役中牺牲了。"说罢，她紧张地看了看乔光，见他还是那副感伤的模样，便继续数落本杰明，"本杰明，你这个新人问题倒挺多，老远过来就听到这个为什么那个为什么的，哪来那么多为什么呀？问清楚了就能活得明白了？而且你也别在这件事上纠缠了，这段过往是乔光的伤心事。"

"别说我了，"本杰明顶撞道，"安佳·华夫人，今天可不是你第一次让大家等这么久，既然你认为我们现在要做的这件事情，重要到即使蒙在鼓里也心甘情愿替元老了事，那么你今天为什么又晚了这么久？"

"又是'为什么'？！真受不了你，本杰明！不过，乔光知道的，你们都知道的呀，这个时间点啊……"安佳停下了手里的操作，似乎光束屏上万事俱备，"这个时间点，我好不容易安顿完一群新生者，就马不停蹄地赶了过来，而且一般来说，从检测到基站端口即将打开的信号，到基站端口的真正开启是有一个很长的时间窗口的。"

另三个特工就像是看好戏一样，交换了眼色，努力忍住笑。

基站端口的信号突然增强了些，乔光正色道："好了，大家集中注意力，端口就要开启，请务必牢记，这些不是我们真正的敌人，这些都是被那个素未谋面的幕后黑手操控了意念的被流放者，他们和我们一样都是……都曾是中间地带的居民，所以我们要做的是在基站端口上筑起思维屏障，抵御这些被流放者而不是清除他们。"

"那么当时最早的那场战役究竟是怎样的？"本杰明似乎抓住了问题就不肯放手。

乔光知道自己必须说点什么才能让本杰明认真对待这次行动，便强作镇定："如你所言，第一次战役的目标直指中间地带的能量源，他们突破了我们专门用来屏蔽世界之内的防护层，加之当时中间地带丝毫没有准备，陆战被打得措手不及，当我和我的团队来到这里开始迎战时，中间地带已经死伤惨重。但与此同时，这些被流放者还有第二目标，那便是我们所在世界的立足根本——世界之源，你在培训课上应该了解过世界之源的，以意念控制为专长的保护者都应该知道的。"

本杰明点点头。

一段关于往昔的苦痛回忆闪过脑海，让乔光下意识地咬了咬牙，太阳穴上的青筋浮动着。他继续说道："安佳说的最强意念控制者当时前往了世界之内，她的任务是保护世界之源，我则驻守于此，然后……"乔光深吸一口气，"然后我这边的被流放者被击退，虽然我竭尽全力试图解放他们被控制的思维，但是那个幕后黑手还是成功地带走了大多被流放者和部分中间地带天赋超能力强大的居民，并关闭了基站端口。等我赶到世界之内，最强意念控制者已因公殉职，但大家都知道，只有她直面了那个幕后黑手，并与那个幕后黑手两败俱伤，才帮助了我这边击退入侵中间地带、思维被控的被流放者。"

本杰明屏息凝神地听完，似乎对这个回答非常满意，"那么也是因此中间地带从每十年一次选人变成现在每年一次选人？因为大战后，中间地带人数锐减，需要人手，或者说需要有特殊天赋超能力的人手？而且之后我们就一直这么通过意念抵御被流放者，而且都成功了？"

本杰明身后的三名特工里的男特工说："只能说每年都在增加抵御的难度，我们这个团队的人数也因此不断增加，但毕竟没有这么多能够和那个幕后黑手相敌的意念控制者，谁也不会像那个最强意念控制者那样，所以我觉得你说的是对的，每十年一次到每年一次就是为了确保中间地带有足够的后备力量。"

本杰明还没来得及进一步询问，光束屏上的信号达到了峰值，警报响起。"好了，"乔光再次正了正神色，深邃的眼神里一扫阴郁，散发出了坚定的光芒，"准备开始工作！"

他凝视着屏幕，回想着多年前的生离死别，那个素未谋面的幕后黑手夺走了他当时等了两百多年才盼来的人，那个他日夜期盼能耳鬓厮磨的人。当时，那个人就仿佛是一朵沉睡的玫瑰，在他怀里渐渐失去生气。

那一刻心中的痛楚，让这一刻的乔光回过神来，他与团队六人将他们的意念能量积聚在座椅上方的发射器中，发射器对准了所有世界之内与月球阴暗面被流放者基地相连的基站端口，思维屏障瞬时在基站端口上筑起，将端口密不透风地牢牢包围起来。

"就这样？"本杰明好奇地一问。

"集中精力，本杰明。"安佳叮嘱。

基站端口突然仿佛被撕裂开来，然后被流放者鱼贯而出。

然而，保护者筑起的思维屏障坚不可破，被流放者被挤在思维屏障里，动弹不得。

"我来守住思维屏障，"乔光吩咐，"其他人控制他们返回。"

"我们真的不把他们接过来吗？"本杰明多嘴地一问。

"闭嘴，本杰明，现在的技术做不到这点。"安佳嗔怪。

3

"他们为什么让我们走楼梯，这么高端的地方就没有电梯吗？"克里斯挠着头跑上了几级楼梯，打着哈欠。

单简然、克里斯·星等新生者已经进入了他们的新生者居所———幢13层楼高、外观简洁的公寓楼。洁净的楼梯间内以黑白色为主调，就像是琴键，每层楼面都是一间由6个卧室、一个客厅和一个阳台组成的公寓，供六人一组的新生者居住。

"那个主持人之后有说什么吗？我对之后的提问都不感兴趣，就又睡着了！"克里斯懒洋洋地说。

简然在宽敞的楼梯上边灵巧地向上跨越，边转过身回答克里斯："那你还记得什么呀？"

"我记得那个人说我们要先在中间地带待一周，然后才可以进入暗物质层面的世界之内，而且还有一条可怕的、不能违反的规则，然后你问了他很多问题，他说了一大通，我没怎么听懂，但至少知道了那些让人看不顺眼的保护者权力不小，但我后来就又睡着了，所以他后来说了什么呀？"

"你还是记得不少的嘛。"简然打趣道，"肖洛后来还说了七大元老的科研项目，然后又回答了关于中间地带'一站式'设施的疑问，比如一站式图书馆复制了世界之内所有的图书馆建筑和藏本，而且似乎连各个时期不同版本的《吉尔伽美什史诗》、法老象形文字释义、被焚书坑儒掉的绝版书籍等，在这里的一站式图书馆都可以找到。他还介绍了一站式奇观，包括珠穆朗玛峰、科罗拉多大峡谷、马里亚纳海沟，以及一站式景点，包括故宫、白宫、克里姆林宫、各种各样的教堂、各地的迪士尼乐园。总之所有世界之内美好的东西在这里都有完全相同的复制品，如果我们认为我们还知道一些其他好玩的地方，但这里还没有复制品，可以向中间地带政府分支之一的重建机构提出复制申请。"简然心里好奇自己的肺活量怎么到了中间地带变大了这么多，之前在世界之内是根本不可能边爬楼梯边说话的，而且爬了这么长时间的楼梯，竟然没有感到腿部积聚乳酸后的胀痛，难道这就是中间地带空气里的"生"之能量起的作用？

想到"生"之能量，简然继续对克里斯回忆道："然后肖洛还说这里的空气中弥漫着'曾艺'散发的'生'之能量,只呼吸这些能量就能够让我们精神饱满,而不需要进食、睡眠。"想到大星对保护者的偏见,简然便说,"其实肖洛后面说到被流放的时候,又强调了一次保护者能够清除被流放者,但他不是想说保护者权力大,而是想让我们不回世界之内。因为被流放者从本质上说与我们无异,只是被暂时或永久地从中间地带除名,不去那个暗物质层面的世界之内,既能够保护我们自己免于危险,也能够避免那些被流放者因为袭击我们而被保护者清除。"

"你果然是'学霸',记得这么清楚。"克里斯半开玩笑地说。

这时,领头的安佳停下了脚步,介绍道:"这里就是各位的居所了。"

简然抬头一看,这里是9楼。"9"这个数字戳在白色的墙面上,内里像是冲了墨汁,看上去似乎有液体在流动。

安佳待他们身后的4组新生者离开后,用门禁卡刷开了楼梯间通往居所过道的浮动门,第9组新生者便一个个进入了他们将来要生活7年的地方。

浮动门内是公寓门前的过道,与之前黑白的单调不同,这里被红色的地毯和红木覆盖了,简然觉得这里闻上去有宾馆的味道,一切在米黄色灯光的照射下显得非常温馨。

"这是你们的房门钥匙和你们寝室的钥匙。"安佳分别将一枚似乎还承载着晶莹剔透的露珠的鲜草与一株还挂着新芽的柳条交到新生者手中,鲜草与柳条一落到新生者的指尖,就展开了钥匙的外观———一把绿色、一把棕色。安佳叮嘱道,"这两把钥匙都和你们的指纹配对过,只有正确的指纹才能够开启它们,绿色的是开这扇总门的,"她指了指尚未开启的公寓总门,"棕色的是开公寓内各自卧室房门的,两把钥匙结合起来就是9楼和底楼的门禁卡。"

克里斯把自己的棕色钥匙举到眼前仔细看了看,"应该怎么结合呢?"他把两把钥匙渐渐靠近,倏地,两把钥匙吸在了一起,层层叠叠的齿眼间交错结合成了门禁卡———一朵仿佛正在绽放的桃花,"嘿,简然,你看!"克里斯看到简然正把两把钥匙合成的门禁卡拆开。

简然没注意到克里斯正在叫她,抬头对克里斯说:"门禁卡竟然是一朵花,真是太神奇了?!"

"呃,的确……"其实克里斯的本意是想炫耀一下自己发现的门禁卡结合技巧,尴尬地附和,"这太神奇了……"

"是啊,"简然把钥匙合成门禁卡,"但是如果掉了其中的一把钥匙可就连底下的大门都进不了了。"

安佳温和地欢迎道:"现在让我来带各位参观公寓吧,之后请各位在公寓休息、互相增进了解,从明天起大家将在中间地带开启第一周的生活,在这一周里,各位将发现自己的天赋超能力、参加感兴趣的中间地带各社团协会的活动，并将在中间地带的所有'一站式'场所进行参观，大家在中间地带的第一周将以在世界之内暗物质层面的定向越野作为终点。"

听到世界之内暗物质层面，不知为何，温暖的气氛瞬间冷却下来，似乎之前肖洛的危言耸听起了作用。安佳察觉到后，便对自己面前的新生者们眨了眨眼睛问："大家是有疑问吗？"

"暗物质层面的定向越野？岂不是很危险？"之前一直与身边的中老年男子交流的中老年女子问道，她的眉毛僵硬地弯曲着，看上去似乎有些跋扈。

"定向越野的路线是中间地带特别定制的，不会有危险，所有路线全程都有保护者全权守卫，定向越野的设立初衷也是希望各新生者之间能够在比较熟悉的世界之内的环境里相互认识，增加各位在中间地带的归属感。"安佳安慰道，"大家还有什么问题吗？"

简然觉得刚刚那位女士问了最关键的问题，于是和大家一起面面相觑地摇了摇头。

众人静默了片刻后，安佳向大家展示了一下她的门禁卡——一张仿佛秋日落叶般的小卡片："我有进入你们这幢新生者居所的门禁卡，但这是辅导者专用的，"她分解了组成辅导者专用门禁卡的两把钥匙，"这其中的一把钥匙是和大家相同的绿色钥匙，另一把是我自己公寓的钥匙，我就住在这幢大楼的辅导者居所内的第 9 号套房，大家有任何问题都可以来找我，你们的门禁卡可以进入辅导者居所。"

随后，安佳用她自己的绿色钥匙旋开了红木大门上的雕花铜质锁孔。

公寓内是一派祥和之景，所有的灯都打开了，明亮、宽敞、鲜艳的客厅足以容纳百人在这里开派对，开放式厨房里没有一丁点儿餐厨污渍，鲜花和盆栽点缀在房间的角角落落，平添生气，客厅外则是全落地窗玻璃的阳台。虽然现在落地窗外是黑夜，但在温馨的射灯光下根本感受不到黑夜的寂寥。

"各位新生者，你们好！我是'曾艺'。"在客厅上方，一幅阴阳八卦的黑白圆形全息图浮现。单简然有些吃惊，她本以为"曾艺"会像是《我，机器人》里的 V. I. K. I——正方体蓝色光幕上一张模糊的女子的脸，或者是《鹰眼》里金色的 Aria，抑或是《2001 太空漫游》里的 Hal——犹如一只红色的眼睛。"曾艺"继续道："在未来的日子里，我将竭诚为大家服务！我现在就不打扰安佳·华辅导者为大家做介绍了，但如果有任何需要或者疑问，请随时召唤我。"说罢，"曾艺"便隐去了。

"这里就是各位将来 7 年的居所，希望大家相亲相爱、和睦相处。"安佳满心期许地扫视着每一位第9组新生者成员,"我们已经根据各位在世界之内的居所分别为大家私人定制了寝室的内饰与外观,请跟我来。"安佳说着带着队伍绕过客厅向右侧走廊走去,"男士在左侧,女士在右侧,女士优先。"

"王丽女士,这里是您的寝室。"安佳让王丽——就是之前那位热心地迎上来,安慰单简然的老太太——用棕色钥匙打开了她寝室的门,看到屋内的一瞬间,她的眼神便被点亮了。

"您还满意吗?"安佳问,"我并没有别的意思,您的满意度决定了为您改造寝室的设计师的评分。"

"满意,当然满意,"王丽点点头,握着安佳的手,用老人独有的慈祥嗓音说,"我本来还担心要重新适应环境,因为年纪大了,记不住新东西,这里简直和之前的一模一样。"

在王丽表示感激的时候,简然悄悄瞄了一眼王丽奶奶的寝室——那是个幽暗的房间,窗帘都拉着,水晶灯将彩色光晕折射在天花板上,紫色的天鹅绒床罩闪着金属光泽。哇,简然心想,这间寝室看上去真漂亮。

王丽奶奶随后便进屋关上了房门,男士们基本都不再跟着安佳往右侧走廊深处走了,而是尴尬地四下里打量着这间公寓,不知如何打破沉默。

妮娜·芬奇,就是之前眉毛看上去较跋扈的中老年女子,待她进屋休息后,安佳微笑着招呼简然跟着她走:"单简然,请跟我来。"

"不介意我跟过去看看吧?"克里斯一蹦一跳地紧跟着简然。

"哦,当然不介意。"简然觉得这个叫作克里斯·星的人还挺有趣的,并不反感他参观自己的寝室。

简然跟着安佳走在木质地板、白色墙壁的走廊上,左侧是玻璃窗格隔开了客厅,在玻璃窗格里陈列着有趣的饰品,一些青铜酒器,一匹唐三彩瓷马,一座微型方尖碑,一艘迷你游轮模型。

"这是你的房间。"安佳让简然自己用棕色钥匙开门,"斗篷屏蔽服和'红宝石'报警器都已放置在衣柜里了。"

简然看到室内的那一刻,惊讶地脱口而出:"这真是一模一样的……和我在世界之内的家一模一样!"之前王丽奶奶说过的话闪过简然的脑海——"这里简直和之前的一模一样",原来真的是一模一样的。

简然扫视四周,她在世界之内的家的精华部分都浓缩在这个房间里——进门时一排中式复古的橱柜,房间左侧古色古香的床榻,木质的书桌和书橱依窗摆放,落地窗边的茶几旁放着一把简然心爱的琵琶。尽管一切都那么熟悉,但简然总感觉缺了什么,而且不知为何,简然隐隐感到害怕,她害怕看到一些什么以至于情绪失控，她害怕这里的设计师或许没有那么在意住在这间屋子里的人的感受。不过，当简然看到床头柜上她最喜欢的水滴触控灯旁空空的角落时，她意识到，原来自己害怕的正是这个房间里缺失的。

这个房间里，所有简然在世界之内摆放相片的位置都空空的，床头柜上没有一家三口的合影，书桌上的多肉旁没有父母的合影，墙壁和书柜里没有自己和麦喆的艺术照。

"照片呢？"简然低声问站在自己寝室门口的安佳。

安佳似乎对这一问题早有准备："照片的话，设计师都已经在这间屋子里的橱柜里摆放妥当了，如果简然需要拿出来装饰的话，可以直接取用。另外，如果有什么简然需要用的物品没有被收录到这个房间的话，可以和我说，我会申请让设计师前往世界之内制作复制品的。"

"暂时没有吧。"简然喃喃道，"怪不得，什么行李都不用打包，原来是这里都复制好了。"房间内物是人非的光景让简然感觉心里空空的，和那几个没有相片的角落一样，这里真的什么都有了吗？

克里斯·星游手好闲地在简然的卧室里打量着，然后他的视线被书橱里的一个奖杯吸引了："哟，简然，你深藏不露啊，这么会弹琵琶？"

"我哪里藏了？"简然没好气地反问。

克里斯没回答简然，而是径直拿出简然书橱里的奥数竞赛奖状："还说自己不是学霸？"

"你别随便动人家东西了，快放回去。"简然像是在教育一个三岁的孩子。

"单简然女士，这里您满意吗？"安佳打断了简然和大星的对话，"如果您对卧室布置不满意的话，可以向居委会申请重新装修。"

"满意……"简然面无表情地回答，"如果没有其他事的话，我现在可能想休息了。"

安佳满脸堆笑："嗯，当然，我们希望相同的环境能够更好地帮助你们适应这里的环境，然后开始新生活。那单简然女士，我便不打扰了，克里斯·星，"安佳提了提嗓音，"请跟我来。"说罢，安佳便和简然道别，向简然卧室外走去。

克里斯跟随安佳离开简然寝室时，突然问简然："你不去我那儿看看？绝对是专业电竞选手的顶配游戏室。"他看上去灵气活现的，似乎成了屋子里唯一的色彩。

"不了，大星，我以后再来拜访，谢谢你。"简然感到了疲惫。

"那好吧，"克里斯刚踏出简然的卧室，又折返，一手倚着门，"我待会儿来找你哦。"克里斯对简然做了个"要振作"的手势，便离开了。

简然缓缓关上卧室门,她仿佛看到自己的未来在风雨缥缈之中。

那些荣誉?她冷冷地想,在世界之内的一切在中间地带都没有任何意义,那些荣誉只在特定的社会背景下,甚至只在特定的人生节点上才有价值。那些不是我真正热爱的东西,都是迫于世界之内的游戏规则才争取得来的。想到这里,一瞬之间,简然就像是看到穿透缥缈风雨的一道阳光似的,眼神里恢复了光彩,她意识到自己的未来应该是怎样的了——或许在中间地带,我终于可以做我真正热爱的事了,我终于可以追逐我的电影梦了!

4

金·和美悄悄来到月球阴暗面被流放者基地寻找她的表哥兰迪尔·萨乌丁,两人用心声交流着。

"金,你没必要为了我去做违心的事情。"兰迪尔背着身,一件闪烁着蓝色星光的黑色长袍上是一根头发都没有的锃亮头皮,反射着来自宇宙的射线。他的面前是石墙上的一个圆形孔洞,能够看到一切但唯独看不到地球。

金·和美仍然穿着主时空边疆守卫的制服。她干练地跨过石壁建筑坑坑洼洼的地面,走近兰迪尔,用心声说:"兰迪尔,我没做违心的事。我已经完成了你计划的初步要求,我获得了你要求的政务权限,现在能够看到设定内子时空的一切了。"

"那就继续吧,了解时空奇点,然后接近她,把她争取过来。"兰迪尔绕过石桌,走近金·和美,"我有预感,这个世界之源,我们一定可以争取过来。"

"表哥,你一定要小心,他可是没有那么好骗的。"金的心声听上去似乎有些胆怯。

"要是他知道了,他一定会亲自来阻止我的,"兰迪尔又背过身去,向石墙的孔洞走近两步,"他平时最看重的不就是这些子时空的生命吗?如果他们受到威胁,他知道了会无动于衷吗?"

"但表哥,我们都不是他的对手,我们不知道他葫芦里卖的什么药,不能轻敌!"

"我们轻敌了吗?"兰迪尔打断,转过身来,似乎异常愠怒,他指着自己的心,继续用心声质问金·和美,"我们把整个圣清主时空的存续都赌上了,你说我轻敌了?"

"表哥,为什么现在我一回来就要实施计划?为什么不等那个被流放者组成的抵抗组织再成些气候或者等他们和世界之内联手之后再实施计划?难道是因为这个世界之源吗?"金疑惑地问。

"没错，我对将这个世界之源争取过来有信心，因为她过去是我们的朋友。"兰迪尔意味深长地说，"如果你没办法完成这些，不想因为自己赔上这么多生命，或者还是不想与他为敌，我不强迫你，"兰迪尔眼里蕴起了泪水，"我也不怪你过去做的……"

"我知道，表哥。"金·和美真诚地凝视着兰迪尔，"我会按照你的计划办的。"

"只有你有这个能力，过去你能骗过我们去向他报信，现在你也一定能骗过他和那些保护者去接近时空奇点吧？"

5

"就这么结束了？"本杰明问乔光，之前开裂的基站端口已经在他们面前的光束屏上合拢。本杰明听上去似乎感到自己被大材小用了。

"结束了。"乔光长舒一口气。

"你们知道我一直有个怎样的推测吗？我觉得他们在测试我们的极限！"本杰明突然断言，"他们在之前的战役里直奔能量源而来，是因为他们没有能量源。现在，虽然他们的能量不如当时充沛，但他们知道我们没有足够的人手抵御他们，他们也断定我们不舍得把这些被控制的被流放者都杀了，所以他们一次次提升进攻强度就是在测试我们的极限，等到他们发现我们的极限，就没人能阻止他们了。"

"你不要在这儿危言耸听，好像我们都不知道你说的这些一样。"安佳·华说着起身，匆匆收拾起来，丝毫没有给本杰明他想要的关注。

"就是啊！"另三个特工频频点头，跟着收拾起来。

"本杰明的分析合理，"乔光似乎是在打圆场，他转向本杰明，"不过，'曾艺'曾对被流放者入侵中间地带进行过多重原因分析，你的这个推测属于其中的第七大分类，如果你感兴趣的话，可以去查查，"他说着，站起身，向屋内的保护者致谢，"感谢今天大家的付出，我们今天的任务就到这里。"

第四章　在中间地带的第一夜

1

"来来来!"克里斯·星在9层新生者公寓的客厅吆喝道,温馨的黄色灯光与米色墙壁映衬着暖心的色调,几位新生者围坐一桌,就仿佛是家庭聚会。

大星穿着红色的厨师围裙(其上写着"我爱做菜!"),围裙下是一件再简单不过的灰色T恤和淡蓝色牛仔裤,但穿在克里斯身上却凸显了他的随性和洒脱。大星端着一盘铁板龙利鱼上桌,他拨开龙利鱼外的银白锡纸,浓郁的香气扑鼻而来,伴随着吱吱作响的爆裂酱汁,看得直叫人流口水。

简然趁所有人都被这盘佳肴吸引的当口,悄悄观察着与自己同队的新生者组员,他们真的都大变样了——这天下午,王丽奶奶在和安佳·华确认之后,便带着妮娜·芬奇、陆易与陈国强三位老人前往了美容院,那里有一项技术能够帮助所有老人恢复人生中任何已经经历年龄段的容貌。

所以现在,所有的老人在简然眼里增加了辨识度。王丽奶奶已变为了一个妙龄女子,身着一条洋红色无袖短礼裙,一头棕红色的长发束在脑后,大眼睛扑闪着,一对珍珠耳环凸显其妆容的精致。妮娜·芬奇,之前这位中老年女士给简然留下的印象是跋扈、冷漠的高个女神。现在的她看上去仍是中年,两道褐色的眉毛、青色的眼线,嘴角不自觉向下抿着,穿着干练的职业装。不同于王丽的青春靓丽,妮娜的美在简然看来是风韵与知性,只是妮娜似乎和所有人都隔着一层无形的隔膜,一桌人中也只有她根本不待见,甚至是不假意待见克里斯的厨艺。

但是芬奇女士为什么挑选了自己50多岁时的容颜呢?简然心想,是在这个年纪既不至于垂垂老矣又具有某种权威吗?

妮娜·芬奇唯独和简然所在的新生者团队中的一个人说过话,那个人便是现在看上去正处于不惑之年的陆易,陆易倒是看上去非常随和,穿着棕色的皮夹克,就像是邻家大叔。在所有就餐者中最格格不入的一位便是陈国强,此前简然只记得他是一个有点军人特质的老人,但现在他却选择了自己7岁时的模样,以至于克里斯第一次看到他时还好笑地问了句："小朋友,要哥哥搀着一起吃饭饭吗?"现在的他正留着西瓜太郎的发型,穿着白绿相间的横条纹短袖,一条淡褐色的休闲中裤,虽然他外表看上去是无忧无虑的孩童,但是他的眼神中却流露出他已饱经岁月沧桑的真相。

"大家尝尝我的手艺哈!"克里斯·星搓着手走到简然身边的空座,并举起桌上盛着缤纷果汁的高脚杯,"为了我们美好的新生活!"

这间公寓里的六个人共同碰杯,尽管有些人兴致并不像克里斯那么高昂,但是面对这一桌子美食,即使是在离客厅最远的寝室里都满溢着佳肴的香味——没人拒绝得了克里斯·星的热情邀请。

简然略带钦佩地看着这一桌的丰盛菜肴——六人份的恺撒沙拉加温泉蛋,色香味俱全的香煎羊排,用红酒调制的照烧牛舌,在砂锅里熬煮多时,色泽金黄诱人又营养健康的鸡汤,配上黑木耳、山药、粉丝、蛋饺、番茄,外加一份XO酱爆炒虾球和蚝油时蔬。回想上一次自己这么吃一顿还是三年前,简然心想,这三年的病痛……简然想到这里赶紧清空思路,记住,这是新生活!

王丽就坐在简然的身边,她不时和简然交流着,表示自己对社交软件的好奇与向往:"我之前就看我孩子过年到我家来的时候一直看着一个叫微信的东西,还有一个也叫微什么……"

"微博?"克里斯插了进来。

"没错,微博。"

"你也知道微博?"简然问克里斯,"我以为你只知道脸书。"

"这些我都知道,因为我无所不知啊。"大星丝毫不谦虚,"王丽奶奶,您对这些感兴趣?"克里斯用夹子往自己的盘子里夹了些蔬菜沙拉。

"是啊,我之前年纪大了,记不住这些东西怎么用,不过现在,在中间地带就再也没有客观限制了,终于可以好好满足一下自己的好奇心了。"王丽用叉子叉起一块多汁的龙利鱼塞入嘴里,然后她赞叹不已地给克里斯竖了大拇指,"你做的菜真是各种好吃。"

"是啊,克里斯·星,看不出你还有这么一手。"陆易评价道。

"其实不仅有微信、微博,还有QQ、人人、推特、Instagram、WhatsApp,另外还有一个叫Whosay,好像是专门给名人用的,粉丝只能用同名软件查看,但不能发状态,"克里斯嚼着沙拉里嘎嘣脆的面包干,"我觉得微博很适合看新闻、关注名人动态,WhatsApp有那么点像微信和QQ,但只有通信功能。有不少明星都注册了微博,所以这个社交软件特别适合追星用。"

"你好懂哦。"王丽听上去有点少女崇拜偶像的感觉。

2

克里斯把吃主食用的餐盘、碗碟和刀叉收走后,便为大家端上了精致的巧克力布朗宁甜点,配以可自行添加牛奶和方糖的温热咖啡和吃甜点用的刀叉。

待大家开始品尝甜点,克里斯便在座位上一击掌,站起身来说:"接下来,我们来玩个能够增进相互了解的游戏——真心话大冒险,我猜可能在座的各位都从小辈嘴里听说过,但应该大多数都没玩过吧?"

餐桌边的各位老人除了王丽愉快地点着头外,其他人都没什么反应。

"这样,"克里斯清了清嗓子,拿起了一个放在茶几上的盒子,"既然说是为了增进相互之间的了解,我们就不按照正规玩法了,大家都选择真心话,大冒险以后再玩,然后抽签决定交代顺序吧,"他摇了摇手里的盒子,"我是发起者,我第一个参与游戏。"

接着,他先走到妮娜·芬奇身边,解释道:"这里面是写了交代顺序的号码,抽一个呗!"

妮娜似乎有些不情愿地将手伸进盒子摸出了一张卡片。简然猜测她肯定是觉得这么小儿科的游戏,我一个老人家怎么会和你们玩呢?芬奇女士随意地翻看了一下卡片,面无表情地说:"三。"

"好的,我们的朋友妮娜·芬奇将第四个参与游戏,因为我是第一个游戏者,所以大家的真实顺序需要将卡片上的数字加一。"克里斯热情地解释道。

坐在芬奇女士身边的陆易随和地微笑着,按克里斯的要求把手伸进盒子,抽取卡片。

"哈,我们的朋友陆易将第五个参与游戏,赞的。"克里斯随后走向王丽,带着软白甜的微笑摇了摇盒子,"王丽奶奶!"他似乎已经和王丽非常熟络了。

王丽伸手进了盒子,拿出卡片的一瞬间,她几乎尖叫了出来:"啊!我抽到了一!"

"你就在我后面。我可得想个好问题。"克里斯说着,把盒子递给国强。

"我抽到了二。"国强的声音是童声。

"简然,你真是抽得一手好签哪!"克里斯把盒子里最后一张卡片拿出来递给简然,上面画着⑤。

回到座位上后,克里斯陈述游戏规则:"每个人只能问轮到的玩家一个问题,不能追问哦,这样我们待会儿还能重新抽签来第二轮,提问的顺序就是大家手上卡片号码从小到大的顺序,"他喝了口咖啡,"我选真心话,虽然我以前都喜欢玩大冒险的,不过今天为了增进了解,我就豁出去了!王丽奶奶,请提问。"

王丽想了一会儿，眼神里突然放光，她问："你之前有过多少女朋友？"

这个问题听上去非常劲爆，简然心想，谁敢相信这是个80多岁的老太太会问的问题，中间地带可真是个有趣的地方。

"我之前可是个'乖'孩子，我没有女朋友。"克里斯眨着眼睛。

"游戏规则里有没有说真心话一定要说实话啊？"王丽的声音哆哆的。

"不能追问哦，下一个。"克里斯指了指国强。

"你叫什么名字？"国强的这个问题让餐桌上多了不少笑声。

克里斯捂着胸口，灰色的T恤衬着肌肉，他边笑边回答："我叫克里斯·星，22岁，天哪，我做了这么一桌子菜大家还不知道我叫什么……"克里斯的声音听上去像被门挤过似的，"下一个。"克里斯本来浮满笑意的脸，在看到下一位提问者是妮娜·芬奇时，瞬间严肃了下来。

"你现在心里什么感觉？"妮娜终于开口了，但是这个问题问得似乎有点云里雾里的，"我的意思是你既然提到了你的家人，但现在你在中间地带再也不能回去，再也不能和他们交流了，现在心里是什么感觉？"

克里斯的面色更为凝重了，但他很快露出了些许笑意："我说说今晚和大家一起聚餐的感觉吧，我很高兴能够交到这么多朋友，也非常感谢大家今天对我的菜都给出了一级棒的评价。"

然而，妮娜的问题倒是令简然心里一沉，是呀，家人抚养我们至今，但我们现在却再也没有回报的机会了。

妮娜没再看克里斯，克里斯则尽可能地展露出轻松，他歪着脖子看向陆易："好了，下一位，陆易先生。"

"如果能够让你重新来一次，你只有改正一件事的机会，你会改正什么？"陆易看着妮娜白色咖啡杯上的红唇印问。

"这是个好问题，"克里斯咬着手指，"我想……我想我可能会尽全力去阻止一个容易先入为主、想当然地口无遮拦的人，不让他泄露不能说的秘密。"

"为什么你会有这种感受，是……"王丽又想要追问，但她说到一半停了下来，"下一轮再问。"她红着脸说。

"好的，下一个，简然！"

简然觉得之前因王奶奶和陈爷爷的提问而轻松了不少的气氛，在芬奇女士的提问后似乎急转直下，所以她便打定主意不问这类让人动感情的问题，"你的兴趣爱好，大星？"

"你的是什么呀？"克里斯回答。

简然皱了皱眉："这一轮是你回答。"

"我预支你这轮我的问题。"克里斯补充道。

"还有这种玩法?"王丽好奇。

"你看看,大星,你给人家带了个什么榜样?"简然摇了摇头,"还是你先回答我的问题。"

"电影。"克里斯脱口而出,"你呢?"

简然原本并没有打算直接告诉克里斯自己的爱好,但在听到克里斯也喜欢电影时,一种找到同道中人的冲动让简然脱口而出:"我也是最喜欢电影。"

"啊!那真是太好啦!"克里斯喜悦地点着头,"过会儿细聊啦,简然,"克里斯看向王丽,"王奶奶,轮到你'交代'啦,接受我们的提问吧。"克里斯往白色的木椅背上一靠,"我先问,你的兴趣是什么?"

"素描,"王丽的眼神中透着向往,似乎往事历历在目,"如果那时候我家庭富裕些,我可能就能成为一个画家,但是我最后还是像普通人一样完成了自己的学业,最后做了幼儿园教师,算是终生献身于教育事业吧。"

"大家鼓掌!"克里斯调动着气氛。

"其实我做得还行,还行……"王丽面对掌声有些不习惯。

"你以前在哪家幼儿园上班?"国强问了个非常中立的问题。

"嗯……没什么名气的,而且我没在那里做多久就去了教育部。"王丽看上去似乎在问国强——拜托老兄,这也算是一个问题? 一点儿都没有挑战性!

"我还是之前那个问题,你现在是什么感觉?"妮娜冷静地问。

"焕然新生!我觉得我能够记起很多东西,而且记忆力惊人,浑身充满活力,而且我突然感觉到对中间地带充满了感激,这是说到这里突然有的感受,因为要不是到了这里,要不是这里赋予了我们'生'之能量、青春容貌等,在世界之内,我们这群老人,就真的没机会也没时间去尝试过去从没做过的事情了。"王丽看了看邻桌,希望得到支持的目光。

"那么你在那里还有多少亲人?"陆易问。

"我老伴已经不在了,子女什么的生活都挺好的,他们都很高兴我被选中。"王丽笑逐颜开地扭头问简然,"你想知道什么呀?"

"呃,我之前想问的被克里斯抢先了,我想想啊……"简然喝了口咖啡,"嗯,之前吃饭的时候,您说您和您老伴是现实版的金婚,我想知道怎样才能维持一段像您这样长时间的婚姻呢?"

"嗯,"王丽笑了笑,这种笑容的深度只有在老人的脸上能看到,"我就简单地说说,磕磕碰碰总是难免的,但是一定要相信他,夫妻之间彼此的信任很重要,言出必行,还有多想想自己的孩子。"

众人似乎都颇有收获地点了点头。

"我是不是完成这轮啦?"王丽问克里斯。

"是啊,完美收官,下一位,陈国强小朋友!"克里斯顿了顿,他还是一副油腔滑调的样子,"我先问,这次不抢简然的问题了,我想问您为什么要选择这样的形象,我不相信真的是因为这是您最好看的状态。"

席间传来几声笑声,国强倒是面不改色:"其实,这是我这一辈子里感到最安全、最幸福的时候的样子。"

他的这个回答更加激起了大家的兴趣,"您以前是做什么的?"王丽问。

"我是个军人,参与过多次保家卫国的战争。"

"哇! 您好厉害!"简然赞叹道。

"鼓掌!!!"克里斯又带动大家为国强鼓掌。

"不用不用,作为军人保卫国家是每个有民族气节的人都会选择去做的,尤其是在那个战乱的年代。"国强说到这里就没再说下去,简然觉得这么稚嫩的声音,用如此老练的语气说出这样的话,总让人觉得怪怪的。

芬奇女士接着提问,她这次倒没有像之前那样语气冷酷,但她问的问题是一样的:"您现在的感受是什么?"

"迷茫吧……但我也挺高兴能够像现在这样感到精力又回来了,不过我感觉我可能失去了生活的目标,我之前是个军人,保卫国家是我的职责,但现在不用了,所以我有些迷茫。"国强有着军人的坦率、质朴。

"您在这里准备做什么?"陆易问。

"我想我会把小时候错过的教育补上。"国强回答。

"哇! 这真棒!"简然赞叹,"我想问您最自豪的一件事。"

国强沉默良久后,缓缓吐出了四个字:"朝鲜战争。"

他虽然只是说了这四个字,却像是回答了一篇长篇报告那样,在每个人心里都激起了不同的回忆和感触。

简然突然明白了为什么老人会说他 7 岁的时候是他最幸福、最安全的时刻,1937 年卢沟桥事变后一切都变了……简然突然想到了《美国狙击手》的一段台词:这个世界上有三种人,羊、狼和牧羊犬,我们不养羊,但也绝不养狼,如果有任何人欺负我们(这个国家),我们(这个国家)允许你们为了保护自己、保护你最亲爱的人而战。

其实人们的心理都是一样的,只不过站的角度不同罢了。任何保家卫国的战役总有敌我两方,这两个国家的人民往往会站在不同的角度来审视两国之间的战争。一场战争结束后,往往总是各自书写历史,然而,或许,非正义方人民会由于听到的宣传而永无止境地冤冤相报。这些不会因为中间地带的出现而发生改变，因为它深埋于人心、深藏于人性。

"妮娜·芬奇女士，轮到您交代啦。"克里斯打破了沉默。

"我刚刚只是问了你们所有人一个问题，那就是你们现在的感受，"妮娜像是在给所有人上课一样，"我也只会回答这个问题，我一点儿也高兴不起来，也不迷茫，因为我知道我以前的亲人、朋友都正在为与我的永别感到哀伤，我应该和他们一样为自己失去的一切感到悲哀。"她酝酿了片刻，朗声说，"我们在世界之内的人生是我们拼尽全力赢取来的，现在中间地带说选中我们，就将那一切从我们手里拿走了？还让我在人生路上失去我子女的陪伴，也让他们的人生失去我的指引，我和他们的人生就这么被中间地带毁了？"

妮娜继续教训道："我希望你们都能够好好想想这个问题，"她说着站了起来，"尤其是你们两个年轻人，好好想想，你们都是独生子女吧？你们的父母需要你们照顾的时候该怎么办？中间地带会管吗？你们的父母生老病死的那一刻你们能怎样？你们甚至都不能陪在他们身边，我希望你们还能够再好好想想，现在在这里玩这种游戏是不是合适。"她摇了摇头，像是没什么好说的似的，站起了身。

"我们只是为了增进了解。"王丽解释，"你这么说会吓着孩子们的。"

妮娜默默离开了餐桌，走回了自己的寝室。

"怎么回事儿？"克里斯等妮娜关上门后故意大声地问，"那她为什么之前还在玩，还来吃呢？真是这么想的就不要来玩来吃呀！"

不过被妮娜这么一说，大家都陷入了不同程度的不悦之中，晚宴就这么不欢而散了。单简然和王丽留在客厅，默默帮克里斯打扫厨房、洗碗、收拾餐桌。

"需要我帮忙收拾吗？""曾艺"浮现。

"我们自己来就好。"王丽回答。

"我不知道这么做对不对，弄这么个晚宴……"克里斯在和简然一起洗碗的时候问她，王丽则正在客厅擦餐桌。

"我们还是度过了不少快乐的时光，比如享受美食的每一分每一秒，比如国强出现的时候，大家都乐了，而且我们还或多或少地了解了我们的朋友，王丽是一名优秀的教育工作者，国强是个爱国的老兵，陆易是……"她说到这里停了下来。

"陆易？我们都没问到他问题，大家就都悻悻散了。"克里斯一脸沮丧。

"是啊，真可惜。"简然摇了摇头。

"一看你的动作就知道你平时在家里不怎么干活，要我来吗？"克里斯看着简然有些别扭的洗碗姿势。

"你什么意思啊？"简然假装有些生气，"你就是这么感谢来帮你收拾的朋友的?"

"我这不是比较委婉地表达怜香惜玉吗?"克里斯狡辩。

3

【插播一段世界之内的纪录片《幸运儿·第二部》(节选)——该纪录片摄制于 2024 年】

《幸运儿》纪录片的第二部以介绍当年被选中进入中间地带的幸运儿作为开头:

(1)南希·科鲁兹(Nancy Cruz)　菲律宾人　56 岁　保姆

我很感谢能够让我有机会参与这个节目,我还没上过电视。之前我不知道中间地带是个什么东西,后来我知道那是一个不愁吃不愁穿的地方,我就很高兴能够被中间地带选中去那里。我去那里之后能干啥呢? 我什么也不会,就是有一身力气,但做个清洁什么的都没问题,只要每天吃饱喝足,自己的孩子能够天天开心,我就没什么别的想法了。

(2)柳翠花(Jasmine)　中国人　33 岁　外企白领

听到自己被选中的第一个想法就是"Oh,my god! 我终于可以不用再为老板打工了"。我之前一直都想去学 Violin、学 Painting,但是每天都要加班根本没时间。现在就要去中间地带了,我听说那里的人有一种特殊的能量可以不用睡觉,所以我想我将来可以有无限的属于自己的时间,我准备先从自己之前想做但没有时间做的事情开始 try,然后再做其他想做的事儿。

(3)爱德华·汤普森(Edward Thompson)　英国人　41 岁　iUnit NGO 创始人

这次被选中,应该说不是我一个人被选中,而是由我代表的一群人都被选中了。我进入中间地带要做的第一件事就是向那里的权力机构发出声音,为世界之内的每一个人争取平等。从古至今,平等一直都是我们人类所追求的,但是中间地带却人为地将人类分割了开来。此前盛传,中间地带有非常多尖端的科技和资源,领先于我们这个世界,但他们却不与我们共享这些技术。就在我说话的过程中,世界之内有多少人死于饥饿与疾病? 我们需要为全人类争取最基本的权利,中间地带不能只从世界之内索取,还美其名曰"大奖日",我们要求中间地带分享。作为世界之内最大政治家族之一的后裔,我将承担起我应承担的社会责任,与中间地带交涉,争取中间地带和世界之内这两个世界之间的进一步融合。

(4)大卫·汉斯(David Hans)　美国人　25 岁　盗窃罪犯

我不知道为什么自己够格被选中,不过,要问我去了那里之后会做什么,我并不知道,我连那里的生活是什么样的都不清楚,说不定根本就没人们口口相传的这么好。如果那里真这么好,那我会把我的家人也都接过去的,尤其是我的女儿,我要让她知道她父亲没那么糟。其他,我没什么好说的。

(5)罗比·西耶(Robel Haile) 埃塞俄比亚人 63 岁 精神病人

你们看到的中间地带和我看到的不一样。因为你们看到的都是你们的心意所向,我的心意所向知道中间地带是个美好的地方,我曾经去过那儿,但那儿也是一个痛苦的地方,我被从那儿逐出,我一直等待着这重返的机会,现在我将回到那里,我很高兴。你们看到的中间地带只是你们想看到的,我看到的中间地带全是我自己的影子,全是我自己的脚印,我属于那里。

精神病人露出一丝诡异的微笑,下一秒,纪录片画面切回了之前年过花甲的历史教授:"就像我们之前所说,自从中间地带的面纱在人们面前被渐渐揭开,自从人们意识到中间地带并不是一个可怕的地方,而且很有可能比我们生活的地方好千倍万倍时,就有越来越多的人希望被中间地带选中,但是如何才能被中间地带选中,一直都是一个谜团。"

年轻的女科研所所长介绍:"进入大数据时代,我所参与的科研项目之一,便是通过大数据,分析被选中者的相同之处。"

人类学家评论:"中间地带的选人标准非常令人困惑,过去很长时间以来,人们都以为他们挑选的是人类中最优秀、最杰出的精英,但是现在大家都知道,无论你在哪个行业,即使你现在是被关押在监狱、等待死刑的谋杀犯,你都有可能被中间地带选中。"

"中间地带原本在一些宗教信徒心中光辉的形象破灭了,"科幻小说家理了理自己的爆炸头,"尤其现阶段随着人口普查的完善,可以查证中间地带曾经选中过不少离经叛道之人。"

"之前,不少人认为中间地带是人类与人类之间隔离的象征,"历史教授分析道,"如果我们把这种隔离看作一个极端,那么另一个极端是当人们意识到这个隔离的差异时,就会更加关注与自己处境相同的人,关注那些人与自己的相同性,或者说,这种隔离或许会让世界之内的人更加团结,因为有一个脱离于他们之外、无人可知的东西。"

"从我的科研项目中的数据统计中可以发现,中间地带的选人几乎是非常平均的,无论是各大洲、各种族、各行各业的比例之间几乎都没有什么大相径庭之处,"女科研所所长的话外音解释着纪录片中出现的大量数据,"但正是因为如此,也让人很难判断中间地带的选拔标准。"

科幻小说家继续讨论中间地带的选人标准:"在最近,一个新的研究项目对所有被选中者的基因进行了筛选。我为了给《假如这个世界没有中间地带》收集素材,便向这个项目的负责人打电话求教。我开玩笑问她说:'是不是真像传言所说,中间地带的幕后是外星人,他们把拥有优良基因的人类都选到中间地带,然后准备培育完美人类,或者说这些幸运儿其实是外星人的后代,所以才被选中?'"科幻小说家笑着面对镜头:"我得到的回复是:如果这些被选中的人是外星人,那么每个人类都可能是外星人,他们的基因图谱毫无规律可言。"

"这或许又让我们意识到一个问题,或者说是一个长久以来,我们都太熟悉,以至于往往会忽略的一个现实,那就是在中间地带之下,世界之内的每个人都有同一个身份,那就是我们都是人类,平等的人类,"历史教授强调,"每个人都有平等的机会被选中进入中间地带,而不会因为我们的信仰、肤色、性别、国籍或者家乡、月收入的不同而有所差别。"

第五章 单简然的过往(上)

晚宴结束后,简然默默走回卧室,在书桌前坐下,她的耳边回想起辅导者安佳的声音:"今天是用来缅怀你们的过往的,之后你们就将在这里开始新的生活。"

简然闭上眼睛,让自己沉浸在往昔的回忆里。

1

【三年前】

"就在那个时候,我的勇士出现了,他周身金光闪闪,驱散了那几个想要带我离开的黑影。他是我的勇士。"新泽站在演讲台上,目光炯炯地叙述着自己的经历,一头黑发在射灯下闪烁着,"也就是在那个时候,我相信了人死之后并不是终结,而是一个新的开始。所以我们不用去害怕它,我们应该展开心胸来接受她,我的勇士便是我自己的勇气。"她边说边扫视着台下的听众。

这些听众都不是普通的听众,他们都是癌症患者。这也不是普通的演讲,而是为了疏导癌症病人焦虑心理的交流会。新泽作为战胜癌症病魔的患者,回到曾经接受过治疗的医院,为所有正在经历病痛折磨的人,讲述自己的心路历程。

听众中有老有少,有的穿着病号服,意味着已经步入晚期,成为这家医院的常驻病号,有的则穿着自己的衣服,意味着万里长征才刚刚起步。在所有人中有一个年轻的女孩,她看上去不到 20 岁,一头刚刚修剪过的黑色短发,穿着宽松的黑色长袖衫和黑色牛仔裤。她并没有像其他人那样大张着眼睛,羡慕、好奇、向往地凝视着新泽,似乎那就是摆脱病痛的良药,她正低着头刷着朋友圈。屏幕的光亮照射在她苍白的皮肤上,一圈黯淡的阴影在她的眼睛周围弥漫。

她是那类令人过目难忘的女孩——眼神灵动、面容清秀,神色中没有一丝叛逆的痕迹,像极了可爱善良、乐于助人又冰雪聪颖的白雪公主。

她手机屏幕上的微信朋友圈,停在一条展示马尔代夫之旅的状态上——望不到边的湛蓝湛蓝的大海映衬着无忧无虑的蓝天和刺眼的洁白沙滩。她似乎只是凝视着大海,等待着时间流逝。

数字时钟从 14:29 跳到 14:30 时，她迅速站起，赶在所有人之前冲出了医院心理疏导会的会议厅，就像是身后正追着《庞贝末日》的火山熔岩一般。

从充斥着消毒水味、灯光冰冷压抑的医院行政楼逃出后，她深深地吸了口室外的新鲜空气，缓步来到医院的露天停车场，在一排排的车辆中，她找到了自己的父亲——一个穿着短袖衬衫、发际线略高、眼角边有些微细纹的中年绅士，在他身边停着一辆黑色奥迪车。

她看她父亲并没有发现她，就悄悄绕到他身后，然后重重拍了拍她父亲的后背，大叫一声："爸爸！"

中年绅士被吓一跳后，迅速转身想要追着已经溜出 10 米远的女儿："简然，你还是喜欢这套是不是？"但是中年绅士突然停住了脚步，简然跑到一半发现父亲的神色不对，就走了回来。

"怎么了，爸爸？"

她父亲紧紧抱住了她："我只是觉得你和过去一样，怎么会就……和你母亲一样地……"中年绅士悄悄擦去了眼角的泪花，因为他满脑子都是简然小时候跑在自己身前的样子，以及当时自己满心对孩子美好未来的期许，但现在他心里唯一的期望是奇迹能够降临，自己的女儿能够活下来，无论是以怎样的方式。

简然为了让父亲放心，便说："我今天感觉好多了，医院的心理治疗还是很有用的。"

中年绅士很安心地微微笑了笑，帮简然打开了车门："回家了。"

"今天晚饭吃什么？"

"今天是周五，没有规定的食疗，你自己说吧。"父亲关上了车门。

"虾，肉质 Q 弹的鲜虾配上爽脆的芦笋，我只想吃这个。"

"好的，走起，陪爸爸去生鲜市场逛一圈。"中年绅士平稳地启动了汽车。

简然在中间地带的卧室里回想过往，自己每次和父亲在一起的时候，所有的忧愁都会散去。妈妈呢？简然又想到了自己的母亲，她的母亲和父亲一样，都是优秀的高中语文教师，教师节、圣诞节的时候，都是家里贺卡、苹果泛滥的时候。她还记得小时候教师节帮妈妈一张张拆信封，一份份念贺卡，笑得肚子痛倒在沙发上，但这些都在她 14 岁那年画上了句点。家族癌症基因夺走了母亲的生命，现在又威胁到了简然的生命。

她并不像是一般悲情故事的主角。她不像那些故事里的女主角那样家门不幸——不是出身卑微，就是有凶残的继母，或者是父母双亡需要早早扛起持家的重担，抑或是在有暴力倾向的单亲家庭中，整天担惊受怕，在遇到白马王子后，总会有半路横插一腿的闺密或者白富美情敌，然后再经过一段虐恋后，奇迹发生，原来她的爸爸或者妈妈现在已经是亿万富翁,也在没日没夜地寻找她,或者一个个误解被解开后终和白马王子修成正果。她也不像那些主角那样特立独行、独树一帜,能够一手撑起半边天,她不像凯特尼斯·伊夫迪恩①那样坚毅,不像碧翠丝·普莱尔②那样勇敢。

她只是一个再普通不过的中学生。当然,她也并不普通,因为一直以来,她有一个明确的梦想,她很清楚自己想做什么——现在她努力学习的唯一目的,是为了将来有更多的闲暇时间来开展自己的兴趣、实践自己对于电影的热爱。只是,她知道这一切都是暂时的,因为横在她面前的不是禀赋不足,而是现实所迫。在人们日常的逻辑里,像她这样的学生做什么不好,为什么要做电影?"你们知道吗,那个谁谁谁,过去成绩挺好的那个?对对对!我们都以为她会从政或者去做什么高级的事情,现在竟然去做电影了?电影行业近年来是不错,但太可惜了,不是?好好的,看不出她这么'作'!我过去也有学生这样,后来……不是问题青年,是屈才!唉……"单简然能够想象未来的某一刻或许自己将这样出现在他人的议论里。

所以简然一直都把这个梦想深埋于心底,或许等有朝一日她完成了同学、老师、家人对她的期望之后,她便可以重新依自己的初心而活。

只不过,在罹患绝症的简然看来,梦想和现实都已是浮云。

从医院回家的路上,简然的父亲像往常一样打开了 FM94.7,肖邦降 D 大调夜曲倾泻而出,这支夜曲曾是简然最喜欢的轻音乐之一,每次听到时,她都会有同样的遐想——在彻底自由时,自己乘上游轮,抬着 DV,伴着这段夜曲,慢慢从铺着红色地毯、空无一人的游轮走廊向外走上甲板,面朝大海。

只不过她的人生在正式准备起航的时候,才发现船桨已蛀蚀,船底已破损,桅杆已折断,风帆已烧毁。

2

【两年半前】

"欢迎大家的光临!今天是这个季度的第一次疏导会,照例由我来为大家做这个演讲。"台上是癌症心理疏导会的创始人尚恒,他曾经也是一个癌症病患,只不过他整个人现在看上去既精神又健康,一身黑色西装笔挺。

简然仍坐在台下刷着朋友圈。

---

① 小说《饥饿游戏》系列女主。
② 小说《分歧者》系列女主。

其实她根本不想参加这样的癌症心理疏导会，因为她总觉得没有谁的经历是可以复制的。每次看到台上被治愈的患者侃侃而谈，她总会分析其中命运的安排，每个人生命中的机缘巧合都是完全不同的，如果这是自己命里躲不过的一劫呢？她有时候还会绝望地认为这样的心理疏导会，其实是在一遍一遍地质问你——看看台上的那些人，再看看你自己，你现在最多只剩下一年的时间了，你能够像他们一样幸运吗？

那些康复之人可能是时限未到，而占到更大比例的亡故之人则注定命绝于此，无论怎么反抗都是没有用的，因为这就是命运的残酷。

单简然之所以还是一次不落地参加这样的心理疏导会，是因为她希望自己表现出积极治疗的态度，这样爸爸就能够放心地上班、生活，或者至少不会再增加他的心理负担。

癌症心理疏导会创始人继续说道："在我第一次被确认胰腺癌晚期的时候，我心里的第一反应就是根本不相信，因为癌细胞在正常细胞分裂的过程中也会出现，可能那段时间正好是癌细胞爆发的时候呢？而且那个时候我刚刚在美国有了相对固定的工作，我怎么都不相信会在回国探亲的途中被诊断得了癌症。"他走到了会议厅的另一侧。

"但是，可能就像各位一样，在辗转多家医院，甚至是回美国检查之后，我不得不相信了这个事实——那就是我只剩下不到两年的时间了。但我不想在异国他乡接受治疗，所以我辞掉了美国的工作，回到国内，因为我当时唯一想做的一件事就是和自己的家人再多待一会儿，哪怕只有那么一会儿，之前我已经很长时间由于求学、工作没有回家过年了，但很多时候，真的只有在即将失去的那一刻，才会懂得珍惜。

"刚开始的时候，我非常积极地配合治疗，但是很快我就被疾病、疼痛和望不到头的绝望击败了，我开始变得极端、暴躁，但我的家人并没有因此离开我，我的母亲鼓励我多思考、少抱怨，有一天她出去帮我买东西，只是随口问了我一句——'你想要什么？'可能她当时只是问我想要买什么，但这句话却把我问醒了——那就是我当时到底最想要什么？"

他停了下来，想要激发听众的思考，简然抬起头来，觉得这句话问到了她的心坎里。

我最想要什么？简然问自己，我想要什么？你想要什么？她觉得内心里涌起许许多多憧憬，关于大海、游轮的遐想再次浮起，自己靠在阳光充足的甲板围栏上，身后，海风徐徐，海鸥鸣过，拍浪声起。

"我当时最想要的东西并不是什么崇高目标的实现，"创始人耸了耸肩，"像是

'我欲通过我之所学对社会做贡献'绝对没有在我的考虑之列，当然也不是什么能够减少病痛的药物，更不是幻想有什么能够延长生命的魔法，我当时唯一想要的是一种心理安慰。"

"事实上当时我也说不上来想要的是一种什么样的心理安慰。偶然的一次机会，我在化疗的过程中遇到一位曾经的病患，我们都是同一个主治医生，他已经康复5年了，这是他近期最后一次复诊。他看到我之后就跟我说：'你可能觉得DC－CIK技术、Abraxane比现在的这种中西医药物结合模式更有利于你的治疗，但你要相信你的医生，我曾经也有过这样的怀疑，但是我相信我的医生，我定期吃药、坚持治疗、积极调整心态，现在我从死神手里逃出来了。'他临走时问了我的名字，他告诉我说，'我会天天为你的康复祈祷，我会天天祈祷一个叫尚恒的年轻人能够振作起来，重获自由，回到他原先的生活中去。'"尚恒说到这里有些哽咽，他顿了顿，然后抬头淡然一笑。

"我非常感谢这位病患，因为他让我知道了当时我最想要的心理安慰是什么——是曾经的病患告诉我，我还有希望，我并不孤独。后来我就想或许还有许多其他的癌症病患需要同样的心理安慰，这时候想要什么就变成了想要做什么，或者说需要做什么，才能让自己的生命在最后时刻仍拥有价值。"他扫视了台下一圈。

"那个时候，我开始回顾我过去的生活，冷静地思考我曾经度过的每一天的价值，我浪费了多少时间，我忽视了多少需要我关爱的人，忽视了他们多少次。我也在想，自己每一天的艰辛劳苦究竟是为了自己所喜爱做的，还是为了生存不得不做的。时至今日，我仍然觉得为癌症病患建立'癌症心理疏导会'——这个现在于全国各地定时进行的交流会——可能是我生命中做过的最有价值的，也是自己最想要做的事情。"

"可能我们不能总是从家人那里奢望得到安慰，因为我们每得到一次，家人就会更痛苦一次。可能我们也不能经常从医生那里得到安慰，医生每天2分钟看一位病人都觉得时间不够，但是我们可以从其他无论是已经康复了的还是积极治疗的病患那里、从我们自己的身上看到希望——现在，我的两年已经变为了十年，而我还健康地活着，我们在座的各位也都还活着，我们不是懦夫！我们可能担心、忧虑，但我们仍然在抗争，我们正在、我们也必将为了我们的健康、未来、幸福斗争，这就是癌症心理疏导会希望向所有人（不仅仅是癌症病患）传递的——只要生命还在，一切都还有可能，最爱你们的人总在你们这边，你们并不孤独。"

我想要做什么？心理疏导会后，简然在回家的地铁上一直在想这个问题，我想要做什么？

你想要做什么？

大海的景象掠过简然的脑海，不，那不是我真正现在想要做的。她突然想起了自己在初中的塑胶操场边，和比自己高了一个头的女神闺密章麦喆信誓旦旦地说过的一句话："我人生的终极目标是做一个剧作家，我一定要在 30 岁之前攒够钱和经验，然后拍一部属于自己的电影。"

然后各种各样的电影片段在她的脑海里闪过——《查理和巧克力工厂》里色彩缤纷的糖果森林，《可爱的骨头》里"爱尔兰精灵"湛蓝的双眸，《如果我留下》中茱莉亚学院的穹顶，《星运里的错》里中同样身患癌症的女主角淡然的笑容，《变脸》里警长的掌心划过心爱之人的鼻尖，《加勒比海盗》里杰克船长的烟熏妆，《超人：钢铁之躯》里新超人在冰天雪地里的一飞冲天，《蝙蝠侠：黑暗骑士崛起》里投影在黑暗天空中的侠影之灯，《美国队长：冬日战士》的商场里美国队长在黑寡妇的提示下假装大笑，《复仇者联盟：奥创纪元》里钢铁侠和绿巨人之间的对抗，X 战警们惊天地逆转未来，当然还有《雷神》里的兄弟情深，《饥饿游戏》中凯特尼斯的低声吟唱'Are you，are you，coming to the tree?'，《雪国列车》中黑暗、晃动的车厢里柯蒂斯眼中的那抹蓝，《美国狙击手》中漫天的黄沙，《前目的地》里犹如莫比乌斯环般周而复始的宿命，《明日边缘》中荧光蓝的阿尔法，环形使者在旷野中对自己胸口开的那一枪，《恐怖游轮》里 Jess 惊恐而无助的眼神，《源代码》的旋涡海报，《12 只猴子》机场中慢镜头里夏威夷衬衫的渐渐坠落……

他们！他们！他们！他们才是陪伴我度过从小到大最快乐、最忧伤、最低落、最辉煌时刻的朋友，哦，我的朋友们！我知道我想要做什么了。

但我还来得及吗？简然靠坐在地铁的红色座位上，不停地绞着手指，我还能成功吗？

任何惊喜的来临都是给有准备的人的，如果想要中彩票，那得先有买彩票的钱。

3

【两年前】

那天是双休日，简然的父亲正在书房里红木书桌上的 29 寸 Mac 前办公。书桌的左侧是个类似小型图书室的地方，陈列着三排塞得满满当当的红木书架。

听到简然进入书房后，正戴着渐进式老花镜的简然父亲从电脑屏幕前抬起头，对简然露出了一个非常和蔼可亲的笑容。

"小朋友来啦！"父亲的语调轻快。

简然在家里已经习惯被称为"小朋友"，因为在家长眼里，孩子无论多大，对他们来说,都仍然是小朋友。

她轻手轻脚地走到父亲身旁,在铺着羊毛垫的深褐色沙发凳上坐下。看了看电脑屏幕,她发现父亲正在出考卷——"请谈谈你对这篇散文结尾的看法",她的父亲在试卷上输入了这道题。

简然将视线从电脑屏幕上移开,默默在心里算了算时间,心想,没错,一年前的现在自己也在为一模前的最后一次模拟考做准备,这样的考试真是既让人紧张又让人兴奋,想到这儿,她叹了口气,都一年了,当时的兴致勃勃有什么意义?要是能够提前知道现在自己的状况——即使考上了北大中文系也还是只能留在上海治疗癌症——我真的就应该早点做些自己想做的事情,而不是等到万事俱备只欠东风的时候,才发现原来一切仍然是一场空。

我从未像现在这样接近过死亡与真相,简然想着,倏地心里一揪,视线落到电脑边叠放着的《历年语文卷》《历年一模、二模各区语文试卷荟萃》以及她父亲自己出的《历年语文解析》——其中对每年高考的语文考点进行了详细归纳以及知识点梳理。事实上,当年自己在语文考试中的出色表现也多亏了这本辅导书,但现在说这些都没有用了!简然的眼神中闪过一丝绝望。

她正准备开口说些什么,父亲突然问她:"今天的心理辅导讲座怎么样?"

简然拿起父亲放在书桌上的龙井茶焐手,"还行,我几个月前听了心理疏导会的创始人的一次讲座,让我突然意识到应该做点自己想要做的事情,因为……"

父亲停下了手里的工作,转过身来,充满关怀地看着简然,简然看着茶杯里起起伏伏的茶叶继续说:"他说大多数人活着做的很多事情可能都是不得不做的,是为了生存,但他觉得他做的最有意义的一件事就是创立了这个心理疏导会——那不是他不得不做的事,而是他想做的事。"

"你找到自己想要做的事了吗?"父亲柔声问。

"嗯,"简然显得有些不太自信,不过她很真诚地凝视着父亲的淡褐色眼睛,"我前两天给梦圆项目——当初心理疏导会创始人也是通过这个项目,创立了那个心理疏导会,这半年我抽空写了我之前一直在想的一个故事的剧本,我刚刚给梦圆项目的负责人填了在线申请,说是想请他们帮忙把我的剧本拍成电影。"

"简然,"她的父亲眼神闪烁着感动和惊讶,"如果这是你想要做的,我当然会支持你。"

我父亲从来都不会逼我做什么,简然感激地想,对于我来说,我从来都没有一个永远超不过的别人家的孩子,这样的人生原本有无限可能,但现在都因为癌症而不再有可能,不过,也正是因此,我终于有机会,也有借口,能够在人生的最后时刻去追寻自己的梦想了。

第六章　发现天赋超能力

1

在中间地带的第二天是发现天赋超能力之日和社团协会日。

早上在人工智能"曾艺"轻柔的呼唤声中醒来,简然看到,窗外是美好的"中间地带特色粉"的天空。早餐"曾艺"也早早为新生者们准备好了,从牛奶面包到榨菜白粥样样俱全。这是无限资源的福利,但仍让人感到浪费食物的愧疚。不过肖洛说过,这些食物都由无限"生"之能量转化而成,如果没有食用完仍然会被转化回无限"生"之能量。这句话令简然感到安慰,她深深记得初高中时,每顿午餐由于定量过大而不得不每次都浪费大量粮食的内疚。

安佳·华准时抵达,并带领着单简然、克里斯·星和王丽等一众新生者前往魔法集市,在魔法集市,每位新生者将得到有缘导师的指点、发现自己的天赋超能力,并同时有大量社团协会将会在魔法集市欢迎新生者们的加入。

经历了昨晚不欢而散的晚宴,除了妮娜·芬奇,其他新生者之间反而因此格外相互担待。

中间地带唯一的公共交通工具是一款在"曾艺"的介绍中被称为"飞行者"的设备,其外形酷似电梯,走入其内后,只要说出指定地点,下一秒乘客便会被传输至指定地点的"飞行者"内,极为方便、快捷。

魔法集市是一片敞开式的红色砖瓦结构矮房,地面上铺着橙白相间的地砖,占地面积几乎有十个足球场大。矮房与矮房之间相隔甚远,其间散落着一个个红色、绿色的伞篷,其下已经聚拢了不少人,社团协会正在这些伞篷下招揽新生者,虚拟3D投影字幕投射在伞篷之上,不断变幻着艺术字体,时刻更新着社团协会新招的人数与所包含的福利。

"看上去就像是没有屋顶的伊斯坦布尔大巴扎集市?"大星感慨。

"大巴扎是什么呀?"王丽紧跟着大星,大星则紧跟着单简然,单简然紧跟着安佳·华。其他三位新生者队员落在四人后面,妮娜低声和陆易交谈着什么,陈国强则好奇地四下里张望着。

"就是大集市的意思啊,我相信这里的一站式景点里一定有收录,对吧,简然?"克里斯问。

"是,我记得肖洛——就是那个之前开大会时的主持人——他在介绍的时候提到过,只是我觉得魔法集市更像是色调明快百倍的对角巷。"

"哈哈,有道理!"克里斯笑道,"不过,你看看,果然是学霸,到现在还记得肖洛说了什么。"

安佳停下了脚步,在中间地带明媚、温暖但丝毫不灼人、不刺眼的阳光下,欢迎道:"欢迎光临魔法集市,接下来是自由活动时间,请大家不要错过魔法集市的任何角落,因为很有可能你的有缘导师便在那里等待着你的光临,他们会带领你们发现天赋超能力,其实就是一个简单的认证自我天赋超能力的程序,没有危险,之后他们便会教授你们如何使用天赋超能力,就像是学习一项新技能那样,现在,我知道大家都等不及了,原地解散! 快去吧!"安佳挥手示意大家进入魔法集市。

"等一下,我有一个问题,"妮娜·芬奇叫住了安佳,"这个天赋超能力是一定会被发现的吗? 如果没人找到我呢?"

安佳温和地微笑着:"芬奇女士,请放心,这种情况绝不会发生,天赋超能力的发现是成为中间地带一员的重要过程,请务必耐心,发现、拥抱并接受自己的天赋超能力。"

2

穿行在矮房群和花色伞篷间,简然、大星和王丽三人有种乱花渐欲迷人眼的错觉。

"这些个个都看上去很有趣啊!"王丽突然发现了一家以提升容貌、礼仪为主要旨趣的"伊佳人"协会,"哇!"她惊叫道,"你们想去看看吗? 这个'伊佳人'!"

简然一直在搜索着电影、电视、剧本、小说或者任何有"影"字的协会,但至今仍未寻获,也没有身着天蓝色、紫金色相间的丝绸古装的有缘导师来开导他们。

"我肯定没兴趣。"大星对王丽摇了摇头。

"简然,你来吗?"

"我想找电影协会,王奶奶,啊,不不不,"简然赶紧道歉,"丽姐。"

王丽丝毫没有生气,因为她的注意力已经完全融入了这个协会当中,头也不回地直奔那顶粉紫色的伞篷而去。

"我记得你昨天也说你最喜欢做的事情是电影,"克里斯随意地走在简然的身边,"什么类型的电影呢?"

其实对于电影，简然原本只拥有最简单的一种情绪，那就是热爱，但是现在经历了世界之内梦圆项目的噩梦洗礼，她最担心的事情还是发生了——明明那毕生挚爱曾经给自己带来过这么多难忘的启迪、这么多狂喜的片刻，现在想来却夹杂着一种可遇而不可求的无奈，一种梦想被命运无情击倒的苦痛，"电影"二字再也没有最初纯粹的愉悦。

她迅速看了大星一眼，掩饰了一下起伏的心绪："科幻啊，像是《12只猴子》《源代码》《恐怖游轮》《环形使者》《前目的地》这类死循环的烧脑电影，或者是超级英雄，像是《雷神》《美国队长》《钢铁侠》《蝙蝠侠》《超人》，当然还有 Netflix 的《夜魔侠》剧集，我自己还写过电影剧本呢。"

"哇！看来我们英雄所见略同，至少在超级英雄电影方面。"克里斯突然停下脚步，"等等！你说你还写过电影剧本？"

"是啊。"简然也停下了脚步，"但是没能拍成电影，比较可惜，不过这种失败经历，现在能作为自己的谈资，也是不错的。"

"看不出啊，你还挺乐天派的。"

克里斯·星和单简然再往前走了些，魔法集市的建筑风格发生了一定的变化，设计前卫的未来楼宇、古色古香的亭台楼阁、造型哥特的欧式城堡，鳞次栉比。这些建筑环绕着天赋超能力的投影广告——红色象征速度，红色的人形投影化为一道红色气线、速度飞快；橙色象征力量，两个橙色的人形投影似正在格斗，充满力量；绿色意指防御，绿色的人形投影支起绿色的防御光芒；蓝色是意念的颜色，幽蓝的人影操控着红色魔方并将其变为各色物品；紫色象征伪装，紫色的人影化作炫彩的蝴蝶四处飞舞。简然被那操控红色魔方的幽蓝人影吸引，驻足凝视。

"简然，那个玻璃房子里好像正在进行'曾艺'汲取'生'之能量的演示，一起去看看！"克里斯拉着简然步入了一个被绿色植被覆盖的玻璃宫殿。

玻璃宫殿里栽满了各式各样的植物，百花齐放时，金色的光芒闪烁着汇入悬于半空的黑白八卦图——"曾艺"。一名辅导者站在万花丛中介绍，抬手遥指"曾艺"，介绍道："每一朵鲜花的绽放，每一枝新芽的生长，每一次新生，都蕴含着无穷的'生'之能量，'曾艺'能够汇聚这些能量，作为无限的资源供应中间地带。"

"曾艺"朗声道："很荣幸为大家服务！"

辅导者继续介绍："'生'之能量还能够让所有中间地带居民永葆青春，这是由'生'之能量幻化的产品，请大家尽情取用！"

单简然和克里斯·星好奇地走近那些产品，发现"生"之能量幻化的产品囊括衣食住行，爱美的新生者对养颜产品趋之若鹜，单简然则更好奇由"生"之能量幻化的零食。

"大星,这里可真神奇!"单简然惊叹。

简然和克里斯说笑着正准备离开这个玻璃宫殿,但却都停下了脚步。一位身着丝绸古装的导师正穿过熙熙攘攘的人流,向他们翩翩走来。那个身影高大但又给人温润如玉的如沐春风感。

与那位导师四目相接,简然觉得脑海中闪过一丝迷雾,虽然看不清白色的烟雨蒙蒙所遮蔽的事物,但她能感到那事物所散发出的情感——那是愧疚与罪恶。

克里斯见简然立在了原地,问:"怎么了?"

"那可能是我们的导师。"简然怔怔地看着那位年轻的导师渐渐走近,一头飘逸的英伦鬈发,两道浓密的剑眉,修面齐整,眼神深邃。这是一张令简然一见倾心的英俊面容,但奇怪的是,就像是简然对于电影的热爱夹杂进的痛楚,这张面容令简然心动的同时,却也令她隐隐感到某种痛苦,就像是她脑海里刚刚闪过的那片令人捉摸不透的朦胧烟雨。

克里斯转过身歪着头看着这位导师:"看上去好像很厉害的样子。"

简然现在已经回过神来,她不知道之前一闪而过又恍如隔世的片刻是怎么回事,不过现在她更好奇自己的天赋超能力为何,可能刚才的片刻只是天马行空的想象力不小心脱了缰而已。

"两位好!"导师微笑着,嗓音悦耳,"我是二位的导师乔光,请二位随我来。"

简然看着乔光导师背过身去,突然觉得这一幕似曾相识,这个人的音容笑貌也是如此熟悉,她是在世界之内的什么地方见过面前的这位超凡脱俗的男子吗?

3

简然和大星跟着乔光进入了离两人所在之处最近的矮房,简然原以为矮房里会如同石库门老房子一般黑漆漆的,但没想到穿过那道黑色的石库门后,矮房里是一片明亮的白色。三层楼高的圆形内室上方的是一整面天花板的玻璃,阳光洒落。

穿过倾泻的阳光,乔光走进走廊尽头的玻璃门,玻璃门浮动而开,里面的景象才显现出来,玻璃门内是一扇铁门——蓝紫色的铁板上排布着黑色的装饰线,门上有扫描设备。在确认了三人的导师和新生者身份后,铁门向两侧收缩而开。铁门内是一个幽暗但非常开阔的空间,球鞋和地板的刮擦声隐隐传来。

简然觉得铁门内的空间布置类似于塑形课教室,四周环绕着镜面。一大片抛光的木地板上不是排列整齐的日光灯,而是充满梦幻色彩的琉璃,这让整个课程教室看上去五彩缤纷,又带着某种神秘,似乎在这种氛围里每个人都能相信,过一会儿自己身边的人就可以凭空飞起或者能够自如操控冰与火,而不会觉得是自己在白日做梦或者需要精神治疗。

"两位是我们这个新生者天赋超能力辅导班的最后两位学员。"乔光轻声介绍，"之前的几位已经完成了他们的天赋超能力发现过程，在发现天赋超能力后，我会将一枚能够彰显你们天赋超能力种类的戒指发到你们手里，现在，克里斯·星，请随我进入天赋超能力发现室，单简然，请你在这里等待片刻。"说罢，乔光便朝前走去。

克里斯对简然做了几个大力士的手势后，便小步快跑跟上了乔光。他看到乔光穿过四周环绕的镜面消失不见了，站在原地似乎受到了惊吓。大星缓缓伸手放在镜面上，发现这竟不是镜面，而是能够穿过的光幕。

简然默默站在原地，打量了一下自己的辅导班同学，这里加上自己一共9个人，加上克里斯便是10个人。现在在场的4个女生、5个男生，有个穿着黑色塑身衣、肤色黝黑的女子，感觉充满力量，食指上戴着一枚闪烁着橙光的戒指。

另外两个女生一直黏在一起，戴着美瞳，化着韩式妆容，看上去就像是双胞胎或者姐妹花，但其实可能只是好闺密，这两个人都戴着绿色的戒指。

几个男生呢？简然扫了一眼，作为天秤座"外貌协会"资深会员，简然的第一反应是这些男生都是普通人啦，毕竟像克里斯还有乔光那种长相的人实为少数，5个人中似乎有3个是一伙的，另外两个则落了单，各自无聊地刷着手机、盯着地面。

"新来的？"3个男生中的一个看上去像是吃了不少类固醇的高个大块头缓缓走向简然，另外两个他的尖嘴猴腮的朋友则远远跟在他身后，大块头戴着红色和橙色的戒指，他的朋友则都戴着橙色的戒指。

简然觉得像是这样的人就是头脑简单、四肢发达，而且就爱挑衅和动怒，'新来的？'这种问题有什么好问的？不是显而易见的吗？她心想，不怎么情愿去搭理那个男生，但出于礼貌，她回答："你好！我是单简然，你叫什么名字？"

"你还不够格知道他的名字。"大块头的朋友之一开玩笑道。

"我还不想知道呢。"简然回道。

克里斯这时突然从光幕里蹦了出来，大嚷着："简然，简然，你快来吧。"

简然冷冷地扫了一眼那三个人，快步走向克里斯。

也许是看简然的神色略显紧张，"怎么啦？"克里斯关切地问道，但还是不忘夸张地用双手向后捋着他那头板寸，就怕人看不到他满手都是五颜六色的戒指。

"天哪！你有这么多超能力！速度、力量、防御、伪装！"简然捂住嘴，瞪大着眼睛。

"是呀！"大星自豪地大笑，"哈哈哈！中间地带有史以来天赋超能力种类最多的就是我！非我莫属！让我去教训教训刚刚那几个人吧，你快去找乔光老师吧，我一看就知道你已经爱上他了。"

"哪有？别乱说！"简然使劲拍了拍克里斯的胳膊，让他住嘴，然后溜进了镜面之后。

4

穿过光幕，就像穿过空气，没有丝毫异物感。

光幕的另一侧是一个密闭的环境，墙壁和地面都由方形的米白色复合板组成。乔光正在室内右侧的光束屏上登记克里斯·星的天赋超能力记录，并调整实验数据，准备开始对简然进行检测。

"单简然，你好！"乔光微笑着欢迎简然，"这是天赋超能力发现室，也是场景模拟室，你将在这里探索你的天赋超能力。"

单简然脱口而出："乔导师，我想问问，我们是不是在哪里见？我是说之前在世界之内的时候？"话一问出口，简然不知为何有些后悔。

"单简然，"乔光走近了几步，看简然的眼神更深邃了，带着淡淡的微笑，乔光语气随意地回答，"我已经在中间地带生活了三百多年，我想或许我们曾经见过的概率很低。"

尽管乔光的面部表情自然，并且无论是笑容还是声调、体态都拿捏得当，但在单简然看来，她却觉得这个导师似乎是在压抑和隐瞒他内心的某种情感、某种纠葛，而且她觉得自己对于乔光的似曾相识并非凭空，那迷雾的背后究竟是什么？

"您已经是这里的永久居民了？"简然心想，三百多年了，那乔光导师的天赋超能力一定很厉害。

"目前是，"乔光走回到了光束屏前，"单简然，那么我们就开始场景模拟吧。"他示意简然站在室内中央的黑色圆点上。

"乔导师，"简然询问，"场景模拟是什么？"

"场景模拟室的地面还有墙面都是经过特殊设计的，能够让你身临其境，"乔光微微皱眉思索片刻，"嗯，地面的话有点像世界之内的跑步机，感觉似乎前进了，但其实还是在原地，只是你看到的景象会向后移动。"

"哦，好的，我知道了，所以我大概会看到什么呢？"简然开始套题，这是以往她习惯在考前复习周时向学校老师问的。

"我个人对于场景模拟的建议是任何事都有可能，你的想象力还有本能都能够帮助你完成场景模拟测试，"乔光按下了按钮，"不要害怕，我会一直在这里，只是过会儿场景模拟开始后你看不到我罢了，但是我会一直在这里。"

"好的。"简然好奇地打量着四周。

黑暗瞬间笼罩，乔光老师和所有一切白净的空间消失了。

然后，简然看到迎面飞来了仿佛 IMAX 电影广告的倒计时"3,2,1"。

发现天赋超能力之旅开始！

5

简然的四周再度亮起时，她发现自己仿佛置身于热带雨林里，四周是不见天日的森林，她还没完成平时的仔细观察流程，几发子弹擦过了她的身边，她迅速躲到了一棵树后。

打扮成士兵模样的克里斯，还有之前在场景模拟室外见到的其他新生者从四面八方聚来，躲到了她身边的树后，简然发现自己竟然也穿着军装——这……她心想，如果这是想象，为什么会在这里？是对于军训的梦魇吗？但枪林弹雨就在这片森林间，子弹不断向她和她的战友飞来，树皮飞溅，没时间瞎想了。

"我们得做点什么，你们掩护我。"肤色黝黑的女子说道，然后她敏捷地在大块头和他的朋友的掩护下穿过枪林弹雨，向前方进发。

大块头他们也向前挺进，大星也跟着他们走了，化了韩式妆容的两个女孩困在原地，她们看上去根本举不动手里的枪。

简然意识到自己看到的，是之前自己所在的天赋超能力辅导班成员在接受测试时的录像，不然克里斯是不会丢下自己的。

她从树后探出头去，在邻近的树后，她看到了类似于游戏里专门指示敌方士兵所在处的箭头，敌方士兵离她已经没有几步之遥了，身边的那两个化着韩式妆容的女孩看上去不知所措，但自己不也和她们一样吗？

该怎么办呢？简然看了看手里的枪，有武器！她试着还击了几下，但是冲锋枪的后坐力太大，准心过低，离目标太远。

等等，不是说任何事都可能吗？你的想象力在哪里？她心想，看了这么多科幻电影，想了这么多不切实际的故事，今天想象力终于有了用武之地。

她看了看树后，箭头图标已非常明显，所以她瞄准了那个图标边的那棵树后的角落，然后使用意念传输开启瞬间移动，她只觉得在一阵猛烈冲力的作用下，转瞬之间她就到了那棵树后，趁图标下的敌方士兵还没反应过来，她瞄准了他的眉心。敌方士兵的模样也像是常见电玩游戏里的模样，这种动画人物的形象和真人的差距太大了，简然感到一阵安心，自己应该不会因此而做噩梦。就这样，她凭借相同的方式迅速解决了所有箭头图标示意的敌方士兵，通过了森林的场景模拟检测。

　　然后,场景模拟幻化成了一大片绿色的平原,一马平川,她和自己的战友面前是敌方的战壕,显然敌人正在冲锋,自己和战友无处可躲。

　　简然看到黑人女子灵巧地躲过了子弹的射击,跑入了敌方的战壕,打开了缺口。简然迅速跟上,但是她突然觉得自己一定还能做点什么的,刚刚瞬间移动都成功了!

　　然后一个电影片段进入了她的脑海——《银河护卫队》系列里勇度用一支箭和一曲口哨解脱了被包围的困境,她决定自己也这么试一试。

　　她俯下身,想象着手中的这把枪渐渐幻化成一支箭。令她感到惊讶的是,她手中的枪真的变成了她想象中的那支箭。只不过,那支箭的科技感更接近《复仇者联盟》中鹰眼使用的。箭在她面前转悠了一下后,飞向了平原中四布的敌人,她躲在一块半人高的石头后掩护自己,并不自觉地用两只手指抵住了太阳穴,等她意识到这一不自觉行为才明白,原来《X战警》系列里,X教授这么抵着太阳穴,的确有助于集中思想。简然用意念控制着那支箭的走向,在平原上的敌方士兵箭头图标都消失后,她收回了箭,并把箭变回了枪。

　　长舒一口气,她觉得差不多场景模拟应该快结束了吧? 但是一转身,绿色平原转变为了一片混沌,褐色的烟雾中闪烁着彩色的光亮。她不知道自己是如何知道的,但她非常确信这里是暗物质层面的世界之内。简然四下里张望着,我的队友呢? 她心想,不由得开始紧张起来。

　　透过远方的混沌,简然隐隐觉得似乎有一群人正排山倒海地向她扑来。她条件反射地平举双臂将那些人逼退至混沌之外。

　　然而,一束蓝色的电流穿过混沌向她射来,她迅速举起手里的枪蹲下,那把枪扩张幻化为了美国队长的盾牌,反弹了电流。

　　一件黑色的长袍缓缓飘出混沌,那是一个人,但简然看不清他的脸,只觉得那个人似乎像是美国大片里常见的英国反派——鹰钩鼻、秃头。

　　黑长袍瞬间移动到了简然的面前,打落了那块盾牌,然后掐着她的喉咙把她举了起来。简然感到了真实的疼痛与恐惧,这一切究竟是场景模拟还是真实? 又是一道蓝色的电流从天而降,电流伴随着黑长袍刺入简然体内的尖刀扩散,刺骨的疼痛从她的胸口遍布全身。简然以为自己会放弃,但是她使尽全力定住了黑长袍,拔出那把尖刀,刺入了他的胸口。

　　黑长袍扭曲地消失了,有那么一瞬间,简然觉得自己看清了他的脸,但那张脸她从未见过。

　　简然胸口的疼痛随着黑长袍的消失而消散,场景模拟室的高分贝同时变得寂静。

场景模拟结束，单简然的天赋超能力发现之旅完成。

6

"太棒啦！"克里斯站在乔光身边振臂高呼，场景模拟室恢复了之前的明亮。

简然发现新生者天赋超能力辅导班的学员都正在这间屋子里观看她的场景模拟，他们也跟着克里斯为她欢呼，甚至是之前的那个大块头也鼓着掌，简然有点不好意思，但她也注意到之前肤色黝黑的女子似乎有些敌意地瞥着自己。

"简然，你的朋友克里斯带着所有人想进来观战，我需要关注场景模拟的数据，一时来不及阻止他。"乔光对简然轻声解释。

什么叫作来不及阻止？简然心想，"没关系的，乔老师，我刚刚也在场景模拟里看到了他们之前的模拟情况，他们来看我的发现之旅也算正常，不然我是不是算占他们便宜了？"

"真是抱歉，"乔光再次道歉，似乎知道简然对此仍然有所介意，随后他转身对正在围观的同学说，"大家要看的也看完了，请移步场景模拟室外，我录入单简然的数据之后就将开始今日的教学。"

简然正准备跟上克里斯的脚步，但乔光叫住了她："单简然请留步，我这就给你发天赋超能力指环。"

"哦，好的，乔老师，我的天赋超能力戒指是什么颜色呀？"简然好奇地来到乔光身边，在光束屏上的数据中搜索着。

"数据正在运算中，请稍等。"乔光直直地盯着面前的光束屏。

"做得真不错啊，单简然。"大块头特地找到简然，"我叫亚力克斯·兰德，很高兴认识你！"他的两个朋友也和简然打着招呼。

简然心想，这便是弱肉强食的现实写照吗？或许，这只是爱好运动者的适者生存法则？她微笑着和他们点点头："我们重新认识一下，我叫单简然，我也很高兴认识你。"

"老师，我能再来一次吗？"肤色黝黑的女子将简然从乔光身边挤开，没好气地大声询问。

"露西·马汀，场景模拟室仅供确定天赋超能力所用，测试的次数并不会改变结果。"乔光解释。

"但我看到她在开始测试前和她的朋友交流过，"露西·马汀转身瞪着简然，"单简然，说实话，你是不是已经知道测试的内容了？"露西的厚嘴唇让简然有些恐惧。

"她当然不知道啦！不过我差点就告诉她了，对不对？"克里斯不知从哪里冒了出来，之前简然都看到他走出光幕了，这会儿他又回来了，他回答露西的腔调油嘴滑舌的。

简然对乔光点了点头，确认了克里斯的说法。她知道世界上总有这么一类露西一样的人。

"露西，如你之前所见，每个人的终极场景模拟景象都不相同，仅为确定天赋超能力所用，现在请你耐心到场景模拟室外等待，我很快便会开始第一堂课教学。"乔光坚持不让露西再试一次。

"好的，谢谢老师。"露西气呼呼地冲出光幕。

亚力克斯他们似乎对露西的无理取闹非常不屑，也离开了场景模拟室。克里斯则对简然扬了扬左边的眉毛，似乎在说够朋友吧？然后他一蹦一跳地走出光幕。

简然默默看着光束屏上正在运算中的数据——包括敏捷度、动作强度、意念强度等指标，期待着自己天赋超能力的确定。

"你做得很不错。"乔光努力控制自己的语气，既要让简然感到自己在赞扬她，但也不能让她过于骄傲或者让她觉得自己过于冷漠。

简然虽与乔光初见，但她却总觉得自己对乔光已经很了解，或许只是自己做学生这么多年，对老师的心理有所掌握吧，她微微一笑："还有许多不足之处需要老师指教呢。"

光束屏右下方出现了"曾艺"运算后的结论——"意念控制，强度：最高"。

"单简然，你的数据显示你适合意念控制，这是你的指环。"

简然看着乔光从光束屏里拿出了一枚闪烁着冰蓝色光芒的指环，要是放在世界之内的环境里，简然一定会觉得这是魔法。

她恭敬地接过指环，道谢："谢谢乔老师，但这意念控制意味着什么？"

"意念控制是稀有的天赋超能力，能够用意念操控世间万物，目前我的班里还没有这方面特长的学生，所以你可能需要在天赋超能力的教学时间中单独学习、练习专属于意念控制者的独立内容，不过，请放心，我会先完成所有人都必须学习的基础内容教学，然后在其他同学练习基础内容时，单独教授你意念控制的技能，所以不必担心会耽误其他人，或者，耽误你的能力训练。"

"乔老师，您考虑得真周到啊！"简然觉得乔光或许是那种会把什么都安排得井井有条、极有条理的人，"您知道，拥有意念控制天赋超能力的人，一般多少人里会有一个呀？"

"按照世界之内的人口来算，或许是千万分之一到亿分之一吧。"乔光淡淡地回答，并关闭了面前的光束屏。

7

在场景模拟室外色彩斑斓的训练室里等待许久后，化着韩式妆容的一个女生突然激动地对另一个说："帅老师来了，帅老师来了！"

乔光更换了之前的丝绸古装，换上了更适合运动的紫黑色制服，精神抖擞地来到众人面前，他微笑着欢迎自己辅导班的成员："首先，欢迎大家来到中间地带，再次自我介绍一下，我的名字是乔光，在中间地带负责保护者的工作，在这周结束时的定向越野比赛中，你们应该也会见到我。今天我将先教授所有人都能够掌握的一个基础技能，然后在大家训练这个技能的时候，我会一个个单独教授各位的天赋超能力。"乔光顿了顿，"今天要教授的基础技能是脱逃术，在世界之内的大多数被流放者都是虚弱的，因为那里的暗物质层面没有'生'之能量，这些虚弱的被流放者一般没有任何攻击性，看到他们，你们只要召唤保护者就能很快脱离危险，但如果遇到刚刚进入暗物质层面、仍然携带着中间地带'生'之能量又具有攻击恶意的被流放者，可能就没有这么容易逃脱了，今天要教大家的便是如何在上述处境下脱逃，"乔光的视线掠过辅导班的每一个成员，"我需要一位男生志愿者。"

"我来！我来！"克里斯抢先挥舞着双手。

"好的，请移步到我身边。"乔光示意。

克里斯根据乔光的指示走到了他身边，并转身面对着其余9位新生者。

乔光戴上"红宝石"后，解说道："当我们遇到被流放者从后钳制我们的四肢，没有办法拿到紧急报警设备'红宝石'时，我们可以通过化为气线而逃脱。"

克里斯配合地从后方架住了乔光的双臂，让他没有办法拿到脖子上的"红宝石"报警器，但是乔光突然向后一退，就像是空气一样穿过了克里斯的身体，而克里斯则由于惯性向前冲去，等他再回过身，乔光已经按下了"红宝石"。

"哇，好帅啊！"之前的韩式妆容女生又对自己的好闺密耳语道。

"他们两个都好帅，一对新CP。"她的好闺密轻声回答。

"所以，今天我们主要学习如何化为气线，"乔光走回原位，"就像确定天赋超能力，我们需要呼唤我们的本能和想象力，还记得场景模拟时的感受吗？那种感受能够帮助你找到自己的本能，更好地控制自己的精力。"

之后乔光鼓励克里斯给所有同学做一个示范，他把修长的双手平摊在克里斯面前，让克里斯的手缓缓穿过他的手掌。

"使用本能和想象力。"乔光鼓励道。

克里斯把手举得高高的，皱着眉，"本能和想象力……"然后他放下手掌，"不行，我还是碰到你了。"克里斯摇了摇头，又抬起了手。

　　两个韩式妆容的女生低声地捂嘴笑着。简然不解地看了看她们,有什么好笑的?

　　"天哪!"克里斯的手成功穿过了乔光平摊着的手掌,"我做到了?光哥,你没有使用任何技能吧?"

　　"没有。"乔光抿了抿嘴,似乎不习惯被叫作"光哥",但他还是鼓励道:"要相信自己,你做得很好,学得很快。"乔光的表扬让克里斯异常鼓舞。

　　"不行不行,我要再来一次。"大星喊着。

　　看着克里斯再次成功,乔光就对辅导班的新生者说:"现在大家两两组队,面对面练习这个简单的技能,克里斯·星同学可以帮忙一起辅导有困难的学生,我之后就一个个来教授你们各自的专属天赋超能力,单简然,你先跟我来学习意念控制能力。"

　　"好的,乔老师,我好期待能够手一伸,然后我想要的东西就能够飞过来。"简然说着,走到了乔光的身边。

　　"嗯,但意念控制不只是这么用的。"乔光默默向光幕后的意念控制训练室走去。

　　简然跟着前方沉默的乔光向另一处镜面光幕走去,她下意识地回头瞄了一眼正和亚力克斯一同练习时突然大笑起来的克里斯,克里斯则转过头来对她挥了挥手,像是送壮士上战场一样。简然则对他做了个鬼脸,回头跟着乔光穿过了镜面光幕。

　　光幕里的氛围幽暗,但是当简然和乔光两人踏入后,一束光从房间中央投射而下,在光照下是一个悬浮在空中的红色魔方,其上似镶嵌着璀璨钻石,闪烁着夺目的光芒。魔方凭空旋转着,其下是一个白色的石柱。

　　"这是意念训练石,"乔光介绍,伸手将魔方引向自己,然后魔方幻化成了一朵娇艳欲滴的玫瑰花,乔光双手接过从空中悬浮而落的玫瑰花,放到了简然的手心里。在两人肌肤接触的那一刻,简然感到了乔光指尖的温热。

　　"哇!谢谢老师。"简然看着这朵在幽暗的空间里闪闪发亮的玫瑰花,发现乔光的眼睛就像这花一样也闪烁着光芒,"这训练石真美!"

　　乔光脸上的线条柔和了下来,他微笑着介绍:"这个意念训练石可以幻化出各种形象,"他转身在石柱上方的光照下向左挥了挥手,又一个红色钻石魔方出现在了空气中,"你需要学习的是……"乔光往右走去,顺着他的脚步又一束灯光投射而下,点亮了在这间房间靠墙嵌入的一排书架,"这是介绍所有不同物体构造的书籍,刚刚在场景模拟中只要想象力够丰富都可以成功,但是在现实生活中你需要了解这些物体的结构,然后在意念控制下创造出来的物体才能够正常使用,或者说发挥正常的功效。"

"那么这些书还有这个魔方我能带回新生者居所吗？"简然觉得自己的声音在房间里回荡。

"可以，你自己制造出来的物品当然可以带回你的公寓，但是这里的书是公用的，在中间地带一站式图书馆里可以借到。"乔光从书架下抽出一本《意念控制101》，"你可以在接下来的时间里练习这本书里的所有东西。"

简然接过了书，发现这是一本近300页A3页面的书，惊问："所有？"

"是的，按照你的天赋技能数值，或许我还没教完下一位同学的天赋超能力，你就已经学完了。"

简然看着乔光，觉得他似乎渐渐不再隐藏自己的情绪，放松下来。

乔光随后翻开了书的第一页："我先带你做第一件物品，实心钢珠。"

《意念控制101》中的第一个物件是实心钢珠，书上详细罗列了魔方的幻化步骤。每一个物件后还有"作业尝试"栏目——第一课的作业是利用意念魔方制作10个不同颜色的实心钢珠，乔光柔声说："来试试根据书上的步骤慢慢控制魔方变化吧，我会陪着你一起完成第一个。"

简然深呼吸一口气后，像乔光之前一样缓缓伸出手，轻轻敲动指尖，让魔方转动起来，起起伏伏地移动着。

"很好，很好。"乔光鼓励着，缓缓伸出手接过简然刚刚制造完毕的实心钢珠，并放入了书本"作业尝试"栏下的检测框，检测框弹出评分："你的第一个作品，评分：10分。"

"真这么好？"简然将钢珠从检测框拿出，打量着，像从来都没得到过这么好的礼物似的，"这真的是我凭空'变'出来的吗？今天真是太神奇了！"

"你是一个非常有天赋的意念控制者。"乔光赞扬道，似乎已经忘了不能让学员太过自信以至于骄傲，"根据书上的详细步骤你可以做到最标准的物件，但是等熟练了你就可以跳过一些分步骤，这个之后我会告诉你。现在你每制作完成一件物品，就放入该章节下的'作业尝试'栏进行检测，查看自己的评分，接下来你好好练，我先出去完成其他教学任务了。"乔光现在的微笑温暖起来，甚至流露出了些许腼腆。

"那乔老师一会儿见了！还要向您多多请教呢！"

"嗯，一会儿见！"乔光回过身又腼腆地一笑，两道浓密的眉毛弯成了八字。

8

新生者天赋超能力辅导班学员们散落在训练室的四周，练习着各自的天赋技能。简然则已完成《意念控制101》的学习,走出了意念控制训练室,拿着之前用意念魔方制造的手链、手表、锤子等物品相互变幻来变幻去。她没想到训练了近一个上午,竟然一点儿都不劳累,看来中间地带的空气里飘浮着能量这事不假。

乔光终于完成了对所有学员的专属天赋超能力教学,他来到简然身边:"简然,我们开始训练之前的基础技能脱逃术。"乔光伸出修长的双手,期待着简然和克里斯一样快速学成。

"呃?"简然将自己纤细的双手浮于乔光之上,拿不定主意,但又在心里默念,"本能和想象力。"

刚开始,简然并没有成功,与乔光的手掌贴合,温热从简然的掌心散开。

然而,试了多次之后,简然还是没有成功,"乔老师,我可能……"

她有些不敢看乔老师的眼睛,但乔光似乎一点儿也不着急,"没事,简然,再来一次。"

简然屏息凝神,再试了一次,但是她却顺利穿过了,"老师,你没有使诈吧?"

"使诈?! 没有!"乔光的回答似乎特别可信。

"那我再来一次,嗯,老师您要拿着这个意念训练石,这样确保你没有使诈。"

"好好好。"乔光一手拿着意念训练石,另一手继续平放空中,等待简然接着训练,"要记住,你刚刚成功了哦。"他摇了摇训练石,"记住当时的本能的感觉。"

"好的,乔老师。"简然深吸一口气,缓缓将自己的手掌落下,尽管她很喜欢乔光手掌的温热,但这次她的手掌穿过了乔光,感受着空气分子的浮动。训练石依然被乔光紧紧攥着,简然高兴地笑了,这是终于攻克难关后发自内心的微笑。

"要再巩固一遍吗?"

"好的,乔老师。"

9

简然完成新生者天赋超能力辅导班的第一日训练后,就一直在训练场的一角席地而坐,变幻着意念魔方玩,顺便等克里斯完成学习任务后,继续去魔法集市猎奇,乔光则去进一步辅导其他学生的专属天赋超能力了。

简然正觉得今天是个神奇的日子,但远远地,她看到露西朝她走来,她迅速收起原悬浮于半空的意念魔方。

"嗨!"简然向露西打了个招呼,试探一下露西是不是来找自己麻烦的。

"你好!"露西回应道,"也没别的什么事,我就想和你换个组训练基础技能,像是今天的脱逃术之类的,你能和我的朋友伊万组队吗? 我和老师一组训练,好吗? 不会影响你什么的。"

　　简然觉得她的话并没有什么偏激的地方，但就是这种口气让人非常不爽，而且乔光……想到这个名字的时候，她的内心不知为何似乎受到了一丝触动，我有点想和乔光一起训练，她心想，因为我想要弄清楚那种似曾相识是怎么回事，便问："你的朋友伊万是哪个？"

　　"他现在不在，他应该回去了。"

　　"那下次等碰到他的时候再问问他，我没有关系，但他不一定想和我一组，因为你一看上去就是那种特别擅长这些技能的……"简然努力让自己听上去非常真诚。

　　"就是！"克里斯又不知道从哪里突然出现，"要不你和我一组？"他问露西。

　　露西看到他没好气地说了声："算了，谢谢，等下次再说。"然后她脚底抹油似的飞快离开了。

　　"啊哈！"克里斯把胳膊肘架在了简然的肩膀上，看着露西离去，"你打马虎眼也不错啊，刚刚露西可被我虐惨了。"克里斯听上去、看上去都是一副扬扬得意的样子，"走，去吃点东西，然后帮你去找电影协会。"

第七章　电影协会欢迎您！

1

　　来到中间地带的第二夜，中间地带影视文化街的地标建筑——"环球影城"里，电影协会一年一度的迎新大会即将开始。

　　大星和简然在线预约了这次迎新大会的入场券。在中间地带蓝紫色的夜幕下，两人来到了环球影城的门口外。简然本以为入口处会是人山人海，但没想到环球影城门口只有两位穿着仿佛皇家护卫的机器人侍者，侍者询问两人来访目的后，便为他们打开了沉重的大门。

　　明亮的光线带着暖流溢出，门里是一张标准的红毯。色彩缤纷的人群在红毯上缓缓前进，在底端还有黑色的签名板和拍照留念的地方。

　　"奥斯卡红毯的节奏？"大星打量着四周，身上的一件黑色锦缎衬衫和金黄领带引人注目，"幸好来的时候精心打扮了一番。"他又极为夸张地用双手摸着板寸，向擦肩而过的出席此次迎新会的人问好，"你们好！我是克里斯·星！"说着，他还不忘炫耀他手上五彩缤纷的戒指。

　　简然几乎都不想说这个人是自己的朋友，她整理了一下自己的白色礼裙，撇下克里斯，向红毯的另一头走去。

　　红毯的左侧是各类电影奖项的奖杯放大版雕塑——从奥斯卡、金球奖到金狮奖、华表奖等一应俱全，而右侧是各大影业标志的立体雕塑——从华纳影业、20世纪福克斯到华谊兄弟、欧罗巴影业等，这些雕塑向两侧延伸，陈列在阶梯上摆满了整个大厅，红毯上方挂着随着人类的历史脚步不断进化的摄像设备，从最老式的照相机一直到胶片摄像机、2D摄像机、3D摄像机、IMAX摄像机，等等。

　　"请留步。"在红毯尽头的签名板处，一位机器人工作人员叫住了简然，"请留步，每一位新入会者都需要在迎新大会的欢迎仪式上登台，并进行简单的1分钟自我介绍，请做好准备。"

　　"如果不说的话会怎样？"克里斯突然从简然身后冒了出来，咧嘴笑着问。

"不说也无妨的，"机器人工作人员向两人递过电子笔，"请二位移步签名板，并留下您的尊姓大名。"

"你刚刚怎么都不等我就往里走呀？"克里斯假装有些生气。

简然抿嘴笑了笑："你还知道是我跟你一起来的呀？"

2

悠扬的乐曲伴随着夹含暖意的香气，从中间地带环球影城一楼红毯尽头的金色大门里漂流而出，金色大门内是金碧辉煌的地面和墙面，零星散落着铺着白色桌布的点心台，穿着金色马甲、白色衬衫的机器人侍者端着饮品在人群中穿梭。

简然和克里斯一进门便被一位看上去五六十岁的机器人侍者迎接："想要来点香槟吗，帅哥、美女？感受一下星星的味道？"

"当然！"克里斯径直拿起一杯，一饮而尽，然后他眯着眼睛、皱着鼻子感叹，"哇！要的就是这个感觉！"然后，他又拿了一杯放在手里，"简然，来点吗？"

"呃，不了，谢谢，"简然对克里斯摆摆手，"我可不想像某人那样喝酒降低智商。"

"你都这么聪明了，再不喝点我们怎么办？"克里斯耸耸肩，"而且这是中间地带，不是有治愈一切的良药吗？"

"那来点果汁吗？"机器人侍者在一个香槟杯上按下按钮，香槟与香槟杯变成了胖肚子玻璃杯的苹果汁，机器人侍者摇晃着脑袋，"看，这就是神奇的'生'之能量。"

简然接过机器人侍者递过的饮料，轻声道谢。

"二位，请享用。"说罢，机器人侍者向其他新进门的人迎了上去。

简然四下里张望了一下，人们三三两两聚作一团，交谈甚欢，女士的耳坠不断晃动着，香槟酒在镁光灯下冒着金光闪闪的气泡，红酒杯的挂壁晕出一道彩虹。在环顾的过程中，简然突然看到了让她感到惊异的人，天哪！那不是奥黛丽·赫本？

我的天哪！这就是《罗马假日》里仿佛天使的奥黛丽·赫本，她正站在舞台附近，身边簇拥着几个西装革履的绅士和穿着露背礼服的女士，似乎正说到兴头上，露出了美丽的笑容。

"天哪！克里斯，你看……"简然拉了拉克里斯，同时她再仔细看了看在赫本身边的人，"天哪！那个正在和赫本聊天的穿着旗袍的女士不是周璇？那个绅士不是克拉克·盖博？不是吧？！"她惊讶极了，从未想到竟能够在电影协会见到他们。

克里斯顺着简然的目光望去,倒吸了一口气,压低声音说:"而且还有马龙·白兰度和费雯·丽!"

再回过神来,一位头发花白的老奶奶已经迎了上来:"看看我们的新会员,多漂亮、多帅气啊!"她的声音是老人特有的颤颤巍巍又和蔼可亲,闻上去有香皂的气息,简然特别喜欢这样的老人。不过在中间地带能够见到老人的机会很少,大多数老者都会选择以自己过往最满意的形象示人。

老奶奶看着那些电影明星对简然解释道:"小姑娘,不要激动,那个时候的通信并不发达,所以你们都不知道他们来这儿了,而且他们实际上也都是被悄悄选来中间地带的。"

"怎么样,简然,要去和他们说说话吗? 我可是急不可耐想去和他们拍几张自拍,炫耀炫耀了。"大星怂恿道。

"大星,你是为了躲避上台发言吧?"简然戳穿了克里斯的心理,"你看过多少他们的作品?"

"哎……"克里斯一时被说得有些语塞,心虚地说,"其实我只是知道他们很有名,他们的作品我看得也不多,只知道经典的那一两部。"

老奶奶打断道:"来来来! 你们两个快跟我上台介绍介绍自己!"

"老奶奶,我一会儿就来,我先去追星了,简然,要不你先去自我介绍吧。"大星说罢便开溜了。

"啊? 哎? 大星?!"简然看着大星穿过人群,向赫本他们跑去,突然觉得即使是上台自我介绍都比和那些名人见面令人心安。

"小姑娘,你快点跟我来,上台向大家介绍介绍自己。"老奶奶慈祥地说。

什么? 这么快! 简然心想,"老奶奶,您稍等一下,让我准备准备,顺便我去找一下我刚刚的那个朋友和我一起。"

"就简单说说你的名字,"老太太仔细地打量了一下简然,"你这么漂亮的新会员,快点让大家认识认识啊。"

说罢,老奶奶兴冲冲地拉着简然向宴会厅中央的舞台走去。

简然下意识地想要去搀扶这位老者,但老奶奶却说:"别看我头发花白,这中间地带的无限'生'之能量早就让我的躯体恢复最佳状态了。"

3

在台上介绍完自己对科幻电影的喜爱,自己的电影编剧梦及原创剧本《生死原理》概要和非常高兴加入电影协会后,简然便在一片稀稀落落的掌声里回到令她感到舒适的空间。

其实在台上自我介绍的时候，简然便注意到了乔光导师也出现在了人群里，但她刚走下舞台准备去寻找乔光的时候，一个温和的女声叫住了她："单简然，你好！"

简然回过头去，看到一个高挑的女子，她留着干练的黑色短发，眉宇之间却又非常柔和，细细的柳叶眉，葡萄般的眼睛，圆润的鼻尖，一身宽松的斯琴风格服饰潇洒飘逸，她正对简然微笑着。

在看到那名女子的那一刻，简然脑海里下意识地闪过——她看上去真像是我的母亲。

"您好！"简然礼貌地打招呼，"很高兴认识您！您是……"

"我是芳薇，我是一个电影导演，很高兴认识你！"芳薇自然地和简然握了握手，"我对你的故事很感兴趣，我想如果有机会的话，我们可以合作，一起在中间地带实现你的电影编剧梦，能和我再详细说说你的故事吗？你现在有时间吗？我们谈谈？"

简然有些受宠若惊，因为她深深记得梦圆项目的梦魇结局。

【回忆：两年前】

电子防盗门外门铃声悦耳地响起，穿着 Hello Kitty 粉红系居家服的简然缓步来到黑色的防盗门前，费力地踮脚瞥了一眼猫眼外的来人，然后努力打起精神，微笑着打开了门。

"麦喆，你好！"看到昔日的女神闺密章麦喆一如既往地穿着回头率 100% 的公主裙站在门口，简然又惊又喜。自然光线下简然的皮肤异常白皙，脸部轮廓分明，眸子里的棕色闪烁着门外的日光。如果不是因为这场癌症，大学里追她的男生肯定可以排一条长队了。

麦喆虽然也很漂亮——高挑的身材、染成麦穗色的长发、星空般的美瞳，但她和简然有着截然相反的性格和气质。她的艳丽和张扬就和她愤世嫉俗的性格一样，简然的恬静和乖巧就像她安静内敛的性格一样。

公主裙女士在看到简然的身形憔悴后，微微吃了一惊。仿佛简然身上所有的色彩都集中在了她头上的那顶五彩缤纷的绒线帽上，但是绒线帽下隐藏的却是关于癌症病患的秘密——脱发。麦喆并没有流露出同情或者是悲伤，而是非常平和地抱了抱简然："简然，你今天看上去气色还不错。"

"是吗，我是觉得今天还不错，"简然似乎听出了麦喆声音中对于伤感的掩饰，但她非常理解自己好友的心情，"快请进！"说着，简然退后几步将麦喆让进屋内，努力调动体内的热情，"我没想到快期末这么忙的时候你会过来看我，你真是太贴心了!"

"其实现在还好,真正的疯人院模式还没开启呢,还有两个礼拜才是专业课考试。哎?你的帽子好可爱啊。"麦喆捏了捏简然戴着的绒线帽上挂着的两个小毛球。

简然微笑着缓缓走向开放式厨房:"要喝咖啡还是茶还是果汁?"

"这里有这么温暖的空调,当然是照旧的冰镇果汁了,外面真是超级冷。"麦喆在铺着羊毛毯的皮沙发上坐下,随手抱起一个印着黑寡妇标志的靠枕,旁边还有一摞印着蝙蝠侠、超人、绿灯侠、美队、钢铁侠、雷神、洛基、绿巨人、鹰眼、红女巫、快银等超级英雄标志的抱枕。

简然倒了一杯橙汁给麦喆拿了过来,麦喆悄悄问她:"你之前和我说的梦圆项目给你回复了吗?"

简然沉默着,面色凝重地把果汁递给麦喆,自己拿起盛着热水的保温壶倒了些清水。

"他们给你回复了吗?"麦喆急切地追问。

"别提了……"简然叹道。

"怎么了?"

"回复是有回复,我也和一个导演接洽过,但是……"简然努力压住鼻子的酸楚,喝了些热水,"但是感觉他们并不能理解我,更多是像在安慰小朋友——你做得很好,但……但没有然后了。不过也没什么,原本只是想如果有机会的话,可以拍个电影什么的,还是挺好的,没有也没关系。"她淡然一笑,但她知道自己真正的感觉是梦想被人忽视、歧视和挑衅,她笑得并不自然。

"嘿,"麦喆换了一个蝙蝠侠靠枕抱着,"能够做点自己想做的还是很不错的。"

我只是没有这么多时间去试错了!我知道追逐梦想的过程难免磕磕绊绊,但是我没有时间了!简然略绝望地想,不过,她还是保持着镇静:"嗯,还好吧,其实你也可以的。"

"我吗?"麦喆叹了口气,"我不知道。至少现在我还没有找到有什么东西能够让我这么喜爱,以至于我能够心甘情愿地为它付出十多年的时间积累经验,而且还能够保证十多年后我还真心实意地想做那个。"麦喆喝了口果汁,"要知道,像这种长期的人生规划可不是谁都有的,在大学里,大多数人还是并不清楚自己的人生方向,只是随波逐流。"麦喆又喝了口果汁,眉头因为橙汁的酸爽而皱在了一起,她继续说道,似乎是在宣泄内心的不满,"就说现在我身边的同学好了,考上了大学又能怎么样,还不是个个就像在高中那样对学的东西根本提不起什么兴趣,"麦喆挥舞着手臂，"上课打游戏、刷手机，考试只求过，或者，对于学霸来说，有几个学霸是为了知识而不是为了好分数而学习的，他们有几个是精益求精而不只是把老师的考试范围倒背如流的？"

"但是有时候我们总要坚信这个社会里总有人会乐于做学术，乐衷于学习，乐忠于工作，而且遵纪守法，不然人与人之间就没有比较了。"简然温和地回应。

"的确，"麦喆皱着眉，"但我们的选择太有限了，我学这个东西不是因为我喜欢这个，而是因为我的这个成绩就只能进这个学校，虽然那个学校是所名牌大学，似乎在亲朋好友面前很风光的样子，但是我不能选择做那些我喜欢做的，而且我也不知道我究竟喜欢什么。我现在学这些是因为我如果不学，将来就没有工作，就没有办法在社会上立足，"麦喆看着简然说，"你可能会觉得我太不知足了，能够上大学尤其是名牌大学是多么好，但是我不敢想象将来我就要和这些实验器材打一辈子交道。"麦喆似乎有些无奈地笑道。

"谈个恋爱吧，麦喆？你会感觉好很多的。"简然半开玩笑地说，"哎呀，不说这么沉重的话题了，"简然打开了客厅里 60 英寸的 4K 电视，电视机旁插着一个 2TB 的 Seagate 睿翼硬盘，电视屏幕上显示出各种各样的电影，"这么多电影，你随便挑一部一起看吧。"

"《星运里的错》？"麦喆试探地问。

"行啊，"简然将光标浮动到这一选项上，"其实我前两天刚刚温习了一下这部片，说真的，我希望自己能够像他们一样，即使是生了这个病也还能过得这么精彩。"虽然简然的语气轻松，但她心里想着，看来真的只有在大学里我们才会渐渐认识到现实的残酷与平淡，过去童话般的理想——小时候那些用天真无邪的童声嚷着的"我要当科学家！宇航员！"的梦想，有多少能最后在晦涩的数理化面前继续坚挺？简然想着自己看过的所有关于大学的电影，安慰自己，人只有在失去与失败里才能成长。

【回忆结束】

回到现在，简然不敢相信在中间地带竟然有导演对自己的剧本感兴趣！

"当然有时间，芳薇导演，非常荣幸！"简然微笑着回答芳薇导演，她瞥到大星正从芳薇导演身后向她走来，但看到她正在聊天，便抬了抬眉毛，回到人群里社交去了。

"之前听你在台上说，你的故事是关于'灵魂'的？"芳薇导演似乎突出强调了"灵魂"二字，她带简然向附近的一张白色高脚桌走去，那张桌子上有一盏紫色灯罩的镂空台灯，台灯旋转着，紫色的光透过镂空的缝隙闪烁着。

"呃，我一开始是这么想的，我也知道可能话题会比较敏感，如果不行的话，我也已经想好怎么改了。"简然轻抚着白色高脚桌的桌沿。

"这里有电影分级制，不过你但说无妨。"芳薇导演轻轻抬手，高脚桌上便出现了一个深紫色的马克杯，杯壁上飘着几朵樱花，杯里冒着暖暖的热气，枸杞甘甜，菊花清香，参片提神。

她有些疑惑地看向芳薇导演，对方只是指了指简然右手食指上闪烁着蓝光的戒指："我和你一样是一个意念控制者，你想喝点什么正常的能喝的东西吗？"

简然知道芳薇导演是在吐槽电影协会提供的酒水，便笑着说："和您一样，我在世界之内最常喝、最爱喝的就是菊花枸杞茶。"

"看来我们的口味很接近啊。"芳薇导演轻轻挥手，一个纯净的玻璃杯便出现在了简然面前的桌上，杯子里漂浮着几朵浮动的菊花，点缀着红色的枸杞，温热的水汽在杯壁上浮动。

"如果你准备好了，随时都可以开始。"芳薇导演说。

简然长舒了一口气："呃，这个详细故事梗概可能会有点长。"

"不要紧，你慢慢说好了，如果一个故事一句两句就能够讲得很清楚，为什么能写成一部两小时的电影呢？"

"好呀，"简然在内心给芳薇导演点了无数个赞，但她也知道如果一部电影一两句话讲不清楚，可能两小时根本来不及交代所有细节，"这是个关于爱、灵魂和为自己的命运抗争的故事。男主角是一个灵魂，他叫 Roman，女主角是一个患了癌症的女孩，她叫 Alexandria。故事的背景设定是每个人在躯体消亡后，灵魂会进入另一个维度的世界，在那一维度的世界中，灵魂是以可触及的形式存在的，就像在《星际穿越》里的五维世界中，时间是以可触及的形式存在的。在那一维度的世界中，每个灵魂有两个选择，一个是前往专门供灵魂生活的世界，另一个是继续逗留于世间，但如果要逗留于世间，这些灵魂必须侵蚀人类的生命才能保证自身的存活，不然就会遭受'永世不得满足与宁静'的痛苦，所以这些灵魂中的一部分渐渐成了人们熟知的恶灵。这些逗留于世间的灵魂有一个解脱的方式，那就是每个世纪都会有一次持续一周的圣光笼罩时期，在这个时期中，所有无论什么原因而逗留于世间的灵魂，都能够得到再次飞升、前往专供灵魂生活的世界的机会。芳薇导演，很抱歉，我是不是说得太长了？"

"不，我很有兴趣，请继续。"芳薇导演饶有兴致地喝着菊花枸杞茶。

简然点点头，继续道："顺着之前我们说的，那些留在世界之内渐渐腐化为恶灵的灵魂故意躲开了一个世纪一次、持续一周的圣光笼罩，并聚在一起建立了恶灵王朝，并且规定——'任何人类都不能发现灵魂的存在，如有人类发现灵魂的存在,连同被发现的灵魂一起一律剿灭'。因为如果有人类发现灵魂的存在,他们就有可能与灵魂侠客接触,就是和维持两个世界和平的侠客接触,甚至可能说服灵魂侠客,让他们帮助人类研制屏蔽灵魂的设备,这种设备能让逗留于世间的灵魂无法侵蚀人类,这样便会导致恶灵王朝失去能量来源,所有恶灵都会生活在得不到满足的痛苦之中。另外,在那个世界里还存在着一种法术,被施了这种法术的人类将能看到另一维度的灵魂世界。"

简然和人对话的时候习惯于查探对方的神色,一些人听她的故事时往往会努力压着嘴角,不让自己打出一个大哈欠,或者对方可能会看向别处,明显不感兴趣,但这位酷似简然母亲的芳薇导演却一直与简然进行着积极的眼神交流,简然不由感到内心一阵温暖,"芳薇导演,这是故事的背景框架。"

"挺有意思的,"芳薇导演赞叹,"你的剧本方便给我看看吗?"

"好呀,芳薇导演,您要不给我一个联系方式吧,我发给您?"

"其实'曾艺'现在就可以把你的剧本传输给我,只要你授权就好,我读完之后,就和你联系。"芳薇导演将自己的中间地带专属手机交到简然手里,简然注意到界面上是"曾艺"请求访问简然的中间地带云端数据库,她想起来之前"曾艺"已经把自己电脑硬盘中的所有文件都在中间地带云端数据库上备份了,便迅速指纹授权"曾艺"的访问请求。

"那么,到时和你联系了,所有中间地带的居民信息都在'曾艺'中有登记,我会在那里找到你的联系方式的,"芳薇导演轻抬手,她的紫色马克杯消失了,"很高兴认识你,单简然,再见!"

"我也是,很高兴认识您,芳薇导演,再见!"

4

简然疑惑地目送芳薇的背影,不知道这是逐梦之路的再度启程还是二度梦魇的开始。

正想着,她看到了乔光和他的几个朋友正迎面走来,从左往右分别是一个西服扣欲崩未崩的啤酒肚男,一个穿着深V领黑色长礼服、染着奶奶灰短发、瓜子脸的高挑女神和一个穿着玫瑰色短裙的栗色长发女子,乔光则被他们围在中央——淡蓝色衬衫下是紫红色的西裤,英气逼人。这四个人看上去似乎是乔光的几个朋友,他们正力图劝他再留久一些,但简然隐约听到乔光用保护者的工作推辞着。

简然不知道是不是应该迎上去打招呼,似乎不打招呼有些不礼貌,但不知是不是会打扰到乔光和他朋友的相聚? 回过神来,简然好生奇怪,怎么自己会担心这么多? 不就是去打个招呼吗?

这时那个奶奶灰短发的高挑女神注意到了人群中的简然,她向简然挥手,"唉? 你是单简然,刚刚在台上自我介绍的?"说着,她拽住她左手边的乔光,指着他说,"乔光,你别想溜啊。"说罢,她就朝简然走来,把她引荐给了乔光的三位朋友。

"你们好!"简然礼貌地问候道,并向这个自称为森森的高挑女子道谢,"谢谢森森老师的引荐,很高兴认识你们,李立、露露老师!"然后,简然转向乔光,"乔老师,真巧啊,您也在这儿! 很高兴见到您!"

"别这么客气啊,"森森看上去非常善于社交,"别叫我们老师,我们都只是电影协会的会员嘛!"

"我不建议被叫老师的,"李立捅了捅乔光,然后眨了眨眼睛,"明明认识人家,为什么刚刚不介绍我们认识呢? 她在台上介绍的剧本听上去可有意思了。"

"啊……"乔光赶紧补充介绍道,"单简然是我在新生者天赋超能力辅导班上的一名非常有天分的意念控制者。"

"谢谢您这么说,乔老师!"简然微笑道,但不知为何感到有些难为情,是乔老师的朋友们太热情了吗?

"我刚刚看到芳薇导演在和你聊,"森森问,"芳薇导演是电影协会的荣誉会员,在中间地带的电影节上获奖无数,而且她言出必行,只要她愿意找你聊,就一定会把你的故事拍出来的,刚刚聊得怎么样?"

"她问我要了剧本。"简然努力忍住自己想要大笑的愉悦情绪,不能失态,不能在乔老师面前失态,简然觉得乔光和他的朋友们还有芳薇导演都仿佛是照亮她人生的阳光一样。

"很不错。"乔光鼓励道,但简然又觉得似乎乔老师是在压抑某种情绪,还是他说话就习惯那样?

李立打断:"对了,我们刚刚说到哪儿了? 哦,对,"李立挥了挥手指,"是我到现在还保持着我的宗教信仰,因为我觉得那已经不是宗教了,而是我的为人准则。"

"那很好啊,"露露感慨,她晃了晃自己的栗色长发,很快转移了话题,"今天就不说你了,我们对你够熟悉的了,'李老师',"露露故意大声喊着,然后将注意力集中到了简然身上,"单简然,你平时最喜欢什么电影呀?"

"我?"简然其实什么电影都喜欢,而且喜新厌旧的速度极快,"我很喜欢超级英雄片,如果说是最近的话,我特别喜欢《壁花少年》,那本小说和那部电影都是写给 Loser 的励志信。您呢? 你们呢?"简然刻意看了看乔光深邃的双眼。

"我最喜欢的是《赎罪》。"露露回答,"那种在现实生活中不懂装懂的小女孩,因为不谙世事导致一对恋人的悲剧,然后说在自己长大后写的书里补偿他们一个Happy Ending 就是赎罪了? 不过这个世界上只有作家和编剧能够像造物主一样操控我们的生死和命运。"

"我可不是什么宿命论者,"森森指出,"我不相信有那些操纵者的存在。"

"我倒是觉得,'感到命运无奈,然后不得不接受命运',是大多数人的心理啊。"李立眯着细缝般的小眼睛。

"对啊,大多数人都是这样,不然世界不就要乱套了,他们就希望你们顺着命运,卑微地逆来顺受,那样那些控制我们的人就能够真正控制住我们的人生。"露露争辩。

"好啦好啦,朋友们,"乔光柔和地制止了他们进一步的争论,"我还有保护者的任务在身,真的得走了。"

"那我们一起送你出门吧!"李立提议。

"好!"两位女宾乐呵呵地异口同声。

李立又对简然招手:"简然,你也一起来! 要知道我们上一次在电影协会见到乔光还是二十多年前的事情。"

简然跟在乔光的身侧,乔光的朋友们则继续讨论着关于宿命论的问题:"其实我也不太相信有控制我们的人存在。"李立对露露说。

"他们当然存在啦!"露露双手交叉在胸前,似乎有模有样,"不然'一战''二战'中相对的正义怎么能够战胜相对的邪恶? 不然这么多辍学的人为什么只有比尔·盖茨能够成功? 这么多有梦想的人,只有这么些屈指可数的人最后成功圆梦? 还有麦田怪圈、巨石阵、金字塔,有太多太多未解之谜,还有恐龙怎么会就灭绝了呢? 宇宙最初的爆炸?"

"但如果我们命里注定没有成功呢?"森森困惑。

"对于世界之内的人来说就是等下辈子呗,"露露争得有些脸红,"对于我们这些中间地带的永久居民来说,就是在这里好好遵纪守法,只要不被流放,爱怎么享受就怎么享受,我总觉得在资源无限又获得永生的时候,成功就不像世界之内那么重要了。"

"除非你真的有一个像是简然这样的梦想,"森森说,"这时候追逐梦想就不是为了物质回报而是为了梦想本身。"

简然被夸得有些不好意思,但还是很高兴再次看到梦想实现的希望曙光。

"露露,你思想这么腐败当时是怎么在大奖日上被选中,怎么获得中间地带永久居民资格的? 实话招来,是不是买通了什么人?"李立打趣。

"被选中和成为永久居民,这两者的决定因素可不是家族势力,也没有什么复杂的人际关系网络作用,中间地带的选人机制是很公平的好不好!"露露看了看乔光,希望得到这里唯一的政府法律部门工作者的肯定。

乔光无辜地点了点头,他不知道简然对于那些人的言论会怎么想。

"其实呢,我最初成为被选中者的时候最不能理解的就一件事——为什么那些在世界之内作恶多端的人也能来到中间地带享受?"露露愤愤地说,"不过后来我明白了,因为人的本质是不会变的。人的本质从一个角度可以说是人的禀赋,比如同一个教室、同样的老师,总有那么一些学生能够学得好,总有一些学生不行,这其实是由他们自身的禀赋决定的。我们要相信总有那么一些人能够成功,能够成为未来的中流砥柱,而不能要求每个人都一样好,一样好的话,就没有好坏比较,社会就会失去竞争。但在中间地带,我个人认为人的本质不会变是说,在世界之内作恶多端的人,必然会违反中间地带的规则被贬为被流放者,承受与他们所犯下的一切罪行相应的痛苦,这就是所谓的劣根性,因为他们缺乏起码的善恶、是非、道德判断标准。"

李立眯着眼睛,略带讽刺地说:"按你这么说,如果没有这些作恶多端的人的存在,保护者就要失业了,或者保护者就只能做调解员了,而且我们大多数人都是普通人,不是圣人,不是魔鬼,但我们都有成为圣人的潜质,也有成为恶魔的可能,这都源于人性。"

乔光对简然无奈地摇了摇头,轻声说:"和他们有那么一会儿没见了,都跟不上他们在说什么了,你别见怪啊。"

"没事的,乔老师,我觉得他们的话题很有意思。"简然不假思索地说。

"那简然,你怎么看呀?"森森问。

"我觉得就像露露老师所说,所有生命轨迹相似的人群里,只有那么一些人能够成功,能够被我们记得,这可能正是我们的命运决定的,而唯独命运是所有科学无法解释的。就像牛顿这么伟大之人最后也开始证明神的存在,因为他觉得这个世界太有规律了,或者说他当时觉得自己把所有的世界规律都参透了,所以他觉得这么有规律怎么会没有神的存在? 当然,这也是我过去课上听老师说的。"

乔光加入了对话中:"或多或少是这样,没有数学公式能够告诉我们下一班起航的飞机到底会不会坠落,"他注视着简然,"没人知道下一秒会发生什么。"

"刚刚说到牛顿——我看他的人生是命运想告诉我们,宗教信仰与科学研究并不冲突,完全是我们生活的两个部分。"森森说。

说话之间,四人已经送乔光到电影协会大门口了,简然觉得刚刚光顾着说话,和偷瞄乔光俊俏的面容,根本都没意识到已经走出了这么远的距离。

简然心想,虽然宗教能够通过教义教导人宽容,科学能够通过技术提升生活水平。但事物总是两面的,教义可能会排他,排斥其他教派,基于自身利益引发冲突,就像世界之内正在发生的混乱一样,而科学则有可能让人远离自然、利欲熏心,就像大多数电影里展现的那样,而且电影里最后基本都是正义战胜邪恶,但在现实生活中就不一定了。不过,潘多拉宝盒的盒底还是装着希望的。

"简然,你是新生者,不要听我们这些老咸肉在这里瞎掰扯啊,"露露又扮演了话题转换者的角色,"我们都在这里活腻歪了,你刚到这里的感觉怎么样啊?"

简然脑海里闪过过去的几天的片段,肖洛的介绍、发现天赋超能力、王丽等老人的变装、乔光和新生者技能训练的意念魔方、大星的厨艺,"呃,非常丰富多彩,现在回想来觉得还挺不错的,心里非常感谢所有帮助过我的人。"

"感觉好就好,可不要像一些人那样想要加入抵抗组织,抵抗组织就像这里的恐怖组织,加入的人都是脑子还没长好……"露露的话被乔光生硬地打断了,"闹得差不多就够了啊!"

"你和一个新生者说什么抵抗组织啊?"森森嗔怪。

"我还有公务在身,先走一步了,"乔光和朋友道别,并对简然说,"那么,明天的技能训练课上见了,你们这周日定向越野前新生者天赋超能力辅导班还要进行小型对抗赛,好好练习。"

"好的,乔老师,"简然对自己的意念控制天赋超能力还是比较有自信的,"老师再见!"

"老师再见!"大星又不知从哪里冒了出来,模仿着简然的语气。

"大星?!"简然一惊。

然后简然将大星介绍给了乔光的朋友们,并向他们解释晚上辅导者安佳·华还要与新生者开会,便和大星同乔光的朋友们道别了。

"你终于和这个浓眉大眼、海拔可观的老师聊好了? 我看你之前还和一个听说是得奖无数的导演在聊?"大星站在"飞行者"内弯着小山峰似的眉毛,"聊得怎样?"

"还不错,她说她对我的剧本感兴趣,看好后和我联系。"

"听着不错,"大星竖了个拇指,"明天我预约了'梦生'试剂的购买指南,一起去吗?"

"'梦生'试剂? 就是那个让我们和世界之内的人在梦中相会的药物?"

"是啊,"大星听简然语气并不热烈,便央求道,"你就陪我去嘛! 我可是费了老大劲才预约到 VIP 的,预约的人可多了,现在只有王丽去,你也陪我去嘛!去嘛!"

简然皱眉想了想:"也行,但可不能耽误芳薇导演找我谈正事。"

"好好好，"大星无奈，"不会耽误你的正事的。"

5

"大家晚上好！不知道大家试用了中间地带的电子产品后还习不习惯？"安佳询问围坐在新生者公寓客厅里的组员。

王丽的粉裙上挂着"红宝石"，妮娜拿着一本牛皮笔记本，陈国强在椅子上坐得直直的，陆易依然着一套笔挺的西装，正对着客厅的一个玻璃柜整理着发型。简然则正将黝黑的长发束到脑后，也不知道芳薇导演剧本看得怎么样了，她担忧着。

"不能再习惯了，安佳，电子设备嘛……"克里斯正通过眼球追踪设备，在所佩戴的中间地带腕表投射而出的光束屏上玩着《绝地求生：刺激战场》，只需要动动眼球，被操纵的游戏主人公就能够前后移动，使出大招，屏幕也会随着眼球的移动，从而在使用者眼前呈现最佳视角，"我们都是这个年代的人了。"克里斯咕哝道。

"我觉得有一款 App 很好。"王丽向围坐一圈的人们推荐道，简然觉得她现在看上去和今天白天似乎有些区别，是更成熟了还是别的什么，简然说不上来，但总觉得和之前有所不同，而且更加光彩夺目了。

"这款 App 有点类似于智能管家，是我参加的'伊佳人'协会推荐的，"王丽介绍道，"这个 App 可以从中间地带专用的手机应用软件市场里下载，"王丽从手机里翻了出来，推到众人中间的空气中用光束屏展示给所有人看，那是一个机器人图标的 App，名称为"挚友"，"我可以问他任何问题，他都会回答，我之前问他'魔镜魔镜，这个世界上谁最美'，他就询问我是否愿意开启摄像头，然后又让我变换不同年龄段的模样给他看，最后他建议我采用人生中 30 岁的模样，因为那最合适我的形象。"

"您现在这样看上去比原来更加成熟，更加有气质了。"简然由衷地赞美道。

"是看上去不错，和之前是两种风格。"国强清脆的童声沉稳地说道。

"谢谢。"王丽有些小娇羞，歪着头把 App 的图像收了回去。

"还有一款，关于这里的法律法规的，我试了一下，"陆易介绍道，他像王丽那样把光束屏推到众人中间的空气中，然后让屏幕 360 度旋转，"这款 App 叫作'出行宝典'，'出行宝典'会提示你在中间地带的法律法规。我昨天去这里附近的公交驿站尝试了一下，公交驿站就是之前肖洛说的可以从中间地带返程世界之内的那个车站，在我接近那个车站的时候，这个 App 就提醒我'根据中间地带某某法规'，呃……我记不起来是第几条了，总之'根据中间地带某某法规，作为第一年新生者应该在抵达中间地带一周后才能登上前往世界之内的公交班车'，所以我当时的行为即将违反法规。随着我越接近车站，'出行宝典'的警报声就会越响，以至于所有正在等候上车的人都对我行了注目礼。"陆易有些尴尬，"不过我觉得这对于我们这些还不熟悉法规的新生者来说是非常好的，可以避免我们由于不知法而犯法。"

"这的确是个好软件。"妮娜在牛皮笔记本上写下了"出行宝典应用软件"这几个字。

"Oh! Yes！"克里斯轻声叫道，双手攥拳以示胜利，似乎顺利吃鸡、过关，然后他看了看周围，正色说，"我知道现在要开会，所以，很抱歉。"他手一挥，面前的屏幕收回了腕表。

"还有什么好的应用软件要推荐的吗？如果没有的话，我们就进入正题，我们今天在这里开会的主要目的，是要提醒一下这周末返回世界之内定向越野的注意事项。"安佳严肃地说，她等待了一下，见没有人再推荐手机应用软件，她便继续道，"简然，我不太记得欢迎仪式的肖洛主持人是不是说起过关于黑色斗篷屏蔽服的内容。"

"我貌似记得他说过，虽然没在问答环节提及，但之前说过黑色斗篷屏蔽服和'隐身'药片都可以更好地帮助我们隐身，一个是穿戴饰品，另一个是口服药剂，效果相似，都是为了屏蔽暗物质层面的被流放者。"说完，简然看了看众人，希望得到肯定，但其他人似乎都一脸茫然。

克里斯就坐在简然右侧。他对她耳语道："看来学霸之名连安佳都敬仰了，她直接问了你哦。"

"没错，定向越野的必备道具之一就是'隐身'药片，'隐身'药片的目的和黑色斗篷屏蔽服是一样的，有些中间地带的居民不喜欢穿屏蔽服，所以配套的'隐身'药片才应运而生。斗篷需要一直穿戴，而'隐身'药片则有时效，目前的技术是每次服用能保证最多24小时的药效；此外，两者有些细微的区别，斗篷在一定程度上比'隐身'药片的隐身效果更好，斗篷能够让各位在一定程度上成为飘浮的空气。说到这里，大家有什么疑问吗？"一阵静默后，安佳接着说，"好的，没有问题的话，我们就继续，在穿戴好斗篷或者服用完'隐身'药片后……"

"等等，安佳，不好意思，打断一下啊，"陆易发言，"嗯，我记得肖洛当时还提到过'梦生'试剂，它和'隐身'药片的服用对象是不是不同的？"

"就让我来考考在座的各位，有没有人能帮助我解答陆易的疑问？"安佳看了看自己的新生者组员。

"'隐身'药片和'梦生'试剂，一个是给我们用的，另一个是给世界之内的人用的。"简然轻声回答。

"没错,'隐身'药片的作用对象是中间地区想要返回世界之内的人,而'梦生'试剂的作用对象则是那些你们想要与之交流的世界之内居民。"

"明白了,谢谢。"陆易点点头。

"除了上述必备道具外,还有一件物品是我们前往世界之内暗物质层面必备的,那就是'红宝石',也就是肖洛在欢迎仪式上说的那款紧急报警设备,我很高兴看到王丽今天戴着它,'红宝石'是它的昵称,保护者喜欢叫它报警器。现在各位最好养成随身携带这个设备的习惯,因为这个设备将会是各位在中间地带和世界之内的重要安全保障,比如一旦被流放者突破'隐身'药片的屏蔽,对各位构成威胁时,按下'红宝石'的白色珍珠按钮,便能即时召唤保护者。当然,被流放者突破屏蔽的情况很少发生。"

"安佳,有没有可能我们按下了'红宝石'的按钮之后保护我们的人没有出现?"王丽拿着她的红宝石问。

"这个可能性为零,"安佳保证道,"保护者都是经过特殊技能训练的人,而且在世界之内供职的保护者都是中间地带的优秀居民,我们需要对他们有信心。"

"哇!那真是很令人安心啊。"王丽感慨。

安佳对她露出一抹微笑:"斗篷、'隐身'药片、'红宝石'都说到了,当然如果各位需要使用任何其他试剂,其功效就不在这里详细介绍了,药房的工作人员会详细介绍,如果各位需要使用的话。"安佳看了看手机上的会议注释,并往后翻了翻,"之后需要我们关注的就是再强调一下,定向越野之后,各位返回世界之内时的安全问题。虽然帮助我们隐身的斗篷和药片能够屏蔽被流放者,但我仍然想要强调被流放者的危险性,他们会不择手段地为了侵害而侵害,所以基于保障各位安全的考量,请各位慎重选择是否在定向越野之后返回世界之内。"

简然觉得"红宝石"的这一机制虽然符合逻辑,但是为什么不设立监狱将这些违规者关押起来,而是要让他们被流放而且是被流放到暗物质层面的世界之内?她记得肖洛似乎说过被流放其实比被关押更为严酷,因为被关押时,中间地带政府还要管一日三餐,空气里还有能量,但是被流放后,违规者才会有那种欲望永远得不到满足的痛苦,只是不把他们关起来而导致的人员维护成本似乎比把他们关起来的设备维护成本要高,中间地带的管理人员不是自找麻烦吗?难道是因为资源无限所以不在乎成本?

"介绍了背景知识之后,大家接下来还有除今天外四天的时间可以为重返世界之内的定向越野集体返程做好准备。"安佳的语气听上去似乎会议就要结束了。

"集体返程?是说每个人都要回去吗?"国强问。

"理论上是的，但当然，各位有请假的自由，不过之后就不会组织这样的集体返程，中间地带希望各位在定向越野的过程中体验返回世界之内的一切流程，就像是一场演习，同时帮助大家认识更多的朋友，增加归属感。"

"到底是什么定向越野？就是年轻人玩的那些吗？"妮娜不屑地问。

"对，类似那个……"安佳微微点头。

不等安佳回答完，妮娜站起身："你们这些辅导者，你们知不知道世界之内是用来做什么的？这种定向越野，简直就是一种侮辱！你们知不知道我们过去在世界之内过的是什么样的生活？现在让我们用这种方式回去，你们根本不尊重我们的感受！"

"芬奇女士……"安佳轻轻抚住妮娜的肩膀，简然仔细观察着妮娜的反应，她似乎平静了些，在妮娜的脑海里，她看到了许多曾经自己熟识的人的微笑，安佳柔声说，"芬奇女士，放轻松。"

妮娜推开了安佳："我是不会这样回去的！"她回头看了看一屋子惊讶的眼神，"你们也好好想想，你们过去的人生是什么样的，用这种方式回去是不是体面？还是应该换一种更加有意义的方式？"说完她转身离开，并重重地关上了自己寝室的房门。

"各位请稍事等待。"安佳向客厅里的其他人致以歉意，然后追着妮娜进了她的卧室。

"妮娜最近怎么回事儿？"王丽低声问。

"我觉得她说得有道理，我也不想这样回去，太草率了。"国强的眼神中流露着淡淡的哀伤。

"你是不是不想变回原来的样子，永远保持最帅的样子？"克里斯挑着眉毛问国强，但转过头，他又是一张严肃脸，"但这是一次演习，你们听到她说了吗，这是一场演习！"他的眼神中向简然示意，让她来说两句。

"没错，安佳说演习中会向我们展现重返世界之内的流程，应该是为了让我们熟悉整个过程，保障日后我们重返世界之内能够顺利进行。"简然劝道，她似乎认为克里斯希望她说一些正能量的话。

"是啊，"陆易也劝国强，"我觉得这场演习值得一试，因为我们日后总可能还要回去的，不知道会遇到什么呢。"

"对啊对啊。"王丽对国强点着头，但国强似乎还是犹豫不决，王丽的语调一转，"但什么是定向越野，我都没听说过。"

克里斯本想回答的，但没想到陆易抢先说："定向越野之前我孩子和我说过的，不同类型的定向越野不同，有的是每一站会提供下一站新的线索，也有的是一开始就会给一张所有要找到的东西的信息图纸,然后完成任务,不过总体规则都是'按图索骥'。"

安佳回到了客厅,脸上仍然保持着礼貌的微笑,并向在座各位解释妮娜已先行回寝室休息了,会议也即将结束,还有最后一些事宜要通知,"定向越野中所有辅导者都不会陪同,但每位新生者都可以带一位自己在中间地带新结识的非新生者朋友一同参加活动。"

"安佳,你不和我们一起去?"王丽听上去似乎没有底气。

"是的,我不会参与,但请放心,我会一直关注大家到时的动向的。"安佳安慰,"另外再提醒一点,定向越野为了行动方便,大家最好不要穿斗篷,而是服用'隐身'药片,这样行动会更为便捷。如果定向越野后各位还想要我陪同返回世界之内的话,我肯定会随时奉陪,但如果还想点名其他辅导者的话,则可以登录中间地带辅导者官网进行预约,还有什么疑问吗?"安佳问,客厅里又安静了下来,"好的,如果现在没问题的话,之后任何时候想要和我请假,或者有什么疑问的话,都可以来我的公寓找我或者直接打电话、发短信或者用其他社交工具,你们都可以直接联系到我。"

6

简然在临睡前有喝热牛奶的习惯,于是她溜达到了客厅里,打开冰箱,她还记得自己第一次看到冰箱内装的东西时的惊奇,冰箱内放满了各种各样她从未见过的食物、水果、果汁、饮料等。作为一个曾经的吃货,这简直就是天堂。

卧室门关上的声音从她身后传来,她回过身去,看到克里斯·星换了一身粉色斑点的真丝睡衣,正从卧室里蹑手蹑脚地出来。

"简然?"他压着嗓子,"想问问你……"

看他欲言又止的,简然便问:"什么事,大星?"

"你会想在定向越野之后再回世界之内吗?"

"我不知道唉,大星。"简然把头埋进冰箱拿出牛奶,从碗柜里拿出玻璃杯倒上,然后打了一个响指,运用天赋超能力,牛奶便被加热完毕了,冒起了腾腾热烟。

"你不准备回去吗?会觉得还欠家人一个'谢谢'或者'对不起'吗?"大星试探着问。

简然有些强迫症地把冰箱里的牛奶全都标签朝外放好,然后关上了冰箱门,对大星说:"如果你这么觉得的话,那我觉得你应该回去,然后用'梦生'试剂和他们交流一下,这样我相信你的人生一定会圆满的。"

然而,简然心里却隐隐觉得,即使回去,即使能够交流,我也只能了了自己的心愿,但对自己的家人来说呢？他们或许只觉得做了一个梦,甚至连梦是什么都不记得,这样对他们、对自己都太残忍,她甚至觉得自己这是在利用自己的家人来满足自己的愿望。

第八章　中间地带特产:"梦生"试剂

1

在中间地带第三天的白天,和之前的几天一样,"中间地带特色粉"的天空中,阳光明媚而不刺眼,空气中浸润着无限"生"之能量,香气宜人。

走在中间地带"一站式药房"大街上的每个人,看上去都有着明亮而轻松的心情。不同结构的药房整齐地排布在米白色步行街两侧。今天,这些药房里都人头攒动,因为这是在中间地带的第一周内唯一的空闲日,之后的日子将会被新生者天赋超能力训练与中间地带观光日充斥,许多新生者都利用这个空闲日为定向越野及其后重返世界之内做准备、采购试剂。

"药房?"克里斯·星抬头看着华文彩云式样的绿底白框的"药房"二字,眯着眼睛,他换了一身休闲服,深蓝色的 T 恤、淡灰色的运动裤,一顶黑色鸭舌帽上有着酷似枫叶的刺绣,他摇了摇头,"总觉得'药房'这个名字好随意啊。"

简然也抬头看了看,她穿着酷酷的黑色紧身西裤和天蓝色短袖衬衫,而王丽在她身边就是一个极大的反差,轻盈的牛仔热裤和粉色无袖背心,夏日的凉爽扑面而来,陆易则还是一套别致的深紫色西装套装,国强和妮娜没有来,他们对去药房采购"梦生"试剂并不感兴趣。

"我们快进去看看吧。"王丽拉着简然向前走。

玻璃门浮动着向两侧滑开,药房的内部装饰以白色为主色调,简洁、现代。

"欢迎光临!"机器人迎宾小姐恭敬地向他们打了个招呼,"请至排队区等候,谢谢配合。"迎宾小姐的手指向进门左侧的蛇形长龙,这阵势让简然想起了排队等待网红美食的情景。

"我们提前预约了 VIP 服务。"克里斯把手机里中间地带点评网已预约的标志展示到了空气中的光束屏上。

"好的,请稍等。"迎宾小姐礼貌地回答。

药房里又来了几位没有预订的客人,迎宾小姐恭敬地问好后,便请他们至排队区等候。

虽然说这是药房，但是中间地带的治愈试剂保障所有居民对一切疾病免疫，所以药房里卖的不是治病的药品，而是帮助重返世界之内的试剂，以及各种能够与天赋超能力结合使用的保健品。排队等候区边的墙壁是一个巨型屏幕，其上正介绍着各种试剂，比如有一种能量试剂能够在没有"生"之能量的世界之内暗物质层面维持中间地带居民体内的"生"之能量长达三整日。简然觉得广告里试剂的数量多到光是看完这些视频恐怕就可以排好几天的队了吧。

排队等候区另一侧的 VIP 服务厅的光幕门浮动而开，一个西装革履、戴着黑框眼镜的年轻男子向简然一行人走来："各位早上好！是克里斯·星等一行六人吧？"

"没错，"克里斯指了指光束屏上的点评网 VIP 预约确认页，"不过我们的另外两位团员有事，所以只有我们四个人。"

"好的，我知道了，这位先生，谢谢您的预约！我是各位在药房的'梦生'试剂引导东升，请跟我来。"年轻男子非常恭敬。

"多亏了你之前抢'梦生'试剂的 VIP 啊，克里斯，"王丽挽着简然对克里斯说，"不然都不知道要等多久了。"

"可不是吗？"克里斯帅气地把鸭舌帽的帽檐移到脑后。

"克里斯，那个预约还有团购都是怎么弄的，能教教我吗？"王丽紧跟到克里斯身边。

"没问题，把你手机给我，全中间地带都覆盖光速无线网络就是方便。"

2

从光幕门外向 VIP 服务厅里望去，什么都看不到，只能看到一堵白墙，但穿过光幕门，一个挂着水晶吊灯的地方显现，地上铺着暗色的地毯，三四个酒红色的真皮沙发围绕着圆木茶几，人们三三两两围坐一桌，聆听着西装革履的药房工作人员对不同试剂功用的讲解，进门处的右侧还有一个吧台，晶莹剔透的高脚杯和红酒瓶摆满了整堵墙，正对大门的落地窗外是一片宜人的绿色森林，森林里曲径通幽。

东升推了推自己的眼镜，带着他们一行四人来到靠着大落地窗的位置就座，"各位请坐。想必各位贵宾是第一次前来，不知各位有什么需求？我会一一记录你们的需求，这样就可以保证下次各位贵宾到来时，我们能够第一时间为各位提供个性化的服务。"东升点开了圆木茶几上的屏幕，弹射到了他们面前的空气中，这个屏幕分散成四块，各自追踪着这四个人的视线从而达到最佳视觉效果。

"我们都要设定'梦生'试剂的情境。"克里斯一板一眼地回答。

"还有,这位小哥,我们想要知道除'梦生'试剂这一类外,还有哪些合法的试剂我们可以用。"王丽紧靠着简然坐下。

"不是说除了'梦生'试剂和'隐身'药片外,其他都会违规吗?"陆易盯着东升询问。

"是的,只有这两类药品的所有款式是合法的,两位如果有什么不解的地方,可以向我提供一个方向,我会罗列各种试剂,以及它们将会触犯的法律法规及其后果以供你们选择。"东升从口袋里拿出了一支触控笔。

"小哥,你还是先讲讲'梦生'试剂吧。"王丽回答。

"好的,'梦生'试剂是各位与世界之内居民交流的首选,因为它可以营造各种各样的场景,也能够实现交流,请容我先行介绍这类试剂的五大经典款式。"东升谦恭地回答。

一个机器人侍者推着叮当作响的推车来到了东升身边,东升对侍者点头致意,然后从推车里拿出了5瓶透明但颜色各异的喷雾,侍者随后便叮当作响地推着车离开了。

"这是标配的5种'梦生'试剂,'梦生'试剂能够操控试剂被使用者的梦境,"东升侃侃介绍起来,"试剂使用的合法前提是被使用者已进入睡眠状态,通过这一试剂,你们可以和被使用者进行交流,但若非法使用,则可能导致'梦生'试剂对被使用者产生强烈的副作用,所以除上述合法使用前提外,试剂的单次使用时间也是有限的——3小时。目前,通过科研团队对试剂的性能不断改善与提升,'梦生'试剂所营造的梦境已能够在事先被设定好,从而在既有情境设定中,能够提前布置时钟以帮助操控时间,避免超过3小时。希望大家能够记住上述这些,但我看大家都没带记录的东西。"

"放心,"克里斯打趣道,"我们这里有一个过耳不忘的学霸,是吧,简然?我们可都靠你了!"

"什么?"简然瞪大了眼睛,"我还是……"简然拿出手机和手机内置的触控笔记录起来,"我会记录一下的。"她对东升说。

"接下来,我再深入地介绍一下这个试剂,"东升对简然感谢地点点头,"'梦生'试剂的操作原理——'梦生'试剂并不是口服的,而是一种喷雾,通过这种喷雾可以为我们打开一个进入被使用者梦境的入口。之所以以喷雾的形式存在呢,是因为多次使用相同场景的话,喷雾最为经济。"东升顿了顿,"大家对我的叙述有任何问题都可以直接提问。"

"嗯,有!"克里斯看没人敢举手,"之前就想问了,副作用是什么?"

"如前所述,根据'梦生'试剂的临床试验,如果超过 3 小时的时限就会对被使用者的精神造成伤害,伤害的结果因人而异。他们有的会提前知晓中间地带的真相,即使使用试剂的新生者没有告诉他们;有的会时不时想起新生者前去找过他们而日夜等待,总之他们的怪异举动和危言耸听多会被世界之内的医学定义为精神病,但最为可怕的还不仅仅是精神紊乱,过长时间的'梦生'试剂使用,会导致他们的梦境向被流放在世界之内暗物质层面的被流放者开放——受'梦生'试剂影响的梦境与暗物质层面是相通的。另外,在使用这一试剂的时候还需要注意的一点是,根据临床试验,如果各位在交流过程中发现自己通过'梦生'试剂营造的设定环境发生了变化,这要么意味着是被流放者的把戏,要么就是被使用者重新掌控了自己的梦境,这个时候各位需要尽快退出,不然一方面,如果是被流放者的把戏,那么被使用者可能会遭到被流放者的侵害,最好的保护方式除了召唤保护者就是尽快退出,关闭能够通向暗物质层面的梦境;另一方面,如果是被使用者重新掌控了自我的梦境,各位就有可能被他们束缚在他们的梦境中,这对于各位和被使用者都非常不利,因为束缚可能会超过 3 小时的时限。"

"梦境里的 3 小时相当于现实生活中的多久?"简然问。

"现在'梦生'试剂的性能已经提升到梦境里的每一分每一秒和现实生活中的每一分每一秒是同步的,3 小时的话意味着被使用者的 3 小时睡眠,请各位注意,我之前所说,未在合法前提下使用、使用超过 3 小时或者无论什么原因未及时退出都可能导致'曾艺'对各位资格评级的负面评价,即都可能在不同程度上违反'不能在任何程度上影响世界之内人们的生活'这一规则。"

"那要怎么退出呢? 原路返回?"王丽问。

"哦,是这样,出口和入口都是场景设定的元素,也就是在药房中配置'梦生'试剂的时候大家可以自行设定,比如一扇门或者一块松动的地砖都可以是出口,具体我接下来便会介绍,还有其他问题吗?"

"'梦生'试剂不是一样让他们看到我们了吗? 这就不算是在任何程度上影响了吗? 是因为梦都不记得,或者即使记得也不会当真吗?"简然问道。

东升眯了眯眼睛,用触控笔指了指简然:"说实话,这都是上头的规定,不过你说得也在理,呃,如果没有其他疑问,我就开始详细介绍'梦生'试剂了。"

见四人都点了点头,东升便介绍道:"试剂里具体的设定场景是这样的,"东升用触控笔操控着屏幕,屏幕上出现了立体的绿色"梦生"试剂——形似泪滴状的香水瓶,"这瓶绿色的,使用一次,也就是对被使用者喷一次,产生的梦境是一间坐落在宁静乡间的复式别墅,入口是这间书房,"屏幕上是午后一间舒适的书房,简然觉得装饰看上去似乎很符合宜家家居的田园风光,"时钟是各个房间的必备元素,出口是别墅的总门,梦境里的门都不会上锁,"屏幕上显现出了别墅的白色大门,"除了时钟、出口这两个元素外,还有边界这一元素是梦境中值得大家注意的。"

东升指了指光束屏:"在现在的这个梦境中,所有其他装修精美的房间都可以前往,边界是别墅外的花园,也就是街景是虚的,是重放我们提前录制的影像,以3小时为一周期。"简然看到防盗门两侧的窗户外几个小孩骑着自行车从街道上飞速驰过。

东升按了按触控笔,屏幕向右滑动显现出森林里的一间木质小屋:"使用两次绿色喷雾,也就是对被使用者喷两次后,是一间林中小屋,"这间小屋虽然狭小但充满了温暖的家的气息——挂满了各种年代装饰的墙壁,椅背上随意堆叠的服饰,壁炉里似乎还燃着未尽的余火,"时钟在这些房间里都有,出口就是这扇通往森林的后门,这个梦境的范围比较广,周围的森林都是,但当你们看到黑色石块搭起的边界时就不能再往外走了。"

"试剂会不会失效?"陆易看上去有些担忧,"我们也无法判断被使用者已经入睡。"

"只要使用试剂后能够看到梦境的入口,那么就意味着试剂没有失效,"东升微笑着回答,"对于睡眠状态的判断,各位手机里的'曾艺'会帮助你们。"

"边界外是什么?"简然问。

"这是一个循环的场景,所以边界外是下一个场景。"东升听上去非常专业,"不少使用者都会在每瓶的三个梦境间穿梭,但出口仍在初次进入时的场景里。"

"绿色喷雾使用三次后是这个海滩,"东升自顾自欣赏了一会儿这个亮金色、碧蓝色混杂的世界之内最美丽的景致,"这是一个小海岛,梦境范围是海岛以及周围12海里的海洋,时钟在海边的小店里有,然后出口是这家海边的星巴克,就是这儿。"东升点了点屏幕上的星巴克"美人鱼"图标。

"下一瓶,"东升用触控笔轻点屏幕退出了之前的界面,再次投射而出的是一瓶立体的橙色"梦生"试剂,"橙色,喷一次后的梦境是公园,"屏幕上出现了白色的旋转木马,"入口是这个旋转木马,时钟每走10步就会有,出口是……嗯,"东升似乎难掩笑容,"是高空跳台,一定要乘到最高点向下坠落才能离开梦境。"

"有这么好笑吗?"克里斯低声地对简然耳语道,"反正我绝对不会选这瓶,我可不想尖叫着离开!"

"使用两次,"东升不知是不是听到克里斯的话迅速收敛了笑容,"嗯,这瓶试剂按照世界之内的话来说,就是所有试剂中的一朵奇葩,使用两次后是监狱,时钟在监狱的白墙上都有,但这里的出口需要记清楚,入口很容易就是这扇铁门,使用了喷雾会自动展现的,"屏幕上是一扇锈迹斑斑的银色铁门,铁门后是一排面对着白墙的监狱牢房，"但是出口是监狱里的篮球场，犯人的活动场所里的这个篮球架。"他把屏幕定格在唯一一个有网兜的篮球架下，"只要走到那个篮球架下就可以离开。"他按动触控笔进入下一个场景，"使用三次，印度的贫民窟，时钟的话随便进一家人家家里或者是小店里都有，出口需要横穿整个贫民窟，等走出贫民窟的时候，就可以走出梦境，下一瓶红色试剂，"东升熟练地操作着，"使用一次，KTV，入口就是服务台，服务台上有时钟，服务台也会安排唱歌。"

"是真的可以唱歌？"王丽惊讶地问。

"没错，歌曲同步世界之内和中间地带。"

"哇！这实在是太棒了！"王丽看了看克里斯。

"没错，"克里斯点点头，"梦中相会，不如尬唱。"

"出口只要顺着 KTV 的'安全出口'标牌就可以从任何一个消防通道离开，然后，使用两次，WWE！"东升滑动屏幕后，屏幕上的画面显示为铁笼里，两个没有戴拳套的人在肉搏。

"我的天哪！"克里斯捂着下巴，"这是 PG - 13 还是 R 级？"

"先生，这是 G 级。"东升狡辩。

"这……这是 G 级？"克里斯指着屏幕上皮开肉绽的场景，"我不是看错了吧，这怎么过审变 G 级的？"

"可能是设计者和上头有什么关系吧？"东升皱着鼻子开玩笑。

"这些试剂不会真的是用电影评级分类的吧？"简然有些吃惊。

"呃，其实这只是……每瓶试剂在设定时都考虑到了潜在对象群。绿色的就是和平广泛型的，普罗大众都可以用，然后橙色的就是特别为和其中所展现的后两个场景相关的特殊人群定制的，这瓶红色的就是给热情洋溢、热血沸腾的人定制的，像是前两个场景就是 KTV 和 WWE，使用三次后，就是巴西的桑巴舞节了，"东升向右滑动触控笔，夜空下穿着热辣的舞女在绿色的烟雾里和着鼓点强烈的音乐舞动着曼妙的身姿，"这非常符合红色，哦，忘了说了，WWE 的时钟在拳击场上方大屏幕上会显示，出口同样是顺着任何一个'安全出口'的标牌即可，而桑巴舞节的时钟在沿街小店里都有，然后出口是这家店，"东升定格了屏幕下方挂着铁匠招牌的手工艺品店，"嗯，好的，下一瓶。"

"蓝色应该是比较高贵典雅的吧？"王丽问。

"是的，女士，"东升回答，"使用一次，请看庄园的奢华，"屏幕上的镜头闪过精工细致的银器，长餐桌，铜质蜡烛，"时钟的话这种老房子里到处都是，出口是这个衣橱，二楼旋转扶梯上来后，右转，第二个房间的这个衣橱。"屏幕里的场景顺着深褐色的木质楼梯而上，来到一个幽暗的走道，走道上同样铺着深褐色的木地板，贴着印有金黄色花朵的米白色墙纸,然后走道的第二扇门被推开后,里面似乎是一个杂物室,空空荡荡的,零星地散落着几个积满灰尘的小箱子,正对着门的是一个陈旧的大衣橱。

"这不是《纳尼亚传奇》里的那个衣橱?"简然低声对克里斯说,克里斯则皱着眉说,"《招魂》里也有一个这样的……"

"《招魂》?我去……这么恐怖的片子,应该不会是那个吧?"简然不由自主地起了一层鸡皮疙瘩。

"学霸也会说'我去'?学霸怕看恐怖片,我记住了!"克里斯低声说,"到时候一定邀你一起看《林中小屋》。"

"这位女士,"东升对简然摊了摊手,"您说得没错,这个衣橱就是根据《纳尼亚传奇》改制的,不是《招魂》。接下来,使用两次蓝色喷雾便是迪拜帆船酒店顶层套房,然后外面的景色是移花接木的各大繁华都市的夜景,时钟很方便,房间里有,出口是套房门外的电梯,任何一台都可以,然后使用三次蓝色喷雾,"东升继续介绍,屏幕上出现了庄严的红墙绿瓦,"这是故宫,没有哪里的皇族生活比在中国更高贵了,也没有什么比做到这样的梦更为神奇的了,我们在这些红墙上都加装了时钟,另外,出口是午门。"

简然记得豫园的内园也是一个富贵人家的小宅,地面上有些地方铺着和故宫一样的砖块,她在游览时曾觉得能生活在那样一个沉静、大气、慢节奏的时代会有多么身心舒畅。但是,故宫则带给她一种更为肃杀的感觉,殿和殿之间没有一棵树,令人感到荒凉肃穆,即使是安详的颐和园,却也总让人想起曾经的王朝更迭之争。

"最后一瓶是透明的,"东升按动触控笔,"与绿色的试剂一样,是更贴近生活的,但更为神奇,使用一次,梦中的场景会自动复制被使用者正沉睡的环境,时钟如果屋内没有的话,请借助各位的手机,出口就是入口,往往入口是一扇门,所以这需要各位记清楚入口,也推荐各位在自己熟悉的情境中使用这款试剂,然后,使用两次透明喷雾,"屏幕上原本是一片漆黑上有一个大大的白色问号,在东升操作触控笔后,景象转变为了一间普通公寓的内景,普通的电视机、沙发和茶几,东升说,"就是常见的家庭氛围,但是外围扩展是这一瓶喷雾的特色,这是完全照搬现实生活中的一个小区周边,小区里有游泳池、健身房、亲子活动和老人保健区域,小区外有超市、便利店、理发店、生鲜市场、面包店,还有各种各样的小饭店、大酒店,附带几个写字楼和一个公园。"

"之前的那些都是虚幻,这些才是真实,或者说是大多数人曾经有过的生活。"王丽淡淡地评价道。

"使用三次,房间比之前的公寓大些,地段好一些,但是解锁了学校、医院、警察局、交通工具、通信工具，"屏幕里出现了奔向校门的学生，东升说道，"周边可以触及小学、初中、高中、大学，还有可以就医的医院，可以解决纠纷的警察局，因为的确是照搬一座城市的实景，公寓周边本来就有的地铁站也可以使用，车辆也是一样的，可以拿居所里的车钥匙去停车库试验一下哪辆车是被指定给你的，然后通信工具的话，像是手机、座机、电脑什么的都可以用，但因为这是梦境，所以你不可能真的打电话给你曾经认识的人，只能打电话给被你拉入梦境的人。入口是这间洒满午后阳光的客厅，时钟的话，公寓里、商店里哪儿哪儿都有，出口是小区里给老人小孩锻炼、玩耍区域里的滑梯，从红色的滑梯滑下便能离开。"

东升停下了连珠炮式的介绍，语调轻松地说："好了，这就是标配的 5 瓶'梦生'试剂，其中销量最好的是这最后一瓶，"东升推荐道，"其次是'DIY'，然后才是蓝色、绿色、橙色、红色，还有什么问题吗？"

"是不是使用喷雾的次数和梦境的范围是成正比的？"简然随口一问。

"是的，这是为了增加每一瓶试剂的经济效益。"东升点了点头。

"那每个人每次来可以拿走多少瓶呢？"王丽问。

"每次取用没有数量限制，一瓶的剂量可以使用 36 次。"东升从专业的角度回答王丽的问题。

"要怎么制作 DIY 的试剂？"陆易问。

"DIY 很方便，只要把您想要的元素告诉我们，我们会在这里的屏幕上完成场景模拟，然后特别为您制作喷雾，三个工作日后送货上门。"

"我觉得最后一个标配就很好，"克里斯说，"我想直接用那个，本来我也想DIY 的，不过透明试剂里的场景看上去已经很全面了，没有必要再浪费资源了。"

"那你不准备做 DIY 了？"简然问克里斯。

"我想还是不了，难道学霸要做浪费资源的事情？"

"没有，"简然轻叹一声，"我都不打算取用'梦生'试剂呢，还没想好是不是要回去。"

"对了，小哥，"王丽一脸八卦，"前两天我听我协会里的人说，世界之内不少科技发明的创意，都是中间地带的人通过'梦生'试剂托梦给他们的？"

"女士，对于这种传闻，我只能说，不推荐您效仿，因为这会违反那条中间地带的终极规定，并且会让'曾艺'对您做出负面评价的。"东升听上去有些无奈。

"那还有什么推荐的试剂吗？"克里斯问。

"有！除了'梦生'类试剂和'隐身'类药片销量位居第一、第二外，销量前五的试剂中排名第三的是这款'睡眠宝'，"东升按着触控笔把自己面前屏幕上的立体图片，分到了众人面前的光束屏上——"睡眠宝"的立体形象出现了，是一团装在塞着软木塞的透明玻璃瓶里的紫色烟雾,"这款试剂的功能听名字就很明显,与睡眠相关,我们推荐和其他以睡眠为前提的试剂配合起来用更为有效,比如和'梦生'配合起来,能够保证被使用者在合法使用时限内保持睡眠状态,而且一般结合使用——以先'梦生'试剂后'睡眠宝'这样的顺序——就不会因为单独使用这款试剂而导致'曾艺'的负面评价,然后,销量排名第四的是'墨水',"东升操作了一下屏幕,'睡眠宝'的形象变为了三个装满红墨水、蓝墨水和黑墨水的滴瓶,"为什么叫'墨水',就像是往别人身上泼墨一样,这款试剂是侵害型的,会导致被使用者罹患疾病,根据疾病的严重程度分为 3 种型号——由红到黑递增,型号内疾病的类型随机,100% 违反'任何程度'加'影响'的那条终极规则,但销量仍然很好。"

"对了,我想起来,"陆易挠了挠头,"我之前有个朋友,他和我说起他梦到了被选中去了中间地带的朋友,但是梦境却是一片血红,是因为红墨水的缘故吗?"

"您知道您的那位朋友后来有什么身体方面的不适吗?"东升关切地问。

"好像没什么大病,但好像面部瘫痪了。"陆易回忆着。

"哦,那真是不幸,"东升暗自摇头,似乎非常不赞同药品被滥用,"如果你知道那个被选中到中间地带的人的姓名,可以要求'曾艺'帮忙查找他的下落,如果他被流放了,或者被做出了负面评价,那么就极有可能是红墨水的缘故才导致您的友人的病症。"

"那如果是使用了蓝墨水或者黑墨水呢?"王丽问。

"那情况可能更糟,蓝墨水可能会促使基因突变,让人患上本不会患上的癌症等不治之症,黑墨水则有可能诱发心脏骤停,让人猝死。"东升语气严肃,"这些试剂请各位慎重使用,最后,我简单介绍一下销量排名第五的试剂,就是这个'淘气包马小跳',根据世界之内的儿童书命名。"一个玻璃盒子出现在了立体投影上,其内装着一个不断弹跳的柠檬黄的圆形物体,"就像它的名字一样,这是用来捉弄人的试剂,它能够帮助你们跨越暗物质层面,接触到世界之内,并在世界之内做你们想做的捣蛋的事情,当然 100% 会因为使用而被'曾艺'做出负面评价。"

"东升,你怎么给我们介绍的都是会违规的试剂呀?"简然问。

"我只是给各位贵宾介绍销量前五的试剂。"东升意味深长地回答,"希望各位贵宾对我的介绍满意,现在各位可以开始挑选喜欢的试剂了。"

接下来,在东升的帮助下,克里斯一行四人各自拿走了 5 瓶一盒的经典款标配"梦生"试剂,王丽则趁别人不注意,拿走了"淘气包马小跳"和"墨水",还追加了一瓶标配的蓝色"梦生"。

一行四人正准备离开时,简然接到了一个电话,"曾艺"根据中间地带的居民信息提示简然,这通电话来自芳薇导演。

第九章 画中画:3 个版本的《生死原理》

1

电影协会 15 楼的咖啡厅里,蒂凡尼蓝的总体色调明快又不失沉静,白色的桌椅、紫色的餐具都让人眼前一亮,气氛中充盈着令人心旷神怡的香气,但是这些都不能平复简然惴惴不安的内心,她的脑海里充斥着自己在世界之内与梦圆项目邀来的那位导演的会面。

那个导演是个年轻的 80 后,但体态看上去油水过剩的样子,一副黑框眼镜后是一双眯缝着的眼睛,看上去严肃而不近人情,他对简然说:“我觉得你的故事好像很喜欢用概念,但是这些概念你自己了解吗？我也知道你的身体情况,不过卖点终究还是故事本身,我看过你的本子,”他顿了顿,“但我觉得可能你对于这个世界的认识还不够。”

简然深深记得自己当时内心的怀疑,这个导演只字未提剧本的具体内容就拒绝了自己,他到底有没有看过自己的剧本？还是只是无奈于梦圆项目的委托,不得不来见自己？但她又觉得那黑框眼镜后眯缝着的眼睛似乎是在嘲笑她剧本的幼稚,又或者是在说“你以为写剧本这么简单？实现梦想这么容易？我不会让你这么简单就成功的”。

清空杂念,简然深吸一口气,走入了咖啡厅,只见芳薇导演正坐在靠窗的位置,还是飘逸的斯琴风服饰。芳薇导演就连穿衣服的风格都与自己的母亲如此接近,简然心想。看着这咖啡厅的一角,她在心里哀叹,曾几何时,自己母亲的 36 岁生日,也是这样明朗的咖啡厅,她也是坐在那儿等待着自己和父亲前来……只是,那也是她母亲一生中最后一个生日……

“导演好!”简然热情地打起招呼。

“简然,你来了!”芳薇导演起身,轻轻与简然拥抱了一下,“欢迎! 坐!”她示意简然,“上次你和我简单说了故事的大概,我现在也看完了整个剧本,总体还不错,但我还是希望你把这个故事说给我听,我一直觉得交流可能更有利于我理解故事,你可以从角色说起,比如男主角 Roman,然后我会对于你剧本的故事类型提出更改的建议。"芳薇导演的眼里闪烁着一抹睿智的蓝光,简然觉得这抹蓝光是如此熟悉,却想不起在哪里见过。

"好的,导演。"简然坐定后,便拿出中间地带的手机将剧本通过光束屏投射而出,"影片刚开头介绍的是男主角 Roman 的过去,也就是他为什么成了一个逗留于世间的灵魂。我当时写的时候想象 Roman 是一个善良的灵魂,他之所以留下是因为他还不想离开他挚爱的人,但是他并不知道留下后,自己会对生命产生如此难以抗拒的欲望,而且他还不知道自己为什么会有这种欲望,就在他陷入困惑的黑暗中时,一位灵魂侠客对他伸出了援手,并告诉他,如果要寻求内心的宁静,就需要夺取无辜的生命。在得知自身安宁需建立在无辜生命的消逝之上后,Roman 选择了那些被病痛、衰老折磨得痛不欲生的人,他觉得自己带走那些人的生命,是将那些人的灵魂从痛苦的躯体中解脱出来。这么写是为了体现他善良的本质,因为他并没有选择初生的婴儿或者是血气方刚的青壮年来满足他的欲望,虽然这些年轻的生命能够让他更强壮。"

"嗯,所以 Roman 的设定是内心善良的人,"芳薇导演喃喃,像是在思索着什么,"我有一个疑问,灵魂侠客是灵魂去往的那个世界的守护人吗?"芳薇和简然依然积极地进行着眼神交流。

"不算是吧,灵魂侠客是一些自愿留下的灵魂,他们留下的目的只是为了避免人世间遭到恶灵王朝的颠覆。"简然这么说其实也是为了将自己的故事与《灵魂摆渡》这一类影视作品区分开。"我的设定里并不存在人界、冥界、天界之类,灵魂去往的世界只有一个,那个世界以及进入那个世界的灵魂没有把人世间当回事儿,所以没有派专门的守护人,而且那个世界在我的想象中是一个制度、规章非常严格的地方,所以恶灵不愿意去。"简然并不知道自己为什么会有这样的想法,但她知道在写剧本之前,甚至是自打记事起,这个想法就一直留存在她的意识里。

"了解了,"芳薇导演点点头,"你刚刚基本上总结了电影的片头,Roman 刚刚向自己挚爱之人求婚,两人非常相爱、幸福美满,然后出现突如其来的意外,夺走了他的生命,但是他不愿意离开,就在他因那难以抗拒的欲望而备受煎熬时,一位灵魂侠客向他做出了指引,但 Roman 最后的抉择是在医院'解放'被病痛与衰老折磨的人的灵魂,但是,"芳薇尽可能地措辞柔和,"是他来决定人们的生死吗?"

"导演,大多数时候在没有合适目标的时候,Roman 还是会选择忍饥挨饿的。"简然解释。

"简然,不必一直叫我导演,叫我薇姐好了。"芳薇继续说道,"嗯,简然,我没别的意思,只是问问,你看过吸血鬼、僵尸那一类的故事吗?"

"僵尸的话，我刚刚重温了《生化危机》系列，之前觉得《生化危机》不就是欧美恐怖片那种血浆倒翻了的感觉吗？不过现在觉得里面似乎也有一定的反乌托邦设定。然后，吸血鬼的故事，我比较喜欢安妮·赖斯的吸血鬼史诗系列，尤其是《吸血鬼莱斯特》，作者忠于吸血鬼是黑夜精灵这一设定也让整本书更有意义。"

"简然，其实我是想说，"芳薇继续说道，打断了简然的回忆，"《生化危机》里的T病毒也是让中了病毒的人对生命产生难以抗拒的食欲，另外吸血鬼故事里，吸血鬼对于人血也是无比渴望的，其中一些吸血鬼人物受不了人血狩猎，而以动物血为生，就像是你这里的灵魂世界里，以解放深受痛苦的灵魂为由或者选择忍饥挨饿的是虽然逗留在人世间，但并没有被腐化的灵魂，而以青壮年、婴儿的生命为主要侵蚀对象的是恶灵王朝的统治者及其亲信。简然，我是想说你的灵魂世界和上述这些故事的类同性。"

"呃，"这句话倒是把简然问住了，她的确是在看了这些电影、书籍之后，再联系自身罹患癌症的实际才想出了这样的故事，"我觉得……我觉得东西方在这方面好像不大一样，一方的文化里面是吸血鬼、僵尸之类，而另一方则是倩女幽魂那一类，所以我才想到灵魂世界的，这个是会涉嫌抄袭什么的吗？"

"当然不是，当然不是，"芳薇赶紧安抚简然，"我不是这个意思，我只是想了解一下你是怎么想到构建这么一个故事的背景的？像是有专门残害人类的恶灵王朝，还有自发形成的有点类似于圆桌骑士的秩序守护者——灵魂侠客。"

简然很诚恳地考虑着这个有点类似新闻记者采访的问题："我可能，我自己本身就有点相信这样的世界的存在吧，不过我没有把背景设定在古代而是现代，是为了避免和类似主题的作品太相像。"

"其实我觉得你的剧本有特殊的点，那就是认为任何英年早逝或年轻人意外感深恶疾都不纯粹是因为他们自身的缺陷而是因为那些恶灵的作祟，而有些人之所以能够康复是因为恶灵被正义的灵魂侠客制止了。"芳薇意味深长地凝视着简然，意识到可能这个女孩想象这样的灵魂世界，其实是在为自己曾经的疾病寻找一个美好的借口。

"谢谢导演，呃，谢谢薇姐这么说！"简然备感幸运，因为和芳薇的对话没有令简然感觉正在和一个居高临下者打交道，芳薇是如此平易近人，简然渐渐放松下来，她愿意接受来自芳薇的一切点评，即使是整个剧本全部都要推倒重来。

2

简然继续畅聊着自己的故事："人物从电影开端至电影结束都在发生着变化，也就是所谓的人物弧光，所以我想让他在正片一开始就有所改变，向黑化的方向发展，半个世纪后，Roman 是吸着烟、喝着酒再次出现在观众面前，一副流浪汉的装扮，因为他深爱的人已经在另一场意外中离开了人世，且飞升灵魂世界，灵魂侠客也早已离开前往指引其他迷失的灵魂，但 Roman 还有几十年才能盼来一个世纪一次的圣光笼罩。我想借助人物外形的变化展现他因为长期独来独往，得不到关爱，所以就变得越来越萎靡不振的状态，但不变的是，他仍然维持着原来的底线。"

"嗯，"芳薇点了点头，"现在，我们来说说女主角 Alexandria 吧，我看到你这里有一段非常有趣的描述，"芳薇念着手机光束屏上的剧本脚注，"Alexandria 是个再平凡不过的女孩，她不是灰姑娘（主要是指并非生活在灰姑娘生活的家庭类型里），不是韩剧里的女主角（主要是指没有那样复杂的身世和心机），不是凯特尼斯·伊夫迪恩（没有她那样的坚毅果敢和超强的个人能力），不是碧翠丝·普莱尔（没有她那种勇往直前、舍己为人的拼劲），她只是一个普通的刚刚大学毕业的女生，只不过她在毕业体检中被诊断得了癌症，"原本轻松的氛围急转直下，"简然，我很能理解你为什么要这样写。"芳薇关切地注视着简然，简然的直觉告诉她，芳薇导演可能已经意识到，这个剧本中的女主角 Alexandria 的设定就是简然自己。

"其实，Alexandria 也没有那么普通，"简然尽可能地转移话题，"她是被诅咒者——也就是她被施了之前我们说起过的法术，能看到那些逗留于世的灵魂，但之前我们也说过，恶灵王朝规定'任何人类都不能发现灵魂的存在，如有人类发现灵魂的存在，连同被发现的灵魂一起一律剿灭'，然而，Alexandria 现在正在 Roman 的医院'领地'里治疗绝症，Roman 见 Alexandria 备受疾病折磨，意欲解放她，但是 Alexandria 仍然对未来的生活抱有希望，于是她乞求 Roman 放自己一条生路，Roman 第一次遇见被诅咒者，惊讶过后，他的善良让他决定尊重 Alexandria 的选择并愿意替 Alexandria 保守她的秘密，而且与 Alexandria 谈心也让他很高兴自己的孤独处境得到了改善，因为 Alexandria 的出现，Roman 的外貌形象也发生了变化，他一改往日流浪汉的形象，修面齐整，也换上了干净的服饰。然而，一次，两个新恶灵王朝的子民闯入了医院，发现了 Alexandria 的秘密，为了保护 Alexandria，Roman 清除了那两个恶灵王朝的人，但两人也因此踏上了逃亡之路，躲避恶灵王朝的追杀。"

3

简然刚介绍完自己的故事，机器人侍者端上了两杯玫瑰拉花的茉莉卡布奇诺："两位的咖啡，请慢用。"

"简然，你来之前为你点了咖啡，是我最喜欢的茉莉卡布奇诺，推荐给你。"芳薇导演和蔼可亲地微笑着，"希望你喝得惯。"

"当然当然，我母亲过去也最喜欢。"简然脱口而出但又停下了，又是和自己的母亲这么相像？"谢谢导演。"

"是吗？你母亲过去也喜欢这款卡布奇诺？"

"没错，只不过她去世许久了，很久没在家里闻到这香气了，因为之前我还太小，不能喝咖啡，只能闻咖啡香。"简然不知为何，对于芳薇导演她真的无话不说，或许只是自己比较信任薇姐吧。她心想，但心直口快不是她的习惯。

芳薇导演又是和蔼地一笑："我很高兴能够和你的母亲相像，你只身一人来到中间地带，如果有任何需要帮助的地方，你都可以和我说。"

"哦，真是太谢谢您了，导演！"简然的内心非常温暖。

"在看你的故事的时候，加上刚刚也听你说了许多，我想问问你，电影在你的心目当中究竟是一个什么样的形象？"

简然其实从来没有思考过这个问题，因为她觉得自己对于电影就是那种纯粹的喜欢。"我觉得电影就像是展现了每个观众都曾经做过但可能永远都不能实现的梦，是一场冒险，"简然心想，可能电影圈内圈外的人一些认为电影只是艺术，一些认为电影只是一种生钱的门道、一种娱乐的形式，或者两者都是，"在看电影的时候，我时常觉得自己成了电影中的人物或者和主角们一起经历一场酣畅淋漓的冒险，甚至有时候看完了还觉得自己还在那个世界里，而主角们都已经成为自己的朋友。"

"你不要觉得我问这个问题奇怪，我只是想了解你写作剧本的初衷，"芳薇和蔼可亲地微笑起来，"说实话，我的初衷和你应该很接近——为观众编织浮生梦。"

"薇姐，您浮生梦的这一说法太贴切了！"简然感慨，捕捉到了芳薇导演眼中的那抹蓝光，她终于记起自己是在哪里看到过这样的睿智之光，那是自己的母亲在教导自己如何为人处世时的眼神。

或许在创造一个故事的时候，每个故事创作者都有的一个天赋超能力便是打开一个可供故事主角生活的宇宙，尽管这些主角的命运受到创作者的摆布，但是创作者也会在创作过程中对角色产生不同的情感，受到角色的羁绊，这种牵制与被牵制的关系令人着迷——如果这些角色不由创作者写就，这些角色便不可能诞生于世，然而他们的生命是建立在牺牲自我自由的基础上的，因为他们的一举一动都是创作者为了某种目的而预先设定的。现实生活又何尝不是如此呢？牺牲自由从而谋求生计、延续生命，那现实生活是被掌控的吗？这一对自由的牺牲是自觉自愿还是被创作者操控的呢？

"而且，"简然又想起了自己在光影中驰骋的一些快乐缘由，"而且我特别喜欢的是发现电影中的现实立场，就像是艺术来源于生活又高于生活。比如《霍比特人》里,如果将中土世界和'二战'相联系,那么精灵代表的就似乎是美国——无论是否参战都只顾及自己国家的利益,矮人就像是俄国,就连其中的矮人形象都是大胡子、酒糟鼻、爱喝酒、粗鲁但忠诚,而半兽人就像是法西斯那样的邪恶势力,人类则像是欧洲。还有像是《金刚:骷髅岛》里,金刚出于对自我领土的保护而袭击进入其领地的人类士兵,却导致人类将军的仇恨,殊不知是人类先去侵扰了那片宁静的土地,如果把这些人类军队和金刚类比成美军及其对中东的军事干预的话,这个故事就会变得非常有意思。"

"简然,你真是一个有想法的、稳重的孩子!说得很不错!"

"谢谢导演!"简然已经不记得这是今天第几次说这句话。

"那么,《生死原理》里的现实影射是什么?"

"其实现在的这个版本的故事已经是第二版了,我原本想要写的故事是想反映一些自己对于中间地带的思考的,所以第二版故事里的灵魂世界不在意人世间的,因为灵魂世界类比的是中间地带,但中间地带基本不与世界之内交流。"

"你不介意的话,我洗耳恭听。"

"故事其实是想反思中间地带选人的标准,就是说如果世界分为三个维度,第一个维度是像世界之内这样的人世间,第二个维度是一个中转站,在我之前的剧本里叫作云间之上,第三个维度是极乐世界,极乐世界想要从人世间选择结束第一段人生的人进入极乐世界,但是对于夭折的新生儿或者尚未度过一生的人来说,要将他们和历经一生的人相比较以评估谁够格进入极乐世界,似乎并不公平,所以中转站云间之上应运而生,所有人在人世间结束第一阶段的人生后,就可以进入云间之上开始第二阶段的人生,在那里每个人都将拥有完整的100年时光,由极乐世界来评估其中的人是不是够格进入极乐世界。"

芳薇在听简然叙述这一段内容的时候,与简然的眼神交流更为热烈了,似乎她完全被吸引了,"你的这个想法挺有趣的。"

"但是,您知道的,世界之内如果故事太带有宗教色彩可能会引发歧义,"简然耸了耸肩,"加上本来我也比较没有追求,只喜欢商业片,而且这段时间玄幻类题材电影还挺受欢迎的,就把故事改成了之前说的那样。"

"不过,"芳薇对简然的故事提出了自己的想法,"我一直想拍一部探讨压迫与抗争、罪与罚的科幻电影。我是这样想的,也是受到你刚刚和我说的原版故事的启发,就是将你所说的极乐世界作为一切之源,也就是当人类发达到你所说的极乐世界的程度,他们自己创造了宇宙与生命,同时他们还发明了一套新的刑罚制度,就是将罪犯的意识投射到他们自行创造的宇宙里,经受被害者及其家人所经历的相同的痛苦。这个他们自行创造的宇宙就是你所说的人世间,这些罪犯的本体在'极乐世界'被判了刑罚之后，意识便被投射到人世间的克隆体身上，并在人世间经受痛苦的一世或者几世，在这些罪犯完成刑罚，回'极乐世界'前，他们还需要在'云间之上'的中转站里经过100年的二度考验。如果没有通过二度考验，他们将滞留直到通过二度考验。为了让这些罪犯在人世间经历受害人所受的痛苦，'极乐世界'的人就需要操控'人世间'的生活，但在'云间之上'和在'极乐世界'内的部分人反对这种操控，于是就要帮助'人世间'的人反抗操控、为自由抗争，"芳薇的眼里闪烁着睿智的蓝光，"简然，我希望建立在既有情节的基础上，把这样的背景加进去。"

简然听完芳薇的叙述，有些目瞪口呆，虽然之前她也曾听闻过地球是高智慧生物的监狱的说法，但像芳薇导演这样说出来着实令人震撼！"芳薇导演，您说得真是太启发人了！我就是有点担心自己没有完全理解您的设定。"

"这个你不用担心，简然，我会一直陪着你改剧本的。"

"是说Roman虽然在云间之上通过检验，却不愿回到极乐世界，是因为人世间或者云间之上的挚爱，就是Alexandria，但是Alexandria尚未完成其刑罚或者尚未通过二度考验，Roman痛恨这个制度，于是和灵魂侠客，也就是在极乐世界和云间之上里认为这个制度不公的人联手，从而推翻恶灵王朝也就是极乐世界?"简然在心里一转念，刚刚芳薇导演所说不就是所谓的下凡渡劫的高科技版？但是不同之处在于下凡渡劫的神似乎根本不在乎人世间的事情，而是沉浸在自己的爱恨情仇里，这个故事里所谓的"神们"开始关心人世间的人了。

"差不多，你完全理解了！"芳薇导演露出了欣喜的微笑，她的这个笑容像极了简然母亲夸赞小时候的简然聪明时的样子，"另外，简然，我只是想向你澄清一下，你之前这个剧本有在世界之内被拍成过电影，或者有通过其他方式被公开过吗？"

"没有吧，我之前报名参加过梦圆项目，想要把这个本子拍成电影，但是没得到导演的青睐。"简然咬了咬牙根，这是她此生至今最大的痛处。

"哦，"芳薇导演皱了皱眉，似乎不能理解世界之内的导演为什么不赏识简然，"没关系，你在我这儿就可以圆这个梦了。"

4

【插曲：申请七大元老科研项目之一的柏拉图计划】

乔光完成世界之内的保护者值勤任务后，回到了自己在中间地带的居所，一个中式复古的庭院。穿过圆形的拱门，踏过长着青苔的黑砖，木门咿咿呀呀地在他面前打开，跨过门槛向内，是一间优雅的书斋。

屏风上的竹叶闪烁着晶莹的绿光，左侧的书桌上却浮着现代化的光束屏，屏幕上显示着七大元老的柏拉图计划申请表。

乔光走到书桌前,轻轻一挥手,光束屏随即投影到了书桌的表面,幻化为笔墨纸砚,墨在砚台上轻轻摩擦着,墨水自动生成,乔光接过浸好墨汁的毛笔,便在撒着金粉的宣纸上动起了笔:

敬爱的七大元老:

你们好!

我是乔光,中间地带居住时长 307 年,现任中间地带十级居民。这是我第 24 次提交这份申请。第一次提交申请是在 241 年前,我曾经的人生挚爱苏琳在世界之内因疾过世后的第 58 年。那年是 1776 年,当我在世界之内处理第 30106 号事件时,我发现人群中有一张和苏琳一模一样的脸,那个人戴着和苏琳一样的、有着如锁链般外观的那条黄铜手链——这条手链并非肉眼可见而必须使用天赋超能力才可见。我当时便提交了申请,却收到回复称由于此人并非中间地带现任居民,因而没有管辖权。然而,我没有停止申请柏拉图计划,希望借助各位元老的力量解开这个未知之谜。自 1776 年起,至那个和苏琳有着相同面容和手链的女子英年早逝,每年的柏拉图计划我都没有错过,同时,我也一直默默关注这条手链主人的动向。

他停下了手中的笔,想起了森森昨日在电影协会的话:"你为什么要特意把她选作你的学生?你想清楚了吗?"

半晌,他才缓缓回答:"我只是想帮她。"

森森似乎听惯了这种说辞,"你准备怎么帮?继续申请那个永远没有回音的柏拉图计划吗?如果你说的这些真的都是她,显然她在这里经历着非科学能够解释的轮回,这超出了我们的能力范围,你又能怎么帮她呢?和她再在一起?如果你们之间的宿命是永远不能在一起,或者她的宿命是要在这个还有这么多未知的世界里轮回,如果你们之间再分开,你这不是给你们俩自找痛苦吗?"

乔光虽仍然神色严肃,但眼神却失去了光彩,"我不会放弃她……"

"我不能左右你的选择,不过大家都建议你放下过去,有些时候你拗不过命运的,我也只是给你提个醒。"森森语气真诚地给出建议。

乔光的思绪回到现在,继续落笔申请:

从那个女子在 1784 年过世后直到 1945 年,我在中间地带又看到了戴着那条手链的她,当时她的名字叫雪影。然而为了执行各位元老的秘密任务,她于 1991 年因公殉职。在 2001 年,我再次在世界之内见到了年仅 5 岁的她,并再次开始申请柏拉图计划。现在她是中间地带 2017 年新生者,她的名字叫单简然。

单简然与雪影、苏琳有着相同的面容，还有着与雪影相同的天赋超能力，戴着相同的只能通过天赋超能力才能见到的黄铜手链。

请恕我无知，由于柏拉图计划和中间地带公布的资料有限，不知是否像苏琳、雪影或者单简然的情况在中间地带十分普遍？是否万物轮回已经有了一个科学的论断？如若如此，还请受人尊敬的元老给予在下一个明确的答复，我也将不再写申请叨扰。

最后，感谢受人敬爱的七大元老拨冗阅读！

乔光落款后便再次挥了挥手，光束屏再度投影至书桌上方，他在申请栏下的"由于计划内容特殊，请告知是否获得本人同意"的项下点按了"尚未获得"，并在随后出现的备注栏中填写："该计划对象是我现任天赋超能力辅导班的学生，如若通过申请，必会获得计划对象的同意以参与项目，绝不会浪费中间地带的资源或给柏拉图计划造成不必要的麻烦。"

乔光停顿了一会儿，查验着申请内容和备注，之后他便提交了申请。

"曾艺"愉悦地回复道："感谢申请柏拉图计划，您的申请将在 14 个工作日后得到回复。"

5

"我当初写作的另外一个原因是想要寻找内心的宁静。"简然向芳薇坦白，两人已经聊完剧本，芳薇导演向简然进一步询问了梦圆项目的情况。简然坦诚地说："尤其是在我被查出和母亲一样患了那种疾病之后，我就特别想要寻求一种内心的宁静，当时，当我想到云间之上的存在时，我觉得自己找到了那份宁静，但是，"简然抿了一口没有加糖的茉莉卡布奇诺，希望以口中的苦掩盖心中的涩，"但是在和梦圆项目的导演接洽后，那份宁静消失了，我又回到了过往每日的愧疚感里，这种愧疚感不是那种在该学习的时候看电影的焦躁，而是一事无成的愧疚感，这也是为什么我之前和您说特别能够认同《乔伊的奋斗》和《爱乐之城》中主角对于梦想的追求、失败但不放弃的原因，尤其是《乔伊的奋斗》中，乔伊虽然曾在自己的逐梦道路上遭到忽视与刁难，但她在成功后，却成了所有有梦想之人的摆渡人。"简然的言下之意是那些梦圆项目的导演也应该能够理解追梦者的心声，他们为什么不能像乔伊那样帮助我呢？

"但即使经历了这么多，你还是没有放弃自己的梦想，你还是在电影协会的舞台上介绍了自己的故事，我们才能够见面，"芳薇安慰道，"那么简然，我们这周日一起改剧本怎么样？"

"哦,不好意思,芳薇导演,这周日我们新生者有定向越野的活动。"

"对对对,是有这个活动,还像我们当初那样,所有新生者单独前往,辅导者也不陪着?"

"是的,一组新生者一起前往,辅导者不陪着,但是可以邀请我们在中间地带的朋友一同前往。"简然看出芳薇导演眼里闪过一丝期待,便说,"芳薇导演,如果您有空的话,能够邀请您一起参加定向越野吗?"

"好的,简然,我周日本来也没事,正想回世界之内走走,到时来找你。"

6

金·和美来到执行者基地,面见兰迪尔。兰迪尔正在执行者基地的指挥室里进行着设备维护,见到金前来,兰迪尔对浮于半空的加布里埃尔吩咐道,"加布里埃尔,我想要和我的妹妹单独聊会儿。"

"好的,兰迪尔,有任何需要请手动呼叫我。"加布里埃尔抖动着羽翼,隐没了。

尽管支开了加布里埃尔,但金和兰迪尔继续用心声交流着:"我根本无法唤起时空奇点的记忆,而且她本人根本就不在这儿!"金·和美蓝色的眼里闪烁着愤怒的金光,"小菲利克斯他还是在耍我们!"

"他不会知道我们在做什么的,不然我们早就被阻止了。"

"那根本就是一个克隆人的躯壳,她本人我估计还在主时空那里,意识远程传输到这个克隆人的躯壳上,而且她原本的记忆还被小菲利克斯加了黄铜手链的屏障,"金的眼神里流露过一丝恐惧,"那是命运家族的技术,我无法突破,我只能读取记忆,但我无法突破记忆屏障,表哥,我今天试了很多次,但都没用,我们都没这个天赋超能力。"

兰迪尔指出:"但她还是这个时空的奇点,奇点和她本人在不在这儿没关系,奇点就是承载生命的躯壳,克隆的也好,本人也好,只要是子时空的生命立足点,我们就可以利用。"

"但她被保护得太好了,他派了最强的克隆人战士保护她,"金的心声都在颤抖,"命运还把她的情感基因全部修复了,这样所有我们创造的物种就不再只懂忠诚了,命运会和他们建立情感纽带。"

"金,走到这一步,我们只能够继续走下去,很快,时空蓝图就又将开启,到时候就不知道时空奇点是谁了,也不知道我是不是还会被安排在这儿,我们要先他一步,只能借这个子时空发挥。我们能够利用的是世界之内暗物质层面与月球阴暗面被流放者基地的基站端口,我把那个基地建在了主时空的维度上,而且设立了准入门槛,这个子时空上的人没有我的同意谁都进不来,即使是那个来自主时空的克隆人战士进来了也只能是送死，只要把她带到月球的被流放者基地，我们就能够暂时掌握时空奇点。"兰迪尔计划着。

7

单简然生平第一次被噩梦惊醒。

她看到自己双手沾满了金色的血，是因为昨天和芳薇导演聊完后和大星一起重温了《埃及众神战》——电影里神的血是金色的，所以日有所思、夜有所梦？

平复心绪后，入睡的瞬间，那个噩梦的景象再度袭来，这次，她看得更清楚一些了，自己沾满金色鲜血的手下是一位老人，但她还是看不清他的脸。

简然再度惊醒。

她突然意识到或许一直以来的愧疚感不是一事无成，而可能是因为这种屠杀的罪恶。

第十章　中间地带观光日

1

　　"今天是观光日，我们被分到己队第9组，将会和己队其他12组新生者一起游览整个中间地带。"安佳向简然、克里斯等一行六人介绍道，他们正朝新生者居所外的"飞行者"走去——今天的目标是中间地带大型露天广场。

　　从大型露天广场的"飞行者"走出，整个广场业已人声鼎沸，洁净的白色砖块街道上反射着明亮的阳光，气氛轻快，视线开阔，甲、乙、丙、丁、戊、己、庚、辛、壬、癸十个站队整齐排列在大型广场上，简然一行人走到了己队的站队队列，在他们左侧是甲、乙、丙、丁、戊五排整齐的队列。每个战队的13组新生者基本都已经到齐了，阳光明媚下是一派欢声笑语。

　　今天由于是集体活动，简然换上了中间地带的白色制服，制服简洁、干练，其上还有着仙鹤与莲花的刺绣。

　　在己队第9组的规定位置上站定后，安佳开始介绍当天的行程："今天我们的第一站将会前往代表过去的一站式博物馆，其中收纳了全世界各地的著名大型博物馆，包括大英博物馆、纽约自然历史博物馆、卢浮宫、冬宫、故宫博物院等，由于今天时间有限，在每一景点处我们都会在景点外听取该站工作人员的介绍，详细参观则留待给各位日后自动进行。一站式博物馆站后，我们将前往承载过去、现在与未来的一站式图书馆，在那里同样会为大家展现来自世界各地的著名图书馆和藏有世界之内已经灭失的书籍的中间地带无限图书馆，另外来自世界各地的朋友在一站式图书馆里新建了比如上海书城、西雅图特色二手书店这样的商品书店，大家今后也可以自行前往。图书馆站后是代表未来的一站式实验室……"

　　听到安佳正在介绍今天的行程，己队的其他组新生者也都凑了过来，一个穿着黑白斑点的连衣阔腿裤的棕色鬈发女子看到简然后，穿过人群挤到简然身边，和她打了个招呼："嘿！我记得你，你就是欢迎仪式上第一个提问的人。"

　　"你好呀！"简然热情而不失礼貌地回答。

"我是贝黎姿,这是我男朋友,"她搂着刚刚挤过人群、追上她的高个男士,那名男子一身休闲绿色T恤和淡褐色中裤,"这是我男朋友安东尼。"

"你好!"安东尼对简然点点头,一头卷毛随风飘动。

"你们好! 我是单简然。"简然微笑着。

"我们很高兴认识你!"黎姿转头对安东尼说,"她就是我和你说的那个特别勇敢的第一个提问的人。"

简然看到克里斯凑了过来,便说:"嗯,其实有好多问题是他怂恿我问的。"

"你们好! 我是克里斯·星。"大星标志性地用戴满各色戒指的双手假意地梳理了一下自己的板寸。

"哇! 你有这么多天赋超能力?!"黎姿惊叫。

"可不是嘛!"大星将双手合十,所有戒指融合为一个银色边框、黑色宝石的一枚戒指,停留在他的小指上。

"那你们到时在定向越野的时候不是要占尽先机了吗?"黎姿故作敌意。

"而且,我们这里还有一位意念控制者,怕了吧?"大星开着玩笑。

"你们这里也有意念控制者?"黎姿问。

克里斯看了看简然:"是啊,反正我是看她点石成金了,你们那儿也有吗?"

"呃,我们俩都是。"安东尼回答。

"哇!"克里斯震惊地看着面前的两人。

黎姿得意地抬了抬眉毛:"你们的天赋超能力导师是谁?"

"哦,"克里斯不怀好意地一笑,"一个浓眉大眼、海拔可观却总是一脸苦大仇深的人。"克里斯看了看黎姿和安东尼紧握的双手,"你们看上去好恩爱啊! 你们俩是刚刚认识就……"

"不,不是,"安东尼回答,"我们之前就在一起了,之后一起被中间地带选中了。"

"真的?"这回轮到简然震惊了。

"那你们两个也像我们这样吗?"黎姿问。

"不是不是!"简然迅速否认。

"对! 我们才刚刚认识,不过,"克里斯很高兴地拍了拍简然的肩膀,"我们现在是好哥们儿,对吧?"

"我们继续听听安佳的介绍吧?"简然提议。

"好呀好呀。"黎姿很开朗的样子,拉着简然往人群里挤了挤,把两位男士甩在身后,安佳现在已经说到娱乐设施了,他们错过了之前的政治、教育、公益设施的介绍,"接下来是一站式音乐厅,同样世界各地的音乐厅都在这里有副本,并且我们会采用全息影像同步技术同步世界之内所有音乐厅正在上演的节目,之后是一站式电影院,我们会同步所有影片,并提供 2D、3D、4D、5D、IMAX、中国巨幕、DOLBY 等服务,相信一定有各位喜爱的一款,之后我们就会来到今天观光日的最后一站——一站式游乐场,各位可以在夜晚的游乐场共度美好时光。"

安佳介绍完后,人群渐渐散开了,简然注意到他们队第 8 组似乎至今仍然缺席,而现在已经轮到戊队登上"飞行者"了。

己队第 10 组的辅导者走到安佳身边和她耳语了一番,接下来己队各个组的辅导员都聚在了一起,似乎在商量什么,各自摇了摇头,又点了点头,简然听不清他们在说什么,但戊队登完"飞行者"后,跳过了己队,而直接轮到了庚队登上"飞行者"。

"怎么回事儿?"妮娜抱怨道,"不应该是我们的吗?既然要在这里等这么长时间为什么要叫我们这么早出来?安佳,怎么回事儿?"她嘟囔着径直走向了安佳。

安佳迎了上来解释道:"芬奇女士,是这样,我们己队第 8 组新生者出现了一些状况,我们需要在这里等他们,很抱歉给你造成的不便。"

"为什么要我们等他们?"妮娜看上去似乎对于这种侵犯自身权益的事件驾轻就熟,"他们迟到为什么要我们等他们,让他们和其他战队一起不行吗?"

"很抱歉,我们这里的规则……"

"这里的规则是做对了的人要对做错了的人承担义务吗?规则是死的,人是活的,你们变通一下,我们没有义务等他们,"妮娜继续和安佳交涉,"我要找你们的上级。"

安佳似乎遇到了难题,"是这样,芬奇女士,我们这里所有辅导者都是平级的,我们对任何事情都会通过民主协商的方式,"安佳回了回头,看到第 8 组的辅导者带着他的新生者们匆匆而来,"他们来了!"她尽可能地用微笑安抚妮娜。

"很抱歉,很抱歉!"那个辅导者看上去非常年轻,一来就和所有己队的新生者和辅导者鞠躬道歉,但是妮娜似乎还没有罢休,"你怎么回事儿啊?让你们的人准时到这里,不让我们陪你们一起等应该是你的职责,你这个辅导者怎么当的?"简然看到第 8 组的新生者中有一个年轻女孩想要站出来说些什么,但是那个辅导者挡了挡她,妮娜又把矛头指向那些新生者,"还有你们这些人,你们有没有素质啊?说好 9 点半在这里集合,现在都几点了?"

她的这句话让原本已经安静下来的广场又人声鼎沸起来,辅导者正准备站出来维持秩序,克里斯突然站了出来,走到人群中,大声说道:"大家都安静!都安静!"看到所有人的目光都盯着他,他整个人看上去更精神了,"我说我们还是不图一时口舌之快,还是快点开始我们今天的日程吧。想想现在人都到齐了,又是谁在浪费我们的时间，嗯？妮娜？"

"你敢这么和我说话，你才几岁？"妮娜瞪着克里斯。

"我们将来都要在同一个屋檐下生活七年，"克里斯很谦和，没有理会妮娜，他扫视着周围的人群问，"大家都准备好了吗？"看到有些人陷入沉思，有些人又准备说些什么的时候，克里斯赶紧补充道，脸上带着笑容，"我是问大家都准备好接下来的观光了吗？免费的历史博物馆、游乐场、电影院、棋牌室？"他猜着人群中那些正准备再说些什么的人的爱好，他们的表情看上去似乎个个都被猜中了。

"如果准备好了，接下来就交给辅导者了。"克里斯退回到简然身边，"该出手时就出手，还不错吧？"克里斯挑着一根眉毛，"我以前可是演讲协会的。"

"哦，你们的演讲协会是这个水平啊？"王丽插进来调侃大星。

2

"那么你们这里有没有像《博物馆奇妙夜》里那样会动的博物馆？"克里斯举着手问博物馆站的讲解员。讲解员穿着白色衬衫、黑色羊毛背心，她被己队一行人包围着。

黎姿不明就里地一手挽着国强——似乎她真的以为这是个孩子——另一手牵着安东尼，和简然、克里斯、王丽并排走到大英博物馆的门前。

讲解员微笑着回答克里斯的提问："就在那部电影上映后的那一年，2006 年，我们这里就造了这个场馆，大家可以乘坐一站式博物馆内的'飞行者'抵达博物馆奇妙夜体验馆站。"

……

在日内瓦联合国大楼和纽约联合国大楼并排而建的楼底，人群中有人兴奋地尖叫："那是联合国！！！我竟然来到了联合国！这是我作为一位国际法研究者的毕生之梦啊！哦！联合国！"

"如果各位有兴趣的话，可以进入联合国机构报名参加模拟联合国大赛。"讲解员补充道，"没错，模拟联合国大赛在这里的联合国大楼里举行。"

……

"怎么样，学霸？哈佛、耶鲁、剑桥、牛津任你挑。"克里斯眉飞色舞地问简然。

简然和周围所有人一样面带崇敬地环顾四周，那些知名大学的校门环绕他们刚刚走下的"飞行者"而建，能够改变人一生的高等教育近在咫尺。

"这里真是太神奇了，这么多名牌大学毗邻而建，真是……"简然感叹到词穷。

"这些学校仍然需要申请，需要大家足够优秀才能够成为其中的一分子。"讲解员带着大家进入一站式教育机构内能够搭乘 10 人以上的站内大型"飞行者"，按下了"亚洲知名大学"的按键。

简然看了看克里斯："我之前就记得安佳或者肖洛说过这里的大学要申请的,我之前虽然准备过高考,但还没读过 SAT,不知道自己有没有可能进那些大学。"

"你完全可以试试的。"王丽鼓励道。

"嗯嗯。"简然对她点点头,但心想,那些大学里有没有我现在想要学习的东西呢? 在中间地带,我有很多选择,我现在最想要什么呢? 电影! 所有和电影相关的一切! 芳薇导演闪烁着蓝色睿智之光的双眼在简然脑内一闪而过,或许自己也可以有朝一日像芳薇导演那样。

……

"哇! 珠穆朗玛峰、阿尔卑斯山、富士山!"王丽拉着简然的手激动地左右环顾,刚在一站式风景走下"飞行者",这些山峰就以其宏伟壮丽的图景迎接了参观者,"我从来没有想到这一天会到来—— 世界各地的所有景点都能如此触手可及!"

简然看着王丽的兴奋理解地微笑着,心想自己可能只有在好莱坞的星光大道上才会像她这样激动吧。

"这里每一座山峰的气候条件都和邻近的不同,所以虽然平面上看上去它们是并排在一起的,但其实它们各自身处独立的空间内。对于不爱爬山但想要一览众山小的游客,我们在山顶建设了'飞行者',大家可以乘坐站内'飞行者'直达山顶。另外,我们也增设了所有必要的休闲、娱乐、住宿设施。爱好滑雪、攀登的您值得一试。"讲解员推销着。

……

"那是白宫?! 哦!!!"

"每个人都可以提前预约体验一天的总统生活。"讲解员介绍。

"啊,这一定是克里姆林宫!《碟中谍4》里的广场谁会忘了? 那么讲解员,这里有没有体验的?"

……

"巴黎圣母院,圣索菲亚大教堂?! 这样面对面?! 我的上帝!!! 叹为观止! 叹为观止……"

"那是泰姬陵吗?"

"肯定是啦,你看那种白色和阳光,一看就知道是印度。"

"你看巴西的基督山上的耶稣像! 我学得像吗?"克里斯站在基督像下摆出迎接游客的样子,逗乐了一群人。

"那不是挪威的布道石?"

"哦,这里真是荒凉!"

"撒哈拉沙漠里的古罗马竞技场,撒哈拉沙漠里的金字塔,撒哈拉沙漠里的我们,撒哈拉沙漠里没有绿色,没有水,只有我们……"除了克里斯,还有谁能把《年轻的战场》这首歌改成这样?

"终于到环球影城啦,学霸。不要掩饰激动,尖叫吧!"

……

站在凯旋门下,"来来来!"克里斯迅速召集自己身边的己队新生者说,"我提议大家就在这个凯旋门下合影。"

离开凯旋门后,他们来到了一站式超市商场,原本所有人都准备一下"飞行者"就像之前一样一个劲地"哦!哇!天哪!我的上帝啊!"这样呼喊,但是这里的景象让所有人都冷静了下来。

"这里看上去真不错,就像在世界之内的家一样。"王丽看着普通的街景,面前是一个超市集群,从盒马鲜生、家乐福到乐购、沃尔玛一应俱全,几个拎着标有大大的 CVS 字样的塑料袋的女子从他们身边走过,准备去搭乘一站式超市商场的"飞行者",那些女子看到新生者大队后,窃窃私语着。

"你家附近有这么多超市啊?"克里斯问王丽。

黎姿没忍住笑了出来:"不过其实我的感觉和王丽一样,这才是平常人的普通生活。"她深情地看着安东尼,牢牢牵着他的手。

讲解员向他们介绍完毕超市区后,带着他们乘坐"飞行者"进入商场区。从商场区一下"飞行者",人们的脸上又恢复了之前的惊讶。

他们正站在空中人行道上,周身全部是华丽的高层建筑,玻璃幕墙如坠落的水幕。

这正是华灯初上的时刻,高楼大厦外五彩缤纷的灯光亮起,蓝紫色的天空下映衬着即将褪去的最后一层余晖,这是只有在繁华的大都市里才能够看到的摄人心魄的美景。

"如果之前我没有看到那么多旅游景点,或许我现在的心情会更激动一些,"克里斯默默地说,看了看身边的友人,"简然,我想我知道你之前在一站式风景说你最喜欢大都市的黄昏的原因了。"

简然微笑着抬头仰望玻璃幕墙内令人神往的温馨灯光,洁净的氛围,奢华的装饰,清香的气息。在森林里会迷失自我,在森林里什么事情都会发生,城市的钢筋混凝土森林或许也是如此?她心想。

3

"飞行者"无论从外观还是从内饰看上去都像是电梯,内部是亮闪闪的镜面。简然、克里斯等一行七人在飞行者里站定后,电梯门缓缓合上,简然又看到了镜子里的自己,和之前第一次进"飞行者"时一样,她还是有些不习惯看到自己像现在这样健康,脸上的皮肤红润、光滑,和克里斯一样似乎充满了蛋白质,眼神里充满光彩,即使不化妆也一样夺人眼球。

她又透过镜面看了看克里斯,克里斯正抬头看着顶层的镜面,王丽正对着镜面补妆,国强站得笔直,陆易的目光和简然的在镜面上交汇,又迅速移开,妮娜则全程黑脸,就好像整个电梯里的人都欠了她钱。

"我一直以为这个叫'飞行者'是因为它自己会飞或者会在地下穿行但其实仅仅只是……"克里斯说到一半,安佳向"曾艺"下了前往一站式游乐场的指示,一股强有力的冲劲后,他们从现在正站立的"飞行者"内部消失,然后在目的地的"飞行者"内部出现。克里斯站定后摇了摇脑袋,"其实它仅仅只是把我们移来移去而已。"

电梯门缓缓打开,正对着他们的是亮着霓虹灯的过山车轨道,尖叫声划破天际,夜幕已然降临。

"这就是今天的最后一站。"安佳等自己带的这队新生者走到"飞行者"前的大广场后,背对着美国迪士尼公园的入口对各位新生者说,"现在是大家自由活动的时间,游乐场站内的所有游乐场都是24小时营业的,明天上午我们没有额外的安排,但是下午一点二十各位需要参加新生者天赋超能力训练,请做好准备,不要迟到。"

"那现在我们一定要待在这种地方吗?"妮娜问安佳。

"如果不感兴趣的话,可以自行前往其他站点或者直接回公寓,有任何问题的话请大家及时联系我。"

"太好了。"妮娜似乎非常讨厌这种喧闹的氛围,一直皱着眉,非常看不惯这群咋咋呼呼的年轻人或者说是装成年轻人的老人。

"还有什么问题吗?"安佳问其他人。

"没有了,安佳辛苦啦!"克里斯说。

"谢谢!"简然一行人在克里斯的带领下一一向安佳道谢,妮娜则直接跟着安佳乘上"飞行者"离开了。

"那么,接下来,"克里斯环顾着四周的指示牌,"我们是去美国的迪士尼公园,还是日本的,还是上海的?"他看了看简然,和刚刚从自己所在的新生者队伍里走出,并向他们走来的黎姿和安东尼打了个招呼,"我们是去游乐场,还是去之前学霸说想去看看的图书馆?"

"谁之前说想去图书馆了? 我想去游乐场的。"简然下意识地说道。

"你也真是有够'谦虚'的呀,简然,就这么觉得我是在说你?"克里斯标志性地挑了挑小山峰眉。

黎姿爽朗地笑着:"克里斯,我们知道你是在说自己,我之前去过世界之内的日本迪士尼公园,那个还不错。我那次本来是想去里面的餐厅吃饭的,后来没吃成。今天我反正是要带着简然去那儿了,你就不要跟着了,去你要去的图书馆吧。"

"这怎么行? 既然已经有去过的'攻略'在这里,我又怎么能错过呢?"克里斯正说着,黎姿却头也不回地拉着简然向前走去。

"我错了! 我错了! 我错了!"大星紧跟其后,央求道,"就带上我吧,黎姿小姐姐!"

"以后,你再被我知道欺负简然,要你好看的。"黎姿轻轻将克里斯向后推开。

"不敢不敢,我怎么敢?"克里斯说罢,大步向前,兴奋地喊道,"那我们走咯!"他手舞足蹈着带头向前走去,于是第9组的新生者除了妮娜,再加上黎姿、安东尼以及其他几个跟着他们的新生者,一起走入了左侧的日本迪士尼公园在中间地带的复制品。

克里斯走回到了简然的身边,低声对她说:"简然,如果说学渣今天突然也对学习产生兴趣了,想去图书馆遛遛了呢? 学霸愿不愿意玩个几圈之后陪着学渣一起去呢?"克里斯露出了软白甜的微笑。

"既然你都这么说了,我怎么好意思拒绝你呢?"简然故意用勉强的语气回答,心里甚觉这个叫克里斯·星的家伙真是个有趣的人。

4

"王丽,我和克里斯就先走了,我们想先回去休息一会儿,因为明天还要进行天赋超能力训练。"简然和王丽、黎姿等人道别。

"哦,你们这就要走啊?"王丽有些扫兴,"我才知道游乐场原来是这么回事儿,我还想再玩一趟鬼屋,你来吗?"

"没关系,"黎姿挽过王丽,又牵着国强,"你们放心回去休息吧,他们就交给我和安东尼了,我们会照顾好他们的。"

安东尼迎合着点了点头。

"有你这句话我就放心了,谢谢啊!"简然和其他人挥了挥手,"再见啊!"

"再见！"国强的童声非常明显。

"等等，我和你们一起回去。"克里斯和简然还没走出去几步，陆易就叫住了他们。

克里斯脸色一沉，对简然使了个眼色，因为他俩其实是想去图书馆看看，但又不想让朋友知道——克里斯大笑着回过身说："好呀好呀！一起回去！来来来，一起一起！"但他一转身看到简然又挑了挑眉，像是在问要不先回去再去图书馆？还是……

走到游乐场站的"飞行者"等候区，现在正是回程高峰，有不少人正在等候。简然回头看到他们身后排着那天欢迎仪式上提问过的一个眼镜男。他看上去细细长长、白白净净，但和妮娜一样，一直黑着脸。

等轮到克里斯、简然和陆易的时候，"飞行者"里的空间已经非常有限了，眼镜男从他们身后拼命向前挤，克里斯和简然本来想等下一班"飞行者"的，却被挤上了"飞行者"。眼镜男和另外一个脑袋大、脖子粗的壮汉同时挤进了"飞行者"，导致飞行者超载，关不上门。于是最后上来的两人开始争执起来。

"我先上来的！你不好等下一班的啦？"眼镜男一脸嫌弃地看着壮男，想要把壮汉推下去，但壮汉也得理不让，"明明是我先上来了的！"

简然和克里斯站在他们身后的"飞行者"里看热闹，简然心想怎么又出这种事了？但这种心情和她在地铁里看到人们为了抢座位而争执的心情不同，那些抢座位的人代表了那座城市，而这些肤色不同的人则代表了全人类。

"你这种人怎么这么不要脸的啊？"眼镜男伸出一根纤细的手指指着壮汉，"明明是我先上来的，你下去！"

"凭什么？"

"得得得！"克里斯又开始管闲事了，"你们也别吵了，我和我朋友等下一班。"说罢，他就拉着简然下了"飞行者"，简然回头问陆易，"那陆易先生，您一个人回去没问题？"

陆易先生似乎对克里斯和简然之间的关系产生了好奇似的微笑着点点头："没问题。"

等这班"飞行者"的大门关闭，克里斯长舒一口气："总算命运巧合啊，让我们碰上这档子事，不然我还没想好怎么和陆易说我们要去一站式图书馆，不过今天到底怎么回事，先是妮娜，然后又是这种事？"

"唉……"简然叹气，但这才是生活，其实只要有人的地方总会发生这种事情，因为资源稀缺，但是中间地带的资源可以算是无限的了，是不是将来等新生者们适应了这里的生活，这种事情发生的概率就会降低呢？"对了，你想去图书馆查资料什么的吗,还是有其他打算?"

"算是吧,"克里斯按着自己的脑袋,似乎在犹豫要不要说下一句话,"我之前听别人说了一些东西,想去查查。"

"哦,我只是想看看中间地带的历史,有点好奇罢了。"简然淡淡地回答,但觉得像克里斯·星这么一个乐于过分分享的人,现在却没明确告诉他自己是要查什么,这里面肯定有问题。

5

中间地带无限图书馆是一个装饰复古的图书馆,红木地板、红木书桌、红木书架,配上复古的绿色玻璃灯罩台灯以及雕花精美的壁灯。空气中则弥漫着清雅的淡香,书架上整齐排列着书籍,书架外和书架间都摆设着供人阅读的书桌。这不就是简然想象中大学的图书馆吗?

在一排排摆满历史书的书架间穿梭着,简然觉得每本书看书名似乎说的都是同一件事,就是中间地带的历史,哪一本才是既文字优美又记述翔实的呢? 她心想。

一转身,她发现在被书架环绕的书桌上有一本书孤零零地躺在书桌上,没有被借阅者放回原处,书名是《时空简史》,封面设计极为简洁,白色的封皮上是黑色的大字。霍金不是有本《时间简史》吗? 她有些好奇地拿起了这本书,但上面没有作者,翻开第一页上写着:"这是一本关于时空和历史的书,献给所有追求真理的人。"

她翻开第二页,上面是一个大大的问号。再往后一页,上面写着:

"如果说中间地带并非由七大元老创造,而是由天外来客赋予,你是否相信?

如果说你生活的世界并非自由,而是由天外来客操控,你是否相信?

为什么中间地带会资源无限?

为什么中间地带允许你们回到世界之内?

为什么中间地带不能将一切美好与世界之内共享?

想要知道这些问题的答案吗? 想要知道中间地带的真相吗?

请继续阅读,我们会告诉你。

我们是谁?

——我们是抵抗组织。"

抵抗组织? 简然心想,不是那天乔光的朋友提到的那个吗?

简然往后翻了一页,发现之前自己看到的只是这本书的一段前言,她继续阅读，书中写道：

他们从来只告诉你们那些你们需要掌握的信息，其他的信息只能靠你们自己搜索，但在这本书里你将会全面了解和掌握中间地带以及被流放者的真相。

你可能会问谁是抵抗组织。抵抗组织里的每个人都和你现在一样，希望重新开始一段人生，但中间地带从来都不希望你们重新开始，因为他们允许你们回到世界之内。

他们告诉你们在这里你可以做任何事，但其实你们不想做任何事，因为他们绑架了你们的情绪。弥漫在空气中的能量浸润着情绪控制因子，这些情绪控制因子和注入你们体内的治愈试剂融合后，就是优良的情绪控制疫苗，这类疫苗能让你们所有人变得温顺而易于统治，但并不对所有人都起效，所以他们设置了辅导者对你们进行辅导，所以他们设置了"曾艺"对你们进行评估，所有通不过评估的人都会被流放。

没错，这就是真相。

并不是触犯法规的人都是没有人性的作奸犯科之辈，而是所有被流放的人都是由于尚存的人性而触犯法规。随着在中间地带居住的时间的增长，情绪控制试剂会更为有效地克制住你们所有的情绪——深呼吸，你就不再为与亲人别离痛苦了，深呼吸，那份为世间不公求正义的热情也会被抹杀。只有越早知道真相，才能帮助你做出更符合人性的判断。

中间地带自诞生起并未限制自己的居民回到世界之内，你们可以从你们祖祖辈辈的故事里发现这一真相。允许你们回到世界之内并不是对于你们自由的肯定，因为你们虽然能够回到那里，但有一条空洞的规则永远都凌驾于你们之上，这条空洞的规则可以让所有对情绪控制有排斥反应的人——那些不易于被统治的人——被套上莫须有的罪名而遭受流放，因而允许你们回到世界之内更是一场考验。

你可能还会问抵抗组织何时开始存在。抵抗组织一直存在，但从未像现在这样强大过。感谢日益发展的世界之内，越来越多的社会精英进入中间地带后加入了我们，感谢日益开放的世界之内，越来越多的有识之士进入中间地带后加入了我们，同我们一起为了真正的自由而奋斗。

你们是否曾经想过将中间地带的一切带给世界之内最亲最爱的人？每个抵抗组织的成员都正在为此而奋斗。

什么是真正的高尚？是以避免高科技被转变为武器为由不扰乱世

界之内的生活，还是明明已经坐拥无限的资源却不分享，眼睁睁看着人类因为有限的资源而饥寒交迫、钩心斗角、痛不欲生、苟延残喘？

或许新生者的回答令人鼓舞，他们愿意加入抵抗组织，加入革命的队伍，但那些已经在中间地带度过七年，甚至七天的人的回答可能就会令人沮丧，他们会忘却自己应负起的责任，他们会在享乐中堕落而再也不会为他人的命运抗争。这就是中间地带让所有新生者接受七年辅导者服务的目的。通过七年的辅导，你们会成为中间地带八级及以上的正式居民，但你们会堕落，你们会失去斗志，你们就不会加入我们抵抗组织，因为中间地带绝不会将能够危及其绝情统治的人留下。

也许你们还会问他们还有什么没告诉你们，他们没告诉你们的还有许许多多，他们告诉你们这里存在着保护者、辅导者、新生者，但他们从来都没有告诉过你们执行者。无论是在世界之内还是在中间地带，当你们为了自己的命运抗争时，当你们以为胜利就在眼前时，当你们以为你们就要梦想成真时，执行者会以延续你们的生命为由作梗，硬生生夺走你们的幸福……

"简然，我终于找到你了！"克里斯抱着一大摞叠得摇摇晃晃的书探着头走入了简然所在的被书架包围的空间。简然停止了阅读，视线从书中收回，深吸一口气转过身。

"你在看什么呢，简然？"克里斯把手里的书在简然身后的书桌上重重一扔，"哦，真是重死我了！你在看什么？"克里斯好奇地拿起那本《时空简史》。

"哦，我想我在看某个愤青写的反政府书籍。"简然仔细查看着克里斯脸上的表情，观察到他在看到第二页上的一串"为什么"时皱起了眉，简然赶紧说，"我建议你不要看，我只是看它就这么放在这桌子上，而且还是这个名字，所以才翻了两页。"

"不，这正是我想要找的书，最近在社交的时候总听到中间地带的'老人'提起，我今天就是想要来看看这个组织到底是怎么自吹自擂的，另外，"克里斯拿起之前拿来的那厚厚一摞书堆上的最上面的一本书，递给简然，"我之前猜你大概还没打定主意看什么书，所以帮你拿了一本《中间地带的过去、现在与未来》。"

"谢谢！"简然如获至宝似的接过书，她看了看那本书的封面，发现是西斯廷教堂的天顶画。

"说什么呢？学霸能够放弃游乐场陪我这种学渣来图书馆，那才叫一个荣幸呢！"克里斯走到那摞书边，"看看，我可找到了不少关于中间地带历史的书啊，都不知道先看哪本了！"说着他搬开凳子坐下，拿出一本《中间地带简史》开始阅读。

简然也在克里斯对面坐下，开始研究《中间地带的过去、现在与未来》的目录。

克里斯刚翻开手里的书的第一页，没看几个字，就抬头说："我觉得刚刚那书里你说的那个愤青的几个问题提得不错。"

"嗯，是值得思考，"简然顺着目录翻到了第一次世界大战那一页，似乎想到了什么，"不过……"她的眼神和克里斯交流了一下，她觉得克里斯似乎有些紧张，就说，"也没什么，只是觉得刚刚那些都是作者的一面之词，没有任何其他证据，有点像传销，而且在任何一个社会里都会有这样的不满的人，也总有这样那样的问题能够被他们揪出来放大，但这些人往往只会抱怨或者是极端地推翻，不太会去想自己应该做什么来改善，所以都是一家之言，不用太当真的。"

克里斯的眼神似乎放松了下来："学霸的心胸果然不同于凡人，我就差点被他们带走了，不过经过学霸的这一点拨，我就豁然开朗啦，决定安心做个好人。"

简然心里觉得克里斯的这段话实在太恭维了，暗自好笑。

"但我一会儿还是要好好研读一下，只有了解敌人……就像是所谓知己知彼，才能百战不殆那样，"克里斯见简然没有回答，便低声问，"我是不是打扰到学霸看书了？嗯，真是抱歉，现在开始，我也要认真看书了。"他低头随手向后翻了翻，但他很快又抬起头来，"对了，简然，明天又要见到乔光咯？"

简然好不容易看了两三个字，又被打断："是的，怎么了？"

"没怎么，就是提醒你一下，现在我要认真看书了，"但克里斯并没有低头阅读，而是看了看窗外幽暗的天空，暗自叹道，"这样的一个良夜的确适合阅读。"

简然皱着眉看了看他，把《中间地带的过去、现在与未来》翻到了最后一页，按照平时她喜欢的方式从后往前地读纪实类书籍。

第十一章　新生者天赋超能力辅导班对垒大赛

1

来到中间地带的第六日，经过前些日子的训练，今天，中间地带的所有新生者天赋超能力辅导班的学生将开启班内学生间的对垒大赛，以此作为第七日定向越野集体返程时如遇危险的预先演练。

露西·马汀在对战至克里斯·星之前，一直都是对垒中的常胜将军，她身着粉黑相间的弹力塑身衣，看上去耀武扬威，但当她发现下一位对垒者是克里斯·星时，明显地，她流露出了惧色。因为在前两日训练天赋超能力时进行的小型对垒中，只要和克里斯·星打对手，她总会惨败。

对垒区域中，彩色琉璃透进五彩的阳光，乔光正站在"曾艺"支起的对垒区域光幕边界外，仍是那套天赋超能力导师的紫黑色教学制服。

一身宝蓝色衬衫、土黄色休闲裤的克里斯走入了光幕边界，光幕边界上即时显示出克里斯·星的身份信息。

乔光重复了一遍规则："任何出界者即出局，两位请做好准备！"

"老师，我不和无赖对垒。"露西噘着嘴对场边的乔光导师说。

"我和'曾艺'都会为你们做出公正的裁判的。"乔光语调严肃。

"露西，不用这样吧，"克里斯张开双臂，装作是要拥抱露西的样子，"我们是朋友。"

"你才不是我朋友，无赖！"露西戒备起来。

简然在等待对垒的人群中，看到这一幕暗自好笑。"露西，加油！"她故意喊了一句。

"简然，你还是不是我朋友啊？"大星指着简然，露出了软白甜的微笑，"一会儿看我怎么教训你！"

"请两位做好准备！"乔光提醒道，并在光幕上按下了"开始"的按钮，"嘟！"的一声对垒开始。

在原地踌躇了一会儿,露西大吼一声向克里斯出击,而克里斯则胸有成竹地留在原地。露西刚准备大力一脚踹在克里斯身上,克里斯闪身躲开,却故意做作地向光幕边界倒去并发出痛苦的叫声,转眼,他已经瞬间移动到了戒备稍有松懈的露西身后,露西被他按倒在地。

露西使用了在第一次课上习得的防身术,突然变得像空气一般透明,但克里斯似乎早已料到,露西正准备从克里斯身后偷袭他时,克里斯一掌推向露西的腹部,她被震出了光幕边界。

"好的,出界,不谢!"克里斯向场边正为他欢呼的观众鞠着躬,这些观众大多数都是之前被露西打败了的。

"对不住了!"克里斯对露西挥了挥手。

露西踉跄地从地上爬了起来,简然和两个韩式妆容的女生本想去扶她,却被露西推开:"我不用你们帮忙!"说着,她只身一人默默走到远离观众群的另一侧。

"下一位,单简然。"乔光示意简然进入对垒场。

"来了来了!"简然瞬间移动进入了光幕边界内的对垒场。

"这么快就是她?"大星假意抗议,"一个意念控制者和我这样的对垒不公平吧?"

"对谁不公平?"露西在场外问。

"对我咯,毕竟我凭空变不出什么可以清除被流放者的那种武器,她要是用那些攻击我,我不就飞天了?"克里斯有些害怕地说。

"哦,你也知道不公平?"露西反讽。

乔光重申规则:"新生者天赋超能力对垒大赛的规则是意念控制者只能使用系列教材《意念控制》前三本的基础内容,简然,你应该清楚吧?"

"我知道,乔老师。"

"虽然我不知道那些基础内容是什么,但我可就不客气了,简然,"克里斯活动了一下筋骨,"准备接招吧!"

"嘟"的一声,比赛开始。

克里斯刚准备动身,却发现自己正站在光幕边界的入口,场上是正在等待着和他对垒的露西。

"老师,我不和无赖对垒。"露西噘着嘴对场边的乔光导师说。

克里斯张开双臂,装作要拥抱露西:"露西,不用这……"他刚刚踏入对垒场,突然,场景一变,他发现自己正站在光幕边界外,"曾艺"提示克里斯自动放弃了和单简然的对垒。

"什么?"克里斯回过头来,一副黑人问号脸,他不知所措地看着全场除了简然和乔光外一律的诡异目光。

"你怎么给你的朋友放水？"露西双手交叉，一脸不屑。

"你自己走出来干什么？"肌肉男亚力克斯问。

"我？简然？"克里斯一脸无辜，"你这不带的，你给我制造了幻象是不是？"

"没错，这是《意念控制》系列教材第三本里的最终章内容——记忆幻象，记忆幻象可以向你的意识投射我希望你看到的东西，但只要保持头脑清醒，就能够被识破，当然，如果对手意念薄弱的话，也可以直接侵入他的记忆宫殿，让他深陷在自己的记忆弱点里而走神，取得先机。"简然笑答："意念天赋的超能力里只有记忆幻象才不会真的伤害到你呀。"

"哟哟哟！"克里斯假装很不服气的样子，"让让你还神气了是不是？下一个是谁？替我报仇啊。"

2

"下一位，亚力克斯·兰德斯。"乔光继续对垒的进行，他略带关切地对简然点点头鼓劲。简然似乎从他的眼神里看到这位乔老师有些不放心自己和肌肉男的对垒。简然心想，没想到之前克里斯这么容易就被幻象蛊惑了，还是不用这种开挂的技能了吧，不然大家该觉得不公平了。

克里斯在观众席里兴高采烈地喊着："女士们先生们，让我们热烈欢迎红方选手单简然，和我们的黑方选手亚力克斯！"克里斯模仿着拳击比赛主持人的语气，亚力克斯配合地仿佛拳击手那般跳动着脚步、挥舞着拳头走入光幕边界。

"请记住比赛规则，"乔光强调，"友谊第一，比赛第二。"

"嘟——"，对垒再次打响。

简然本想使用防护盾防御亚力克斯的袭击，但眼见亚力克斯摆动双臂向她冲刺而来，简然在心里轻叹，好吧，还是用记忆幻象吧。

转瞬之间，亚力克斯眼前的简然和对垒场都消失了，转变成了一片冰天雪地的空间，浮动的雪花缓缓飘落。茫茫白雪的道路两侧是挂着圣诞装饰的一间间小矮屋。亚力克斯没有乱了阵脚，他知道这或许就是之前克里斯所说的幻象，只要自己不乱动就不会走出，但刚想到这里，他竟然看到了年幼的自己正穿得厚厚实实的，牵着母亲的手，一脸无忧无虑，两人正从一间闪烁着霓虹彩灯的屋里走出，母亲正和他说着他们要去超市买火鸡，准备圣诞大餐，但他预感到了危机，亚力克斯冲向了当年的自己。然而，他刚跑出几步，一声尖厉的汽车轮胎打滑的声音便从不远处传来，没有装上防滑设备的红色桑塔纳向年幼的他和他母亲飞驰而来。亚力克斯拼命跑向自己的母亲，挡在了她的面前，要是能回到当年，要是能换回她……他潜然泪下。

冰天雪地幻化为了彩色琉璃玻璃的点点光彩,亚力克斯默默从光幕边界外转过身,他的眼里是绝望,简然有些抱歉,她没想到亚力克斯的意念如此薄弱,她竟然直接侵入了他的记忆弱点。

简然走出光幕边界想要安慰亚力克斯:"不好意思,我……"但她还没说完就被亚力克斯重重一拳击中太阳穴。

倒地的瞬间,简然看到乔光、克里斯、露西等一群人向她冲了过来,一些人拉开了亚力克斯,乔光则在简然倒地前抱起了她,简然看出了乔光眼里他一直试图努力克制,但这次再也抑制不住的情绪,然后是克里斯对亚力克斯的指责,然后便是充斥她脑内的喧闹的宁静。

3

又是那个双手沾满金色鲜血的噩梦。

简然知道这是一个梦境,但可怕的不是这满眼的金色,而是杀戮的罪恶,是杀害一个毫无还手之力的老人的罪恶。

满眼的金色,是阳光给人的印象,简然发现自己正漫步于林荫下的人行道,背上的沉重感让她恍然想起自己仍是一个背着书包的初中生。林荫道的两侧是米黄色的墙,墙内是私人小区的静谧,墙上则是颇有艺术气息的涂鸦,空气中飘来移动餐车里手抓饼和奶茶的香气。简然知道自己每次走过这儿,自己喜欢的男生也都会在前方的公交车站等车。为了多看他一眼,简然在餐车前停下脚步买了一杯冰镇奶茶。

奶茶丝滑的口感唤醒了简然的另一段记忆,放下镏金的陶瓷奶茶杯,映入简然眼帘的是高贵的皇室餐厅,自己正身着彰显上流社会身份的天鹅绒披风与镶嵌着钻石搭扣的高跟鞋。屋内金色的苍穹上闪烁着彩色宝石的反光,其下是银质的烛台、纯白无瑕的桌布、繁复的镏金陶瓷餐具和下午茶点洋溢的香气。然而,简然想要摆脱这一切束缚,她想要奔跑。

她的确在奔跑,她在沿沙漠而建的小村落里穿着遮蔽全身的黑纱奔跑,在热带雨林拿着树干做成的简易武器追逐猎物,在广阔蓝天下的大草原上追逐着牛羊、迎着蒙古包的彩旗飘扬,在充满东欧风情的砖瓦风格巷道之间,她停下脚步,回过身去却是一队穿着银色铠甲的保护者。

简然记得当时元老交给她的任务——保护自己身后那个被保护者们簇拥着的小男孩,那个世界之源。

回过头去,准备迎敌,但砖瓦的巷道却传来了《天涯歌女》的曲调,简然正穿着旗袍,在阴雨绵绵的东方之珠的石库门建筑之间行走,那虽是暗物质层面的世界之内,但她并不感到孤寂,因为她正挽着自己的心爱之人,她努力想要看清那个人的模样,但太用力反而使画面越发模糊。

模糊的光点渐渐清晰起来——一轮圆月高悬于夜空,那是中秋佳节,看花灯、猜谜语,两旁古代的中国小城镇就好像到了某个影视基地,五彩缤纷的花灯点亮了简然的视线,她终于看得清晰了一些,她身边的那个心爱之人有着两道浓密的剑眉。

两道浓密的剑眉化为了东欧巷道里小男孩的双眼,简然安慰他说:"不用担心,我会保护你的。"

然而之前那队簇拥着小男孩的保护者,却已在简然和小男孩身边横尸遍野。

"你们一定是找错人了,为什么是我?我不值得你们这么保护。"小男孩说着,突然流露出了惊惧的表情,他的目光正望向简然的身后。

简然顺着他的目光望去,那个人——那个把精神瘟疫带向这个世界的人、那个危及整个世界存亡的人终于来了!她知道自己只有拼死一搏才能挽回颓势。

但下一秒,她却回到了中间地带意念控制者远程操控室外,她正紧紧拥着一个人,因为和那个人的这一分离说不定就是阴阳两隔。

轻轻放手,简然看清了那个人的模样,那是乔光的模样——令人一见倾心的深邃双眼。

简然不想分离,但一眨眼,她却看到那个身着精心裁剪的红色嫁衣的自己正在大喊,一群银色铠甲的士兵将同样身着新婚礼服的乔光从她身边带走,简然看着乔光被带出四合庭院,天井中是两人刚刚栽下的铁树,木门上贴着的喜字尚未风干。

她追了上去。

不,简然意识到,自己不是猎人,而是猎物。

她正在逃跑。

在南方种植园的玉米地里,简然在比人还高的玉米堆里躲避着奴隶主,她只想逃到北方去。简然在玉米堆里跌倒又在青石路面爬起,身后是穷追不舍的债主和青楼黑帮。简然在冰天雪地里躲避着头戴铁盔的军人的追捕,和自己一起逃跑的朋友一个个被杀死,鲜血落在雪地上就像是草莓冰霜。

躲入小木屋,木屋内的一盏灯突然亮起,简然一惊,却发现自己正在工业革命的硝烟里,雾霾不见天日。耳边突然传来一阵戏谑,"你一个女子想当医生?"看向声音源,简然却发现自己回到了中式庭院里,一个老妇人边刺着绣,边说,"女孩子家懂些琴棋书画,能够相夫教子就够了,你还想要什么其他?"

　　我不甘心！简然心想，躺在悬着蚊帐的豪华大床上奄奄一息，即使是贵族，也敌不过绝症，辗转反侧，她又蜷缩在了青石路面上，病入膏肓，祈求着到达命运的终点。在石枕上养病的简然听着自己的亲人忧心地说："这么年轻就⋯⋯"

　　简然记得自己在意念控制远程操作室外等待乔光，在中间地带电影协会的门口等待乔光，在世界之内贴满喜帖的寝殿等待乔光，在世界之内的生生世世里等待一个她似曾相识但穷极一生都素未谋面的人，一个她爱的人，一个她一直在等待的人，一个爱她的人，一个一直在寻找她的人。

　　无休无止的等待，无休无止的思念，无休无止的不甘，无休无止的愧疚。

　　昏黄的光线下，蓝叶上露珠滑落，背后燃起熊熊烈火，仿佛吞噬简然的黑色旋涡。

　　她的视线渐渐黑暗下去。

　　黑暗间，一道金光亮起，她看清了，那不是金色的鲜血，在自己的手下是金色的光，那个老人的胸口里正向外释放着金色的光。

　　简然醒了过来，喧闹的宁静转为尖厉的耳鸣。

　　她发现自己正靠在一个温暖的肩膀上，她记得这种温暖，抬头她看到了乔光的模样，就和梦里的氛围一模一样，彩色琉璃光点斑驳着洒落在两人之间。

　　乔光这次终于没有躲避也没有抑制他眼里的情感，简然终于看明白了——那是如获至宝后的不舍、痛苦与笼罩其生命全部的愧疚，和自己一样，笼罩在愧疚里。

　　但刚刚的一切究竟为何会如此？只是自己的白日梦吗？简然怀疑，她想要弄明白这究竟是怎么回事。

4

　　"你明天真的还要去定向越野吗？"从天赋超能力对垒大赛回到新生者公寓的客厅，克里斯边开冰箱，边问正准备回卧室休息的简然。

　　"应该去吧。"简然停下脚步，有些无奈，"我邀请了芳薇导演，不去会有点奇怪。"

　　"但你今天刚刚都那样了？"克里斯放下刚从冰箱里取出的黑木耳和甜玉米。

　　"我没事，'曾艺'不是已经给我做了检查说没事吗，而且你不也说了，我只晕过去了几秒钟。"简然摆摆手，额头仿佛还环绕着乔光肩头的温暖。

　　"换作我，我肯定是气不过的，我一定要看着这个亚力克斯·兰德斯被流放。"克里斯有些愤世嫉俗，"那个乔光也真是的，他难道没有看出危险吗？你怎么不继续追究他俩呢？"

　　简然觉得晕倒的片刻让她看到了人生太多的可能性，这些究竟是梦还是自己的前世？她当时忙于思考这些，根本无暇考虑追究责任的问题，"我也不知道，我当时想就算了，反正中间地带的治愈试剂，还有空气中的能量因子，"简然脑内闪过那本"愤青之书"里能量因子其实是情感抑制剂的描述，叹了口气，"而且我真没什么事儿。"

　　"不行，"克里斯摇摇头，"我得给你好好补补！'曾艺'，你在吗？"

　　"曾艺"的八卦图形在开放式吧台上方浮现。

　　"我需要一些食材，能够滋补的，比如能够做老母鸡汤、鱼翅捞饭、鲍鱼红烧肉之类的食材。"

　　"克里斯，不用这么麻烦的。"简然说。

　　"食材将在5分钟内抵达您的冰箱，请查收！""曾艺"柔声回复。

　　"什么没关系，"克里斯开始准备切配，"我要给你好好补补，不然我们组明天定向越野就要损失一员大将了。"

第十二章　定向越野揭示真相(上)

1

定向越野集体返程日悄然到来。王丽、克里斯·星、单简然和陆易都整装待发,来到了安佳之前通知的指定地点——往返中间地带与世界之内的公交驿站。

就像观光日把中间地带大型露天广场的"飞行者"挤得水泄不通那样,新生者们这次把位于新生者居所区域内的公交驿站挤满了,但是这次没有不和谐的事情发生。

王丽身着一套黑色运动服,看上去动感十足。她正微微皱着眉,低声对身边一身中间地带白色制服的简然说:"国强还是不来了,他说他所有认识的人都已经不在世界之内了,所以他不想回去了。"

"哦,这样啊。"简然正沉吟着,后背突然被猛地一拍,她一惊回头,以为是大星,但没想到是贝黎姿,她和中间地带观光日那天一样穿着宽松的连衣阔腿裤,搂着一头卷毛的安东尼的肩膀。

"简然、大星、王丽、陆易,今天的定向越野是一个比赛,所以从现在开始我们就不是朋友了,我们是敌人。"贝黎姿看上去一本正经,棕发在脑后被高高束起。

"你这是来宣战的吗?"克里斯一番摩拳擦掌,浅灰色的莱卡 T 恤勾勒出了他完美的身材。

"没错。"贝黎姿叉着腰说。

"要不这样吧,"克里斯突然语气软了下来,听上去像在求饶,但转而又酷劲十足地把头上有着金色枫叶刺绣的鸭舌帽檐移到了脑后,"还是等我到了终点睡上几觉之后再来接你吧。"

"好的,你等着,我会在最后一站为困在半路的你摇旗助威的。"贝黎姿也不甘示弱,"好了,我回去了,记住,我们是敌人,敌人!"她一个转身,便拉着安东尼离开了。

简然在人群里搜索着,同时不安地注视着自己的中间地带手机,怎么芳薇导演还不来？她有些担忧：我们这组新生者只有我请了外援，本来王丽还说要找一个什么人的，但是听说我找到了芳薇导演就没再去找，如果芳薇导演不来了或者有些什么情况，我们这组新生者就没有外援了，这样返回世界之内会不会有危险？

"妮娜呢？"陆易轻声问王丽。

"她？谁知道呢，只有安佳知道，"王丽听上去似乎对妮娜有成见，"人家是高冷的女神。"

"还女神？女神经病吧？"克里斯露出了软白甜的微笑，这是他心情愉悦、半开玩笑的标志。

"简然！"芳薇导演温柔的声音从公交驿站的入口传来，她还是一席斯琴风的服饰，飘逸地向众人走来。

"芳薇导演，"简然恭敬地将芳薇导演接到自己的新生者队伍中，并向自己的队员介绍了一番，"很荣幸，谢谢您今天前来！"

"哪里的话，大家都是志同道合的朋友。"然而，明显地，芳薇导演在看到克里斯·星的时候，满脸的堆笑却变得僵硬起来。

"久仰久仰！"克里斯拱手作揖，"叫我大星。"

"你好啊，大星。"芳薇导演向克里斯微微点头。

安佳·华随芳薇导演的脚步赶到，一身酒红色职业装。和芳薇导演简单打过招呼后，她向简然所在的新生者队伍派发了任务单。

一行五人边排队等待返回世界之内暗物质层面的公交班车，边研究此次任务。安佳·华同时向他们做最后的叮嘱："各位'隐身'药片是否都已经服用？"

"当然，而且我在简然的督促下随身携带了'隐身'药片，以备不时之需。"陆易把宝蓝色西服上装口袋里的一板8粒的"隐身"口服药片拿了出来。

"很好！"安佳赞许地点点头，"红宝石？"

"在这儿呢！"众人都把挂在脖子上的"红宝石"拿出给安佳看。

简然发现这次的定向越野游戏规则是当时陆易在开会时说的后一种方式——所有的任务都在一张纸上。只不过这张纸比较特殊，外观看上去像是羊皮纸卷轴，但其实是一个触屏电子设备。

"现在，在比赛开始前，大家有任何问题都尽管向我提出。"安佳期待着提问。

克里斯拉开手中柔软的任务卷轴，默念："本次定向越野由新生者为游戏主要参与者，新生者自行特邀的外援可提供必要帮助，那么什么是必要呢？"他停下阅读，抬头问安佳。

"由于全程都有保护者监管，所以只要不违反游戏规则的'必要'，都不会导致各位被保护者判罚犯规。"安佳对她的这组新生者眨了眨眼睛。

"你们往下看呀!"王丽继续念,"中间地带无线网络覆盖游戏全程,可以借助任何资讯完成任务。首先各位将会降落在潘帕斯大草原上,届时请依据本章任务单中的电子地图,步行前往邻近森林中的公交驿站搭乘班车前往以下图片指定地点,并完成图片文字要求⋯⋯可是这些图片是黑白的,而且哪里有文字要求呀?"王丽把任务单翻来覆去地查看。

"是这样⋯⋯"安佳拿过任务单,然后按住下面第一张黑白的图片投射到空气中,图片瞬间变为彩色,旁边出现了任务信息——"请使用必要设备拍摄如上图所示照片,并导入、覆盖原来的黑白区域,达到90%以上的匹配度即可解锁下一关。"

"哦,这就是辅导者的'必要'协助? 就是告诉我们怎么用这个任务单吗? 但这是什么地方?"克里斯把那张投射在空气的照片翻了180度,然后翻了回来,又歪着脑袋看。

这张照片非常普通,两幢挨得很近的石库门楼房之间有一个突出的黑色窗台,上面挂着温馨的闪烁着黄色灯光的壁灯。

"这可以是任何地方啊。"芳薇导演眉头紧锁。

"我貌似在上海的新天地看到过这样的景致,"简然说,"好像是从新天地入口处进去,穿过许多卖小装饰品的地方,然后左侧就是这样的。"

"天哪! 那是个多么狭小的角落啊,我好像也想起来了,没错,就是那儿!"王丽回答,"哦,我也去过那儿,挺喜欢新天地那一带,简然说得没错。"

"我勒个去!"克里斯说了一堆语气助词,"能够和学霸分到一组真是太爽了! 我想大多数组都还不知道那是哪里吧?!"他四下里环顾,大多数在等待上车的新生者都对着同一幅照片不知所措。

"这实在是太普通了,"陆易感慨,"但要找到一模一样或者说90%匹配也不容易。"

"那么那些人,他们过不了这关是不是就不能解锁下一关了?"克里斯想要把后面一幅黑白照片像之前安佳所做的那样投射到空气中,但是只能看到放大了的黑白图片,也没有任何描述图片任务的文字信息,应该是没解锁的状态。

"这第一关是不是也有点太难了?"王丽暗自吐槽。

简然看了看后面一关的黑白图片,似乎认出了那里,她又看了一眼克里斯和芳薇导演,"华盛顿纪念碑?"她试探地问。

"没错,就是那个在大片里总是被毁掉的那个,一眼就可以认出来。"克里斯有些傲娇,"这才应该是第一组的题目。"

芳薇导演则不置可否地点点头,似乎她并没有一眼就认出那是哪里。

王丽把第三幅图片投射到了空气中:"那这里呢?"

克里斯一看到那个许愿池就说："这个太简单，《罗马假日》里的许愿池嘛。"克里斯看了看简然，然后他又仔细地看了看芳薇导演，似乎很奇怪为什么这个导演这么安静。

"你们也太……"王丽笑道，"别人第一关还不知道在哪儿呢，你们就都已经知道后面的几关在哪里了，就是还不知道要完成的任务是什么，简然、克里斯，你俩小小年纪都是怎么知道这些的？"

"我无所不知、无所不能呗！"克里斯又是软白甜地笑着。

"这些其实都是电影里的场景。"简然看了看芳薇导演，希望得到导演的认可。

"没错，这些都是电影里的场景。"芳薇导演淡淡地回答。

"到我们上车了，各位……"安佳提醒后面正高兴着的四位。

简然跟在芳薇导演身后进入中间地带公交班车。她在世界之内的时候，更喜欢坐地铁在城市的地下穿梭，不纯粹是因为公交车的车窗缝里总有令人触目惊心的污垢，而是喜欢在地铁车窗外的一片漆黑里窥探明亮的地铁车厢内的众生相。

中间地带公交班车两侧的车窗玻璃都是从上至下无缝衔接的落地窗，采光充足，如果感到阳光过于明媚可以按动落地窗上的静电化处理按钮，落地窗便会转化为黑色的遮光、隔热的磨砂玻璃。车厢内的地面上铺着单色的米黄色的地毯，座位是仿佛电影 VIP 放映厅般的宽敞黑色皮沙发。

他们一行五人根据班车内"曾艺"的提示音尽可能从后往前坐满这个班车，安佳则向他们道别。

2

等车里的人都坐满后，穿着灰蓝色制服的司机走上了车，这是个中年男子，鬓发已经斑白，他礼貌地向全车人脱帽鞠躬："很高兴为大家服务，请系好安全带。"

然后司机在呈扇形展开的操控盘前坐下，按下了启动按钮，班车车尾和车底的滑板浮动而开，露出一排正冒着蓝色火焰的排气管，"班车即将出发，请系好安全带。""曾艺"的通知声不断重复直到班车上最后一个人系上了安全带，然后班车就像直升机一样腾空起飞，平稳且一点都没让人感到耳鸣。

其实简然在昨天夜里一直被奇怪的闪着金光的噩梦纠缠着，所以今天早上醒来至今一直觉得额头浮着炙热的云雾，似乎治愈试剂和"生"之能量都不能让她神清气爽，但当她看着车窗外越变越小的新生者等候班车群，心中的兴奋驱散了所有的疑惑与阴霾——她此生从未经历过的冒险就要开始了？！

班车升高到云层上方，当向下望去除了厚实严密的朵朵白云外什么都看不到时，班车开始笔直向前驶去，简然惊讶地看到前方是一片位于云端之上的公交班车专用交通枢纽。虽然没有红绿灯,却非常有秩序,或许一切仍是"曾艺"的功劳。

简然、克里斯等一行五人坐在整个车厢的最尾端,简然突然听到手机铃声响起,她以为是克里斯的,但克里斯启动腕式手机之后,发现并没有人联系他。

"或许是你的?"他问简然。

简然从裤子口袋里拿出了自己的中间地带手机——一片纤薄、柔软的玻璃,长按手机主机键后,手机恢复了硬质的外壳,然后简然发现原来是自己在中间地带的社交媒介有新动态了,贝黎姿@了她。

简然点开了贝黎姿的私信——"亲,刚刚我只是开玩笑的……你们第一题有线索了吗?我们根本不知道那是哪里……如能解惑,万分感谢!"

"好吧,我就知道贝黎姿可能会来问你,可不能告诉她,看我的!"克里斯说,他在自己的社交媒介上发了一条状态,@了他目前为止所有在中间地带的粉丝,"各位,第一题定向越野有头绪了吗?我已经知道目的地了,呼朋唤友来粉我,等我粉丝破万的时候,我会告诉大家关键线索哦!信不信由你!"然后他添加了一张"他要压岁钱"的图片。

"把你手机给我。"克里斯向简然摊开手掌。

"你要做什么?"

"你不够朋友啊,还没有加我粉丝,现在我来自己给自己加!"

"我自己来吧。"简然迅速操作加完粉丝。

"不纯粹是加粉丝,是想帮你处理贝黎姿的事情,"克里斯抢过了手机,拿起来自拍,"配合一点,"他对简然说,"拍两张我们的合照。"

克里斯对着镜头露出了软白甜的微笑,简然看着镜头不由自主地笑了出来,"咔嚓"一声后克里斯又露出了卖萌的小爪,简然也模仿着他的表情来了一张,"好了,就这样。"克里斯拿着简然的手机一通捣鼓。

简然就默默地看着克里斯一阵捣鼓,等克里斯把手机还给简然,她发现大星替她私信回复了贝黎姿:"活捉作弊党,单简然的手机被@克里斯·星绑架了,以下是@贝黎姿33的罪证。"同时附上之前的两张张牙舞爪的自拍以及贝黎姿想要套答案的截图。

"好啊,克里斯·星,敢欺负我们家简然,到时候要你好看!"贝黎姿迅速在这条状态下回复,然后又追加了一条,"我粉你了,@克里斯·星,现在还差3000人就要破万了,不准食言!"

简然觉得芳薇导演今天似乎有什么心事,所以她只是和芳薇导演简单聊了几句剧本。几乎不到十分钟,公交班车就要抵达暗物质层面的世界之内了。

3

班车徐徐下降,在广袤的潘帕斯大草原上着陆,满眼的绿色欢迎着新生者的到来,所有的新生者都将从这里启程开始游戏。

走下班车后,芳薇导演负担起了新生者辅导者的任务,开始引导新生者开展定向越野活动。她将任务单上业已解锁的电子地图滑到了简然等一众人面前的空气中,地图上布满了星光闪闪的邻近公交驿站。

看着众人盯着地图上各种奇形怪状的图案的疑惑目光,芳薇导演解释道:"是这样,各位,这个标记◇FC◇的班车是返回中间地带的,而这个标记Ⓩ的则是洲际班车,而这个△CI△是同一大洲内的国与国之间的班车,而这个CJ是国内城市与城市之间的班车,然后这个Ⓝ是城市内部的班车。"

"那么我们现在是要走到最近的洲际班车咯? 潘帕斯大草原在阿根廷,阿根廷和中国上海可是在地心的两侧啊。"陆易说。

"没错,我们来看看哪个最近?"王丽边说边用手在解锁了的电子地图上来来回回漫无目的地指着。

"哎哎哎!"克里斯的声音从简然身后传来,她发现有几个其他组的新生者想来自己这组偷看地图,了解目的地讯息,但克里斯把他们赶出了好远,"我们对这其实也不怎么利索,无可奉告啊!"

然而,其中一个粗壮的糙汉仗着自己人高马大——比克里斯大出半个人多,继续步步进逼,"你是不是克里斯·星啊? 我问你是不是网上发那条信息的人?"糙汉双手交叉摆在胸前,炫耀着自己的三个不同颜色的天赋超能力戒指,"怎么? 就允许你在网上招摇,不许我们来看看啊?"

克里斯不甘示弱地展示着自己的戒指,摸着自己的平头:"我说,朋友,你是不是要遵守一下游戏规则呀?"

那个壮汉看到克里斯的天赋超能力戒指,似乎收敛了不少,"你等着!"他后退着悻悻离开了。

"你没事吧,大星?"简然等克里斯回来,关切地问。

"他们想要干什么?"王丽眼神闪烁着恐惧,瞥了一眼离去的壮汉。

"没什么呗,反正有我在,你们就不用怕!"克里斯自信地说,"接下来我们怎么走?"

"我刚刚看了,直达的话是这个洲际车站。"芳薇迅速点了点其中的一个Ⓩ标记的公交班车站,地图上显示那个车站在离他们所处位置直线距离 5 千米的森林里。

"不是吧,5 千米? 这是给我们一个亲近自然的好机会?"克里斯问芳薇。

"这个站是最近的了,不过作为中间地带的老咸肉,"芳薇自我调侃,"我应该可以悄悄给你们提供一些必要的帮助了,我想你们应该都还没学会在大洲与大洲之间——这么远距离上进行瞬间移动的天赋超能力吧? 但是我会,我可以带着你们……"芳薇正说着,简然突然看到一个人影划过天空,出现在了芳薇导演身后。

简然一眼就认出那是乔光导师。这是简然第一次看到乔光以保护者的形象出现——银色铠甲、威风凛凛,两道浓密的剑眉,还有令人心动的深邃眼眸。

芳薇导演转过身,一脸假笑:"保护者乔光,有何贵干?"

"保护者乔光向各位问好!"乔光向简然他们一行人鞠躬,丝毫没有流露出与简然和克里斯·星相识的样子,"我是潘帕斯大草原方圆 50 千米的裁判,我刚刚处理完一起'瞬间移动'作弊事件,又在这里监测到了'瞬间移动'的音频,所以……"

"那可能是'曾艺'听错了。"芳薇打断。

"作为这一区域的裁判,我向各位重申游戏规则,定向越野不得使用天赋超能力,包括'瞬间移动',请遵守游戏规则。"乔光对规则倒背如流,其间他的视线与简然相撞,眉眼间似乎流露出了温暖的笑意,"如果需要我的帮助,请按下应急报警按钮'红宝石',保护者乔光将随时恭候。"乔光一欠身,然后转身优雅地消失了。

"那我们只好步行过去了。"王丽无奈地说,"不过,那个保护者真是帅惨了。"

"你不是刚刚还在夸克里斯帅吗? 这么见异思迁的?"陆易今天看上去心情很不错,他和王丽已经自顾自地向前走了出去。

"我一直觉得乔光长得好像《复仇者联盟》的洛基。"克里斯拿着任务单,看着地图,发现陆易和王丽正向反方向走去,便叫住了他们,"嘿,前面的两位,应该往这边。"他招呼着陆易和王丽。

"洛基? 不像啊……我觉得他像《霍比特人》里的精灵王,也像东华帝君。"简然觉得在回想乔光的容貌时,自己不知为何有些莫名的紧张,是因为昨天那奇怪的白日梦? 不不! 那只是白日梦……但一转念,简然想到之前芳薇导演提到瞬间移动的时候,丝毫不加掩饰。难道芳薇导演不知道定向越野的游戏规则吗? 还是她是故意的,想到这里,简然便问芳薇导演:"薇姐,保护者在'曾艺'的帮助下好像很厉害? 一个人可以监测方圆 50 千米内的动向,所以在世界之内的暗物质层面其实非常安全?"

"没有绝对的安全,"芳薇导演意味深长地说,"他们保护者对付不了的被流放者还是有的。"

4

从阳光明媚的潘帕斯大草原公交驿站乘车来到正处于夜晚的上海，在离新天地最近的东方明珠站公交驿站下车后，简然又见到了浦江两岸的风景。自罹患癌症以来，她就再也没在夜晚来过这里，现在再次来到家乡这绝美的景致前，简然本以为会感到兴奋难耐，但她现在的心情却十分复杂。

她记得还是孩子时的自己就特别喜欢凝视着高楼大厦里亮着灯的窗户。那种柔和的黄色灯光下该是有一对深深相爱的人正在柔软的沙发上看电视吧，那个肃杀的白炽灯光下该是有一个孩子在勤学苦读吧。那一看就知道是办公室的网格窗下定是正在加班的人儿——既为了将来的飞黄腾达，也为了眼前的苟且。

现在夜里高楼大厦上亮着灯的窗户未变，这些窗户里的人的生活未变，但她的生活却已然天翻地覆，她已经不再是世界之内这平凡生活的一员了。

一个刚从陆家嘴下班的白领急急向简然走来，简然由于过于关注那些高楼大厦的窗户，发现那个白领时已来不及躲避，她本以为会和那个白领撞个满怀，却发现那个白领就这样迎面穿过了她，继续向着最近的地铁站快步走去。

原来"隐身"药片的功效便是如此？看简然惊魂未定，芳薇导演前来安慰："简然，你没事吧？在这里，没人能看见你的，除非你用特别的方式……"芳薇的语气低落了下去，她微微抬头，举目望向暗夜的天空，"或许这个时空最远的距离不是生死相隔，而是中间地带架在我们和那些我们爱的人和整个世界之内之间的屏障。"

简然看到夜晚黄色的路灯下，望向夜空的芳薇导演的眼神闪烁着，似乎期待着什么。

穿过五光十色的外白渡桥，一行五人从浦东来到浦西。

一条河相望的两岸，一侧是年代悠久的万国建筑群，另一侧则是兴建不久的摩天大楼群，一边象征着历史的厚重，另一边则象征着现代的繁荣，但两边都能将这座城市的夜晚点亮，波光粼粼的江面上映射着"我爱上海"的字样。简然欣赏着这番夜景，似乎怎么都看不够，不知为何她感到即使千年之后，她仍会如同今日这般热爱这座城市——她的家乡，她不会容许任何人危害这里。

然而，倏地，在黄浦江上方的月球阴暗面基站端口突然打开，天空中仿佛裂开了一道缺口，缺口背后是苍白的岩石，几个与周遭格格不入的人影从缺口飞出。

简然率先注意到了他们，在南京东路斑驳着昏暗路灯的林荫街道上，那几个狰狞的人影刚一落地，便突破了"隐身"药片的屏蔽，向简然他们走来。那些人影的狰狞之处不是别的而是他们的眼睛，他们的眼里是一片血色。

简然刚准备提醒大家注意，王丽也发现了人影，她尖叫着按下了"红宝石"。

然而,保护者并没有前来,她又连按了多次,但仍然没有任何反应。其余三个人顺着王丽怔怔地看着的方向,也发现了那些被流放者。

克里斯见状,神情严肃地准备迎战,芳薇导演则对大家安慰道有她在不用担心,陆易吓得嘴唇发白,喉头一紧,什么话都说不出来了。

"怎么办?保护者怎么不来?"王丽的眼圈都急红了。

原来这便是被流放者,简然心想,也和克里斯一样做好了应战准备。

5

"基站怎么就打开了?"安佳·华还穿着之前酒红色的正装,都没来得及换上意念控制者的制服。她匆匆赶到意念控制者远程操控室,之前的同事们纷至沓来,并背对背坐下,操控起了面前的光束屏。

本杰明一来就说:"就像我之前说的,他们根本不用提前释放信号就可以打开基站,他们之前每次打开基站前都提前释放信号的目的,就是为了探测我们的极限,就是为了像现在这样打我们一个措手不及。"

"你就闭嘴吧。"另一个女意念控制者听上去有些不悦。

"乔光呢?"本杰明问安佳,毫不在意那个女子的情绪。

"他去世界之源身边了,因为他不准备再像上次一样待在这儿,然后生离死别的。"安佳翻了个白眼,"但我们这儿也需要他呀!真是的……"

在他们面前的屏幕上,与月球阴暗面连通的基站端口已然打开,一些被流放者甚至早已飞逸而出。意念控制者远程操控室内的人们开始工作,他们将所有人的意念控制力集中在一起构建思维屏障,并将所有从打开的基站内拥出的被流放者用思维屏障封起,赶回基站的另一侧。

从基站打开警报响起,到所有思维屏障竖起,并将所有飞逸的被流放者赶回用时不到5分钟,但意念控制者们还来不及喘口气,本杰明就叫了起来:"不行,那个在……"他指着面前的光束屏,"在上海的那个基站怎么又打开了?我们的思维屏障被突破了?!还有信号外溢?!"

"那个外溢的信号屏蔽了'曾艺'对那个区域的控制,糟糕!"安佳神色紧张,"简然他们可能无法用'红宝石'呼唤保护者了,我们得赶紧向总部和元老报告!"

6

简然一行人还没有反应过来,被流放者已经将王丽和陆易击倒在地,两人不省人事。其余所有被流放者一拥而上将正在反击的克里斯从路面上方钳制,并压穿到了地面下,然后再压穿到了地面下的地铁轨道上。

"简然,跟我来!"芳薇导演见状赶紧拉着简然向那个基站端口走去。

"我们得去救他们。"简然拽住了芳薇导演。

"不用担心他们,简然,"芳薇导演突然转用心声与简然交流,在与芳薇导演对视的那一刻,简然便得到了所有的讯息——中间地带的选拔机制并不是随机,而是在所有人当中选择天赋超能力最强者,为了抵御被流放者,意念控制者是他们最青睐的,因为意念控制者能够关闭被流放者的所来之处,"我来教你如何关闭那个缺口,但我们得离那个缺口更近些。"芳薇导演说着,便拉起简然瞬间移动靠近基站,两人却被三道银光截断,简然在摔倒前被其中的一道银光接起。

"乔光?"简然凝视着那双深邃的眼睛。

"是我。"乔光的眼眸里是令人安心的温柔。

另外两道银光的模样也渐渐在简然面前清晰起来,是贝黎姿与安东尼。

"嘿,简然!"贝黎姿和简然随意地打了个招呼,"不好意思,之前任务在身,不能把我和安东尼的身份告诉你。"

芳薇导演之前在被三道银光截断时摔倒在地,安东尼扶起她时,她质问道:"你们干什么? 怎么滥伤无辜啊?"

"我们看出您的行进路线是接近那个缺口,但那里并不安全,所以截断了您的去路。"安东尼解释道。

"但单简然是意念控制者,意念控制者不是有能力关闭缺口吗?"芳薇导演听上去有些愠怒。

"还是让我们去收拾这些被流放者吧。"安东尼回头对乔光和贝黎姿说,但贝黎姿的眼神突然紧张起来,因为此时,那个位于江上的缺口释放出了强烈的光线,光线里走出了一个鹰钩鼻的光头。他二话不说,就冲向了乔光、贝黎姿与安东尼。

乔光迅速反应,掏出清除被流放者的银翼手枪,正准备发射,但那个光头却似一道黑影闪过,乔光躲避不及,再度起身后,脸上出现了三道血痕,周身的银色盔甲开始发亮,血痕在他回头的一瞬间愈合。贝黎姿与安东尼则被从端口中拥出的大量被流放者缠住。

7

"关不上! 我们对那个在上海的基站已经失去控制了!"本杰明在远程操控室里自言自语,额头冒汗,"他们肯定已经知道我们的极限,而且乔光还不在这儿,那些派来支援我们的意念控制者怎么还没到?"

8

简然看到乔光、贝黎姿与安东尼正在和从缺口里跑出的被流放者鏖战,想去帮忙,但芳薇导演再次拉起简然:"简然,我们得一起关闭这个基站才能帮到他们,但我们得再走近一点。"

"好,芳薇导演。"简然跟着芳薇导演靠近江上的缺口。

乔光被鹰钩鼻击中,沉入黄浦江,贝黎姿与安东尼则与其他被流放者化为相互纠缠着的彩色气线,飞离了黄浦江畔。鹰钩鼻扫视了一圈,发现暗物质层面的浦江两岸只剩下两个倒地的新生者、单简然与芳薇后,便一个转身出现在了芳薇和简然的面前。

芳薇导演丝毫没有畏惧鹰钩鼻,而是气定神闲地对鹰钩鼻说:"兰迪尔,我把她带来了,还有,她的黄铜手链就要断了,她已经有点想起来了,只不过以为那是梦,我的方法还是有效的。"

简然看着芳薇导演,一脸难以置信:"什么?芳薇导演,您在说什么?"

乔光从黄浦江中一跃而起,但是兰迪尔一挥手,乔光虽竭力防御但仍重重撞在了外滩一号的外墙上。他竭尽全力缓缓爬起,"简然……"他喃喃着,努力抬头看清眼前的世界。

芳薇导演拉着简然向缺口走去。

"芳薇导演?什么情况?"简然不知芳薇导演是敌是友,她感到心跳越来越快,四肢有些发凉。

"简然,你知道怎么做的……"简然听到了乔光的心声,"你要反击!你可以的,你过去在东欧保护那个男孩时……"但他的声音被兰迪尔制止,他们两人化作一白一黑两条气线飞入夜空,接着简然看到那道白色气线缓缓坠落,银光点亮了环球金融中心的观光走廊。

简然想去救乔光,但是芳薇导演仍在继续将她拉向缺口。"芳薇导演,我得去帮……"简然感觉到芳薇导演准备瞬间移动进入缺口了,她竭尽全力想要摆脱,并试图展开记忆幻象,但对芳薇导演似乎没有起效。

就在两人即将进入缺口的那一刻,一股强大的吸力从两人的背后袭来。

她和芳薇导演都被拽回了缺口外。简然重重摔在地上,夜空上悬着的镰刀月映入了她的眼帘,她不禁怀疑这一切究竟是自己的一场梦还是真实。

克里斯·星站在两人身后,目光炯炯地盯着刚刚返回缺口前端的兰迪尔——那个鹰钩鼻的光头。

芳薇导演猛地起身,瞬间变了样——金色的长发、湛蓝的双眼加上一条修身的黑裙,那正是金·和美的模样。她对克里斯·星说:"我在等你,克里斯·星,在想你怎么还不来。"

大星扶着简然从地上起身。"你没事吧?"他迅速地低声询问简然。

简然摇了摇头,但她此时的注意力被金·和美吸引,她注视着金的眼里闪着锐气:"你不是芳薇导演?"

"不是,不过你肯定希望我是吧?"金·和美露出了灿烂的笑容。

"你把芳薇导演怎么样了?"简然严肃起来。

金·和美像是听明白了简然的话。"简然,你从来没见过真正的芳薇导演,从你见到芳薇的第一面起,便是在和我见面呀,你的剧本的确很有意思,但你的思想太透明了,要顺着你的话说实在没有挑战,我的目的就是让你对我没戒心,好让我顺顺利利地把你带给我表哥兰迪尔啊。"金边退向兰迪尔,边一脸得意地对大星说,"我之前还在想难道你这次还会像上次没能及时阻止某些人说漏嘴那样掉链子,不及时'救驾'?"

"我的任务不是'救驾',"大星以少有的义正词严的语气回答,"你们还记得你们为什么会来到这个子时空吗?"

金脸上的得意瞬间消失,她似乎刚刚回过神来,"天哪! 都发生了什么?"她看上去好像如梦初醒,她回头质问兰迪尔,"兰迪尔? 你连我的意念都操控?"

"你就省省吧!"克里斯冷冷地说。

金·和美对克里斯大笑起来,显然她刚刚的慌张神色是对克里斯的戏谑。"我其实应该感谢你才对,要不是你,"她又朝兰迪尔后退了两步,"我还认不清小菲利克斯的真面目。"

克里斯·星知道兰迪尔随时都会开始进攻,他可不像金·和美这样爱多说话,但没想到,兰迪尔并没有直接对他发起进攻,而是以迅雷不及掩耳之势打碎了单简然的黄铜手链,大星没来得及阻止。

一瞬间,简然的世界被一片金光充斥了。

第十三章　单简然的过往（下）

1

黄铜手链的断裂让简然想起了自己的过去。

那是很多年前的事了,那个时候她刚刚被创造。她记得自被创造起的很长一段时间,她从未笑过。

除她的造物主——一个戴着黑框眼镜的科学家之外,她从未见过其他人。

每一天的每分每秒,她都在训练自己的天赋超能力——不仅是现在的意念控制,还有另外一种蕴含在自己基因里的技能——提炼他人体内的"生"之能量。

那"生"之能量便是这几日来充斥她梦境的金色鲜血。

一日,她的造物主来到她幽暗而狭小的训练室,交给了她第一项任务——一张西装革履的中年男子的照片。

那个科学家对她吩咐:"这个鸽派议员去圣清主时空外的度假胜地了,去提炼他的'生'之能量,看清楚他彻底失去眼底的生气再离开,记住,"黑框眼镜后的眼睛眯缝着,"千万不能在圣清主时空动手,一定要到那个度假胜地再行动,明白吗?"

下一秒,简然看到自己的手心里正散发着金光,但那金光并不来自她自己,而是她手心下的鸽派议员的胸口。

这是度假胜地酒吧的盥洗室,淡绿色的门外传来鼓点强烈的乐曲。盥洗室被从内部反锁,那个鸽派议员穿着花花绿绿的衣服,倒在铺着红白相间的瓷砖的地上,圆形墨镜掉落在一身飘逸白衣的简然脚下。

圣清主时空生灵在死亡临近时,虹膜四周将会变为白色,并渐渐向瞳孔扩散,仿佛虹膜无限扩张。然而,即使虹膜渐渐泛白,那个议员眼里的恐惧仍旧显而易见。

当时的简然看不出那种恐惧,却只能看到她的目标在颤抖,但他为什么要颤抖呢?她不得而知。

在最后一丝金光被简然汲取而出后,她静静地看着纯净的白色从议员的眼里满溢,默默地等待着最后一丝生气的离开。

简然记得当时自己的心底是这样宁静,因为那个时候的自己不懂何为生、何为死。对于当时的她来说,虽然是自己令这个人失去了生气,但这意味着什么呢?当时的她并不懂,但现在的她懂了。

简然满脑子都是那惨白的眼球,一张张被她杀死的人脸上惨白的眼球。

罪恶感压得她喘不过气。

2

简然记得那个时候自己几乎走遍了整个宇宙,但她从未品尝过宇宙各地的美食,从未领略过宇宙各处的美景,因为在那个时候她不懂生活的意义,到目的地完成那个科学家造物主给自己的刺杀任务是她唯一的人生目标。

她从未失败过,每次都默默地等待着最后一丝金光的溢出、最后一丝生气的消散,但这无知无畏的宁静在刺杀那个有着熠熠生辉双眼的老者的任务后终止了。

她知道那次是一场自杀式行动,但她自己的生与死又意味着什么? 对当时的她来说,她自己的生命没有任何意义,只要完成那个戴着黑框眼镜的造物主给自己的任务就好。

她记得自杀式行动异常轻松,就和其他刺杀任务一样,那个双眼熠熠生辉的老人没有一丝反抗,倒在红木地板上,空气中弥漫着檀木香。

简然等待着最后一丝金光和最后一丝生气,之后她便要按计划了结自己的生命,但她却并未在老人眼里看到那纯净的白色,不过幸好,她的天赋超能力足够让她感知面前的生命是否还一息尚存。

简然静静等待着,但就在简然感知到另一个生命体来到自己身后时,转瞬之间,简然心底所有的宁静都消失不见了。

简然突然明白自己在做什么。

简然突然明白自己这么长时间以来都做了什么!

然而,她却被困在原地,不得动弹。

只记得耳边小菲利克斯·命运的轻叹:“你们的造物主对你们做了一件最残忍的事。”

3

简然现在在子时空经历了无数次生死,虽然,现在的她明白了喜怒哀乐,但她觉得或许曾几何时的无知无畏是另一种幸福。

她记得自己是圣清主时空鹰派与鸽派斗争的产物。她的造物主——鹰派的科学家制造了她这类造物——以死为生者，目的是抗衡鸽派、发动政变、攫取政权。她的造物主特殊定制了所有以死为生者的基因，决定了他们没有情感、决定了他们的能量来源于"死亡"、决定了他们的特殊能力在于提炼"生"之能量从而方便执行夺取他人性命的任务。

夺取他人性命也是那时的单简然做过的唯一的事情。

她虽然知道自己并不是这类造物中唯一的一个，但直至自己的最后一次刺杀任务，她从未见过自己的同类。

后来，那个同样眼里闪烁着万家灯火、名为小菲利克斯·命运的人解放了她和她的同类，终止了他们的杀戮。

他转变了他们这类造物的基因，让他们的能量源恢复为"生"之能量。

他还赐予了他们情感基因。

在这位命运先生看来，只有明白了人生的意义，他们这一造物才能融入圣清主时空的生活，但是他们才刚刚获得情感基因，人生经历一片空白，所以他们被分批次带往子时空人生体验室，体验人生的意义。

"不用担心，你不会真的在那个子时空上，你只不过是意识被投射到那个子时空上。为了减少意识投射的排斥，那个子时空上会有你的克隆体接收你的意识投射，你本人不会有生命危险。"小菲利克斯·命运信誓旦旦。

为什么我的造物主要创造像我这样的生物？为了解答这个疑问，还有千千万万其他疑问，简然同意加入前往子时空体验人生的项目。然而，现在，记起一切的简然感到懊悔，她宁愿一直躲在无知无畏的迷雾后，宁愿不懂这世间的一切，这样她就不会有现在的困扰。

现在，拜情感基因与人生体验所赐，单简然每日都活在昔日的阴影下，不仅仅是杀戮的罪恶与愧疚，更是曾在子时空体验过的生活——恒久不变的平淡、难以忘却的痛苦和短暂易逝的快乐。每每看似梦想就要实现，却总是虚晃一枪、空欢喜一场，到头来，回顾奔腾而去的往昔，自己一事无成。

不，至少在浩渺的宇宙里，简然书写了她的壮志未酬，但简然却越发向往被赐予情感基因之前心中曾有过的那种无忧无虑的宁静，那种在简然想到云间之上的故事时的宁静，但这种瞬息的宁静何时才能再被找回？

乔光深邃的眼眸进入了简然的脑海。她感到自己的一路狂奔似乎渐渐放慢了，甚至停下了，或许在那里有她一直寻找的那份宁静。

4

她记得和乔光相识相知还是三百多年前的清朝，两人是双方父母指定的门当户对的姻缘。

虽然记起一切的简然知道，乔光的出现是命运先生为了让自己明白何为爱。

简然与乔光在被双方父母相互引荐时一见钟情，似乎这个世界上没有比对方更加合适的终身伴侣。

的确，当时乔光的陪伴与支持让简然找到了宁静。那时的人们相信女子无才便是德，但乔光支持简然学习医术、尝试写作。两人在亭台楼阁间作画，望着那池碧波荡漾的湖水，勾勒着朝霞。两人乔装打扮，在飘着各种小吃、点心香气的集市街头为无力偿付医药费的市民把脉、治病。两人在良辰美景的四合庭院，品茗、谈心、赏月。

然而，两人的婚礼却被银衣铠甲的使者打断，乔光被当众带离了这个世界，带离了简然的身边。

几年后，重病的简然在弥留之际，看到曾和乔光一起在庭院里栽下的铁树已是枝繁叶茂，但那个陪伴、支持自己的人却再也不在了，物是人非。

当时她脸上的泪与心中的苦，让她懂得了爱。

自此，简然的人生便一直在等待他的出现。

但她并不知道，即使与他相见，也只能在"梦生"试剂营造的美好梦境里，醒来虽觉得甚是爱他，却记不起他。

在海边的小木屋里，伴随着海浪的声音，半开的百叶窗透进些许金灿灿的阳光，一张覆盖着淡绿色被单的小床上，简然一袭飘逸的白衣，慵懒地盘腿坐着，望着窗外，等待着，仍然沉浸在午憩时的美好梦境里那个有着深邃双眼的人的陪伴，或许那并不是梦境。

简然等待着、想念着。

白色的小风车插在窗外的木条缝隙里，随风旋转。她回过头去，半开的木门外是淡绿色的墙壁，反射着夕阳。不，他并不在。虽然她甚至不知道他是谁，但她却如此依恋梦境里他温暖的陪伴。他穿着白净的 T 恤，眼里是深邃的淡褐色阳光，近得仿佛触手可及，但伸出手，他却并不在。

简然等待着、想念着。

洁白的屋内，半开的窗户透进些许微风，白色的纱帘随风舞动，窗外是一片色彩缤纷的北欧风情的楼群。窗台上是一束红艳的玫瑰，插在白色的花瓶里。她靠在米黄色的沙发上，远眺窗外。那天，就是这样的梦境，他在那张白色的餐桌边，握着她的手,餐具叮咚作响。她不记得吃了什么,但满眼都是他眼里的捉摸不透的深邃。她望向那张窗边的餐桌,不,他并不在那儿。

简然等待着、想念着。

或许,他在远隔重洋的那一端,或许在另一个平行宇宙,但不在她的身边。

5

直到银衣铠甲的使者在冰天雪地里将简然从追杀她的党卫军手里解救出来,带着她来到中间地带,她终于再度与乔光相见。

当时的她并不记得乔光,因为那黄铜手链的阻隔,但现在的简然仍为两人的重逢感到激动难当。乔光与她静静相伴,在电影协会的氛围秘境里体验光影冒险,在一站式图书馆、在魔法集市……

在世界之内与月球阴暗面被流放者基地之间的基站端口被创造,并被联通后,两人的幸福生活再度中断。由于他们的天赋超能力都是意念控制,便被七大元老招入特殊行动计划,在意念控制者远程操控室追踪元老要求他们保护一个普通的世界之内的男孩,并使用意念控制保护此人免受来自月球阴暗面的被流放者的侵袭。

"在众多的未知之谜中,那个男孩背后所蕴含的能量是中间地带与世界之内所在的这片宇宙继续延续的关键,不能让他落入被流放者手里。"元老嘱咐。

"那我们要阻止所有危及这个人生命的事情吗?"简然记得自己曾经询问过元老。

"不,不需要,这个关键不在乎生命形态,而在乎生命延续。"元老回答。

记起一切的简然知道,在她过去读到过的主时空历史里,这个关键便是时空奇点,时空奇点身上蕴含着作为支撑子时空生命延续的支点——世界之源,并非世界之源的生命载体死亡就会导致子时空的崩塌,而是这一生命载体没有及时从前一任时空奇点的生命体转移至后一任时,才会引发灭顶之灾——若未及时转移,世界之源便会如同失去土壤滋养的植物,随时空奇点的生命一起消亡,世界之源所在的子时空也会一同覆灭。

6

在简然最初的刺杀任务中,她无数次目睹与被刺杀者在一起的恋人、长辈或者是友人为了保护那些被刺杀者而甘愿牺牲自己的生命。当时的她并不在意这些人的阻拦,她只要完成刺杀任务就好,但被赋予情感基因后,她便知道这些人是为了爱而舍弃自己的生命的。

在中间地带遭遇被流放者的第一次也是唯一一次的入侵时，简然做出了和那些人同样的决定，她决定由自己承担前往世界之内的任务，保护那个元老要求保护的人——那时的时空奇点。虽然她知道这一次与乔光的分离或许会是阴阳两隔，但是她宁愿自己在阴、乔光在阳。

在东欧的巷道里，简然一身银衣铠甲，与其他银衣铠甲的保护者围着一个男孩，但该来的还是来了。

那是简然第一次直面兰迪尔·萨乌丁，记起一切的简然知道，现在的自己要战胜他完全不在话下，但是那黄铜手链在隔断往昔记忆的同时，也让那时的自己忘记了如何将自己的能力发挥至最大。那一次，虽然简然完全明白了自我生命的意义、生与死的意义，但她还是决定牺牲自我，逼退兰迪尔，保护了那个小男孩、保护了世界之内、保护了中间地带、保护了乔光。

看着赶到东欧巷道的乔光，感受着生命一丝丝从自己体内散溢的简然愧疚难当，因为她感受到了乔光深邃的眼里闪烁着的痛苦，她看到了他坚持不懈的等待，看到了他曾经与她的相伴，那亭台楼阁、那闹市街道、那良辰美景、那梦中相会、那氛围秘境……

只是，自己无法让时间永驻此刻。

只能，再次与他分离了。

简然不舍地在乔光怀里闭上双眼。

那是1991年东欧的夏季，但简然却感到了严冬的寒冷。

回到现在，UENSE子时空，定向越野返程至浦江两岸，记起一切的简然，在黄铜手链断裂的那一刻经历了情感的爆炸。在主时空的无情杀戮和在子时空的人生百味，让这情感的爆炸仿佛恒星的爆炸，在度过爆炸峰值后，爆炸后的情感也仿佛爆炸后的恒星，开始向内塌陷，形成黑洞，吸走了一切光，带走了一切情。于是，简然一直追寻的片刻宁静到来了——那是极致的情感的麻木。

简然看清了眼前的世界，自己正面对着兰迪尔·萨乌丁，他身边站着金·和美，自己的身边是克里斯·星，远处躺着王丽与陆易，更远处是乔光、贝黎姿与安东尼以及许多被流放者。

她知道这个UENSE子时空上的自己不过是自己的克隆体罢了。真正的自己尚在圣清主时空的子时空人生体验室里，借助人生体验室的传输设备将意识传输到子时空的克隆体上体验人生。那个黄铜手链便是阻碍自己所谓"前世"记忆的隔断器，没有这个隔断器，克隆体便会读取到自己真身的全部记忆。

兰迪尔·萨乌丁为什么要唤醒我的记忆？简然心想，他难道不知道他自己的处境？

的确，他不知道。

7

【插播一段中间地带收视率最高的谈话类节目《柏洁有约·那些被流放的经历》】

在色调温馨的舞台上，主持人柏洁——一个黑鬈发、娃娃脸、小麦色皮肤的女主持人穿着职业装，坐在一张办公桌后，面对着观众，在她的左侧是三位男嘉宾——一个阳光的年轻男生、一个双臂覆盖着文身的中年肌肉男和一个穿着淡褐色格子衬衫的学者模样的青年男子。

"欢迎收看《柏洁有约》，今天我们的话题是'那些被流放的经历'。"柏洁转向身边的三位嘉宾介绍道，"今天非常高兴能够请到三位曾经的被流放者为我们介绍他们的被流放经历。"

在 VCR 介绍了三位嘉宾的身份后，谈话正式开始。

"当时为什么会被流放呢？也是自己太想实现心中的英雄梦了。"第一位年轻的阳光男生感叹，"第一次重返世界之内的时候，我刚刚学会自己的天赋超能力，看到自己过去的朋友遭遇街头暴力，就脱了隐形衣、蒙着脸上去制止了，本以为一回来就可能会被流放，但是没想到过了一年，什么都没发生，而且当时我的资格评级曲线排名还很靠前，我就猜是不是说'曾艺'的评判标准里蒙着脸就不算'影响'，或者做好事就不算'影响'，于是我后来就不断重返世界之内，去做超级英雄片里的义警，惩恶扬善，然后我就被流放了，但是我不会觉得被流放是令人羞耻的，不然我不会光明正大地坐在这里接受采访。"

"可能我的经历和邱杨刚刚说的不太一样，"第二位中年肌肉男挠了挠自己的胳膊，"我当时是用了中间地带的违禁技术，因为我在来这里之前有那么几个仇家，我就想用这里的技术让他们罪有应得，无所谓我的下场会怎样，即使被流放我也不后悔。"肌肉男似乎也一点儿不为自己的被流放经历感到羞愧，他继续介绍道，"在被流放者群体里，虽然有像邱杨这样的被流放者，我们习惯叫他们'小白'，但是大多数被流放者都是十恶不赦的，很多人不像我这样是因为复仇而被流放，而是以伤害他人为乐，所以中间地带把这些人和其他在这里的人隔离开来是正确的。"

"你是说隔离既保护了中间地带的人，更重要的是也保护了世界之内的人，所以正确，是吗？"主持人双手交叉，平放在办公桌上询问肌肉男。

"可以这么说，这些以伤害他人为乐的人一旦被流放，就没有办法再获得'药房'里能够穿越暗物质层面以接触世界之内的试剂，这样他们就没有办法伤害世界之内的人了。"肌肉男点头，又挠了挠胳膊，或许这是他录节目时心里有些紧张的表现。

"那么，最后这位，我知道你在被流放之前是中间地带七大元老暗物质层面计划的项目研究人员，而且现在你正有一项研究成果将在三日后公之于众。"

"没错，当时我被流放的根本原因是为了做研究，因为有一天我在图书馆查资料的时候，看到了一本叫作《时空简史》的书籍，翻开一看发现是伪装成简史的一本……，这是八级及以上节目吧？不是新生者都能看到的七级及以下节目吧？"那个科学家确认了一下节目分级，听到录制现场的观众都笑了，主持人也向他点头确认，科学家便接着解释，"因为我很快就要说一些不适合新生者听的事情了，所以要确认一下，谨慎点总是好的。"他皱了皱鼻子，"那本《时空简史》其实是伪装成简史的抵抗组织布道书籍，当时我就在想：'不对，如果真的像书里说的那样，禁止这个、欺骗那个，那么我在中间地带理论上应该是看不到这样的书的'，但是抵抗组织的人对书中的布道却确信不疑，所以我就想打入抵抗组织内部做个研究，看看他们的心理究竟为何，还有看看他们这个所谓的比中间地带更好的组织究竟是个什么样，顺便再看看有没有可能改变他们对中间地带的偏见。"

"那么你当时是向'曾艺'申请了还是直接开始了研究？"主持人进一步询问。

"没有申请，当时世界之内正在'二战'，所以我就把图灵机的想法通过'梦生'试剂'给'了那个世界之内的密码破译小队，心想这样一定会'影响'世界之内，然后被'曾艺'做出负面评价而被流放，但没想到密码破译小队竟然没有第一时间就使用破译的结果、规避无辜百姓的死亡，而是选择性地使用，仅在敌军的袭击可能导致大量人员死亡时使用破译的结果，这样敌军就会被蒙在鼓里，不知道他们究竟是不是识破了他们的密码，"科学家顿了顿，"一些无辜之人便为了更多的无辜之人能够活下来而被牺牲了，这是我把那个想法给他们之前从未想到过的，不过，我之后的确因为那次的违规泄露中间地带科技而被流放了。"

一段介绍中间地带一站式景点新增了上海迪士尼复制版的广告过后，《柏洁有约》继续播放。

"托马斯，你在三日后就将公之于众的研究成果是否与你被流放的经历有关呢？"主持人问那个穿着格子衬衫的青年男子。

"没错，其实这次在世界之内的发现还是比较多的，既然这是一个八级及以上节目，我就直说了，大家都知道中间地带在20世纪末曾遭受过一次可怕的入侵，在此之前，在世界之内暗物质层面突然新增了许多基站，这些基站能够通往月球阴暗面的更高维度。那次入侵前，许多当时在世界之内的被流放者都被吸入了这个基站，按照《时空简史》的话来说是自愿加入了抵抗组织，虽然这个抵抗组织月

球阴暗面基地建在我们无法涉足的维度上,但现在正是这些自称为抵抗组织之人
在向我们七级及以下的新生者,通过像刚刚那本书的方式布道他们的思想,说我
们这边选人方式、不共享资源不公平之类,在我故意被流放的研究过程中,最大的
发现之一就是对所有被选中进入抵抗组织……"

"被选中进入抵抗组织而不是自愿加入?"主持人强调。

"没错,是被选中,在这些被流放者进入那个世界之内——月球阴暗面传输端
口时,我也在暗物质层面,甚至我就在端口边,但什么都没发生在我身上。我和一
些其他在场、同样未被选中的被流放者都看到被吸入端口另一侧的被流放者双眼
发红,显然,这是他们的意念被操控的现象,所以,在返回中间地带之后,我和我的
团队就对所有被'选中'——被控制着进入抵抗组织的人,以及在中间地带遭遇入
侵的那日,所有被带入抵抗组织或者差点被'掳走'的人进行了分析,结果之一便
是这些人是中间地带和世界之内暗物质层面天赋超能力最强的 10% ,由此,抵抗
组织的选人方式可见一斑。"

第十四章　定向越野揭示真相(下)

1

在浦江两岸灯火辉映的夜色中,恢复记忆的单简然正抬着手腕,研究着一地被击碎时化为金色粉末的黄铜手链。她的身影被树叶的阴影遮盖,看不清她的双眼。

克里斯·星似乎有一些畏惧简然记起一切后的反应,兰迪尔却似乎胸有成竹,金·和美则一副看热闹的样子。

“单简然,请不要怪我刚刚这么做,我只是认为你有权利知道你的真实身份。”兰迪尔把手背在身后缓缓向简然走近,“现在,我们应该好好认识一下了,我是抵抗组织的领导者兰迪尔·萨乌丁。”

简然与他对视的那一刻看到了他脑海里的心声,那是月球阴暗面由被流放者组成的所谓抵抗组织的基地——一条水泥走道的两侧是一间间透明的房间,里面是正在进行各种技能训练的人,有的在训练瞬间移动,有的则在训练格斗技巧。右侧走道上几个穿着黑色紧身衣的青年男女有说有笑地走过。

“我们抵抗的不仅仅是中间地带,还有小菲利克斯·命运!”兰迪尔见克里斯·星准备阻止他的布道,便挥手减缓了他的行动速度,简然看到克里斯仿佛一秒一帧地向兰迪尔冲去。

兰迪尔继续:“单简然,我代表的是离经叛道的被流放者没错,我也知道你的缔造者逼迫你做了许多违心之事,但我们都是为了圣清主时空,为了将所有子时空生灵从时空蓝图的禁锢下解脱出来,为了让所有人都能够平等地享受无限资源!”

“兰迪尔·萨乌丁,”简然的声音异常轻柔,视线移到了自己抬起的手腕上,似乎在寻找佩戴黄铜手链时遗留下的痕迹,“不要再叫我单简然,我不喜欢这个名字,她也不是我。”简然的语气听上去好像世间发生的一切都与她无关。“哦,你还不知道我的名字吧?”简然冷冷地望着兰迪尔,“命运先生叫我莞嫣。”

兰迪尔顿了顿："你知道你在这里所经历的一切苦难都是拜命运所赐吗？"

简然冷笑着回答："这都是为了让我懂得情感、懂得人生而必须付出的牺牲。"不过，她知道兰迪尔说中了她心里的痛处——被赐予情感基因的代价是失去那无知无畏的宁静。

克里斯·星依旧一步一帧地像兰迪尔奔去。

金·和美质问莞嫣："那你是说，所有你在子时空经历人生时，那些为你而死、因你的出现而遭受苦难之人，都是为了让你加深对人生的理解、为了让你获得情感而必要的牺牲吗？为了研究什么是和平、为了主时空的和平就让子时空上的人牺牲生命？是这样吗？"

"如果我没记错的话，"简然轻轻揉了揉之前被黄铜手链锁住的右手手腕，"你们所在的党派当初可是要关闭所有子时空而不顾其上的生命啊！"

"我们并不赞同那份提案，"兰迪尔似乎失去了之前的胸有成竹，"莞嫣，你就不想想为什么他让你的人生体验充满无奈与痛苦呢？为什么他总是让你怀才不遇、英年早逝、同爱人生离死别、永不得善终呢？那是因为你杀了命运的父亲。你以为你现在效忠于他，他就会放过你吗？命运是在借你的人生体验之机对你动用私刑。"

"我在这里体验了这么久的人生，这一点我会没看透吗？"莞嫣反问，但她的语气依旧轻柔，与世无争。

兰迪尔隐隐露出一丝放下心来的微笑："那么莞嫣，加入我们吧，现在你是这个子时空的时空奇点，你可以与命运抗争！"

莞嫣轻叹一口气："兰迪尔·萨乌丁，我不想再和你啰唆了，况且你们俩根本不清楚你们的情况，我现在不想和你们发生冲突。"莞嫣扫视着兰迪尔和金·和美，"兰迪尔·萨乌丁，我提醒你一句，主时空给了你改过自新的机会，现在你只要放下过去那些一直纠缠你的心思，放手，把你偷偷对这个子时空做的更改都恢复原状，你还是有机会避免主时空的法律制裁的。"

2

兰迪尔本以为就要成功说服时空奇点加入自己的阵营，同命运抗争，但现在这个希望落空了。于是，他准备利用武力制服时空奇点。他对莞嫣发起进攻。莞嫣悠悠地一挥手，兰迪尔对克里斯·星行动速度的减缓消失了。克里斯·星奋力一击，兰迪尔被击回了端口的另一侧，金·和美见情势不好，便以最快的速度躲入端口消失了。

克里斯虽然能够像之前那样在她进入端口前就将她拉回，但那不是他的任务。

随后，之前从这个端口散溢的大量被流放者都被乔光、贝黎姿和安东尼通过意念控制赶回了端口的另一侧。

"乔光！"莞嫣奔向返回基站端口处的乔光，踮着脚紧紧抱住了他。

乔光看到了莞嫣打开的心门，他不敢相信她记起了自己，但很快，在莞嫣的心声里，乔光知道了全部真相，他的身体从僵硬渐渐放松下来，与莞嫣紧紧相拥。

克里斯在一旁翻了个白眼，提醒相拥的两人，"拜托?！端口还没关上呢，你们能不能不这么肉麻?"他顿了顿，似乎想到了什么，语气柔和了下来，"不过你们就好好享受这片刻吧，莞嫣，你的备用记忆屏蔽设备应该很快就要启动了。"

"我知道，"莞嫣叹道，看了看手腕上再次出现并正在缓缓闭合的黄铜手链，"但是……"她依依不舍地凝视着乔光的眼眸——那片宁静。

贝黎姿问克里斯："你怎么把简然叫成莞嫣呀?"

"黎姿，你就先别问了。"安东尼打断，并向乔光报告，"现在这里依然还是被屏蔽了信号，从刚刚那个抵抗组织负责人从端口出来至今，我们一直都和远程操控室失联。"

"我们不进去吗?"贝黎姿没好气地问，盯着尚未关闭的基站端口，"真不甘心！"

"我们进不去的，除非抵抗组织负责人准许我们进去，不然谁进去都是死路一条，只是，他还没解除对这一带的信号屏蔽，所以他随时都有可能再回来。"乔光话音未落，他们一行五人的四周被银色的铁板彻底隔断，夜空也被阻隔在外。封闭的空间里，铁板上伸出了黑色的铁钉，缓缓向他们靠拢。

莞嫣迅速反应，"这是萨乌丁制造的密室幻象。"

"天哪！我有幽闭恐惧症……"克里斯惊恐地抱住了自己。

"都这个时候了，你还有心情开玩笑?！"贝黎姿嗔怪。

"你们都是意念控制者，我又不是，在这里一点儿力都出不了，只能开个玩笑缓解一下你们的心情。"大星正解释着，莞嫣和乔光默契地将两人的意念集中在一起，掀开了两人面前的铁板，但铁板外不是浦江两岸的夜色，而是一扇黑色的大门。

"出口吗?！"安东尼惊呼。

"没这么简单。"莞嫣低声回答。

克里斯推门而入，被掀开的铁板迅速向黑色大门聚拢，莞嫣、乔光与贝黎姿刚刚进入黑色大门的另一侧，铁板再度封合，安东尼被困在了兰迪尔·萨乌丁制造的密室幻象里。

贝黎姿回头,想要穿回黑色大门的时候被莞嫣阻止:"不能回去,这是陷阱,你回去的地方一定不是刚才的密室。"

贝黎姿再一转身发现她面对的是一片白色的迷雾,无论望向何处都是迷雾。

莞嫣叮嘱:"这是第二层迷雾幻象。"

莞嫣和乔光再度默契地向前探出手去,试图用意念驱散浓雾。迷雾虽在他们面前消散但又在他们身后聚拢,在两人面前向四周散开的迷雾的底端,莞嫣又看到了一扇黑色的大门。

"在那儿!"她轻声对一行四人说。

然而,莞嫣刚跨过黑色大门,一转身她便被镜面幻象笼罩了,贝黎姿则没有及时穿过迷雾之境的黑色大门,被困在了迷雾幻象里。

"简然?"莞嫣能够听到乔光的呼喊,但是看不到他的人。

"莞嫣?"那是克里斯的声音。

"单简然……"从莞嫣身后传来了兰迪尔的声音,温和而狡猾。

透过镜面,莞嫣看到了自己。

"莞嫣。"莞嫣听到了兰迪尔的声音,却看到镜面里自己的嘴唇正翕动着,"单简然……加入抵抗组织……追求平等……莞嫣……你要的是自由……命运这么对你……为什么你还忠诚于他?"

莞嫣并不是第一次被困在镜面幻象里,她知道如何摆脱。于是她低头张开双臂,抬头的一瞬间,周身的镜面应声碎落,在掉落的镜面后,莞嫣看到了乔光和克里斯。

乔光赶紧将莞嫣拉回身边,克里斯在一旁一副受不了这两个人这么如胶似漆的无奈表情。

环顾四周,莞嫣发现他们三人回到了最初出现的密室幻象里,只不过之前的黑色大门不见了,安东尼也不在。

莞嫣感知到贝黎姿与安东尼已经被从幻象中释放了出去,但两人已重伤昏迷。

"萨乌丁的能量不足了,"她对乔光和克里斯说,"我们需要在幻象里迅速移动,他的意念一旦跟不上我们的移动,我们就可以找到缺口、突破幻象。"

莞嫣走到密室的一侧,然后飞速向另一侧奔去,乔光跟在她的身后,克里斯惴惴不安地望着两人:"可那是一面墙……"他话音未落,莞嫣和乔光冲破了密室的铁墙,消失了。

克里斯摇了摇头,试图跟上莞嫣和乔光,便也冲向密室的铁墙,却被一头撞回了密室的地面,四周的墙壁轰然倒下,掩埋了他的躯体。

"我就知道会这样!"大星奋力从废墟里笔直向上挣脱出了一条胳膊。

密室外是一片茂密的森林,莞嫣和乔光在森林里飞快地奔跑,寻找幻象的破绽。随着两人越跑越快,兰迪尔制造的幻象越发不真实,森林与森林之间出现断层,明亮的绿色掩映着的阳光变成了墨绿色的深不见底的黑暗。两人缓缓飞升到森林上方的半空中,四周的幻象渐渐变得苍白无力。

莞嫣和乔光一齐双手合十,然后用力向两边推开,苍白无力的幻象被撕开,夜空再次出现——那是黄浦江畔万国建筑群灯火通明的夜晚。

以为已踏出幻象的莞嫣稍稍松懈了自己的意念,毕竟已近四个世纪没有这么大功率使用自己的意念天赋超能力了,但她却看到了死亡与泯灭——不是那一张张虹膜泛白的人脸,而是乔光的泯灭。

刚刚脱离幻象的乔光被兰迪尔完全控制住了,他被摁在了地面上。莞嫣还没来得及有所动作,只见兰迪尔拔出乔光银衣铠甲中专门用来清除被流放者的银翼手枪,对准了乔光的后脑勺——鸣响。

莞嫣向乔光冲去,用尽全力阻止枪内释放的电流子弹侵蚀她的至爱之人的"生"之能量。兰迪尔则趁此机会一把勒住了莞嫣的喉咙,挥手阻断了她的意念,让她眼睁睁看着乔光泯灭。

莞嫣试图反抗,但是她知道一切都太晚了。

冰冷的电流穿透了乔光的灵魂,他周身冒着蓝光,向内塌陷,化为了灰烬。

承载着往昔记忆的彩色玻璃,在黑暗的记忆宫殿里炸裂,掉落在地面上,简然听到了内心破碎的声音——叮叮咚咚。

兰迪尔的声音从她背后隐隐约约地传来:"向我臣服,我不要你死,也不想他死,但只要你为我对抗我们的命运,我就把他还给你。"

莞嫣深吸一口气,乔光深邃的双眸里片刻的宁静回归她的内心——她意识到自己还在幻象里,只不过刚刚兰迪尔利用了乔光这个自己的记忆弱点,一时之间迷惑了自己的内心罢了。她渐渐恢复了理智。没错,要是在现实里,自己绝对不会来不及阻止兰迪尔拔枪袭击乔光。

于是,莞嫣双手合十,置于胸前,她闭上双眼的一瞬,周身的幻象发生了剧烈的爆炸——纯白的耀眼的光芒。

兰迪尔营造的幻象被彻底击碎了。

3

莞嫣再次睁开双眼,平心静气地感知着周遭,回到现实了,她在心里想。

兰迪尔身受重伤,一溜烟躲回了基站端口的另一侧,端口随之关闭。

危机解除。

贝黎姿与安东尼仍倒地昏迷。克里斯的额头上由于之前撞上了兰迪尔的意念铁墙，有一道伤口，他向莞嫣鼓着掌："果然名不虚传，莞嫣，你的确是最强意念控制者。"

莞嫣不敢询问乔光的情况，担心刚刚的那些不是幻象，但是乔光早已来到了她的身边，并再次将她紧紧拥入自己的怀里。

那的确只是幻象而已，他还在，莞嫣放心了，她不舍地紧靠在乔光的肩头，"我很快就又要忘了我们的过去了……"莞嫣对乔光耳语，看了看手腕上的黄铜手链，手链的缺口几乎就要闭合了。

"只要我还在，我就会让我们一直在一起的。"乔光轻轻抚摸着莞嫣的头发，"我会一直都陪伴在你的身边，无论多久。"

备用记忆屏蔽设备启动，黄铜手链彻底闭合了，单简然的世界恢复了一片漆黑。

乔光公主抱起昏迷的单简然，"克里斯·星，对兰迪尔·萨乌丁，你就这么放他走了？主时空对他的行为不作为吗？"

"哈？莞嫣连主时空的事情都告诉你了？"克里斯·星有些惊讶，摆弄着自己手上的各色戒指融合成的黑色宝石戒指，"怎么和你说比较好呢？反正兰迪尔·萨乌丁这个人不是我的任务，而且我一时半会儿也进不去那个月球阴暗面基地，不过主时空绝对没有不作为，只是目前兰迪尔的情况比较复杂。"

"那你接下来准备怎么做？"乔光的声音听上去有些紧张。

"就是删除你们的记忆啊，可不能让你们都记得我之前就认识那个月球阴暗面来的人，这样我会不知道怎么和你们继续相处的。"克里斯说着摘下了那个黑色的戒指，戒指上出现了一枚针，他对乔光露齿一笑，"我没有意念控制能力，但我有硬件帮助啊。"

"等等！"乔光想要阻止克里斯，"克里斯·星，你能不能不要……"

克里斯俯身在贝黎姿和安东尼的身上各扎了一针。

乔光接着说道："你知道有保护者现在正在意念控制远程操控室看着这一切，你删不光所有人的记忆的。"

"你就别虚张声势了，光哥，我们什么关系？"克里斯皱了皱眉，"刚刚兰迪尔出来的时候释放的屏蔽'曾艺'的信号现在虽然在衰减，但'曾艺'还没恢复对这一带的监视呢。"克里斯一脸凶相地逼近乔光。

"克里斯，我不想伤害你，而且我会守口如瓶的，我知道你的任务。"乔光一边说一边后退，"但我不想忘了现在坚定下来的无论如何都要和简然永远在一起的决心！"

"好吧，好吧，"克里斯停下了前进的脚步，把戒指戴回了小指，低着头说，"我相信你。"接着，他看了看王丽、陆易和在乔光怀里的单简然，有些无奈地撇了撇嘴："既然如此，这三位新生者的记忆就不是我该管的了，你们保护者该怎么来就怎么来。"克里斯直视着乔光，"不过你可记住，要不是看在这个简然比她本尊要有趣百倍，不舍得你们俩再被记忆阻隔而错过，我可不会帮你。"

"你和莞嫣过去就认识？"乔光疑惑地问。

"对啊，我们过去关系可好了，"克里斯故意眉飞色舞起来，见乔光面部肌肉有些僵硬，他挑了挑眉毛，"跟你开玩笑的啦，不是说了，简然她本尊很没趣的啦，你就别再好奇了，不然删你记忆了！"

4

【版本一】

定向越野后的第一日，中间地带一站式下午茶，在一个能够眺望中间地带全景的旋景白色包间里，"伊佳人"协会的小姐妹们正在聚会，王丽非常兴奋地叙说着昨日的经历："不是，你们不知道，我当机立断按下了'红宝石'，没想到同时出现了两个保护者，和之前在潘帕斯草原上看到的保护者一样，银色铠甲、威风凛凛，真是帅得不得了！"王丽故意顿了顿，吸了一口放在面前的冰摇茶，吊着听众的胃口。

"接下来，我得说，真的是要在现场才有这种感觉，光影四射，一瞬间我什么都看不清了，几乎就是几秒钟，这些保护者三下五除二清除了那些被流放者。他们用的清除被流放者的武器是一把银色的枪，完美嵌合在保护者的盔甲里，而且那把枪里射出的不是子弹，而是银色的电流，会吸附在被击中的被流放者的身上，然后那些被流放者就向内塌陷，消失了，你们一定要亲眼去看才有感觉，绝对是今生难忘的场景，感觉我的人生圆满了。"

"你们经历了这些之后还能拿定向越野的第一名？！"一个小姐妹问王丽，"是不是请了什么外援？"

"可不是吗？我也没想到能拿第一名，本来我们这组里有一个小朋友是请了外援，好像是个什么导演，但是后来那个人没来，主要还是我们组里的那两个小朋友比较厉害，在比赛开始前基本上就把所有谜题都解开了。"王丽摊了摊手。

"我们什么时候才有和保护者的联谊呀？"另一个小姐妹问团队的负责人。

"快了，保护者没那么多空，但放心，我们已经在积极联系了，这个月月底前一定会有一次联谊的。"负责人和所有团队成员一样，露出了花痴的笑容。

"太好了!"聚会的女宾齐齐鼓掌。

【版本二】

在中间地带的保护者基地里,贝黎姿正在接受内部绝密事件——定向越野时遭遇抵抗组织负责人的袭击的调查。

她的栗色长发束在脑后,冷色调的室内光线使她的神色看上去前所未有的严肃。她回答:"我和安东尼还有乔光的任务是保护元老指定之人,也就是单简然。接到任务,我们以最快的速度抵达现场。抵达时中间地带八级及以上居民芳薇导演受到思想控制,正在将单简然带往基站的另一侧,我们阻止了她。这些,远程操控室应该都看到了。之后他们没看到的事是这样的,基站里走出了一个自称为兰迪尔·萨乌丁的人,他声称自己是抵抗组织的负责人,他和许多基站另一侧的被流放者袭击了我们,他想要把单简然招安,但是单简然还有克里斯·星和我们一起反击了兰迪尔他们。最后我们突破了兰迪尔·萨乌丁的意念幻象袭击,击退了兰迪尔,消除了危机,但是兰迪尔也把芳薇导演从我们这里带走了,我们没能阻止他带走芳薇导演。危机解除后,我根据中间地带保护者工作守则更改了经历该事件的新生者的记忆。"

5

"为什么要改变他们的记忆呢?"本杰明向正在开会的元老赴命后,在元老会议室外询问安佳·华。

"因为那些都是新生者,说出真相会造成恐慌。"安佳还是那句话。

"我真是不敢相信元老们在发生这样的危机的时候,竟然没有建议中间地带政府叫停定向越野。"

"元老们早就设立科研项目,着手研究如何打开通往月球阴暗面的基站端口,但至今还没结果,不过已经有了突破。"安佳突然停住,直视着本杰明黑色的双眼说,"本吉,不要辜负元老对你的信任。"

"辜负信任? 我做这些才不是为了他们,我做这些是为了证明我自己的能力。"

两人向会议室外明亮的走廊渐行渐远,会议室内,七大元老围坐在玻璃圆桌的四周,四周是黑暗的墙壁。

元老看上去都是中年人,四男三女,由于当年来自同一个孤儿院,所以他们都是同一人种,有着同样的源文化。

"为什么你的柏拉图计划收到了这么多次来自八级及以上中间地带居民乔光的申请,却从来都不和我们说呢?"一位白色短发的女元老问一个一身深蓝色天鹅绒套装的男元老。

"我一直都以为那是一个有妄想的人，要知道，柏拉图计划收到太多的申请都是一对情侣，一方来到这里，另一方留在世界之内，然后到这里的一方就试图通过柏拉图计划把另一方带到中间地带来，所以我一直认为那个人的申请和这些是同质的，没想到后来女方变成了现在的那个'需要被保护的人'，而且还真和当年的最强意念控制者长得一模一样，基因也一模一样，"男元老无奈地说，"但中间地带没有法律或者条例要求我们共享手下的研究项目的一切吧？"

"没有。"七大元老负责人的男元老一身唐装、正襟危坐在圆桌的主位上，"这次危机非常严重，被流放者以后随时都有可能会直接打开基站端口，我们得建议中间地带政府让所有八级及以上的意念控制者全部到远程操控室轮班待命，'世界之源'，就是那个'需要被保护的人'，现在已经交给乔光全天候负责，我们还得建议中间地带政府暂时避免她返回世界之内，毕竟那些抵抗组织还没强大到在中间地带建立基站，留在中间地带比较安全。"

6

定向越野后的第二日，简然在自己新生者居所内的卧室里尝试联系芳薇导演，却一直联系不上。虽然昨日定向越野的回忆非常美好，这是她自从罹患癌症以来笑得最开心的一次，但是美中不足的是，芳薇导演没有如约前来。

简然记得这次定向越野就像是环球旅行，她记得她和克里斯、王丽和陆易一行四人在新天地和华盛顿纪念碑处的集体合照。

她记得在罗马的许愿池边记录克里斯跳入许愿池的整个过程，完成视频任务。不甘心是自己被选中完成"落水"任务的克里斯还把所有人都拉下了水。简然也惊讶于暗物质层面的神奇，虽然水花四溅，但在世界之内的人们却什么都看不到，这种平行宇宙的概念是她一直以来最喜欢的。同时，她也记得在许愿池边偶遇暗物质层面的被流放者，并见识了保护者清除被流放者的全过程。

她还记得抵达定向越野的最后一站墨尔本之星时，黑夜的摩天轮下中间地带记者的"长枪短炮"，肖洛在摩天轮旁亮着灯的主席台上，记者身后则坐满了观众，观众席的对面有两块巨大的光束屏幕，其上显示着所有组别的动向以及摄影师拍到的有趣的镜头——新生者们在城市间穿梭时迷路后的不知所措、在中间地带公交驿站的公交班车上拉歌，总之是欢笑与成长的主题，但当简然一行四人奔赴终点时，他们的身影占据了大屏幕。

肖洛向观众宣布："现场的各位朋友，现在向我们走来的是己队第9组选手，他们是我们今晚的……等等！大家快看他们的身后，又一组选手向他们追来了！"

简然记得当时他们身后正迅速跑来另一组新生者,正是之前和大星发生过冲突的那几个新生者。

肖洛在舞台上解说着:"比赛在第一名即将诞生时出现了高潮,己队第9组选手和辛队第3组选手在终点线前展开了激烈争夺,己队第9组选手正在全速冲刺,辛队第3组选手也不甘示弱,他们就要反超了!"

伴随着鼓点强劲的音乐,肖洛越来越激动:"恭喜他们! 仍然还是将我们的祝贺送给己队第9组选手,单简然、克里斯·星、王丽和陆易! 现场的观众朋友,你们的掌声在哪里? 现场的媒体朋友,你们的快门声在哪里?"

过了终点线后,简然一行四人被请上了舞台,但克里斯·星则在台下等待着,和后到的那几个新生者,尤其是之前和他正面冲突的那个打了个招呼:"嘿,友谊第一,比赛第二,承让!"

那个人本来对克里斯仍有些敌意,但在大庭广众之下,他还是大气地给了克里斯一个友好的兄弟抱。

"这位新生者说得对,友谊第一,比赛第二!"肖洛在舞台上配合着说。

在掌声中,媒体的拍照时刻到了,一片闪瞎人眼的闪光灯下,简然所在的己队第9组被授予了金色勋章,然后辛队第3组的选手被授予了银色勋章。随后,第一、二名的队伍依次在舞台工作人员的指引下登上了摩天轮。

简然记得在红色的摩天轮座箱里蓝紫色的灯光下,克里斯正和贝黎姿在社交媒介上斗着嘴,王丽正叽叽喳喳着关于即将和保护者的联谊,同时摆出各种 pose 不断自拍,陆易则回顾着任务单上他们一天的比赛记录。

虽然芳薇导演没有来,虽然她的剧本还没有变成电影,但简然记得,那时的自己感到了长时间以来从未有过的成就感,心里也是长时间以来从未有过的宁静。

第十五章　那一抹玄妙光影

1

定向越野后，单简然在中间地带的生活照旧向前推进。

每周三次的天赋超能力训练使得简然的意念控制能力不断提升。只是现在她的水平和她的本尊莞嫣相比还差了十万八千里，因为再有天赋的超能力者，其天赋超能力并不是生来就技艺精湛的，而需要后天不断地练习。训练天赋超能力以外的时间，她便会和克里斯还有陆易一起在图书馆里准备申请中间地带的大学。

陆易觉得自己在往昔的人生里之所以没能为社会做出过什么贡献，是因为自己受的高等教育不够好，所以他现在准备在中间地带的名牌大学中学习后，在中间地带的社会生活中实现自我价值。至于克里斯则只是因为一个人待在公寓很无聊就跟着简然和陆易来到图书馆，在图书馆对他而言只是换个地方刷手机，他基本不看书。往往一周下来简然都刷掉一本高考练习册了，他只看了两三页闲书。

王丽则终日忙碌于"伊佳人"协会举办的各种联谊和社交活动，每次从协会主办的礼仪课回来，她都会变得举止更为得体、容貌更为艳丽。陈国强则和陆易的情况相近，由于他从小就在颠沛流离的国难中没有上过什么学，所以他计划从头开始接受系统教学，并注册了中间地带的小学、初中、高中的十二年义务教育服务。简然每次看到他都会想起《安德的游戏》中的安德·维京，因为她觉得像国强这种经历了这么多的人，现在再回到小学不是分分钟就能够拉拢一群孩子，并顺利成为学校学生会的领导层干部吗？至于妮娜，她也每天都早出晚归的，但没人敢问她在忙些什么，她也从不向别人透露自己在干什么，但简然一次瞥到她的包里放着《如何成为一名合格的辅导者》。回想之前妮娜的种种，简然怀疑，或许妮娜不满于现在辅导者辅导新生者的方式，但她采取了值得称道的方式——因为她不仅仅是抱怨不满，而是身体力行去改变现状，通过变成辅导者、进入体系以改变体系。克里斯·星得知后却不以为然，觉得妮娜或许只不过是看中了辅导者能够成为中间地带永久居民这一条件，才准备成为辅导者的。

至于电影梦，简然自定向越野这一日起便再也没能和芳薇导演联系上，这让她情绪非常低落，也让她更专注于学习。不过，出乎她意料的是，乔光导师作为电影协会的一员竟然向她抛出了橄榄枝，向她询问起了她的剧本情况，并告诉她之前他便对她的剧本很有兴趣，只是芳薇导演捷足先登了，但现在芳薇导演由于在中间地带的家人出了事儿——尽管简然试图进一步询问，但是乔光并没有向她透露，而只是说与芳薇导演关系亲近的人曾有一个是被流放的，现在出了事儿，所以芳薇导演便搁置了剧本，专心处理家中事务，专由他来负责与简然接洽，完成剧本的修缮并拍成电影。

简然没想到来到中间地带之后竟然遇到了这么多与自己志同道合的电影爱好者，更没想到乔光竟然也是其中之一。

随着与乔光的交流，简然发现，他和自己一样都喜欢讲述宿命的电影，无论是《恐怖游轮》《12只猴子》还是《环形使者》《前目的地》，当然《死亡幻觉》也可以算是，但两人都觉得如果不看影评，要理解《死亡幻觉》这部影片似乎智商尚不够用；两人还都非常喜欢整部电影从头至尾发生的一切都是某个人物的脑部活动的那类电影，比如《生死停留》《穆赫兰道》《全面回忆》，当然，还有为人们津津乐道的《盗梦空间》，甚至是接近这类影片的《源代码》和《楚门的世界》。

每次简然在谈论自己思想的时候，乔光都会静静地听着，无论是简然说自己初高中的时候天天期待着世界末日——但又每每在大雨来临前、泛黄的天空阴沉下来时，担忧或许人类的历史真的走到了尽头该怎么办？简然也爱听乔光说自己的往昔，像是那段三百多年前和他在世界之内的恋人的分别，像是他在刚刚担任保护者、处理中间地带纠纷时的各种趣闻，比如中间地带居民为了一些鸡毛蒜皮的家长里短起了纠纷，就用"红宝石"召唤保护者调停，甚至是一些中间地带女性居民为了见一面保护者而故意按下"红宝石"、召唤保护者的事情都不在少数。

简然还惊讶地发现，乔光不仅仅和自己爱好相似的电影，还和自己爱好相似的文学，两人都是反乌托邦小说和科幻小说的热爱者。两人都痴迷于泰德·姜（Ted Chiang）笔下的数理科幻，沉醉于《时间旋涡》三部曲的外星科幻，两人都还非常钦佩刘慈欣在《三体》中提出的和现实科技紧密相连的各种理论，其中的三体游戏、面壁计划、黑暗森林理论和对人性的深刻刻画都让两人佩服于作者的脑洞。此外，两人都还不知为何向往着反乌托邦青少年读物《赐予者》中勾勒的美好社会，尽管那美好是建立在一些令人难以接受的秘密之上的。相似地，电影《同等族群》建造了一个同样美好、简单、洁净的世界，只是有着和《赐予者》中相同的瑕疵。

两人唯独都觉得有些荒诞的同类电影便是《龙虾》,其中说的如果不能在多少时日内找到伴侣就会被强制变成动物,实在有些令人难以接受。当然,像是《饥饿游戏》《分歧者》与《移动迷宫》系列,两人也都非常欣赏其中的世界格局,也期待《移动迷宫》系列的最终章在世界之内推出时中间地带的同步献映。

这种志同道合,加上简然在见到乔光时的一见倾心,早就让简然对乔光好感倍增。巧合的是,电影协会在简然来到中间地带的那一年恰逢成立三百周年,乔光便邀请简然同他一起,在电影协会的三百周年纪念周期间,前往电影协会的"氛围秘境"。

2

【圣清主时空插曲】

时空旅行者,漫游者·命运,驾轻就熟地径直走入了小菲利克斯·命运在命运之家的圣清主时空纪录片公司总制片人办公室,并将一份轻薄的电子文件交到了离她最近的一个命运先生的分身手里。

"这是在我们那一维度你所关心的那个神秘女子的行踪。"漫游者说话的声音和她小巧玲珑的模样一样俏皮。

命运先生的分身们消失了,只剩下那个接过电子文件的他,"辛苦你了。"

"客气了,命运先生,我还指望着你给我提供庇护呢,你忙吧!"时空旅行者似乎话里有话,但又故作轻松地准备离开。

命运先生叫住了她:"我知道你担心已经离开圣清主时空的金·和美会对你不利。"

"不不不,命运先生,我相信'嫂子'。"漫游者笑着回答。

"不管怎样,你放心,我和加布里埃尔都会一直盯着她的,只是……"命运先生熠熠生辉的双眼黯淡了一些,"只是如果发生了最坏的情况,如果她把你的情况告诉了虚空,我只能把你暂时藏到某一个子时空去洗白你的身份。"

"是让我去子时空体验人生吗?"漫游者看上去很兴奋,跃跃欲试。

"但你可能要把你的全部记忆上交,这样就不会留下任何破绽,虚空才会相信你是真正的那个子时空的人。"

"唔,好啊!"漫游者突然想到了什么,"但这样的话,我就没办法及时给你汇报那个人的行踪了呀?"

"所以我们还是希望最坏的情况不要发生吧。"命运先生真诚地回答,却心想,我已经把自己合并她基因的那段历史从时间长廊里拿走了,她应该没来得及看到吧? 还是她的这句疑问是在试探我? 她的思想看上去不像是在试探我,和她接触下来,她应该是没能力掩藏自己的思想的,但她毕竟来自更高一层的维度,还是小心为好。

看着命运先生心情不佳,漫游者安慰道:"命运先生,是她自己没通过考验,她自己气不过离开了也是她的选择,你让她走也没违反这里的法律,没做错什么呀,没事的。"

"我只是不明白为什么每次只要碰到她的事情,我就没法儿像处理其他事情那样冷静地置身事外。"

"哎哟,"漫游者推了推命运先生的胳膊,"你的心思我最明白了,你快忙吧,我就不打扰了。"

3

【插播一段 UENSE 子时空世界之内的新闻】

"关于新型病毒 IOI7 的最新消息,南非、墨西哥、洪都拉斯、越南、捷克斯洛伐克又各新增 3 至 21 人不等的病例,"新闻女主播神色严肃,"这一病毒自两个月前爆发以来,已经在世界范围导致近万人的死亡,世界卫生组织正在加紧试验这一病毒的疫苗与抗体,目前已经检测出,这一病毒并不通过空气传播,感染者往往会在恶化前出现困乏、无力的症状,以至最终全身器官衰竭,请谨慎前往上述国家或地区。"

【插播结束】

4

电影协会三百周年纪念周悄然而至。

今天是与乔光相约氛围秘境的日子,简然身着一袭红裙前往电影协会的氛围秘境赴约。氛围秘境在电影协会的 10 楼,简然跟随同去游览的其他游客,一起搭乘观光电梯前往。

观光电梯抵达后,电梯门打开的那一刹那,周围的景致瞬间便吸引了所有游客的注意力。

这个场景对简然来说再熟悉不过了,就是《爱丽斯梦游仙境》里的奇幻森林嘛!娇艳欲滴的鲜花,绿得流油的香草,层层叠叠的树丛,梦幻粉蓝的天空。

乔光从奇幻森林中走出,他一身淡蓝色的牛仔衣,黑色的修身长裤,看上去一尘不染。

在两人对视的那一刻,双方的眼里都只剩下了对方,她是人群中最光彩夺目的那一朵玫瑰,而他则是人群中最超凡脱俗的那一隅宁静。

"简然,你来了。"他的声音听上去非常愉悦,清脆悦耳。

"乔老师……"简然不知为何有些紧张起来,和这样一位仿佛古装剧里走出的美男子游览这片"氛围秘境"会发生什么呢?她有些害羞地整理了一下王丽和克里斯·星一起为她出谋划策选择的红裙。

《爱丽斯漫游仙境》里那只笑起来会露出尖牙的猫,拨开丛丛树冠浮现在了空中,它声音低沉地向进入氛围秘境影视园区的人们问好:"朋友们,你们好,欢迎来到'氛围秘境'影视园区,请挑选接下来你们想要前往的园区。"

"这是……"简然转头问乔光,表情似乎有些困惑。

"这是专门用来蛊惑像你这样的新人的,简然。"森森不知从何处冒了出来,身后跟着李立还有一些他们的朋友,看上去像是刚刚走出另一部观光电梯。森森还是那头奶奶灰,她接着一语道破天机:"乔光,你可是不带别人来这里的啊!"

"森森老师、李老师好!真巧!"简然向他们恭敬地问好。

乔光无奈地对简然抬了抬两道浓密的剑眉说:"简然,别听他们胡说,我相信你一定会喜欢这里的。"

"哎哟哟!不打扰你们,"李立推搡着乔光,对那只飘浮在半空中的灰猫影像说,"乔光最喜欢'奇幻世界'那一片区,那我们就去'艺术写实'片区吧,溜了溜了。"

"好的,"灰猫抖动了一下尾巴,森林右侧的几棵树移开了聚拢在一起的树枝,让出了过道,"欢迎光临'艺术写实'片区,请进。"

"'氛围秘境'影视园区其实就是带我们在不同的光影世界中穿梭,他们真是爱捣乱!"乔光似乎也被说得有那么一些不好意思,"简然,你想去'奇幻世界'看看吗?里面还有一点类似于角色扮演的内容,我们在里面可能要扮演一些电影的主角。"

"当然。"简然憧憬地回答,她想知道乔光最喜欢的"奇幻世界"是怎样的。

5

穿过灰猫左侧的森林里刻意让出的草坪过道,简然和乔光的周身突然幻化为一个伸手不见五指的黑屋子,屋子正中突然放出了些光亮。

"这是《哈利·波特》里的有求必应屋?"简然轻声问。

那些许光亮渐渐点亮室内,简然和乔光看到屋内哈利正召集了自己的小伙伴要一起对抗邪恶力量,小伙伴们正在训练召唤自己的守护神,明亮的蓝白色光亮随之充斥了整个房间。

"没错,《哈利·波特与凤凰社》。"乔光欣喜地回答。

"哇！我也想知道我的守护神是什么！"简然好奇地看着守护神在他们周身穿来穿去，视线扫过哈利、秋·张、赫敏、罗恩、纳威、韦斯莱兄弟，心想他们兄弟俩这时候还好好地活着。

"我好久都没来这里了，显然他们更新了电影目录。"乔光碰了碰一只类似于独角兽的动物。

一只酷似狮子的保护神向他们俯冲而来，转瞬间变换为了一匹狼，漆黑的场景切换到了《暮光之城：破晓（下）》的雪地大战，简然和乔光一低头闪过了那匹狼，周身幻化为了刺眼的白雪皑皑。

简然欣喜地看着四周，怎么都不敢相信自己正和这些角色站在同一个战场上，她看到了流浪汉加里特、像是精灵的爱丽丝，还有强壮的贾科布。"这真是太神奇了！"简然对乔光说，"那个演阿罗·沃尔图里的演员在《黑夜传说》里演了狼人，但在《暮光之城》里却演了吸血鬼，非常有意思。"

"对啊，狼人和吸血鬼可是死对头呢。"乔光也很新奇地四下里环顾着，似乎第一次来这里一样。

简然正准备再说些什么，乔光突然说："这是角色扮演，我们现在是贝拉和爱德华，而且他们似乎还改了剧情。"

"什么？"简然顺着乔光的目光望去，发现他面前50米处站着似乎准备开战的阿罗·沃尔图里，而自己身后不远处阿罗的跟班似乎也蠢蠢欲动，但她想不太起来那个跟班叫什么名字了，只记得他就是那个长着马脸、从头至尾都在演"面瘫"的金发男子。

阿罗和那个金发男子向简然和乔光飞速冲了过来，简然和乔光背对背，简然问："乔光，我们是要还击还是什么？"但根本来不及等乔光回答，简然便将随身携带的意念魔方转化为了火焰，而乔光则用意念抵住了冲击。

一瞬之间他们周围的所有人又都不见了，雪地的场景没有变，但是雪地中间出现了一个灯柱，灯柱的灯罩上装饰着镂空的花纹。

"《纳尼亚》？"简然和乔光异口同声，两人欣喜对视。

"我好喜欢这里，"简然看了看周围寂静的雪景，耳畔响起空灵的配乐，"感觉上就像是世外桃源。"

他们刚刚往前走了几步，周围的寂静就被正在战争中的军队替换了，是《纳尼亚传奇》中四个人类统帅及其率领的大军对抗邪恶白女巫的大战。简然和乔光正站在人类的这一边，看到敌方各种奇形怪状的生物向他们冲来，简然迅速拉着乔光向着正义一方的反方向逃去。

"嘿！不当逃兵的！"乔光虽然说着，但是也跟着简然一起边笑边逃。

突然他们觉得自己被来自空中的力量给抓了起来,简然一惊,抬头发现是巨鹰。

"是《指环王》的巨鹰!"

"也是《霍比特人》里的!"

两只巨鹰飞得很近,乔光在空中拉住了简然的手:"不怕。"

"没事。"简然低头俯视着宁静的夏尔——霍比特人的故乡。在明媚的阳光下,霍比特人可爱的小屋色调鲜艳,指环王标志性的配乐响起,"乔老师,这真是太梦幻了,就像电影里的一切都是真的!"

巨鹰突然向两边飞去,分开了简然和乔光,随后巨鹰开始向下俯冲,乔光看到了《霍比特人:五军之战》中的冰河之战,他降落在了冰河下方摇摇欲坠的钟楼上。

是精灵王子莱戈拉斯的角色扮演?他心想,歪着头看了看面前半兽人大 Boss 阿索格的儿子,但是脚下的钟楼突然塌陷,他就像莱格拉斯那样踩着一枚枚坠落的钟楼碎片,瞬间移动到了大 Boss 儿子的身上,精灵宝剑手起刀落,消灭反派后,巨鹰飞落把他抓起,他看到不远处索林·橡木盾正在和阿索格交锋,刀光剑影、银光闪闪。

简然这边,巨鹰则带她前往了《指环王3:王者无敌》的战场,她看到了战场上的巨象。巨鹰在其中一头象的头顶把简然扔下了,简然突然意识到这可能是精灵王子莱戈拉斯的角色扮演。她顺着象鼻滑下,手里的意念魔方变为了弓箭,在象鼻尖起跳的一瞬间,她根据记忆中的电影走向,拔箭射向了敌军半兽人。

巨鹰又把她猛地抓到了空中,然后在另一只巨鹰背上将她扔下,乔光也在那只巨鹰的背上。只是巨鹰身上滑溜溜的,简然一下子没抓住,向巨鹰翅膀下《指环王》里的矮人王国——孤山深渊滑去。乔光赶紧侧身抓住了简然,把简然拽回了自己的怀里。

简然的心底响起了和乔光距离过近的警报,不过幸好周身的美景很快便转移了两人的注意力。

乔光和简然看到前方精灵居住的宫殿,如诗如画的瀑布,再次异口同声地惊呼:"瑞文戴尔?"

时间仿佛放缓了不少,骑在巨鹰的背上两人开始欣赏美景。

"为什么不是中土密林?"简然太想在这里看到精灵王了。

巨鹰飞到瑞文戴尔的一幢宫殿前,把身上的两个人粗鲁地抖落,简然从巨鹰身上滑落,砸在了乔光身上。

"哦,不好意思……"简然赶紧从他身上爬到地面上站了起来。

巨鹰突然说话了,听上去似乎有些生气:"两位,虽然你们预约的是 VIP 的双人浪漫之旅,没有其他人打扰而且有资格享受最优待遇,但你们两个人到底在干什么呀?"

"嗯?"乔光坐起身。

"这里是观光区,你们刚刚破坏了多少程序你们知不知道?到了角色扮演区我们会提醒的。"巨鹰摇了摇头,语气非常刻薄。

"你是'曾艺'?"简然问。

"是,我是'曾艺'氛围秘境分支,我有我自己的性格,和'曾艺'不完全一样,请二位配合我们这边的服务好吗?"

"不好意思,以前来的时候不是这样的。"乔光道歉道。

"那是二十多年前的事儿了,你们接下去给我乖乖的,不然我就把你们踢出去、列入黑名单,以后就别想再来了!"氛围秘境分支听上去有些不耐烦,巨鹰随之扑腾着翅膀飞起,又把他们两个人抓着飞了起来,然后在色彩斑斓的悬崖边把他们扔下。

简然还没来得及尖叫出来,他们周身的场景切换到了《速度与激情7》里的一辆红色轿跑车内,多米尼克正在开车,反派欧文·肖的哥哥正在后面追着射击。

乔光保护着简然,把她的头轻轻压低了些。"不会是……"乔光一抬头,发现他们两个人乘着的这辆车冲出了高楼大厦的玻璃,越向了另一边的高楼大厦。

"我记得多米尼克这一幕最后是跳车的吧?"简然也抬起了头,但只觉得心跳飞快。

轿跑车从一幢高楼大厦冲入了另一幢高楼大厦,那里摆放着兵马俑,随着轿跑车的闯入,四周充斥着玻璃碎裂的声音和人群四散跑动尖叫的声音,乔光在巨大的离心力下,奋力将简然拉出了轿跑车,轿跑车最后从这幢大楼另一侧的落地窗向外飞出——坠落。

简然和乔光相互牵着手,齐齐向下看了看轿跑车坠楼后的爆炸火团。一个之前在看兵马俑的女子似乎有些不悦地走到了他们的身后。不过她一开口又是之前"曾艺"氛围秘境分支的声音:"拜托,没说这是角色扮演,两位!"然后她猛地把简然和乔光向碎裂的落地玻璃窗外推下了楼。

简然觉得听见了风呼啸的声音,然后他们站在了没有座位、车门敞开的疾驰火车内。"这是……"

简然和乔光来到了火车的车门边,外面是断壁残垣的芝加哥。

"《分歧者:异类觉醒》。"乔光叹道,看着为了找到纯净基因而弄得人心惶惶的世界。

"我们不是要跳火车吧?"简然站到车厢边。

"快来快来！"穿着《分歧者：异类觉醒》里无畏派制服的一男一女抓住了简然和乔光，带着他们向无畏派基地的顶层天台跳去，两人刚刚坠地，四周的场景又变了。

他们眼前是《复仇者联盟》中正在外星人齐塔瑞大军侵袭下的纽约，他们摔落在了钢铁侠的斯塔克大厦顶层，抬眼就能看到正在空间传输的机器，机器的那一头外星人齐塔瑞大军正欲大举入侵地球。

我的天哪！简然心想，她抑制不住自己的笑容，高兴地摇着头——她曾经是那么希望成为这部电影的一分子，但她看了看战火，感叹哪里有英雄哪里就有灾难，不然英雄如何成就？

"简然，这儿还行吧？"乔光早就知道简然对超级英雄电影宇宙的向往。

"实在是太棒了，我都不想离开了，我最喜欢这个宇宙了。"

"喂，你们两个，洛基的权杖看到了吗？它能关闭这个时空机器。"制造出那个空间传输机器的教授打断了他们，但听声音还是刚才的"曾艺"氛围秘境分支。

"哎？洛基在哪儿呢？"简然四下里搜寻着，"哦，不对，这时候他应该已经在上面被绿胖给打蒙了。"简然看了看钢铁侠的顶层公寓。

乔光这会儿已经拿着洛基的权杖瞬间移动回来了："我们走。"

他们两人一起握着权杖正欲穿破空间传输机器的纯能量屏障，"等等，钢铁侠什么的……不是拖着核弹飞到另一个空间去炸齐塔瑞大军的母机了吗？"简然突然想起来。钢铁侠此刻正托着核弹飞入外星人的世界。"我们把他关在那里好不好？"简然提议。

乔光点了点头，眉毛弯成了 4 点 40 分，简然看着他有些忍俊不禁。

关闭时空机器的一瞬间，他们看到《星际穿越》中漂亮的虫洞隧道从两人身边飞驰而过。穿越虫洞后，他们来到了夜晚的芝加哥，身后火光四射。

乔光发现自己手里多了一个触控设备。"这是《木星上行》里猎人的装备。"

"角色扮演现在开始。""曾艺"氛围秘境分支提醒道。

乔光按下手里装备的触控按钮，反重力装置在他脚下启动。

"飞行靴？"简然笑着，"那我怎么办？"

简然记得好像电影里是男主角拉着女主角在空中飞行，眼看着电影里头号反派布莱姆的小喽啰正开着战舰向他们袭来。简然回想了一下自己之前学到的物品。她原地一跳，一双《波西杰克逊神火之盗》里信使的飞鞋便随意念魔方幻化而成。乔光一把拉起她，飞到了半空中，简然又利用空气微粒幻化为手铐，把自己的手臂和乔光的牢牢地锁在了一起。

"单简然同学，你学得非常不错。"乔光语气轻松地赞许。

　　乔光的反重力靴就像溜冰鞋一样,在空中划出完美的绿色弧线,而简然的飞行鞋能够让她稳在空中,顺着乔光手臂的惯性飞来飞去。横穿过了大半个芝加哥城后,两人瞬间掉回地面,简然赶紧把飞鞋变了回来。场景再度切换,周围似乎是美国西部片里荒凉的尘土,但是看到尘土中杵着一个奇怪的集装箱,还有几辆卡车后,简然心里隐隐觉得不妙,这是?!

　　集装箱里冲出了僵尸,"哦,不是吧,《生化危机3:灭绝》。"简然摇着头,似乎觉得一切都完蛋了。

　　乔光的手里突然出现了一把枪,"曾艺"氛围秘境分支提示角色扮演。

　　"怎么每次都只给我一个人游戏设备啊?"他看了看简然。

　　"可能我们惹它不高兴了,"简然把意念魔方调整为了两把枪,"但是我不敢看恐怖片的,反正对僵尸又想看又害怕的,可能我一会儿会溜。"

　　"有我在呢。"乔光温暖地一笑。

　　僵尸大队迅速朝他们张牙舞爪地冲来,简然没开几枪就觉得对僵尸的恐惧突破了她心里的临界距离,她躲到了乔光身后。

　　乔光牵起简然开始逃离。

　　场景切换,简然发现自己和乔光正站在美国队长、雷神和钢铁侠的身边,面前是《复仇者联盟2:奥创纪元》里反派奥创的银色机器人军团。

　　他们猛地冲入机器人军团,简然发现乔光用瞬间移动加上武器的进攻特别有效,也就模仿着打掉了几个机器人,然后乔光使用意念控制,奥创军团瞬间消失了一大片。

　　场景切换到了《我,机器人》中与邪恶主机的最后一战,红眼睛的机器人从天而降,就像是一群蝗虫。在和这些机器人激战一番后,简然和乔光顺着主机线而下毁掉了欲控制人类的邪恶主机。

　　然后场景切换到了森林,简然看到面前的人群又在四散奔逃,身后传来了嘹亮的吼叫,她和乔光都表情僵硬地回过头去,看到了《侏罗纪公园》里著名的霸王龙,他们开始跟着人群飞奔起来,"不瞬间移动离开吗?"简然问。

　　"那样就不好玩了?"

　　"乔光!"

　　他们没跑出去几步,霸王龙身边闯出了棘龙,再往前跑了几步回头,又跳出了《侏罗纪世界》里的暴虐龙,"我的上帝啊!"简然叹了口气,虽然知道即使被追上了也没事,但仍不由手脚发软、四肢冰凉。

　　乔光带着简然晃入身边的丛林后,两人进入了下一个场景——一条地下隧道,他们身后传来了爬墙的声音,两人回头看到了一个不明蓝色物体,便迅速向面前的转角逃去。

乔光问:"这是《黑夜传说》?"

"应该是,但我觉得他们的狼人特效糟极了。"

再一个转角他们冲出了地道,来到了某一处山顶,而晨曦正照耀四周。

烟雾腾腾的群山朦朦胧胧,苍翠宛如仙境,阳光被遮蔽在厚厚的云层后,流露出些许赤色,在经历了那样一段光影冒险之后,简然从来没有像现在这样觉得面前的景致是多么优美而宁静,但同时她也想了一下这个场景是哪部电影里的,应该是那部《地狱病院》。

她长舒一口气,看了看乔光,他似乎也被面前的景色给深深吸引了,金光散射在他深邃的眼眸里,他眼里的情感再次不受抑制地倾洒——晶莹剔透的喜悦,就像是白色沙滩边碧蓝的清澈海水那样闪烁着阳光。

乔光似乎发现了简然正凝视着自己,他转过身,场景随之变幻为了《暮光之城:暮色》结尾时挂满金黄色霓虹灯的亭子,乐曲 A Thousand Years 响起,亭子缓缓随着地面上的转盘开始旋转。

简然脸红着看向别处,乔光则缓缓牵起她的手。

简然终于明白为什么电影里的男女主角总是在经历了一系列的冒险后终成眷属,她现在心里也徜徉着这样的情感,似乎一起共生死真的能够拉近人与人之间的距离。

"愿意给我一个机会了解真正的你吗?"乔光柔声问简然,低着头凝视着简然。

简然明白他的意思,我也想了解你呀,简然心想,抬起明亮的眼睛看着乔光,点了点头。

"谢谢。"乔光吻了吻简然的额头,把她抱入了怀中。

第十六章 传染病:中间地带的中立性

1

【插播一段世界之内的纪录片《幸运儿·第三部》(节选)——该纪录片摄制于 2024 年】

《幸运儿》纪录片继续播映,这周五晚的纪录片以被选中进入中间地带的幸运儿的家人作为片头。

第一个出现在镜头里的是克洛伊·汉斯(面部经过马赛克处理)——幸运儿大卫·汉斯①的女儿,她今年 5 岁,正在所住公寓楼底楼的大堂里和母亲(同样面部经过马赛克处理)一起接受采访。小女孩带着哭腔:"爸爸说好要带独角兽回来给我的,但都一年了,他还是没回来,我很想他,我可以不要那只独角兽。"

然后画面转换为一个女子的背影,那是克洛伊·汉斯的母亲,她的声音经过特殊处理:"我就知道,我早该知道他不会回来,中间地带什么都比这里好,我和我女儿只是他的累赘,他为什么要回来照顾我们,如果他能够在中间地带找到比我们更好的?"

随后母亲带着女儿离开了画面,进入了带有门禁系统的公寓电梯。

黑屏后,黑底白字显示——"大卫·汉斯的家人自此不再接受节目组的采访,节目组也与幸运儿南希·科鲁兹②的家人失去了联系,罗比·西耶③所在的精神病院亦拒绝了节目组的采访。"

接下来画面来到了一个颇有乡村气息的小别墅,室内是棕红色的地板,自行粉饰的白漆在墙面上斑驳着,一张红白格子相间的沙发上坐着一对正慈祥地微笑着的中老年夫妻,他们是幸运儿柳翠花④的父母,他们的怀里抱着一个穿得非常

---

① 大卫·汉斯生平:美国人,25 岁,被带往中间地带前正在监狱因盗窃而服刑。
② 南希·科鲁兹生平:菲律宾人,56 岁,被带往中间地带前的职业是保姆。
③ 罗比·西耶生平:埃塞俄比亚人,63 岁,被带往中间地带前是精神病院的病人。
④ 柳翠花生平:中国人,33 岁,被带往中间地带前在世界 500 强企业打工。

厚实的小男孩,他是柳翠花的侄子。

"我们不担心她不回来,"老奶奶对镜头说,"不像是过去她在大城市工作,如果一天不联系,我们就担心可能有什么不好的事情发生在了她的身上,现在她去了中间地带,我们知道她在那边肯定过得比在大城市替别人打工要好,也要安全得多。如果她现在能够看到这个节目的话,爸爸妈妈想对你说,你不用担心爸爸妈妈,爸爸妈妈有你弟弟照顾,今年我们村粮食大丰收,你弟弟在大城市里自主创业的公司也业绩不错,你不用担心。"

画面在一家老小灿烂的笑容里暂停片刻,又切换为了下一组家庭,一位穿着职业装的青年女性出现在了镜头里,背后是专门用于附加特效的绿色底幕。她是幸运儿爱德华·汤普森①的妹妹,"我一开始还是很失望的,我哥哥没有履行他的诺言,但是,没有什么改变是一朝一夕的,我相信哥哥还是在坚持他的初心,没有到了中间地带、过上了美好生活便忘记了自己在这里许下的诺言。iUnit 也将竭尽全力推动中间地带与世界之内的交流,现在我们的科学家已经着手研究并试图突破中间地带的信号屏蔽,彻底解开中间地带的信号屏蔽只是时间问题。"

纪录片的画面切回了历史教授:"被中间地带带走至亲的人们往往更多将他们的关注点集中于那位至亲,而很少宏观地关注到中间地带与世界之内的关系,但是世界范围对中间地带的批判,尤其是对中间地带中立性的批判,随着时间的流逝而日渐增长,并且在五年前 IOI7 传染病大爆发时达到顶峰。"

"最初,大多批判中间地带中立性的批判者,其实打心底里都是希望自己能够被中间地带选中的,然而,事实是,他们并没有被选中,正是这种希望的落空让他们对中间地带因爱生恨。"人类学家接过话头,"传染病的爆发改变了这些落选的人的心理,他们的失望和带着爱意的恨最后都变成了怒火。"

"起初,普通人可能只是对中间地带只从世界之内攫取而不回报不满,"社科研究所所长说,"但当人们看着因 IOI7 病毒而死亡的人数与日俱增,这种不满也渐渐变成了愤怒,因为 IOI7 不像是以往任何一次世界之内的其他传染病,它在短短半年内便造成全球数百万人的死亡,死亡率也是以每日万人甚至更多的数值增长,同时,世界之内的卫生组织对病毒疫苗没有任何头绪。就在这样的社会背景下,中间地带大选日再度到来,中间地带不动声色地从深受 IOI7 侵袭的世界之内带走了一批人,其中就包括了一些 IOI7 病毒的重症病患,这就让人们怀疑中间地带已经有了这个病毒的解药,却不与世界之内分享。不少人想到中间地带的所有

---

① 爱德华·汤普森生平:英国人,41 岁,被带往中间地带前在一家致力于推动中间地带与世界之内交流的政府间非营利组织(NGO)iUnit 工作,他也是该 NGO 的创始人。

居民都曾是世界之内的一员,但他们竟然对他们危在旦夕的故乡不闻不问,一时之间,人们对中间地带中立性的批判与愤怒达到了顶峰。"

科幻小说家出现在了纪录片的画面里:"虽然届时中间地带有从我们这里带走病患,但是当时没人能百分之百确定他们已经真的有了治愈这种疾病的良药,一些人推测中间地带可能由高智慧机械生物操控,所有被选中的人的精神会被并入那个智慧生物,所以无所谓被选中的人是否患病。"

"关于中间地带的中立性,如果不仅仅是从五年前的IOI7病毒事件来看,而是从更为宏观的整体历史进程来看,"历史教授缓缓道来,"有一种观点认为,中间地带的中立性并非其自主意志,而是世界之内造成的,怎么说呢?世界之内有许多自称是海纳百川的多元文化宝地,每天喊着追求各色人等平等的口号,但只要世界之内国籍、种族、宗教这些最根本的差异存在,对于平等的呼吁反而会加剧人们对于不平等现状的认识及不满,以至于越是人口混杂的地方就越容易形成隔阂、越容易发生极端事件,也越不安全,中间地带居民和世界之内居民的身份差异也属于这种最根本的差异,所以,中间地带拒绝与世界之内接触、交流,可能是为了避免将这种因根本身份差异而导致的混乱带入中间地带。"

"还有一种观点认为,中间地带对世界之内的中立和冷漠事出有因,被选中进入中间地带的人都曾经是世界之内的一员,他们的至亲或者他们总有在意的人尚在世界之内,于情于理,由这些人组成的中间地带不应该对世界之内的困境漠不关心。"年轻的女社科研究所所长分析,"但从过去有关中间地带的记载文献中可见,似乎要在中间地带那样一个美好的地方留下并非没有代价,很有可能这种似乎是有违人性的中立、冷漠,这种似乎是对世界之内的至亲的背叛,便是成为中间地带居民的代价。"

"在IOI7病毒爆发后,联合国要求对中间地带施加武力威胁以求其共享病毒解药的提议,得到了各大常任理事国和其他各国代表越来越多的支持,"法学家回忆,"并且在中间地带于病毒出现后的第二个大奖日当天,通过了这项提议。"

2

每逢佳节倍思亲,尽管单简然在中间地带有了乔光,就仿佛有了全世界,但时值她来到中间地带后的第一个中秋节,简然还是有点想念自己在世界之内的父亲。她本想重返世界之内探望自己的父亲,但是她也知道即使相见也不能正常交流,还有各种不能违反的规则。为了避免不必要的麻烦,她便向"曾艺"申请了代理服务,由代理服务人(中间地带八级及以上居民)替她返回世界之内,并通过视频录像与书面报告相结合的方式向她反馈她父亲的现状。

简然虽然在中间地带听闻了世界之内 IOI7 病毒的爆发，但是就像在远隔重洋的海外很难感受到家乡的变革一般，简然并没有意识到问题的严重性，直到她收到来自"曾艺"代理服务人的反馈。

幸好父亲并没有感染疾病，简然放下心来，但是世界之内的情况已经非常危急。为了避免学生之间及学生与老师之间的交叉感染，学校已经全面停止校园授课，改由老师在家向各学生在家里的客户端远程授课，她父亲所在的学校也是如此。同时，反馈报告中还提到，她父亲尽可能避免了所有外出，就连购买必要家用食材之事都在网上完成，并且她父亲还选择了不当面签收而是由快递配送员置于门口的方式，减少与其他人的接触。

不过鉴于世界之内 IOI7 病毒的情况如此严峻，简然还是忧心忡忡地在中间地带对病毒信息进行检索，并通过电影协会的露露（她的职业是中间地带生科院的研究人员）了解到了进一步的资料。

在向露露询问的过程中，简然得知这款病毒竟然与中间地带密切相关，是被流放者身上的精神疾病穿过暗物质层面的隔阂传染到了世界之内的普通人身上，就像当年活禽身上的 H7N9 病毒跨越物种的隔阂感染了人类一般。

"这个病毒是通过思维传播的，"露露应简然的要求和她视频聊天，她正穿着生科院的研究制服，看上去非常严肃，她看在乔光的面子上向简然详细解释，"只要与受感染者进行精神交流就会感染，当然，你父亲的这个情况不用担心，即使你父亲和受感染的学生进行精神交流，也不会有影响，因为这种病毒在硅基的集成电路里是无法存活的。"

尽管如此，但是简然仍然不感到安心，"那么估计这次世界之内最后会怎么样？"

"难说。"露露回答，"乔光在吗？他不在的话，我就和你多说点，不然他又要责怪我和你这样的七级及以下的新生者聊违禁话题了。"

"他不在，但最好还是别让'曾艺'做出负面评价。"简然回答。

"那你们俩怎么样啦？"露露一脸八卦。

"我们？"简然一时羞于启齿——和乔光在一起的时光，她什么都不用想，宁静而幸福。

"知道啦！哈哈！"露露正色道，"乔光是不可多得的，他可是爱了你好多年也等了你好多年，我真为你俩感到高兴。"

简然觉得露露这"好多年"的说法也是有点太夸张了吧？！"谢谢你，露露老师。"

"他带你去'氛围秘境'之后，连之前申请的柏拉图计划都撤销了，他这次肯定不会再让你有什么闪失了。"

"柏拉图计划是什么?"简然随口一问。

"啊,"露露一副说漏了嘴的样子,"你还不知道是吧?他什么都还没和你说,也对,他那个脾气,我怎么会觉得他都和你说了呢?"露露假意自责。

简然摇了摇头:"我不知道露露老师您具体指的是什么。"

"且听我和你说个故事呗。"

3

简然在故事里了解到了更多关于被流放者与位于月球阴暗面基地的抵抗组织的消息,以及中间地带、保护者同抵抗组织之间的战役。现在,根据露露所说,中间地带的技术即将迎来突破,很快,中间地带将能够自主开启通往月球阴暗面抵抗组织基地的基站端口。露露说,到那时,中间地带将彻底平定抵抗组织,然后再将IOI7病毒的疫苗作用于世界之内。

"IOI7病毒最初是在暗物质层面的被流放者之间流传开来的,其源头来自月球阴暗面。病毒会导致受感染的被流放者身上的'生'之能量被转移到抵抗组织月球阴暗面基地。这种能量的转移,据目前的了解,是抵抗组织首领的天赋超能力。其实IOI7病毒突破次元壁,进入世界之内是出乎中间地带意料的,但现在,中间地带必须按兵不动。如果打草惊蛇,导致抵抗组织首领升级病毒形态,那么我们就不确定我们是不是还有能力研制出疫苗了。"在视频聊天的那一侧,露露轻叹了一声。

"那么世界之内怎么办?这个病毒已经导致很多人死亡了。"简然神色忧虑。

"像乔光这样的意念控制者最近都在接受训练,尝试通过意念控制阻止那个病毒在世界之内的蔓延,现在已经有了一定的成效,但他们能做的只是减缓病毒蔓延,要根除还是必须在世界之内释放疫苗,或者消灭抵抗组织首领这一毒害根源。"

"露露老师,我也有意念控制的天赋超能力,我能帮什么忙吗?"简然问。

"不行啊,简然,现在你还是新生者。将来等你成为八级及以上的中间地带居民之后,你就有资格和乔光并肩作战了。"

除了关于保护者、抵抗组织与病毒,简然在故事里也了解到了乔光与那些"简然"的过往,她不敢相信,乔光竟然会申请柏拉图计划——他要拿我做研究?!尽管她也知道,当自己在世界之内而乔光在中间地带时,柏拉图计划是最好的使自己重回乔光身边的做法。因为一旦通过审核、成为柏拉图计划的实验对象,世界之内的人便能直接成为中间地带的居民而无须通过大奖日的抽选。

　　然而,得知乔光这段过往的简然有些不知所措,她不知该如何面对现在的乔光。

　　虽然露露说乔光相信她一直都是一个人——从基因到一直佩戴着的那条肉眼不可见且用途不明的黄铜手链,但如果自己并不是那个人呢? 简然不知道自己究竟是乔光爱的那个几个世纪前的人的影子,还是就是那个几个世纪前的人的转世,但无论是前者还是后者,自己都是可悲的——要不便是他人的影子,要不便是永恒的轮回。

　　或许,有些时候,一些真相,不如不知。

　　简然的生活原本已是静如镜面的湖水,但因为露露的这番话,湖水开始泛起了涟漪。然而真正把湖水搅浑的却是简然以为是自己最好朋友的章麦喆。

4

　　简然来到中间地带的第一年末,在乔光的帮助下,她成功圆了《生死原理》的电影梦,同时也凭借这部作品进入中间地带的电影学院深造。与此同时,一年一度的"中间地带大奖日"再次到来,但出乎她意料的是,新一批新生者中竟然出现了章麦喆的影子。麦喆抵达中间地带的第一日便前往了简然的新生者公寓。简然此前并不知道麦喆也成了中间地带的新生者,又惊又喜,这毕竟是她许久未见的好友。

　　"天哪! 简然! 我好高兴! 我们能够在这里重聚!!!"麦喆抱着简然又蹦又跳。

　　"我也是,麦喆!"简然微笑着,仿佛绽放的花朵,"你越来越美啦,女神!"

　　在简然的介绍下,麦喆认识了简然新生者公寓里的朋友。随后,两人便在简然的寝室里叙旧。

　　在了解到简然有一个在中间地带生科院的医生朋友后,麦喆突然神色一变,亲切转为了急切。她恳求道:"简然,你一定要帮我! 我现在还没在这里待满七天,不能返回世界之内,但你可以,我等不了七天了,我父亲他得了 IOI7,你一定要帮我去救他啊!"

　　简然一时有些为难:"但是中间地带不让我们在任何程度上影响……"

　　"简然,"麦喆打断了她,"我父亲当年可是你的主治医生!"

　　"是主治医生又怎么样?"克里斯·星突然插入了两人的对话,在简然寝室门口两手撑着门框,似乎对麦喆带着某种敌意,"你难不成为了自己的父亲想让简然被流放?"

　　"克里斯·星,你……"麦喆一时语塞。

"和你开玩笑呢，"克里斯露出了软白甜的笑容，"我知道你也是在和简然开玩笑，对不对，小麦喆？"

"麦喆不会开这样的玩笑的，大星。"简然从书桌边起身，稍稍朝窗边后退了几步，远离麦喆，脑内飞速思索如何应对。

"那你帮不帮我？"麦喆乞求简然，几乎快哭出来了。

"麦喆，这件事……"简然背过身去，轻轻说，"我不知道该怎么帮你才好。"

"去问你的医生朋友要治病的方子啊，这里一定已经有救命的解药了，我听说这届新生者里有已经感染了 IOI7 的，如果中间地带没有解药，不可能冒着把病毒带到中间地带的风险选中那些人。"麦喆见简然对此事的态度并不爽快，便低下头说，"简然，你变了。"

简然不敢回过身去面对麦喆，现在她在中间地带有了乔光，有了自己的生活，她必须谨慎行事。

"单简然，你有回去看过我吗？"麦喆质问，"有回去看过你的爸爸吗？"

"我让别人回去替我看过我父亲的。"简然想要证明自己不是麦喆说的那种绝情的人。

麦喆嗤笑一声："过去你在学校，无论我犯多大的错，你都愿意替我顶罪，但现在，你就在中间地带住了一年，就变成这样了。"

"不是这样的，麦喆。"简然转过身来，看了看仍在门口站着的克里斯·星，又看了看一脸不悦的麦喆，"麦喆，我不是不想帮你，是没能力帮你。"

"好了，你就别说了，"麦喆说着站起身，"要是我之前就和你说明来意，恐怕你会因为担心违规，连你的朋友里有医生都不告诉我吧？"麦喆走向简然寝室的门口，克里斯挡在门口，没有要让开的意思，麦喆没好气地对他说："克里斯·星，你也和单简然一样，你们啊，都在这里变成了精致的利己主义者，为了自己在中间地带的美好人生，即使你们的家人得了绝症，你们都不会回世界之内，去看他们一眼，生怕回去就会让'曾艺'对你们做出负面评价。"麦喆又回过身，对简然微笑道，"谢谢你之前把你的医生朋友告诉了我，我想'曾艺'应该不会因此对你做出负面评价吧。"然后麦喆一把推开了挡在门口的克里斯·星，扬长而去。

简然看着麦喆黯然离去，觉得无地自容，她知道，自己在麦喆的心里，已经成了被中间地带腐坏的典型。

克里斯·星嬉皮笑脸地安慰了简然几句："麦喆只是因为父亲生病，一时着急，你别太在意，千万别往心里去。过两天，她肯定会回来找你的。"说完，他也离开了。

简然独自一人坐在刚刚还很热闹的寝室里，感到一阵寒意，心里陷入了两难的道德困境。她反思自己刚刚不愿帮助麦喆的心理——但这是自己的错还是中间地带的错？还是自己和中间地带都没错，是麦喆错了？

5

克里斯·星回到自己的房间后，一跃躺倒在自己的大床上，然后他便和乔光用心声交流了一会儿。

"光，"克里斯在心声里模仿简然唤乔光的语气，"你让我说的我都说了，之前让我匿名把关于打开通往抵抗组织月球阴暗面基地的基站端口的研究数据上交元老的'平稳计划'，我也上交了，现在又让我做这些，替你打发章麦喆?！我警告你，别得寸进尺啊。"克里斯的心声听上去并没有责备之意，半开着玩笑："适可而止，不然删除你记忆啊！"

"克里斯·星，谢谢你为我做的。"乔光的声音悦耳、坦诚，"只是简然已经从露露那里听说了一些事情，我和她之间的关系已经有点……"乔光欲言又止。

"你当我傻啊?"克里斯嗔怪，"我当然知道你们之间的事儿啦，不然怎么会帮你呢？总不能再让简然同学觉得你对她最好的朋友也有意见吧？不过呢，我也不纯粹是因此才帮你的，我本身就不喜欢章麦喆，两个女生之间的友谊总是很奇怪的，往往在脾气好的对方比自己差的时候，强势的另一方才更愿意维持这段友谊。之前在世界之内，要不是简然得了癌症，章麦喆或许早就已经和她分道扬镳了。但是我们的简然生了绝症、楚楚可怜的，不知道满足了章麦喆的什么心理，也许是某种类似于母爱的怜悯吧，才让她继续留在简然身边，就好像简然是她的心理慰藉，至少她章麦喆没得癌症，所以她章麦喆的生活再怎么晦暗也还有未来，或者至少不至于马上就要死吧。"

"克里斯，你可千万别当面对简然这么说。"乔光语重心长，"只是元老交代我的任务之一就是不能让简然回到世界之内去，所以刚刚不得不麻烦你，谢谢你，克里斯，我保证这是最后一次。"

"哎呀，和你开玩笑的啦，我也不希望她回去之后出什么乱子啊，"克里斯笑答，"我们互利共赢的啦，而且我们什么关系呀？以后有什么需要我帮忙的尽管说。"

第十七章　何为抵抗组织？

1

单简然来到中间地带后的第二个大奖日，世界之内的各国终于完成了所有开战前的准备，集结的军队已剑拔弩张地对准了中间地带。中间地带试图打开基站端口的技术却遭遇了瓶颈，并不是他们无法打开基站端口，而是即使他们有能力打开端口，也无法进入月球阴暗面抵抗组织所在的那一维度，因为他们没有得到兰迪尔·萨乌丁的邀请，所有直接进入那一维度的尝试都以进入者在进入瞬间灰飞烟灭告终。

前些时候，章麦喆因其舍身救父的行为而被"曾艺"做出了负面评价，这一负面评价严重影响了她的资格评级曲线，并导致她直接被流放，但麦喆丝毫不后悔，因为她救回了自己的父亲，而且被流放正中章麦喆的下怀。

在中间地带翻阅抵抗组织的相关书籍后，她知道抵抗组织才是改变这个世界的力量，她只有成为抵抗组织的一员才能为这个世界做出贡献、实现自己的人生价值，而真正成为抵抗组织成员、融入抵抗组织群体的前提是被流放。

然而，章麦喆只看到了抵抗组织的口号：要求中间地带同世界之内共享一切资源，却没有看到抵抗组织的幕后真相与被流放者的人员构成。

被流放的麦喆在世界之内的暗物质层面由于没有充足的"生"之能量而受尽折磨，更可怕的是，大多被流放者都不是像她这样满怀理想的青年，而是真正的作奸犯科之辈、真正邪恶的罪犯。

章麦喆终于理解了单简然曾经在被梦圆项目拒绝时和她说过的梦想破灭时的绝望。

暗物质层面根本没有抵抗组织，章麦喆还多次受到这些罪犯的骚扰，不过都是有惊无险，似乎在世界之内暗物质层面巡逻的保护者不仅仅保护重返世界之内的中间地带居民，还对她特别照顾，不像是她认识的其他被流放者，他们从未得到过保护者的出手相救。

在暗物质层面如炼狱般的生活里,章麦喆渐渐了解,原来被流放只是成为抵抗组织一员的必要条件。充分条件是她必须受到抵抗组织创始人兰迪尔·萨乌丁的邀请,并消耗珍贵的抵抗组织月球阴暗面基地的"生"之能量,以支持兰迪尔·萨乌丁撕裂在基站端口打开时由保护者设立的思维屏障,为她进入被流放者月球阴暗面基地开辟特殊通道。

但是,章麦喆失神地望着暗物质层面的世界之内的蓝天,她何德何能足以让兰迪尔·萨乌丁费这么大力气、接纳她成为组织的一员?

然而,在章麦喆被流放的第三个月,她期待真正成为抵抗组织一员的日子到来了。她不敢相信,抵抗组织创始人竟然为她的虔诚所打动,为她开辟了前往月球阴暗面基地的通道,将她从炼狱般的生活里拯救了出来。

当然,她并不知道自己所有的幸运全都来自一个原因——她是单简然在世界之内的最好的朋友。

2

清冷的宇宙射线光下,兰迪尔正藏身抵抗组织月球阴暗面的基地中,他透过基地所在的岩石缝隙,极目远眺,手心里攥着金·和美的心声信笺,念想着,或许金·和美就在那片炫丽星云的另一侧吧。

兰迪尔的耳边回响着金的声音,那是心声信笺的内容:

表哥,很抱歉前些日子的不辞而别。此前,我已经完成了所有你交给我的任务。那个能够牵制时空奇点而且能够被蛊惑以加入抵抗组织的人,我已经物色好,并也动了手脚,让她能被中间地带选中,现在她应该已经是抵抗组织的一员了吧?

因为一些我不能在信笺中明说的事情,我不能再回到你的身边、助你完成计划了,而且我看不到我们计划成功的那一刻,他太强大了。

现在一切都结束了。我将远行至圣清主时空外,放心吧,我不会让他找到我的。你知道我的天赋超能力之一是伪装,不然当时也不可能躲过你的眼线,向他通风报信那么多次,所以不用担心我会被他当作抗衡你的把柄。只是没办法通过主时空边疆守卫基地替你提供与他的通信连线了,但是我了解到,你在我不辞而别后在世界之内释放的瘟疫,很快就会触发哨战的 UENSE 子时空生命灭绝威胁警报,到时候执行者基地就会恢复运作,你也就能够和"命运"一较高下了。总之,我走了,再见!或许,再也不见了……

这份心声信笺从兰迪尔渐渐攥紧的手里融化了。

这才是我的表妹，兰迪尔无奈地想，永远坚持不到最后，见风就是雨，毫无忠诚可言，说不定她还爱着那个人所以才这么做的。但有什么办法呢？这就是我的表妹，能够利用她的地方都利用了，现在万事俱备，只欠东风——等子时空生命灭绝威胁警报被触动时，就是我的翻身之日。

3

章麦喆的眼里染起血色，仿佛受到感召般，穿过思维屏障已被撕裂的基站端口，踏入了抵抗组织月球基地。眼前是一个干燥、阴冷的岩石洞穴，她抬头望向光亮，发现那是一支插在石块缝隙里的火炬，她的身后跟着一个把头发挑染成了各种颜色的女学生，穿着朋克摇滚风的服饰，大眼睛里泛着孩童般的纯真，但是表情却十分严肃，有几分成人的味道。

洞穴中走出一个穿着黑色紧身服的抵抗组织成员，但他看上去面无表情：“跟我走。”

青年女子边跟着走，边用手指戳了戳麦喆：“你也是自己要来的？”

“加入抵抗组织是我的人生目标。”麦喆柔声回答。

“我也是，只是听说不少来这里的都是受到精神蛊惑的天赋超能力影响，我很高兴我们旨趣相同，认识一下吧，我叫汉娜（Hannah），具体姓什么不重要，就叫我汉娜。”

“我是章麦喆。”麦喆微笑道，脸上露出了昔日与单简然在一起时的清澈微笑。

“我是一个现实的人，我不相信在中间地带没有付出就能有回报，而且凭什么是我们躺着就能够吃饱，而不是世界之内的其他人呢？”

听着两人的对话，在前面引路的抵抗组织成员心里暗自好笑这两个年轻女子的天真，他想着要是自己没有被流放就好了，还能留在中间地带，不至于像现在这样天天都活在死亡边缘，这两个心思简单、性格冲动的年轻人一定是看了那些骗人的宣传册。

沿着洞穴内天然的通道向上，麦喆一行人来到了依石壁而建且极为狭窄的楼梯平台，周身的石壁被抛在脑后，视线瞬间开朗。他们正站在洞穴内的制高点，面前明亮的自然光线下是一个深坑。深坑里传来训练的声音，能够看到穿着统一制服的人正在深坑下人为隔开的一间间没有天花板的训练室里训练天赋超能力。沿深坑的石壁而上，环绕着一圈圈或自然形成或人工开凿出的走道，这些走道分割了不同的楼层，楼层则分割了不同的基地功能区。

正对着楼梯平台的石壁上悬挂着一块巨型屏幕——这是这一片天地里唯一具有科技气息的物品，上面依据每个人的排名从第一名向后递增，显示着人名、年龄、天赋超能力及获胜场次数量等信息。

"那是什么?"汉娜的眼神闪过一丝紧张，似乎她非常讨厌这种类似排名的东西。

麦喆摇了摇头，好奇地打量着："不知道哎。"

那个抵抗组织的"迎宾"停下脚步，从楼梯平台处的衣架上拿下了两件陈旧的黑色制服担在手臂上，并从衣架边的篓筐里拿了两个闪着奶白色光晕的立方体，与制服一起递给麦喆她们。他简单交代："请按照制服上的编号入住宿舍，换好制服，然后携带'名那'，就是这个白的立方体，也是这里的货币，到餐厅区用餐。"他并没有解释那块大屏幕的含义。在示意麦喆和汉娜沿着石壁的铁栏杆走道，走向楼梯底端挂着宿舍区牌匾的区域后，他就转身准备离开。

"等一下，这'名那'是什么做的?"汉娜用食指和大拇指拿着立方体问"迎宾"。

"死人的尸体。"那个"迎宾"边回答边原路返回，离开了。

麦喆和汉娜听闻，一惊，面面相觑间，两人大笑起来，以为是那个人在和她们开玩笑。

走下楼梯平台，麦喆和汉娜看到了两个正在入口处巡逻的守卫，他们检查了两人是否夹带了多余的"名那"后，便放两人进入了抵抗组织的大本营。

麦喆和汉娜按照制服上的编号，沿着石壁上的标记，找到了两人的落脚之处——男女混住的宿舍。在编号为 6 - C 的宿舍门口站定，麦喆打量了一下四周，发现身后的走廊栏杆下就是地下餐厅，餐厅右侧有一个极高的天然岩石门洞，门洞通向之前两人在楼梯平台处所见的训练区。

回过头来，面前 6 - C 宿舍淡绿色的门虚掩着，就在麦喆推门而入时，里面走出一个高大魁梧、留着络腮胡的中青年男子，他已经换上了黑色制服，正准备前往地下餐厅。

"哦，大帅哥，"汉娜脱口而出，"你睡哪儿?"

"这儿。"那个男子点了点进门处那张上下铺双人床的下铺。

"你上铺有人了吗?"汉娜问。

"不知道，应该没。"男子说完，便走出宿舍离开了。

汉娜欣喜地说："这是我第一次住男女混住的宿舍!"

麦喆则似乎受到了冒犯似的，至少，这不是她想象的抵抗组织的住宿条件——狭小的空间内靠墙前前后后一共摆放着六张上下铺床，床架上漆着淡灰色的漆水，似乎还有一些地方剥落了，露出内里已锈蚀的黑色铁棒。麦喆环顾四周，发现靠右侧的墙壁后方有一个公用卫生间，在公用卫生间里，还有一扇能够通往隔壁宿舍的门。

麦喆正打量着这远不及中间地带新生者公寓的宿舍,消化着心里的落差感,汉娜则兴奋地换上制服,从公用卫生间走了出来,看上去正气了许多,虽然头发还是像个小混混的样。她爬上了之前那个男子所在的上铺,研究起了"名那"。

倏地一下,集结号响起,这声音让麦喆错觉自己回到了大学时的军训。集结号后伴随而来了一个男子的提示声:"请所有人员前往训练区。"

麦喆匆匆换上制服,和汉娜向训练区走去,但路上遇到的穿着制服的男男女女都在飞奔,一个好心的青年女子见麦喆和汉娜这么闲庭信步,就提醒:"你们不要命了?最后一个到的看不到明天的太阳的,快跑!"

麦喆这才和汉娜跟着人群飞奔起来,进入训练区——一览无遗的大厅里原有的隔板都降到了地面下,灰白色的岩石地面延伸至正缓缓上升的黑色大理石瓷砖主席台,大厅里没有座位,主席台在离地大约有 10 米高时停止了上升,但从整个大厅无论哪个角落都能够望见主席台。

人群进入大厅后四散开去,整齐地站成了若干排,有好几万人。麦喆和汉娜站定后,汉娜看上去有些恼火,她最讨厌这种条条框框的东西了。

"他来了!他来了!"麦喆听到自己身边的人都迅速抬了抬头,然后相互提醒着,非常紧张的样子。

麦喆顺着人们的目光望去,心想,那便是抵抗组织的创始人了吧?那个男子穿着黑披风,两手微抬,犹如君主般从天而降。

整个大厅内的人都随着这位男子的缓缓降落而半跪下身,麦喆迅速把仍然站在原地的汉娜拉了下来。

"你不要命啦?!"麦喆嗔怪道。

随着一声清脆的皮鞋与主席台上大理石的相撞之声响起,大厅里的人群发出齐整的问好声:"万能的萨乌丁大神,感谢您赐予我们食物与能量,感谢您拯救我们于中间地带的暴政,我们将永远效忠伟大的萨乌丁大神,并听从您的指挥将秩序还给这个时空。"

"起来吧。"兰迪尔·萨乌丁回答众人恭敬的问好声,声音沉稳。

整个大厅里所有人正缓缓起身,给人异常虔诚、庄重的感觉。然而,大厅外突然传来了惊恐的尖叫:"我不是最后一个,肯定还有人比我迟的!我不是最后一个!"

兰迪尔丝毫未受大厅外的尖叫的影响,"让我们告诉新加入我们的朋友们,我们是……"兰迪尔话音刚落,全场欢呼道,"抵抗组织!"

"我们要做的是……"兰迪尔怒吼道。

"推翻中间地带！"全场也跟着呐喊。

4【插播一段中间地带的纪录片——《三个世界的碰撞》（节选）（纪录片分级：中间地带八级及以上居民才能观看）】

这个纪录片与中间地带"平稳"计划相关。中间地带"平稳"计划是专门研究如何对抗抵抗组织的元老科研项目。纪录片的画面里，"平稳"计划社会学分项目的负责人正在讲述着："根据我们对被流放者人口统计的研究显示，一些被流放的人的确是出于好心，为了自己所关心的人，比如，一位研究对象就是为了救一个身患白血病但找不到配对的亲人，而使用了中间地带的治愈试剂，最后被'曾艺'做出负面评价，影响了资格评级曲线。"这位负责人不像大多数世界之内的纪录片里常见的学者，他的相貌非常英俊，"但是，更多的被流放的人是为了报复，他们使用'红墨水'或者是其他违法试剂，谋杀世界之内的人，其中不少还毫无悔过之意。当然，还有不在少数的被流放者，是在中间地带了解到了抵抗组织的相关内容后，故意让自己被流放以便加入抵抗组织的。"

"其实我并不理解他们是怎么想的。"另一位"平稳"计划成员，一个长相艳丽、浓妆艳抹的女学者在阳光房里接受着采访，"为什么他们会想要加入抵抗组织？为什么会觉得他们的加入就有助于抵抗组织通往成功？研究这些人的心理也是我们开启'平稳'计划的原因之一。"她看了一眼阳光房外的安逸景象，"数据表明，这些自主加入抵抗组织的被流放者都是在来到中间地带前平均年龄不到25岁的年轻人。之所以年轻人最容易成为被抵抗组织吸引的群体，是因为他们的价值观还不稳固，哪些人会演讲，说得群情激奋，他们就会跟着谁走，以为自己在做一件很酷的事情，似乎叛逆是一件很酷的事情。此外，这些平均年龄不到25岁的年轻人中的大多数在世界之内接受的教育都非常有限。"

"所以我一直很怀疑抵抗组织是否能够长久存在。"一个穿着讲究、极有气质的老奶奶作为"平稳"计划的民意顾问接受采访，"因为这些能够被宣传册鼓动的年轻人都是一些不坚定分子，三天打鱼两天晒网，要他们坚持做什么事儿应该比登天还难。此外，这类不坚定的年轻人在面对现状感到不满时，只会想推倒一切重头来过，而不会想如何在既定框架内改善。但推倒一切重头来过，这种以毁灭为前提的革新会对社会造成多大的危害？这类被流放的年轻人在世界之内也有，而且也是世界之内许多不稳定事件的根源，'幸好'中间地带有被流放的措施，能够将他们从我们的生活中分离出去，虽然这听上去似乎对他们非常残酷，但这是中间地带保持太平的代价。"

"一些世界之内的居民和不少皈依抵抗组织的人都认为中间地带的人生和世

界之内完全不一样,但其实并非如此,"容貌艳丽的女学者指出,"在中间地带其实
和在世界之内一样,都有为了一些什么而不得不做些什么的无奈的时刻,比如我
们对七级及以下的新生者就要保守许多秘密,还有各种各样的不得接触世界之内
的规则需要遵守。"

画面又回到了第一个英俊的社会学负责人:"世界之内与中间地带的根本区
别在于决定人在社会中地位的衡量标准,世界之内的衡量标准可以说是一种金钱
与伦理,或者是财富、权力与三纲五常的融合体,只是不同时期侧重点不同,但中
间地带试图做出改变,也就是改变由外在的物化价值决定一个人的社会地位,而
使用遵纪守法作为衡量。这一改变通过'曾艺'资格评级曲线落实至今,收效
良好。"

"我们不知道抵抗组织采用了什么方式来决定人与人之间的关系,""平稳"
计划项目总负责人,一个很有学究气场的中青年男子推测,"但在那场第一次也是
唯一一次抵抗组织入侵中间地带的大战后,在中间地带遗留下了大量抵抗组织的
宣传册,其中不断强调中间地带试图磨灭人性,而他们要将人性重新还给每一个
人。从中我们'平稳'计划团队做出推测,他们沿用的是世界之内的物化标准来决
定人与人之间的关系,甚至可能采用最为原始的丛林法则,因为那是最能彰显人
性的根本。"

5

在月球阴暗面抵抗组织基地,兰迪尔正在训练厅的高台上继续着先前的布
道:"我们是抵抗组织,在这里我们将为各位提供最接近世界之内的生活模式,而
不是中间地带的幻梦人生。中间地带太美好了,大多数被选中的人都会迷失,但
每当我看到那些立志加入我们抵抗组织、为了所有人的幸福而奋斗的年轻人的眼
神时,我就备感欣慰,因为你们的人性还一息尚存。"兰迪尔的眼里闪烁着赞许。

"我们要挑战的不是极权,不是极端,而是掌握一切的中间地带不与我们、不
与世界之内共享资源,为什么他们能够在中间地带的美好之境内享受生活,而让
所有世界之内的人、我们至亲至爱的人因有限的资源相互斗争、痛苦地生老病死?
而让我们这些试图改变这一切不平等的人被流放?"兰迪尔提高了音量,"中间地
带不能再继续分化人类,因为这个宇宙中的所有生命都和中间地带的每个人的生
命一样珍贵。我们要抗争! 不仅仅是为了我们自己,也是为了我们在世界之内最
亲、最爱的人!"

兰迪尔稍事停顿:"要打赢这场仗,我们必须训练以提升天赋超能力,中间地
带有着超一流的科技,他们的保护者又都有着强大的能力。我们如果要战胜他

们，就必须变得比他们更强。为了督促各位的训练，抵抗组织设立了非常残酷的淘汰机制，但是保护者从来都不会对我们心慈手软，我们在世界之内的亲友面临的生活现实更为残酷。"

"为了让我们变得更强，我们每月都会进行天赋超能力比拼，根据所胜场次的数量与所胜对手的能力，我们会对各位进行排名，并显示在宿舍区外的大屏幕上，比拼结束后排名末尾的十位将会以另外一种方式为抵抗组织效力，他们将会被转化为抵抗组织的'生'之能量来源，"兰迪尔顿了顿，"他们将会被转化为你们手里的'名那'。"

6

麦喆和汉娜惊魂未定地端着铁质托盘在餐厅的长龙里排队，但想到自己的食物将要从"名那"转化而来，麦喆就感到一阵恶心，怪不得那最后一个抵达训练厅的人会发出那样惨的叫声。作为惩罚，每次集会最后一个抵达的人也会被转化为"名那"。

应该说，麦喆现在的大脑是蒙的，她怎么都不会想到抵抗组织竟会如此这般，但迈出了这一步就没有后悔药，创始人萨乌丁说了做逃兵也是要被变成"名那"的，而且至今也没人逃出去过。

汉娜心里明白自己来到了一个怎样的地方，但她不愿直视自己的恐惧，便尽可能地转移自己的注意力。她发现从领餐食的窗口离开的人的托盘里都是一坨看上去酷似燕麦粥的东西，就对麦喆说："我最不喜欢这种看上去就味同嚼蜡的食物，但这里的人怎么能够吃得这么津津有味？"

麦喆环顾四周，发现的确每个正在用餐的人似乎都非常享受面前的这份卖相不怎么好的食物。她嘴角向下歪了歪，耸了耸肩，表示她也不知道。

等到麦喆和汉娜排到了窗口，麦喆本以为会看到像学校食堂那样的打菜窗口，但窗口里什么都没有，只是一张简易的不锈钢桌子和一个满脸横肉的服务人员。

"想吃什么？多少'名那'？"那个服务人员头也没抬。

麦喆和汉娜不知道怎么说才好。

服务人员没好气地催促："快点决定，没想好的话，就想好了再来，时间不等人。"

"我们是新来的。"麦喆解释。

服务人员板着脸："'名那'和托盘拿来。"

麦喆赶紧递给了服务人员。

服务人员在托盘上挥舞了一下"名那",一份像是燕麦粥的食物便出现在了托盘上:"就给你性价比最高的经典餐了,只要四分之一'名那'。"他把剩下四分之三、闪着奶白色光晕的"名那"放在托盘上递还给了麦喆。

汉娜和麦喆一样,端着经典餐来到了一张空桌坐下,但她们刚坐下,还没来得及研究这坨食物究竟是什么的时候,就有一个看上去似乎有些多动症的小青年在她们这桌落座。

"你们都是新来的吗?"那个人边问,边四下里张望着。

"是。"麦喆警惕地回答。

"啊,很好,我是史蒂芬·派拉。"那个人自我介绍,"你们应该都听过这里的介绍了吧,知道排名垫底会被淘汰,对吧?"

史蒂芬故意停顿了一会儿,享受地看着麦喆和汉娜眼神里流露出的恐惧,"这些'名那'在你们第一个月比拼之后可不是天天都能免费拿的,等你们第一个月比赛下来,'名那'就会根据你们的排名来发,如果你们不好好练习自己的天赋超能力,不仅拿不到足够的'名那',那些能力强的人还会从你们手里抢走'名那',我知道你们肯定会问,他们抢了'名那'是不是要负什么法律责任?"史蒂芬又顿了顿,"很不幸地告诉你们,答案是否定的,抵抗组织没有法律,但也不算是'无法无天',因为还是有优胜劣汰之法的,但是……"史蒂芬卖了个关子,没再往下说,"有什么疑问吗? 我看你好像想问我问题。"他问麦喆。

"呃,没有。"麦喆有些紧张地摇着头。

"但是什么,史蒂芬?"汉娜等不及想知道这个人告诉她们这么多关于抵抗组织的生存规则是想做什么。

史蒂芬一笑,有些跋扈地介绍道:"但是现在,我这里有个专门的组织——'贝比'——会帮你们提高你们的天赋超能力,你们只要简单填个加入组织的单子,然后将你们每月得到的所有'名那'上交我的组织即可。放心,我们'贝比'不会贪污你们交的'名那',随便找个人问问就知道我们'贝比'是多么有信有义。我们只是替你们保管这些'名那',避免被别人从你们手里抢了去,而且组织也会在你们需要用'名那'的时候分配足够的数额给你们,当然总量不能超过你们上交的份额。另外,最为重要的一点是,你们只要加入'贝比',我们就可以向你们保证,你们绝不会成为比拼垫底的那几个,因为我们组织和其他这里的组织都有交易,保证只有那些不加入任何组织的人才会最终排在倒数十位,所以,你们有兴趣吗?"史蒂芬的声音略带诱惑,边说边抖着脚。

"当然,我要加入。"汉娜迅速做出决定。

麦喆也无奈地点了点头,心想虽然这个组织就像银行,可能会有非常多的霸王条例,但这个人都把话说到这份上了——不加入任何组织的人才会是倒数的那几个,自己为什么不花钱买个保险呢?但是她不敢相信在这里竟还会有倔强不屈的人不愿意加入这些组织。

"什么时候开始训练?"麦喆问。

"每天抵抗组织都有固定的集体训练时间,清晨六点集体起床,然后晨练一小时。没错,这里是完全的军事化管理。晨练到七点后是一小时早餐加休息,早餐后八点开始训练到十二点,下午两点训练到六点,晚上是自由活动时间。我们'贝比'组织提供的额外训练时间是中午十二点之后到下午两点之前,以及晚上七点至十点,我们会有专人负责教授你们技能。"史蒂芬停了下来,像是完成了传销任务似的,"呃,我看你们制服上写的是6-C,那我到时就到你们宿舍来给你们发表格,现在我就不多说了,今晚再来找你们。"史蒂芬说罢便起身,一溜烟消失了。

麦喆低声对汉娜说:"我没想到这里会是这样的。"

"那你还希望这里是怎样的呀?"汉娜好奇地闻了闻用勺子舀起的食物,"来这里的不是像我这样缺一根筋的神经病,就是十恶不赦的坏透了的浑蛋,这些人团结起来的组织能像这样已经很不错了,你还希望这里会像中间地带那样么舒舒服服、和和气气的吗?"

接着,汉娜便开始认真品尝起燕麦糊状的能量食物,她觉得这个入口即化的食物似乎有着各种口味,然后她又更加仔细地尝了一口,有点像烤面包的味道……再来一口,是色拉、番茄、芝士……然后,她继续品尝着,是喷香的孜然羊排,再是酥嫩的牛小排,接着是丝丝蟹肉的香甜……最后是酸奶冰激凌的清爽和坚果的香气。她对麦喆赞叹道,"怪不得他们都吃得这么香呢,你快吃呀,试了就知道了,真是太棒了,为这坨食物疯狂打call!"汉娜赞叹道。

麦喆尝了一口,心想:这不是很像单简然喜欢的电影《查理和巧克力工厂》里的口香糖吗?随即麦喆驱赶了她对于简然的思念,悲哀地认为,可能以后在这里吃东西就是她人生最大的盼头了。

7

之前最后一个抵达集会的抵抗组织成员——一个戴着眼镜的矮胖男子,被两个黑色制服的巡逻兵押解到了抵抗组织的能量中心。这个能量中心位于抵抗组织基地的总控室后方。

两个押解的巡逻兵中的一个便是之前麦喆6-C宿舍的络腮胡舍友。他的面前是一台散发着奶白色荧光的"生"之能量泵。

"你们要干什么?"那个矮胖男子试图反抗,但那些巡逻兵都是排名前一百的抵抗组织成员,这个排名五千名开外的矮胖男子根本无法挣脱。

那个络腮胡舍友巡逻兵打开了能量泵的圆形拱门,里面是一个密闭的空间,四周是环形的银色墙壁,他面无表情地和另一个巡逻兵一起把那个矮胖男子往里面一扔,然后重重关上了能量泵大门,按下了门外的"提炼"按钮。

大门内的矮胖男子尖叫起来,他拍打着能量泵大门:"你们这么做晚上睡得着吗? 就不会心里不安吗?"然而,还没说几句,他就像是在压力锅里被烹煮的食物一般,爆裂为了一股能量结晶,散发着温暖光线的能量随后便被吸进了奶白色的能量泵里。

络腮胡舍友身旁的巡逻兵似乎对那个人的尖叫嗤之以鼻:"如果我们也有'曾艺'那样的直接吸收'生'之能量的技术,也不用如此。再说了,我们凭什么要保护弱者而不是最大限度地利用他们?"他转向那个络腮胡舍友,"杨冰,你到抵抗组织多久了?"

"一年不到,长官。"

"我听说你最近在基地里组建了一个叫'贝比'的组织?"

"是的,长官。"杨冰不敢撒谎。

"我知道你是可怜那些人,不希望他们被押解到这儿来,但不要太招摇,而且总是要有人为我们做出点贡献的,不然我们吃什么喝什么?"长官意味深长地在杨冰背上拍了拍,"你知道其他组织都是怎么打点的吧?"

"属下不会让长官失望的!"杨冰恭敬地回答。

"很好。"长官颐指气使地点了点头。

最终章

1

　　单简然穿着轻盈的蓝紫色羊毛外套,来到了新生者居所附近的公交驿站。她头上戴着克里斯·星同款金色枫叶鸭舌帽和黑色口罩,只露出眼睛。她警惕地四下里打探了一下,压低了鸭舌帽帽檐,排在了一队正在等待登上公交班车的中间地带居民的队尾。

　　当她再次回头打探时,乔光突然出现了。他一身保护者银衣铠甲的装扮,神情关切:"简然,不是说好了,如果你要回去看麦喆的话,我们一起去。"

　　"你不是今天要保护者值班吗?"简然正说着,乔光突然回头,瞬间移动离开了。

　　简然猜测他可能是去处理"红宝石"报案了,便赶紧跟上了开始向前移动的队伍,但没走几步乔光再次突然出现。他将简然从队伍中拉了出来。"简然,不好意思,刚刚有一起'红宝石'事件,我处理好了。"

　　"乔光,你看你这么忙,我一个人回去看好麦喆就回来。"简然摘下了口罩,试探着说。

　　"简然……"乔光欲言又止。

　　简然抬了抬眉毛,眼神里闪烁着期待。

　　"简然,麦喆我和我的同事会照看好的,你别一个人回去了,"乔光弯着眉毛,表情略有些不自然,"这段时间世界之内准备和我们开战,我可能比较忙,过了这一段儿就陪你回去。"

　　简然眼里的期待低落了下去:"乔光,都到这份上了,你还不和我说实话?"

　　乔光深邃的眼里满溢而出愧疚:"简然,我只是想要保护你……"

　　简然把轻盈的蓝紫色轻薄毛衣往身上裹紧了些,看了看公交驿站的人流与中间地带特色粉的天空:"我昨天看到世界之内准备和我们开战的新闻,就有点担心我的父亲、家人还有麦喆的父亲和家人,你昨天也在忙,所以我想,要不我让'曾艺'找个代理服务人回去世界之内看看我和麦喆的亲人,顺便也好去看一下麦喆的情况,但你知道代理服务人和我说章麦喆什么吗?"简然猛地脱下了鸭舌帽,"代理服务人和我说章麦喆——'查无此人'!然后'曾艺'解释这指代这个人被位于月球阴暗面的抵抗组织吸收了,之前露露老师和我说过那里的情况。"简然抬眼直视着乔光,"但我昨天问你,还有刚才问你,你都没和我说实话。"

"简然,对不起,是我和我的朋友保护不力。"乔光避开了简然的视线。

"光,我知道要从抵抗组织手里留下人很难,我不会因为麦喆去了月球基地怪你,但你真的好多时候、很多事情都不和我说实情,你的过去我也是从露露老师那里听说的,"简然摇摇头,一手摸了摸额头上,看上去很困惑,"我知道你是为了保护我、不想失去我,所以不让我回去,但你是想把我永远囚禁在你的身边吗?你是想永远控制住我的行踪吗?"

乔光后退了几步:"对不起,简然,如果这让你感到不自在的话……"乔光拉着简然瞬间移动到了他的中式复古公寓里。

"乔光,你?"简然忽然有些紧张。

"公交驿站人多眼杂,有些话不方便在那里告诉你,"乔光安抚简然在他一尘不染的公寓会客堂里坐下,并用意念幻化了一杯菊花枸杞茶给简然,但他仍不敢看简然的眼睛,"我不让你回世界之内,不仅仅是你我两人的事,也是这个世界的事,保护你不仅仅是我不想再失去你,也是这个世界不能失去你。"乔光拨动修长的手指,整理了一下简然的发丝,"中间地带被创立的原因之一,便是为了保护像你这样的人,我们并不知道在中间地带成立以前,是否存在像你这样的世界之源,但是自中间地带成立以来,元老的一大任务便是保护世界之源,不受到来自世界之内以外的危害。"

"世界之内以外的危害?"简然询问,她的目光柔和了下来,或许刚刚对乔光的坦白起到了效果,他开始告诉自己真相了。

"是的,我想露露应该已经和你说过了,那第一次也是唯一一次抵抗组织对中间地带的侵袭?"

简然点点头,表示自己已经有所了解。乔光便继续道:"那场侵袭的根本目的便是抵抗组织创始人意图将当时的世界之源据为己有。"乔光凝视着简然,"只是这个世界之源并不是一成不变的,那次并不是你,但现在是你,其实之前定向越野的时候,你就遭遇过危机,只是你不知道,我们都替你解决了。"

"那这个世界之源是像《捍卫者联盟》的'黑空'或者'铁拳'那样是蕴含在我体内的武器,还是像《第五元素》里的'第五元素'那个人那样是拯救世界的五大关键之一?"简然抿着菊花枸杞茶。

"可能都不是，"乔光眯了眯深邃的双眼，试图寻找一个更好的类比，"更像是《爱丽丝镜中奇遇》里的'时间'，如果时间停止运转，电影里的整个地下王国就毁灭了，'世界之源'本身就是生命，如果世界之源被抵抗组织控制，那么他们就控制了整个世界的生命。"

简然不敢相信自己竟然肩负着如此重任，"乔光，你怎么不早点告诉我？"

"这是元老交给我的任务，他们希望能够对你保密，不过我想或许现在到了该让你知道的时候。"

"那你还有什么秘密瞒着我吗？"简然的语气凝重。

"还有很多很多……"乔光半开玩笑地说，"不过现在能说的是，元老已经研究出自主开启通往月球阴暗面的基站端口的方式，然而，我们之前多次向月球基地派出的个别保护者，都在通过基地端口的一瞬化为了灰烬，之后我们还尝试通过'数据库技术'将一些保护者转化为硅基形态，储存在'数据库'里，并由被我们买通且被选中进入月球基地的被流放者带入月球基地，但一旦从硅基恢复原形，这些保护者也都当即毙命。对于这一情况，也就是一部分被流放者能够进入月球基地，但所有其他人都进不去的原因，此前已经形成了理论和猜测——我们推测这些保护者之所以会灰飞烟灭是因为没有得到基站端口的中控身份授权，也就是没有得到兰迪尔·萨乌丁的授权。这一猜测前不久得到了我们派往月球基地的卧底的证实。这个卧底在去之前就带着对所有中间地带保护者的中控身份授权数据文件，所以现在我们就等卧底给我们放出改写授权成功的信号，之后我们就能够进入月球基地，彻底解决这个困扰整个世界许久的问题。"

"那你会被派到月球基地去吗？会不会有危险？"简然下意识地脱口而出，轻轻抚着乔光的手。她突然意识到，或许，对于乔光来说，他对自己回世界之内的担忧，和自己对他要去月球基地执行任务的担忧是一样的，她有些后悔自己由于怀疑乔光只是爱自己的影子而对他过于严厉了。

"我不会去，我是意念控制者，我会在意念控制者远程操控室执行任务。"

"那我就放心了。"简然低头缓缓喝了一大口菊花枸杞茶，"光，你知道这个世界之源为什么会是我吗？真的是我吗？"

乔光沉重地点了点头，眼睛里似乎还有些微微湿润："是你，简然，我也希望知道为什么是你，这样我就可以改变……不让你再面临任何危险。"乔光起身，轻轻吻了吻简然的额头，"我得去值班了。"

乔光瞬间移动离开后，简然用意念将自己看到的乔光的背影重现在了他离开的地方，她静静看着那个背影心想，无论他曾爱过谁、现在爱的到底是谁，或许，只要自己知道他可能会有危险就不舍他离开、只要自己足够爱他就够了。

2

兰迪尔·萨乌丁原本准备用章麦喆当鱼饵,将单简然这条大鱼钓到手,但是日子一月月地翻过,什么都没有发生。金·和美不是说只要这个章麦喆被流放、进入抵抗组织,就一定能够把单简然吸引到暗物质层面的世界之内吗?单简然怎么就不来救她的朋友呢?他有些焦虑地想着,不可能再把章麦喆派回中间地带,她恐怕有机会逃回中间地带就再也不会回来,而且她有可能会把抵抗组织的真相向中间地带透露,而对自己不利。兰迪尔心想,恐怕目前只能暂时把她留在身边,毕竟没有用了还是可以转化为"生"之能量的。

兰迪尔近日也越发频繁地前往 UENSE 子时空执行者基地的哨站,查探子时空生命灭绝威胁的警报是否即将被拉响,不出他所料,只要世界之内再多受 I0I7 病毒侵袭不到一周的时间,警报就将被拉响。

兰迪尔知道,或许这次与命运的斗争他仍将败北,但他还是要孤注一掷,准备再做最后一搏——即使垂死挣扎也比现在放弃体面。

3

"今天是联合国通过对中间地带施加武力威胁的提案的一周年,世界之内各大强国的军力即将在明日的零点零分集中向中间地带发起武力进攻。"世界之内的新闻主持人目光炯炯地播报。

……

"现在为大家现场直播世界之内的最强军力集结!"一个留着长发、语气疯狂的自媒体记者对着镜头说,"哦,你看!第一枚炮弹、第二枚……无数枚炮弹已经向中间地带发射而去了,镜头里无数道白色弧线向夜空中最亮的"星"——中间地带慢慢逼近,自媒体记者大吼道,"嘿!把那颗星星给我们打下来!"

……

回到之前的新闻主持人,他神色严肃地读着新闻稿:"中间地带的屏蔽信号仍然无法突破,所有武力对中间地带目前均未起效,此前联合国已由每日由一国负责火力进攻一次,改至每周由一国负责火力进攻一次。今天,联合国已经做出决定,要求暂时全面停火。"

……

"世界之内的人们,我是抵抗组织负责人,"一个正百无聊赖地刷着新闻的宅男被这个突然刷出的只有声音和黑屏的新闻吸引了注意力,"我有能力将中间地带的屏蔽撤去,让你们的武力起效。"那个声音继续道,"但不要认为我是你们的盟友，只是如果你们希望世界之内和平，不遭到我们的袭击，那么就从即日起恢复对中间地带的武力；中间地带的七大元老，如果你们不想承受这来自世界之内的袭击，如果你们不想让世界之内毁于我的袭击、不再受 IOI7 病毒的侵扰，就把世界之源单简然送到我这儿来，记住，单简然，我只要你单独来我这儿。"听到这里，那宅男一惊，手里的那袋薯片撒了一地，他迅速在社交媒体上@了他的好友，开始传播这条新闻。

4

"简然！"克里斯·星在新生者公寓里猛地推开了简然的卧室门，他神色格外严肃，"简然！你看到世界之内的那条新闻了吗？"

简然正和乔光一起在看《复仇者联盟4》，简然回过头来皱着眉："克里斯，敲门哪！"

"乔光，是兰迪尔。"克里斯斩钉截铁，全无平日里嬉皮笑脸的模样。

乔光缓缓暂停了电影："简然，我和你说的那天到了……"

乔光话音未落，元老手下的保护者便敲响了单简然所在的新生者公寓的大门。

5

"多亏一年多前有中间地带的热心居民，向我们'平稳计划'提供了有关连通月球基地的基站端口的技术建议，这位热心居民还把自己的研究数据全部贡献给了我们。真是多亏了这位匿名居民，我们今日才知道应该如何应对抵抗组织创始人的挑战。""平稳计划"项目负责人向中间地带的最高决策机构进行着汇报，七大元老也正在他们的会议室内收看实时连线。

单简然和乔光被带入了元老的会议室。此前，在过来的一路上，简然被元老派来的保护者灌输了大量她早就知道的关于抵抗组织和世界之源的信息。为了替露露和乔光保守秘密，她装作第一次听闻的样子，非常震惊地问着"什么？真的？"

"平稳"计划的负责人继续说："我们提议让受到邀请的世界之源携带这个进入月球基地，"负责人拿出了一个可以放入口袋的小型银色器皿，"这是一个'数据库'，这项'数据库技术'可以打通碳基与硅基之间的阻碍，将人类转化为数据储存在这个'数据库'里。这项技术在中间地带被创造时便被使用，我们之前也都是通过这个'数据库'同我们一年前派入抵抗组织的线人联系。这次，我们可以将所有保护者全部转化为硅基，存储进'数据库'，并由世界之源携带进入月球基地，因为我们派入抵抗组织的线人已在几日前修改了月球基地的授权,所有中间地带的保护者现在都有权进入月球基地而不会泯灭。兰迪尔·萨乌丁,就是那个臭名昭著的抵抗组织创始人,他没有读取硅基信息的天赋超能力,即使带着装满保护者的'数据库'进入月球阴暗面抵抗组织基地,他也不会有所察觉。所以,各位,一切已准备就绪,现在就可以行动。"

进入元老所在会议室的单简然和乔光正巧听到了这段行动安排,七大元老中坐在主座上的元老热情地上前代表所有元老与简然和乔光握手相迎:"单简然,我知道现在要你做的事情非常紧急,如果我是你,可能早就吓得呆若木鸡了,我很高兴你愿意前来,还愿意承担这个任务。"

简然在过来的一路上并没有意识到自己是来领受任务的,一时之间不知说什么才好。

"各位元老,我们真的不直接派保护者大军进入月球基地,而是根据兰迪尔的要求让简然单独一人前往?"乔光不安地询问。

"为了不让抵抗组织有所警觉,我们决定还是由简然一人携带刚刚提及的'数据库',进入月球阴暗面。简然只要一进入月球阴暗面就把保护者大军从'数据库'里释放出来,她就是安全的,她完全可以从那里全身而退。我们只是担心如果提前让兰迪尔发现保护者大军,他可能就会怀疑中控身份授权被我们的卧底改变了,如果他再度收回中控身份授权的话就麻烦了。"元老负责人的语气有些轻描淡写。

我一个人?我什么时候同意这样一个任务了?简然觉得大脑嗡嗡作响,若不是自己已提前知道了许多信息,可能根本无法想象任务的重要性和困难度。

然而,简然在来元老会议室的路上还了解到,中间地带屏蔽世界之内的保护层被兰迪尔用他那不知极限在哪里的天赋超能力破坏了,世界之内即使现在还没恢复对中间地带的武力进攻,但一旦他们真的遭到被流放者的袭击,也会被迫按照兰迪尔声音新闻的要求再度对中间地带动武。一共就那么几个有意念控制能力的保护者,他们既要用意念守住中间地带的屏蔽保护层,规避所有世界之内的武力,还要用意念守住世界之内的基站端口,避免被流放者的侵袭,这几乎是不可能完成的任务。

简然心想,难道要因为自己的拒绝,而导致世界之内与中间地带遭到抵抗组织的入侵?但她又一转念,难道自己真的要答应去月球基地执行这个任务吗?

她跟着乔光来到了意念控制者远程操控室外。"光,我一定得去,是吗?"简然问。

"如果可以,我会代替你去。"乔光不敢相信,这次自己要为了保全中间地带与世界之内，而将简然再次拱手让出，还再次将她置于生死边缘的风口浪尖。他知道自己之前一直不敢坚定下来与简然继续在一起的决心，就是恐惧这样的分离。"世界之内马上要对中间地带发动第一轮进攻，我得去意念控制者远程操控室了，我……"

"你别说了，我懂。"简然知道乔光从此刻起就要被封闭在意念控制者远程操控室里，保卫中间地带和世界之内这两个世界的安全，而她则要去月球基地所在的第三个世界。

和乔光拥别，仿佛已是生死相隔。

紧紧相拥的时刻激起了简然心底尘封的回忆。

似曾相识。

就像是大多人都有的似曾相识一样，觉得自己已经说过、做过这些，但又觉得仿佛是在梦里说过、做过这些。

简然心想，自己如果真的是当初的那个保护世界之源的最强意念控制者，也是那个在新婚时看着乔光在自己面前被带走的新娘，那么，自己周而复始的命运中就真的没有一个是和乔光平平稳稳共度一生的版本吗？

6

中间地带所在的维度之上是月球基地所在的维度，那个维度除了月球基地与主时空边疆守卫基地之外，还有执行者基地——那个飘浮在 UENSE 子时空宇宙中的圣清主时空纪录片公司分支。

在执行者基地内的总控室里，UENSE 子时空的生命灭绝威胁警报被触发——一张巨型玻璃屏幕上显示子时空上的智慧生命将有超过三分之二的可能性即将灭绝。加布里埃尔在该执行者基地的分支开始执行"星光通讯"，将 UENSE 子时空的紧急情况通知位于宇宙各处的 UENSE 子时空执行者。

玻璃屏幕变为宇宙地图，其上闪烁着的星光标志着 UENSE 子时空执行者的方位，并由红星标志 UENSE 子时空的方位。"星光通讯"从红星出发，通过屏幕后方的透明线路传递到总控室下方的任务分配室，通过飞速运转至令人眼花缭乱的机械设备，UENSE 子时空紧急情况的"星光通讯"被分配发送而出，在宇宙各地正在享受假期的执行者分秒不差地在自己的移动通信设备上收到了这条阅后即焚的通知。

他们迅速停下正在做的一切事务——无论是放下正在阅读的书籍还是扔下正在享用的美餐，向 UENSE 子时空赶去。

7

单简然身着中间地带的白色制服，根据兰迪尔的要求和元老的计划，只身一人来到了暗物质层面的世界之内。她选择在自己家乡，也就是之前浦江两岸的月球阴暗面基站端口，等待兰迪尔打开基站端口，召见她。

浦江两岸的夜晚，原本的游人如织被一片肃杀取代。由于那个没有解药的IOI7病毒，世界之内的人早已不敢外出游览。他们享受生活的权利和自由被兰迪尔剥夺了。

简然的心里莫名有些悲壮，这让她再度回想起《遗落战境》中人类双杰准备前往侵略地球的外星人基地，执行自杀式任务时的台词——"还有比为保卫自己先祖的陵墓和信仰之神的庙宇而死更有价值的献身吗？"她并不像那电影里的人那样深明大义，她从接到任务到真正下定决心执行，已经过去了不堪回首的数月。

那几个月里，尽管中间地带政府没有对她施加任何压力，元老没有催促她，乔光的朋友们在了解到情况后都劝慰她："如果不想去也没有关系，中间地带足够强大，抵抗得住世界之内和抵抗组织的夹击。"乔光也一点都没有因为她不顾全大局的拖延与推迟而生气，他知道她需要一点儿时间消化信息，但他也劝她，其实不需要她只身前往月球阴暗面，中间地带可以从现在开始暂停流放制度，这样抵抗组织就得不到新鲜血液，而且总有一天，兰迪尔的"生"之能量会用完。那就会像之前抵抗组织为了中间地带的"生"之能量源和世界之源入侵中间地带一样，为了中间地带的"生"之能量源，兰迪尔会亲自进入中间地带攫取，到时我们一样可以消灭他。

然而，这些都不能让简然心安。那几个月里，她不知如何面对乔光，不知该如何面对自己的组员克里斯·星、王丽、陆易、国强和妮娜，她更不敢想象将来要如何面对自己的父亲。如果将来他们真的因为她的怯懦而遭遇不测，如果将来因为自己的退却而失去乔光、失去现在所拥有的一切，如果将来……简然的脑海里回想起了《三体：死神永生》里被"歌颂"为圣母的女主角程心，正是她在两次关键决断中的退缩使得整个太阳系文明最终毁于一旦。简然质问自己，难道她也要做那样的千古罪人？

简然眺望夜空，深感肩负重任，世界之内的每一个人的生命，还有"数据库"里的一整支保护者队伍都在她的手里。虽然她不知道兰迪尔是否言出必行，但如果她不像现在这样只身赴险，那么世界之内可能同样会毁于兰迪尔之手，甚至中间地带也会因为抵挡不住世界之内的炮火和抵抗组织的进攻而毁灭。她只身赴险，至少可以把这支保护者大军带入抵抗组织而不引起兰迪尔的怀疑，至少可以把希望的种子撒向那里。说不定保护者大军会以胜利告终,成功解放月球阴暗面所有被兰迪尔控制的被流放者,解救麦喆,之后世界之内的一切也都能够恢复正常,自己也会回到中间地带,回到不再需要考虑生存、能够做自己热爱的一切的美好里去,回到乔光的身边,继续过那种无忧无虑的幸福生活。

简然安慰自己,她只是使者,历来不少使者都是可以全身而退的。

然而,她的心里还是充满了不祥的预感,似乎这便是她人生的终点了。

不夜城的夜空渐渐裂开了一个苍白的缺口,大开的基站端口仿佛黑夜里张开的大嘴,要将简然吞噬。

简然深呼吸一口气,准备接受命运的审判。她缓缓抬起双臂,飞入了那个夜空里向她张开的白色大嘴——那个开启的基站端口。

安然穿过基站端口相连的两个维度的同时,简然时时刻刻都保持着警惕,在她踏上月球基地坚硬白色岩石地表的那一刻,她便准备按计划开启"数据库",将保护者释放入这第三个世界。

一束蓝色电流从空中闪过,向简然袭来,伴随着电流而来的是兰迪尔向简然传达的心声。他的语气仿佛长辈责怪小辈一般:"叫你别带这么多人来。"

简然拼尽全力用意念制造防护屏障,抵挡住了蓝色电流,但仍然被电流的冲击力击飞,重重地落在月球的地表。她感到自己的五脏六腑和全身筋骨都似乎粉碎了,"生"之能量随即在她体内四处涌动、治愈伤口。

"数据库"随简然摔落于地,身着黑色长袍的兰迪尔终于在"数据库"边不远处显形,并再次释放出了一道蓝色电流,准备摧毁"数据库"。

简然在瞬息之间洞悉了兰迪尔的心声:"以为我不知道你们派人到我这儿来改变了授权? 那个人太招摇了,竟敢在我这里带头设立'贝比'训练新人。不过元老还真是多虑,让你带这么一个盒子来,那个人改变授权的算法是不可逆的,我根本就不可能再改回来。你们应该让保护者大军直接来,而不是像现在这样给我机会彻底消灭那个'数据库'里的所有保护者。"

简然迅速反应,在"数据库"前支起意念防护屏障,但就在她的意念屏障被蓝色电流刺破之前,另一个人替她挡住了兰迪尔的意念电流。

那个人是克里斯·星。

他和简然一样,身着中间地带白色制服,挡住兰迪尔意念电流的瞬间,克里斯·星打开了"数据库"。

一瞬间,简然和克里斯·星的身旁出现了一片银光闪闪。

然而,克里斯·星随后却突然跪倒在地。

保护者们准备向兰迪尔进攻,但兰迪尔一挥手,这些保护者的行动速度便变得异常缓慢。保护者们的面部扭曲,似乎想要突破阻隔,向他冲去。

简然发现跪倒后的克里斯·星正在从他的胸口处融解。"天哪!大星?!你没有进入月球基地的授权,你快回去!"简然赶紧用意念试图将克里斯·星推回基站端口外的世界之内,但兰迪尔双手握拳关闭了基站端口。

"没事,即使回去也已经来不及了。"大星低语着,摇了摇头。

"大星?!"简然开始用意念减缓大星的消亡。

兰迪尔缓步走到跪倒在地的克里斯·星的身旁,居高临下地瞥着克里斯·星。"不对啊,你不也是主时空的?这里是主时空的维度,你应该比在子时空更加生龙活虎啊。"兰迪尔冷笑着,"哦,对了,我忘了,这个地方的授权全部来自我,你不属于这里,本来还想和你好好打一场,现在没机会了,真可惜!说实话,我还是不敢相信你会为了救那几个子时空的保护者,甘愿舍弃自己的生命。"

克里斯毫不畏惧地直视着兰迪尔:"因为这是我的任务啊。"然后他决绝地推开了正奋力用意念阻止他消亡的简然,"单简然,放手吧,你现在的能力还阻止不了我的消亡,我功成身退……"他帅气地露出了最后一笑,然后便消失不见了。

简然怔怔地看着克里斯·星的消亡:我还没和你好好说声再见,你怎么就……胸中的悲愤让她下意识地将自己所学的所有技能甚至是清除被流放者的银翼手枪都对准了兰迪尔,但兰迪尔却一点也不慌张,他几乎不费吹灰之力便化解了简然的进攻。"没想到你和你的朋友章麦喆一样天真……"

"麦喆?"简然倒吸一口气。

"所有被流放者走到今天这步都已经没有利用价值了,我来之前刚刚用我的能量收集器吸收完了她的最后一丝'生'之能量。"兰迪尔叹了口气,"想想那个曾经训练了近半个世纪的你,还需要在那次战役中以死相逼才能伤到我,现在才训练了两年多的你,毕竟没有你本尊的能力啊。"兰迪尔语气轻蔑,"不和你玩游戏了,我赶时间。"

说罢,兰迪尔便控制着单简然瞬间移动离开了月球基地。

8

兰迪尔抵达执行者基地时,UENSE子时空生命灭绝威胁警报已然响起。他赶在所有执行者之前,控制着单简然进入时空蓝图控制室,并从内部筑起屏障,严禁一切执行者入内。

简然挣扎着想要反抗兰迪尔的意念挟制,但没有成功。兰迪尔则被她的反抗弄得心烦意乱。"你别仗着自己是世界之源,看我敢不敢杀了你?"

生命灭绝威胁警报声戛然而止,作为加布里埃尔的电子协议之一,警报响起后的 30 秒内时空蓝图将被开启。

霎时，幽暗的时空蓝图控制室的色彩鲜艳了起来，彩虹色的地面亮起，空中飘起了仿佛雪花般的光点，如萤火虫般飞舞，时间仿佛在卷轴展开的那一刻再度开始流逝。

时空蓝图卷轴在时空蓝图控制室周围展开了一圈，其上的雕刻花纹就像是树状图，在一个个树状图的分叉点闪烁着星光点点。

"这是时空蓝图，"兰迪尔向简然介绍道，"你们那些元老从来都不知道他们的命运就是被这么个东西操控的。"兰迪尔点开了一个树状图上的一点星光。

"兰迪尔，你究竟想要干什么？这里是什么地方？这一切究竟是……"简然突然停了下来，她看到那个被兰迪尔点开的星光里正播放着那段历史：那是 18 世纪的一所孤儿院，七位元老被一群身着金色铠甲、自称为执行者的人带入了由执行者们建设的中间地带。简然看到执行者的领头人正是兰迪尔·萨乌丁。那七位元老被执行者要求每隔十年就要从世界之内选择天赋超能力最强的 1% 成为中间地带的一员，而元老们的终极任务就是保护世界之源免受来自世界之内以外的力量的威胁。至于世界之源的身份，执行者将会在每次由时空蓝图指定的人选更新后，及时告知元老。

"这是？"简然不知道现在看到的是兰迪尔故意让自己看到的幻象，还是真实的历史，"这不可能是真的。"简然集中精力，想要抗击兰迪尔对自己意念的影响。

"别浪费力气了，这不是我对你的意念控制，这些都是真的，像你这样的世界之源就是由这台精美绝伦的机器指定的。"兰迪尔语气轻松地指了指五彩缤纷的时空蓝图卷轴，"当然，这机器不过是在执行命运的旨意罢了，不仅仅是中间地带和元老被这时空蓝图操纵了命运，你在这里所经历的一切人生也被这时空蓝图操纵了。"兰迪尔将树状图向上轻推，时空蓝图闪烁起来，像是在对单简然进行扫描，然后树状图上的星光齐齐闪耀起来，环绕简然周身的时空蓝图从左至右开始回放简然过去的许多段人生，那些画面让简然想起了在天赋超能力辅导班中被亚力克斯打倒时的那场梦。

"你大概以为那一切都是一场梦吧？"兰迪尔读出了简然的心思，"其实你那次并不是平白无故记起来的，是我想唤醒你的本尊，但是显然你的本尊已经彻底臣服于命运了，我现在也不敢再召唤她。"兰迪尔解释。

"我不懂你在说什么，兰迪尔。"简然强硬地回答，做好了随时和兰迪尔开打的准备，"你到底想要干什么？"

"我只是想让你知道你的每一段人生都是由这台机器操控的。在你还不是世界之源的时候，我亲手执行了你多次的人生悲剧，比如你因违抗原始部落的禁忌而被乱石砸死、弃尸荒野,比如自幼父母双亡被卖到青楼遭人蹂躏,比如因各种疾病英年早逝、难以实现人生抱负,当然也包括你和你的小男朋友的那一次……"

简然看到了乔光在新婚之夜被从当时的自己身边带离的场景——那个人真的和自己一模一样!果真如此的话,简然心想,那么在那场抵抗组织入侵中间地带的唯一一次战役中,真的是自己的某个前世为了保护当时的世界之源,以牺牲自己的生命作为代价战胜了兰迪尔?就和现在的自己一样?"竟然是你……"简然看着兰迪尔,心中感到一阵恐惧,毕竟现在的自己不是那个前世,不是兰迪尔的对手,"竟然是你操控了我的人生。"

"单简然,不是我操控了你的人生,我根本不想操控你的人生。我同情你在这里经历的一切,是时空蓝图操控了你的人生。时空蓝图不是我写的,而是命运书写的人生剧本,我只是负责执行时空蓝图上的剧情罢了,但是我想要反抗那个书写者,因为在这个世界之外,那个书写者还用同样的方式操控着千千万万的人的命运。"兰迪尔看着单简然飘忽不定的目光,"现在你是世界之源,你应该知道你对这个世界的意义吧?"

"没有了世界之源,这个世界便不复存在。"简然回答。

"没错,这便是我需要你的原因,我只有从元老手里把你抢过来,我才能拥有向那个书写者叫板的筹码。"兰迪尔自信满满地背过身去,开始和主时空建立通信,因为他觉得局势已在他的掌控之中,而且这个单简然已经被他说动了。

单简然消化着这些信息,但她的脑海里燃起了克里斯·星的消亡之光。她记得兰迪尔试图摧毁"数据库",杀死所有保护者,记得兰迪尔吸光了章麦喆的"生"之能量,这样的以暴制暴之人向她揭示的如此无奈、悲哀的真相,她究竟是否应该相信?

这时候,时空蓝图控制室的巨型光束屏幕打开了,似乎兰迪尔与主时空的通信已被成功建立。简然看到那张巨型光束屏幕上出现了一个有着一双熠熠生辉双眼、气宇轩昂的男子,他的眼睛里闪烁着简然从未见过的万家灯火。

兰迪尔迅速扼住单简然,以销毁时空奇点威胁小菲利克斯·命运。

"小菲利克斯·命运!"兰迪尔目露凶光。

命运先生却看向了光束屏幕外的地方,似乎有人正在和他说话。然后他点点头:"李法官,实时连线已经接通了,那么我就开始了?"接着,这位命运先生重新将目光聚集到了兰迪尔的身上,"兰迪尔·萨乌丁……"命运先生的语气和表情看上去都很无奈,"我真的没想到会走到这一步,加布里埃尔,把这两个人的黄铜手链一起解了吧。"

9

黄铜手链掉落在时空蓝图控制室的地面，发出了清脆悦耳的声响。

恢复莞嫣记忆的单简然迅速摆脱了兰迪尔·萨乌丁的控制，而兰迪尔则站在原地，表情就像是吃了苍蝇一样。他半张着嘴，一句话也说不出。

莞嫣缓缓走到时空蓝图室远离巨型光束屏幕的一侧，仿佛是将舞台交给兰迪尔和命运先生。

"萨乌丁先生，我很抱歉，"命运先生说道，"你现在应该想起来了吧？"

"这一切都是我的假释资格检验？你怎么可能没有对我的盟友动用私刑？怎么可能呢？你一定在干预我的思想和记忆！从我的大脑里滚出去！"他吼道。

李法官拿着法院判决书来到命运先生身边坐下，"萨乌丁先生，这是主时空最高法院的判决。"李法官将这份电子判决书隔着屏幕递给了兰迪尔。

兰迪尔一把接过，仔细读了起来，他的双手渐渐开始颤抖。

李法官宣判道："兰迪尔·萨乌丁，你由于策划发动政变被判入狱 3 亿年子时空时间，于 UWESE 子时空里的主时空高智慧生物监狱服刑，现在正在 UENSE 子时空接受假释资格检验。你的律师在你的刑期过半、满足假释客观条件时为你申请了假释，但是由于你此前的罪行具有较大社会危害性，所以主时空最高法院需要证实你现在已经不具有社会危害性，或者社会危害性已经降低到加布里埃尔的算法允许的范围内，你所经历的一切都属于'假释资格检验'，但不幸的是，如加布里埃尔的假释资格检验报告所示，你并没有通过。"

"李法官，根据加布里埃尔的假释资格检验报告，我可能想补充几句，"命运先生谦逊地说，"现在主时空监狱的看守可能的确有当时的'新物种'，但是他们都是通过情感基因检验及其他正规程序成为监狱看守的。"

"为什么是你在这里告诉我这一切？"兰迪尔攥着手里的判决书，不相信命运先生。

"因为当时你是这样对你的律师要求的呀？"命运先生困惑地回答，似乎兰迪尔明知故问，"你要我来宣布你假释结果的信息，因为你当时很确定你可以被假释，希望我作为政变受害人家属的代表来向你和整个主时空宣布你的假释结果，以示原被告在某种意义上达成了和解。"

"金·和美呢？"兰迪尔哽咽着问，绝望地想，他为什么会想到要和命运对抗，这根本不是一场势均力敌的对抗，命运真的掌握了我的一切，"我见到的金·和美是真的她吗？"

"是啊，那是正在接受高级政务人员资格检验的金·和美，碰巧你们都在

UENSE 子时空，就像我之前说的，UENSE 是主时空各大资格检验的测试场，因为 UENSE 是最初被创造的七大子时空之一，由于当初我父亲创造这些子时空的方式有瑕疵，所以最适合被用作资格检验考场。"

"那她现在在哪儿?"兰迪尔失神地问。

"她帮着把世界之源带到你面前的时候，就没能通过高级政务人员的资格检验。此前，在其他用作资格检验的子时空上，她已经尝试了无数次资格检验测试，但都没能通过。现在，她已经离开了圣清主时空，不过，她给你留的阅后即焚的信笺和你在假释资格检验里看到的是一样的。"

"那莞嫣呢?"兰迪尔怒目直视着一旁超然世外的莞嫣。

"当然，莞嫣也是真实的。"命运先生回答。

"你就不怕我把子时空上发生的一切都揭露出来吗?"兰迪尔向命运先生挑衅道，"你和你父亲创造这些子时空，操控其上之人的命运，美其名曰人性实验，不过是为了满足自己的控制欲。"

命运先生静静等兰迪尔说完，笑答:"为了圣清主时空的各项资格检验，我们圣清纪录片公司对相关子时空的社会背景进行了特别的设定，这些设定都是我们公司的商业秘密，你应该记得自己在参与假释资格检验前签的保密协议吧? 萨乌丁先生，请你不要随意泄露我们公司的商业秘密，不然即使我不追究你，我们公司也会追究你的法律责任的。"

"两位，请不要谈论与案件无关的事宜。"李法官打断了命运先生和兰迪尔的对话，"兰迪尔·萨乌丁，现在我已经完成了对你的判决宣布，按照假释资格检验的格式条款，你的意识将与 UENSE 子时空上的克隆体中断连接。"

命运先生的话音刚落，时空蓝图控制室里的兰迪尔·萨乌丁便倒地不起，这具克隆体的生命气息消散于空。时空蓝图控制室的连线大屏幕随之关闭，莞嫣记得她最后在那大屏幕上看到的命运先生——嘴角微微上扬。

随后她的世界也陷入了黑暗与宁静。

其实世界一直都是如此寂静，只是后来有了人才变得热闹起来的。

尾声

1

UENSE 子时空月球阴暗面抵抗组织基地，保护者们的行动速度恢复如初，他们原本如临大敌，但现在定睛一看，他们包围的是两个躺倒在地的人。

兰迪尔·萨乌丁的生命气息已彻底散溢，蜷缩着，仿佛尚未出生便夭折的婴孩。

单简然则面朝星空，轻盈飘逸的白色制服铺散在地面上，仿佛开屏的白色孔雀。她缓缓睁开双眼，只记得在克里斯·星消失后，她的绝望让她不顾一切地向兰迪尔发起进攻。

在一片金光过后，便是现在的这般。

兰迪尔的消亡让中间地带屏蔽世界之内的保护层恢复了原貌，月球基地受到兰迪尔精神控制的被流放者获得了精神解放，所有世界之内暗物质层面的月球基地端口都敞开了大门。

从月球基地被救出的被流放者依旧在世界之内的暗物质层面服刑，一些被流放者继承了兰迪尔的衣钵，继续在暗物质层面进行着抵抗组织集会，所有世界之内暗物质层面的月球基地端口都被中间地带全面封闭并销毁。

深受 IOI7 病毒困扰的世界之内，在中间地带的疫苗帮助下，渐渐走出瘟疫阴霾。尽管世界之内并不知晓中间地带的疫苗帮助，但随着来势汹汹的病毒的褪去，世界之内的联合国通过了对中间地带永久性停火的决议。

中间地带七级及以下的新生者都和世界之内的人一样，不清楚到底发生了什么。中间地带八级及以上的居民都和保护者与元老一样，以为是单简然消灭了兰迪尔，他们还给在这场战役中牺牲的克里斯·星颁发了烈士奖章。然而，即使是这些知情者，也无人知晓在单简然和兰迪尔的那一战中究竟发生了什么。

经历了这一切的单简然回到中间地带，心中只留下了一种情感——她感恩命运终于给了她一个机会，能够和她深爱的乔光共度一生。

2

【插播一段世界之内的纪录片《幸运儿·终章》（节选）——该纪录片摄制于2024年】

"人们一直都怀疑中间地带是否存在其对立面，这个怀疑在五年前那段引爆网络的音频新闻出现时达到了顶峰，"世界之内《幸运儿》纪录片的女社科研究所所长叙说着，"但是后来的结果是，这段视频不过又是一个哗众取宠的恶作剧，当时经过信号追索，警方定位了黑客的电脑主机。我们的团队也对世界之内所有名为'单简然'——也就是视频中提及的人名进行了检索，其中确有被选中进入中间地带的，也有仍在世界之内的，但这些人与这段视频及上传视频的黑客之间并没有联系。"

科幻小说家情绪激动："那的确是一个非常劲爆的新闻，一时之间，人们都好像看到了突破阻隔的希望，而且随后，那个病毒便消失了，世界卫生组织向人们坦诚虽然不清楚原因，但所有人都突然对那个病毒自动免疫了，当然，有一种说法是这类病毒是自动衰竭的，就像《世界大战》里的外星人一样不适应我们这里的自然环境，但不少人认为这是世界之内对中间地带施加的武力威胁收到了良好的效果。"

"的确，人们一直都认为或许世界之内对中间地带施加武力取得了良好的效果，"历史教授分析，"但这并不利于世界之内和中间地带的和平相处，中间地带对禁止接触规则的软化只会加剧世界之内对武力的重视，双方若再发生冲突，很有可能世界之内仍然会继续诉诸武力。"

"我们还是要看到问题的好的一面，至少我们拍摄这个纪录片的资金来源于中间地带，这是中间地带与世界之内积极交流的信号，"人类学家比较乐观，"可能几个世纪之后，也有可能是更短的时间，世界之内与中间地带的人——人类便可以作为一个共同体，再次平等地生活在同一片蓝天下。"

3

在圣清主时空纪录片公司的编辑室里，无数光束屏上都在展示着各大子时空的图景，编辑们忙碌地将精彩片段从光束屏上攫取到收藏夹里，以备之后剪辑所用。

其中一人面前的光束屏幕上便显示着 UENSE 子时空——单简然和乔光正在夕阳西下的枫叶林里漫步，两人十指相扣，相依相偎。

那个光束屏幕前的人看着 UENSE 子时空中两人的甜蜜幸福，悠悠起身，随之,一滴泪滴落在镜面般的桌面上。

转过身的她有着和单简然一样美丽的容颜,她便是单简然的真身——莞嫣,那个在子时空体验了无数人生,情感早已麻木之人。她惊讶于自己的眼泪,缓缓抹去泪痕,回想着自己和命运先生的对话。

"莞嫣,你准备提前结束在 UENSE 子时空体验人生的合同?"命运先生对走出人生体验室的她说,眼里闪烁着万家灯火。

莞嫣微微一笑,如绽放的玫瑰,"我想休息一段时间,"她抬头询问命运先生,"我记得上次我回来,就是牺牲自我、击退兰迪尔的那次,加布里埃尔就说我已经通过情感基因检验,可以随时前往子时空的主时空高智慧生物监狱担任监狱守卫,所以这合同剩下来的那几年我准备日后再用。"

"好啊。"命运先生点点头,"我们到时候再签个新合同,把这些修改反映在合同里。"

"对了,命运先生,"莞嫣问道,"我那次回来之后,改了格式合同的部分条款,我的克隆体不会在合同终止后消亡,不会像兰迪尔那样,克隆体消亡,是吧?"她的声音听上去极为冷静:"唉……经历了太多,都记不清了。"

"的确。"命运先生微微一笑,"你放心吧,他们现在很幸福。"

莞嫣怅惘着回顾往昔,淡然低语:"他幸福就好。"

彩蛋

1

走出"命运之家",来到休闲饮食厅的露天咖啡馆,莞嫣看到克里斯·星的本尊正坐在阳光下,一边晒着太阳、喝着咖啡,一边翻阅着一本电子书籍。

他正巧抬起头来,看到了莞嫣,于是露齿一笑,和莞嫣打了个招呼。

"莞嫣,在子时空玩得开心吗?"他把电子书籍在咖啡桌上一放。

"我在子时空看到你了。"莞嫣走近后,轻声说。

"不是吧,小菲利克斯到底做了多少个我的克隆体?"克里斯·星揉了揉脑袋。

"你不像我们这样,真身在主时空,然后意识投射到子时空、操控子时空上的克隆体?"莞嫣问。

"我是最受 N 维度主时空观众爱戴的'演绎者'好不好? 虽然没人见过我现在这般的真容,但你看看我主演的片子,有哪个不是评分好、口碑高,而且我伪装的角色有哪个不是为观众津津乐道的? 为了保持年年高产量、片片高质量,我天天都有这么多台词要背,哪有时间控制那些克隆体?"他喝了一口咖啡,"不过也真是,连 UENSE 那样的资格检验场都有自己的克隆体,想想真是可怕。"他假装恐惧地抱住了自己。

"谁让你是他最强的助手呢?"莞嫣微笑道。

"哎哟哎哟,"克里斯拱手作揖,"不敢不敢,在莞嫣面前谁敢说自己是最强的?"

2

N 维度的另一边,金·和美穿着一袭飘逸的白纱长裙,走入了猩红色的殿堂——那是虚空首领的巢穴。

出乎金的意料的是,虚空首领竟然是一个翩翩少年。

见到金前来,少年从大殿的宝座上起身,亲自为金递上一杯用彩色琉璃装着的玉露："亲爱的来自圣清主时空的朋友，这是今早刚刚收集的露水，非常欢迎你到我们这里来做客。"

金微笑着接过，那个少年期待着看着金，金·和美不得不轻轻抿了一口所谓的玉露，但这露水并不甘甜，反而有一股血腥味，但金还是假装非常喜欢的样子："谢谢，真是美味极了。"

少年轻轻一跃，跳回了自己的猩红色宝座，操控宝座前的桌面，将一束屏幕投射到了殿堂的空中："很抱歉，亲爱的来自圣清主时空的朋友，金·和美女士，我手上正好有一件要务，请耐心等待，同时，你也可以看看我们是如何'清灵'的。"

"'清灵'？"金疑惑地转身看向了屏幕。

屏幕上是一个偌大的封闭环境，其中仿佛沙丁鱼罐头一般挤满了人，那些人的眼神里充满着绝望。

"那是我们刚刚攻下的一个主时空的所有人，我们虚空的生灵可不像圣清主时空的生灵那样，个个都有异能，而且据说你们还都是不死的？"

"我们也会衰老，只是比较缓慢。"金柔和地纠正，她将自己的一只手放在另一只手上，尽可能地不让自己显露出颤抖的迹象。

"可不是吗？我们的寿命非常短暂，但这也促进了我们的再生科技，我们的科学家发明了一种设备，哎……要怎么和你说你才能明白呢。"少年的指尖沿着桌面上的彩色琉璃杯杯口画着圈，"这种设备能够将人们之所以成为他们自己的东西从他们的体内抹去，然后将我们之所以成为我们的东西填充到那个空白里。"少年指着屏幕上的人解释道，"你明白吗？"

金·和美点点头，很赞许的样子，但她其实正竭尽全力克制着自己不流露出惧色。她质问自己：你这是在做什么？为什么要到虚空来揭秘时空旅行者？自己究竟在做什么?! 只是为了出卖时空旅行者的消息报复小菲利克斯·命运？让他跪在自己的脚下？还是想要他重新看到我、关注我的存在？

"开始了。"少年自豪地看着屏幕。

整个封闭环境电光火石之间，所有的"沙丁鱼"都在尖叫着。

就在尖叫声令人耳膜震颤、难以忍受时，屏幕再度归于静默。

封闭环境里所有的"沙丁鱼"都变成了一具具失去了自我的器皿，他们的唯一目的是用来承载虚空的主宰者生灵，以使他们永生。

"当然，像你刚才看到的这个技术也不是所有人都消费得起的，"少年跳下了自己的宝座，走到金的面前，"除了金钱之外，在我们大虚空，战功也是衡量一个人是否够格获得永生的标准，金·和美，我说得够多了，现在该轮到你说了，你说你有要事找我，要向我汇报，我才没有亲自到'清灵'的现场，我倒是想听听，你有什么事情比'清灵'对于我来说更重要的?"少年的眼神冷峻地直刺入金·和美的内心。

"我……"金·和美喝了一口手里的玉露,但又被血腥味恶心得胃里一阵翻江倒海,她更加紧张了,"我是想说和我的丈夫之间的事情……"

"你的丈夫?"少年惊呼,饶有兴致地奔回了自己的宝座,"你的丈夫是谁?"他突然板下了脸,凶相毕露,"你以为我这里是情感救助站吗?"

"我是她的丈夫。"

一个极具权威的声音从金·和美的背后传来,她急急转身,小菲利克斯·命运被虚空首领的两个手下带了进来。

金·和美感动地看着这一幕,小菲利克斯竟然愿意为了自己放下身段到这里来?!

"我是小菲利克斯·命运。"他向虚空首领微微欠身。

"啊哈?"少年在座位上起身,故作严肃地缓缓走下殿堂的阶梯,"我记得你的父亲,他可比你要注重隐私,从来没把家事闹到我这儿来过。"

"很抱歉,只是金·和美和我一直都仰慕虚空领主的公正,所以她认为受了不公才会到虚空领主这儿来。"小菲利克斯解释。

"嗯,"虚空领主将手背到身后,在金·和美和小菲利克斯·命运的面前站定,少年的眼神里透着与年龄不符的成熟,"小菲利克斯,既然你这么说,我便相信你,毕竟你们的纪录片我们还是想再多看一些的。"

"承蒙爱戴,请容许我带回内人。"

"这么快就走?"少年随口一问。

"还要回去好好管教内人一番,便不打扰了。"命运先生又是一欠身,牵起金·和美,转身离开大殿。

等两人离开了虚空的疆域,少年坐回宝座,自言自语:"今日一见小菲利克斯·命运,果然和他父亲一样不同寻常,即使是全宇宙联合在一起都不是他一人的对手,果然之前没对圣清主时空下手是明智的。要不是今天是小菲利克斯,谁敢在我这里用这种谎言搪塞我? 还以为唬过了我,看给那两人乐和的?!"

在返回圣清主时空的星际飞船上,金·和美充满爱意地看着坐在自己对面的小菲利克斯·命运,眉眼含笑,她正准备说些什么,却被小菲利克斯冷冷打断:"这次我来,是负责把你带回去接受叛国罪的审判的,之所以是我来接你,是因为议会认为,若不是我来面见虚空首领,虚空可能就会对我们圣清动武。"

金·和美脸上的笑意凝固了:"什么?"

"我没有办法再袒护你了,你必须为你自己的行为承担责任,不过我已经替你请了主时空最好的律师,能帮你争取缩短在主时空高智慧生物监狱里的刑期。"小菲利克斯说完就从金对面的座位上隐去了。

金·和美看到了自己失去一切希望和幻想的未来。

3

争吵声时远时近地在克里斯·星的梦境里游荡。

"如果不是克里斯·星,你准备什么时候告诉我真相?"金·和美的声音尖锐。

小菲利克斯·命运则声音低沉:"这些都是我们圣清纪录片公司的商业秘密,克里斯·星告诉你是违反'演绎者'保密协议的,而且我也是为了保护子时空上的生命。"

"如果生命被操控、失去了自由,那么活着还有什么意义?"金·和美的脚步声向门口逼近,克里斯·星回过神来,赶紧躲入门外的阴影里。

金·和美离开后,克里斯来到了洞开的大门前。命运先生正背对着门口,仰望宇宙星空。

"董事长先生?"克里斯·星试探地问。

"请进!"

克里斯走入门内,"我是克里斯·星的第416号克隆体,我知道我本尊违反了公司关于'演绎者'的保密协议,保密协议允许我们克隆体为他承担过错。"

"你愿意为他承担过错,并按协议约定赔偿损失?"命运转过身来,向克里斯走近了几步,似乎是在打量这个克隆体。

"是的,我的本尊是所有我们克隆体的主心骨,没了他,我们可能会乱作一团,而且我们没人能像他那样演谁像谁,您也会失去一名优秀的'演绎者',我们克隆体总要有人站出来。"克里斯信誓旦旦。

"但是,等你替他偿清罪责,你便不再存在于这个世上,而且你的本尊也不会知道你的付出,值得吗?"

克里斯·星不假思索地一笑:"值得!"

然而,克里斯突然感到一阵胸闷,接着便仿佛不能呼吸似的跪倒在地。

随即,克里斯·星从这段梦中惊醒,他从克隆体培养皿里猛地坐起身,大口呼吸起来。

环顾四周,他神色里的惊讶消失了。克隆体培养室昏黄的灯光下,纯白的椭圆形培养皿靠墙而放,培养皿边是一间透明的浴室和一个简易衣架,衣架上挂着几件适合于各个季节的轻便服饰。克里斯轻叹一声后,驾轻就熟地走入培养皿边的浴室,缓缓洗去全身黏腻的培养液。换上洁净的白色 T 恤和淡蓝色牛仔裤后,他走出了克隆体培养室。

　　培养室外是一条深不见底的昏黄走廊,顺着这条走廊,克里斯赤着脚,踏着走廊上的深灰色地毯,向前缓步前进。走廊的尽头是圣清纪录片公司总制片人办公室。命运先生这次没有在工作,而是似乎正在等待克里斯·星。见到克里斯·星后,命运先生的双眼里闪烁起了万家灯火。

　　克里斯·星挠了挠头:"我以为上次单简然的任务是我最后一次弥补本尊过错的赔偿,之后无论发生什么都不会再复活我。"

　　"大星,这次复活你是想对你表示感谢,若不是你舍身,莞嫣的情感基因检验可能会出意外。"

　　克里斯·星干笑了一下:"职责所在,总是要不再存在于世,还不如让自己的消亡有点价值,而且光哥、简然都是我的朋友。"他的神色渐渐恢复了往日的嬉皮笑脸,"不对,根据我对你的了解,没有那么简单吧,命运先生?"

　　命运点了点头:"更高维世界和其他主时空对我们的威胁仍在,如果你也当我是朋友,愿意再帮我完成一个任务吗?"

　　"好啊,为朋友,我定两肋插刀。"

　　4

　　时空旅行者为了规避金·和美的告密,被移除了记忆,并进入子时空更新身份。

　　在 USLRW 子时空醒来时,虽然她的模样仍是那花季少女的小巧玲珑,但她不再拥有时空旅行者的记忆,她只记得自己生活在一个被一座高墙一分为二的世界,一边是和平,另一边是混乱。她生活在和平的一边,却知晓和平并非人们的主观意愿,而是由机器人维持着。因而相比于人类,她更喜欢机器人。

> "又有怎样的冒险在等待着我们的时空旅行者呢?
> 敬请期待系列小说第二部《和平幻梦》。
> 耐心!
> 请向后翻至附录,
> 还有个故事在等着你去探索。"
> ——小菲利克斯·命运语

第三卷 **03**

番外："和平公式"实验室 招贤纳士方针指南

坐标:N 维度 – 圣清主时空

序

1

或许没什么人比杨左伊更熟悉暗恋的滋味了。大约有五年的时间,她始终这么和自己约定,只有自己在学业上取得理想的成绩时,她才能多看那个眼神里有阳光的男孩一眼。

或许就是因为这个约定,她才在高中毕业的时候出乎意料地升入了第三区排名第一的联合大学,但是,或许是她羞于启齿,或许是命运没给她这个机会,她始终不知道那个男孩毕业后的去向,但她从其他同学那里听闻这个男孩和他的女朋友准备私奔去第一区。

进入联合大学后,杨左伊仍幻想着在街道的转角处或者在和家人的旅行中与那个男孩相遇,但是她也知道这样的浪漫邂逅始终是童话里的虚幻,而且一个新的忧虑占据了她的日思夜想,那便是她的未来去向。

大选之日,这个决定每个年轻人未来去向的日子将会在他们生命的第二十个年头到来。对于左伊来说,那便是三年后,她进入联合大学的三年后。

左伊始终确信,若再给她一万次机会她仍然会选择留在第三区,因为她从来都不觉得第一区、第二区宣扬的那种自由吸引过她,而且人人都知道第一区和第二区是脏乱差的不法之地。同时左伊也不觉得去第五区体验连思想犯都会惩罚的社会是有趣的。当然,她更不会觉得自己够格被世界政府选中升入第四区。第三区是她最熟悉的地方,她的父母、家人、朋友都在这里。在这里她有她自己的生活,她想不出有什么能让她放弃第三区而去选择其他陌生环境的理由。

然而,她的母亲左菲却希望杨左伊在大选之日时选择前往第四区。

2

"我觉得我不会被选中的。"左伊坐在沙发上,和母亲商量着。

客厅的窗外是一片阴郁的灰白色天空,衬托着室内米黄色灯光的温馨。

"之前不也觉得不可能去联合大学吗？"她的母亲从沙发前的茶几上拿起泡着翠绿茶叶的黑色磨砂镏金马克杯抿了口茶，"你现在在学校里成绩很好，各方面都很有能力，完全符合第四区的申请资格，之前你王叔叔说过第四区充满未来感，你一定会喜欢那种氛围的，而且我们都希望你能够为社会做一点儿贡献，去第四区为政府履职能够最大限度上实现你的价值。"

左伊的确喜欢充满未来感的氛围，就像是第三次世界大战前的电影里描绘的那些，只可惜战后曾有半个世纪百废待兴，重建耗费的资源延缓了科技的进步，第三区的生活仍然只是在缓步接近那种未来，但据说只有第四区真正进入了"未来世界"。

从小到大，左伊和父母从来都没有在她的未来去向上发生过分歧。一定程度上，左伊的母亲一手操办了左伊至今的人生，因为左伊过去从没有在自己的未来去向中有过她自己的想法，学习是她的主职，她母亲希望她好好学习，左伊也认为优良的学业表现能给自己带来成就感，所以她就认认真真完成母亲为她制定的大方针学习规划，轻轻松松从第三区名列前茅的初高中升入第三区最好的大学。

然而现在，母亲对大选之日的期望却与左伊的期望背道而驰。

这一次，左伊发现母亲的决定和她自身的利益发生了冲突，所以并不是左伊不想去第四区为政府履职，应该说像她这样内心上进的好学生做梦都想去第四区，而是左伊认为去第四区会降低自己的生活品质。她担心自己如果离开父母，一点点生活自理能力都没有的她可能没有能力一个人独立生活。虽然申请前往第四区的申请者家庭也可以提交全家前往第四区的申请，但如果左伊的家庭没有通过审核而她却被第四区选中，那么她就要和父母分开了，这是她完全不能接受的。

况且，留在第三区，从联合大学毕业也不愁找不到能够为社会做贡献的工作，而且左伊只要能够维持一流的学业表现，就能直接进入联合大学的学术深造项目，之后想要找到为社会做贡献的工作就更是易如反掌。此外，左伊极不自信地担忧，凭什么第四区就会选中自己呢？如果申请了第四区却被拒绝，那多尴尬呀?！为什么不走那一路顺风的康庄大道却反要给自己添堵呢?！

"即使没有被第四区选中，也不用担心，只要勾选'愿意调剂回第三区'就不会有任何影响。"左伊的母亲宽慰道。

"好吧。"左伊习惯性地对母亲的决定有求必应，因为她知道只要什么都依着父母，自己的家庭就和所有同学的家庭不一样，每一天都是超乎常人的相亲相爱。不过毕竟父母都是为了她好，左伊十分理解，如果不是父母坚持，她根本不会尝试去申请第四区，但万一申请通过了呢?！自己不就能够进入未来世界了吗？

第一章 过去是现在的历史,现在是过去的未来

1

三年的时间,在宇宙苍茫中,甚至不如命运的弹指一挥间。

左伊坐在书桌前,窗外的绵绵细雨再次衬托着室内温馨的米黄色灯光。趁父母还没回家,左伊先在手机上下载了一张大选之日的选票。

打开大选之日 App,一张专属于杨左伊的选票映入眼帘。和所有人的选票一样,左伊的选票上只有五个简单的选项:"第一区""第二区""第三区""第四区""第五区",除了"第三区"外点按每个选项都可以获得几行该区特点的介绍。

左伊并非一点不了解这些区域都是怎样的,历史课上浅尝辄止的介绍她还是记得一些的——第三次世界大战后,核战争削减了全人类99%的人口,剩下不到1%的人在战后的世界找到了残存的净土。为了避免毁灭性战争的再次爆发,幸存者将世界划分为四片区域,并通过不同的自由度对这四片区域进行了分类——由第一区至第四区自由度递减。时至今日,这一分区制度已实行超过一个世纪,并在两年前于第一区中划分出了第五区——体验区。

左伊现在更想知道的是官方是如何介绍这些世界分区的:

第一区——纯粹的自由在这里向你招手,再也没有满街都是的摄像头侵犯你的隐私,再也没有绿色网络浏览软件屏蔽你的自由言论,再也没有人干扰你对自由的追求;

第二区——在这里,没有传统思想禁锢你自由的灵魂,没有礼仪道德束缚你自由的言行,没有人工智能限制你自由的交易,你可以享受放下一切伪装的自由;

第四区——第四区欢迎您的申请,若您感恩命运的安排,若您愿为社会做出贡献,若您自认为明辨是非,在这里,您可毕生探究社会运行的真谛;

第五区——思想犯是危险的,思想犯就生活在你我之间,高科技帮

助政府抓出思想犯,还社会太平,若你想在这里冒险和体验,欢迎申请。

读完这些,左伊叹了口气,这个 App 的制作者似乎太确信每个 20 岁的年轻人都已经在过往的历史课上了解清楚各区都是什么了,比如第一区的宣传语实在太简略了,都没有加入无政府状态这一影响选择的关键因子,又比如在第二区,虽然那个区不像第三区至第五区那样有人工智能在程序的各个环节监督人类不卖人情牌,在第二区是可以"自由"地交易,但左伊觉得无论在怎样的社会背景下,即使没有任何礼仪文化束缚,所谓放下一切伪装的自由也只存在理论上的可能性,再如第四区没有强调对学生综合素质的极高要求,倒是第五区言简意赅,只是漏了每个申请进入第五区的体验者只有一年的体验时间,之后还是要对前四个区再次进行选择。

左伊的父母回来后,一家三口便围在左伊的书桌前,看着左伊按下手机选票上的"第四区",并在二级选项中确认"愿意调剂回第三区"。她的父母随后递交了全家随左伊迁至第四区的家庭申请。

2

一年后,杨左伊以优异的成绩从联合大学毕业,还出人意料地收到了自己大选之日的结果反馈。

她竟然被第四区选中,并且她家庭的申请也得到了准许!

杨左伊那颗悬在半空的心落了地。只要是和父母一起离开第三区,左伊就没有什么特别的想法,她没有亲密到离开了便要大哭三场或者至少离开会触动她心弦的朋友。不过再怎样,像左伊这样优秀的学生总会有其他同学好奇她的未来去向,于是还是有那么几个左伊的大学和初高中同学向她询问过她的未来去向。不过这并没有显著改变左伊在之后的大学毕业聚会和初高中同学一年一次的聚会上的倾听者角色。左伊过去的朋友总喜欢和她说起他们过往的疼痛经历,希望得到左伊无论如何都能够编出的宽慰。当然,还有一些和左伊并不熟识的人在得知左伊的未来去向后和她套起了近乎,左伊则彬彬有礼地微笑相待,但内心和他们保持着合适的距离。这些聚会都结束后,左伊发现她过往的朋友里没有一个被选中进入第四区的。

所有被选中前往第四区的申请者,或是申请者及其家庭,都被安排在不同的时间到第四区于第三区的政府派出机构报到,所有搬迁需要用到的设施、工具及人力均由第四区世界政府的机器人助手完成。杨左伊在第三区的亲人(左伊的祖父祖母、外公外婆、叔叔婶婶们、表哥表姐们等)在庄严、高大的米色政府派出机构外与左伊一家三口告别。虽然这一家三口并非被禁止回到第三区,但由于工作全部转移到了第四区，因而除非是假期，平时这一家三口或许很难再与亲人相见。

左伊能够从这些亲人的眼中看到欣慰、骄傲、羡慕和期许，左伊觉得或许正是这样有爱的家庭才让她和她的同龄人不同吧，一种温暖的感动滋润着左伊的内心。

进入政府派出机构，清一色米黄的大理石内饰让整个办事大厅看上去亮堂、宽敞，并且还飘浮着花朵特有的清香。一位穿着制服、戴着胸卡标明其人类身份信息的政府职员正等待着他们，一见到他们，这位政府职员便笑容可掬地恭喜他们进入第四区，并帮助他们在办事大厅左右各一排的人工智能设备上进行操作。在选择了"第四区事务办理——申请者及其家庭搬迁"后，这位政府职员便将他们带向办事大厅底端。

边往那处走，杨左伊的父亲杨森边介绍道："这个政府派出机构和战前的派出机构概念完全不同。"左伊的父亲是一位大学历史教授，他进入第四区后被吸收为政府智囊团成员之一，为他们提供历史经验。和左伊一样，杨森也有着高挺的鼻梁，但左伊的肤色、脸形和气场却和她母亲一样洁白、清秀而富有气质。

"这幢楼里融合了最高法院、最高检察院，自从有了人工智能帮助素人处理案件之后，战前的律师们都成了现在的法律顾问，而且战前的公安和检察院是分离的，为了分工配合、相互监督，但现在由于有了人工智能的外在监督，所以这两家融合成了一家，这里还有一层是行政系统总部，但基本都是由其辖下的机器人执法大队执行具体行政决定，当然立法机构总部也在这里，这里的人工智能会汇总来源于第三区各政府派出机构分支的群众意见，并根据数量、影响进行重要性排序，只不过对于这些群众意见进行议事的人员不再是由人们选举产生的，而是先由人工智能就候选人过往一切行为进行分析后，向政府提出人选建议，然后再由政府进行认证、许可的。"杨森介绍。

左伊的母亲左菲接过话头："从结果上说，这并没有影响政府为人们办事的效率、意愿和能力，现在第三区的每个人都享有比战前更完备的医疗、教育、保险、福利，当然这得益于科技的进步，毕竟战前还没有能力控制核聚变和反物质激发的巨大能量作为资源。"

"两位对历史真是了解得非常透彻啊！"那位政府职员赞美道，"政府未来的决策定会因二位渊博的学识而倍添光彩。"左伊的父亲则谦逊地表示不敢当。

走到办事大厅底端，那位政府职员轻触嵌入墙内的身份识别按钮，一扇与墙面同色的大门向右滑动而开。门内是一片纯白色的走廊，简约而洁净，走廊两侧有着一扇扇黑色的门。

政府职员同样轻触黑色大门边的身份识别按钮，大门打开，里面是方形的斗室,斗室中间有四处提示站立的标志。

"这是'飞行者',"政府职员介绍道,"请站在指定区域,'飞行者'会带我们前往第四区。"

四人一同走入斗室内的指定区域,并在站立标志上站定后,政府职员便向"飞行者"发出语音指令,"前往第四区——普通居民居住区。"

下一秒,左伊便来到了第四区,她都没感到自己周身有任何震动。

黑色大门打开,映入眼帘的是一派祥和的初春午后,阳光下是连绵不绝的温馨别墅与形态各异、比例适当、足以乱真的人造植被。

"欢迎来到第四区,请允许我带各位参观第四区。"政府职员欢迎道。

3

对于左伊来说第四区其实也并没有那么像"三战"前电影里的未来世界。只有左伊母亲进入第四区后工作的艺术博物馆所在地——第四区以娱乐为主要用途的市中心,才让左伊感到流光溢彩,仿佛未来世界。不过这也绝对不是赛博朋克风的未来世界,而是那种简约洁净且到处都是玻璃的未来。第四区的其他地方,比如占主要地域的政府办事处,也就是左伊和她父亲进入第四区后的办公地,则是以建筑与自然的平衡为主题。再比如左伊和父母居住的普通居民居住区则从外观上像极了战前安宁的西方小镇,但从邻里关系上说,由于进入第四区的人都是特殊挑选的,所以更像是以礼相待的陌生人。当然,左伊也很难下结论现在的这个未来对于"三战"前来说是否属于反乌托邦,也许那无处不在的人工智能会让一些人感到紧张,尤其是在普通居民区的卧室里都能看到墙壁上波动的红色光点,似乎那背后的人工智能有什么隐秘,但左伊从未细想过这些,毕竟这个居家人工智能可以为全家人备好一日三餐、订购运送各类杂物、规划一天行程并且整理家庭环境,简直是不可多得的生活好帮手;毕竟只要能和父母在一起,只要自己始终在各方面保持优秀,就没什么能让她心绪大乱的。

然而,事实是她漏想了一点。

来到第四区的第一个工作日,左伊乘坐"飞行者"前往自己被分配的工作地点——政府征信系统办公大楼后,她便知道还有一件事情能够左右她的情绪,或者更确切地说,还是有一个自己家人以外的人能让她内心波澜起伏的——那个人便是她曾暗恋了五年、眼神里有阳光的男孩尼克·朗。

尼克竟也被选中进入了第四区!并且和左伊一起被分配到政府办事处中个人征信系统下专门负责五大区间跨区域调动申请和大选日选票登记的审核部门。

再见到尼克·朗,左伊发现他和过去没什么变化,还是一头板寸,虹膜的颜色虽然是淡褐色的却像是有阳光从中折射出来,穿着酷劲十足的皮夹克和军靴。他似乎没注意到左伊,但左伊在由个人征信系统的机器人职员引领走向审核部门时,都不知道该如何摆放自己的双手,似乎放在身旁也不是,放在身前也不是,尼克正跟在她身后呢……

不过,杨左伊还是留心到个人征信系统办公大楼似乎并不处于高楼林立的政府办事处中心而是和那边间隔了一片茂密的森林。左伊心想,乘坐"飞行者"上班的一大好处是"飞行者"在普通居民居住区中均匀分布,最多步行 5 分钟便能找到一处"飞行者",再也不用担心早起与迟到。传输能力是乘坐"飞行者"的另一大好处——任何人在任何地点之间穿梭都能够在瞬间抵达,没有堵塞、拥挤。

第四区的"飞行者"看上去像是第三区电话亭,是一个全透明传输器。走入"飞行者"后,门便会自动关闭,乘坐者只要告诉"飞行者"内的人工智能目的地或者只要说要去做什么,这个人工智能就会根据目的地指令,或者在没有目的地指令时(因为在第四区的每个人几乎都身负要职),人工智能会根据生物识别系统识别乘坐者身份,并以此为基础获取这位乘坐者的日程安排,并将乘坐者传输到目的地的"飞行者"内。

然而,乘坐"飞行者"的一大劣势便是不能欣赏到沿途的风光。想到这里,左伊向个人征信系统办公大楼走廊两侧成片成片的落地窗外极目远眺,她发现个人征信系统大楼不仅面朝着一片茂密的森林,隔开了这里与其他政府办事机构,而且还背靠着一片茂密的森林,那片森林绵延至一片皑皑雪山脚下。

那位机器人职员尽心尽力地向左伊等一群个人征信系统的新政府职员介绍情况——个人征信系统审核部门的办公大楼内有一片共享的休闲空间,所有职员都可以在里面运动、社交、阅读、休憩、逗猫、插花甚至是欣赏每日不同的艺术品等,并且每日都会有人工智能持续提供各类水果、小食、饮料,保证每个职员都能在办公的过程中不忘生活乐趣。

第二章 第四区个人征信系统审核部门工作指南

1

个人征信系统的审核部门下又分了若干小组,左伊没能再如此幸运地和尼克分在一个小组,而是和一个名叫舒·谢尔的女孩一起被分到了政府办事处个人征信系统审核部门主任华旭负责的小组。她们的办公区域就在主任办公室外简约而温馨的氛围里,仿木质的人造桌椅和地板、细腻的灰色地毯、蓝色的薄纱窗帘、淡绿色的墙壁和时不时从落地窗外洒入的阳光,都让工作的环境更居家而并不令人感到压抑。只不过,主任办公室的外墙虽然是和墙壁同色的不透明玻璃,但时不时地,这面玻璃就会浮动出一条透明的带状物并从上至下滑落。左伊在第三区看到过同款玻璃,但那是一些餐厅的装饰玻璃。她从透明带状物中若隐若现地看到主任办公室里的复古红木桌椅、书架和战前人们才使用的笔筒,想必主任从办公室内也能看到她的办公情况,这让左伊有点压力。

虽说从小杨左伊的乖是出了名的,但在老师对其他同学说如果你们能有左伊十分之一的乖,老师们就可以扬眉吐气时,没人知道左伊内心的压力。左伊既担心同学们会因为这一夸赞而疏远她,也担心自己不能保持在老师心中的形象。毕竟乖不能算是左伊的天性,害怕才是。她怕遭到老师、长辈的责备,怕让他们失望而披上乖的伪装,只是伪装的时间一长似乎也就成了习惯。现在,她又要开始察言观色、全盘伪装,伪装成对主任言听计从的乖职员,伪装成能够胜任主任布置的一切任务的优秀职员,并且无论主任布置了多少任务她都要在父母面前伪装掉辛苦,无论自己对主任有怎样的看法都要伪装掉不满和不悦而只说溢美之词。然而,左伊从来没想到,其实自己的这种伪装并不是为了让别人更好过,而是为了让自己更好过。

2

杨左伊和舒·谢尔经由机器人职员指引,刚从走廊进入主任办公室外的办公区域,华旭便打开办公室的门,步出迎接。左伊仔细打量——这是一个三十多岁的男子,五官立体而英俊,穿着让人感到亲和的毛衣,嘴角始终挂着一抹淡淡的和蔼微笑。似乎不是那种类型化的严肃主任,左伊心里稍稍放松了些,但又觉得主任的眼神深不可测,倒不是像尼克偶尔流露的那种迷人的忧郁,而是某种饱经风霜的泰然。

左伊提起精神热情地和主任握了握手:"主任,您好! 我是杨左伊,来自第三区联合大学法律系。"

"欢迎你加入我们的团队。"华旭的声音厚重而温润,包含着欢迎的热诚。

华旭同左伊与舒·谢尔寒暄之后,便开始履行他的职责,帮助这两位新职员熟悉她们的工作。他将两把不同的密钥分别插入左伊和舒·谢尔办公桌上的操作系统后,桌面上的一条银色投射线便向上投射出了一面光束屏,其上显示着政府征信系统的职工界面。在登录区输入各自的用户名和密码后,便可进入工作界面。在工作界面中,屏幕的左上角显示着与用户名对应的职员身份信息,并有一个"开始工作"的按钮和一个"稍事休息"的按钮在屏幕右下方。

华旭走到左伊和舒面对面的办公桌之间的区域,将两人的投影界面同步到了自己办公室的那块神奇玻璃上,悠悠地介绍:"由于你们是第一次使用系统,所以这个界面是测试界面,虽然和正式界面没有什么不同,只是你们的任何操作都不会有实质结果,三个月之后或者更短的时间后,我就会给你们换一把密钥,那把密钥会让你们进入正式界面,每个人的测试界面和工作界面的密钥并不相同……"

3

左伊和舒负责审核的不是大选之日的选票登记,而是五大区间的跨区申请。

无论是在大选之日的选票中选择并前往了第三区以外的区域,还是留在第三区,每个人只能在各自大选之日后的第五年才能申请调换区域,并自此每隔一年只能申请再调换一次——比如在大选之日选择从第三区申请调换到第一区,此后的第五年才能再次申请更换区域,对于更换区域的目的地并不设限。然而要进入第四区,只能通过大选之日的选票申请,也就是如果每个人在大选之日结果公布之时没能被选中进入第四区,便再无可能进入这个"三战"后幸存者世界的核心政治圈。

此外,大选之日选票中的选择只要不与第四区相关,一般不会被驳回,即大选日选票登记的审核部门只负责登记,但是大选日五年后的跨区域调动申请的审核却并非如此,在提交申请后,审核部门的审核人员会对申请者进行为期一年的跟踪评定,并结合申请者在申请前的过往经历判定是否批准调动申请。一般来说,从第一、第二区申请调换到第三区,一般很难不被驳回,但如果是从第三区、第四区申请前往第一、第二、第五区或者是从第五区申请前往第一、第二、第三区,一般也都不会被驳回。当然,跨区申请的审核部门也需要结合具体情况进行定夺。

对于像左伊和舒这样的审核人员来说,需要花大量时间审核的便是从第一、第二区返回第三区的申请。

左伊按照之前主任教的,点按屏幕上的"开始工作"按钮,光束屏随之浮现为三个子界面,从左到右分别是申请表、申请人详细生活履历和申请人简略生活履历。左伊点开第一个申请表,左侧的屏幕上便显示出申请人的照片、姓名、性别、出生年月、教育水平、宗教信仰、工作经历、现所在区域等基本信息。在中间的详细生活履历中最上方同样是这个申请者白皮肤、蓝眼睛、金胡须的照片和简略的基本信息,占据这个子界面绝大部分内容的是依据时间节点命名的大量视频文件,由所有与该申请者相关的监控视频和每个人在出生时便已植入眼部的生物镜片的即时录像构成——左伊只知道立法通过这项镜片植入的义务制度是为了让所有人不再有视力困扰,但这些镜片实际还具有的录像功能她从未想象过。

这些依据时间节点录制的视频文件便是申请者的详细生活履历。左伊随意在中间这面光束屏的操作面板自上向下滚动,滚轴不断向下降落无穷无尽,左伊不由得抬了抬眉毛,似乎工作量比她想象的要大呀。

左伊接着研究了一下最右侧的光束屏,那上面是人工智能依据详细生活履历的视频文件自行识别、总结的发生在申请者身上每时每刻的事件,其上标红显示着一些人工智能在自行总结时认为值得审核者留意的信息,比如这个申请者在5岁的时候曾和幼儿园的同学打过架,之后与别人打群架就成了他的家常便饭,直到18岁那年因寻衅滋事进过监狱,然后他申请进入第一区之后,几乎天天都在犯罪——全部都是红色。这是一个简单的案例,即在进入第一区前曾在第三区犯罪,于假释期逃离至第一区,此后继续犯罪并在申请返回第三区前一年内仍有任何形式的犯罪的申请者,他们意欲返回第三区的申请是肯定不会通过的。

左伊接连点开了许多第一区申请者的申请,惊讶地发现由第一区递交的申请在人工智能总结的这份简略生活履历上尤其是在进入第一区后大片都是红色的,这让左伊第一次形成了对第一区及其居民的深刻印象。

如果简单来看,这些第一区申请者的跨区调动申请没有一个通得过,因为没有人在申请返回第三区的前一年内是没有犯罪的。然而,像杨左伊这样的审核者要做的不是简单地否定一切申请,而是筛选出因环境所迫而不得不自卫以至犯罪的人。虽然每个人都应该为自己的选择负责,但既然世界政府设计了跨区调换申请的制度,便应给予那些不慎错选进入不合适区域的人一个重启人生的机会。

由于第一区的外在环境特殊,审核者应以是否符合合理的正当为标准来判断这些申请者在进入第一区后所做出的抉择。比如,由于第一区没有政府,没有国家机器来阻止犯罪行为人和保护被害人,以至于烧杀抢掠和被烧杀抢掠是每个人每天的生活。如果一个人防卫过当杀死了另一个施暴者,按照第三区的法律这个人可能犯下了杀人罪,但在第一区,如果杀死施暴者是这个正当防卫者在当时不得不为的行为,那么他的行为就可以获得审核者的赦免,这条红色的状态便可以恢复为正常。同时,审核者需要就赦免说明原因,并将此上报自己所在组的组长,并由组长审核后上报个人征信系统审核部门的主任。

换个角度来说,如果一些人为了躲避第三区的法律制裁甚至是为了享受施暴的乐趣而前往第一区尽情施暴,之后该申请者在第一区由于各种原因希望离开第一区、返回第三区,即使表明愿意回第三区接受与自己罪行相对应的惩罚,这个申请当然也是通不过的,除非其所构成的罪行不可减刑假释且所对应的刑期最低值大于他的生物识别系统建议的剩余寿命,或者这个人的行为构成死缓但不得减刑假释或死刑立即执行。

一上午工作下来,左伊有些心累,难道没有法律,人和人之间就会这样永无宁日吗? 但她又想起父亲津津乐道的有关第三次世界大战的纪录片——战争的起因是人们对于统一和秩序的理解的不同,在经济冲突越发白热化的背景下,终于爆发了大国与大国之间的冲突——即使有了法律,人与人之间就相安无事了吗?

"左伊、舒,"下班前,华旭为两人带了办公大楼休闲空间的小食拼盘,并向两人语重心长地叮嘱,"我知道可能进入第四区是非常幸运的,但是被分配到审核部门可能意味着你们比进入其他政府系统的人要承担更多的责任,所以如果有任何工作上的问题你们都可以直接告诉我,如果你们希望更换部门也完全没有问题。"

左伊不知怎么表态,似乎说"好的,主任"会让主任觉得自己可能会调换部门,说"没事,主任"又似乎会让人听出此地无银三百两的意味,于是左伊挂上了那种敷衍长辈的真诚微笑,舒也没有表态。

4

第一天工作完成回到家,左伊有那么一些不自然,她要如何向父母介绍自己在这里的工作呢?

左伊记得主任说过:"关于保密我就不多说了,在来此之前的保密协议上已经写得非常清楚了,总之,发生在这幢办公大楼里的就只能停留在这里,这幢办公大楼外的任何人都不能知道,当然,这里的人工智能也会帮助并监督你们的。"

然而,左伊除了隐瞒过几次不理想的考试成绩外,几乎没怎么对父母撒过谎。

不过那些考试都无关紧要,并不关系到升学,而且左伊认为一次失利不代表什么,只要不是次次都失利、只要起决定性结果的考试表现良好就可以。

不过,左伊的父母非常了解女儿需要保密自己的工作,而且他们自己也都有自己需要保密的工作内容。因而,他们除了询问左伊一同工作的有谁,工作环境如何之外,便没有再追问她其他工作情况。

当然,左伊从未向父母袒露过自己对尼克·朗的心动,所以她也没对尼克·朗特别赘述,"我还碰到了过去初高中的校友尼克·朗,我也不太认识他,他也不和我在一个组,关键是我竟然分到了我们部门主任的组,和我一个组的是舒·谢尔,她长得很可爱,过去是联盟大学法律系的,虽然不是联合大学,但也很优秀。"

第三章　第四区政府职员的日常生活一览

1

　　之后的日子,左伊和父母的相处并没有因为新的环境而发生任何变化,仍然是日日欢声笑语,相互唤着只有家人才理解的昵称,结伴去第四区的艺术博物馆参观,同时聆听左伊母亲专业的讲解,或者是去剧院欣赏歌剧、戏剧,然后在就餐时在左伊父亲的引导下一起交流、解读历史,抑或是在娱乐中心看全息电影,并由左伊分享这些电影之间的联动关系以及台前幕后的花絮笑闻。左伊暗自庆幸,自己原本对于第四区的所有担忧一个都没成真,幸好当时父母坚持、自己也没放弃。

　　对于这一家人来说,父亲再也不用早起为全家人准备早餐,人工智能会在前一天晚上向全家人询问并于次日清晨备好,不过这位父亲热爱厨艺,总时不时在工作之余就像在第三区那样亲自为全家人准备美味的晚餐;当然,父亲也不用再送左伊上学,而且托"飞行者"的福,大家也可以多睡许久,并且全家人都可以在下班后及时赶回家,在晚餐时聚首分享一日奇闻,尤其是在左伊父母受到第三区的大学和教育机构的邀请、前往第三区讲授讲座或者参加研讨会议时,在第三区政府派出机构的"飞行者"便为往返行程大大提供了便利;此外,三人也不用再腾出时间打扫家庭卫生,因为每天回到家,人工智能都会将整个屋子打扫得一尘不染,就像是日日都住在新房子里,而且人工智能还会根据每个家庭成员的偏好整理翻阅后堆叠一气、混乱不堪的文件,并预先提醒日程,这对于左伊的母亲尤为受用。

　　一切在第四区都显得如此便利,人工智能解决了所有占据时间的家庭琐事,让所有进入第四区的人都能够更专注于为社会做贡献,专注于那些与人类心智水平相应的工作。第四区的福利也是如此全面,每个第四区居民都能够享受免费医疗、享受全年整三个月的休假(其中的一个月是法定的年假和一个月的世界和平纪念月假期,其间所有第四区居民都有权利返回第三区与家人团聚,另外一个月则可以由每个职员自行支配,可以返回第三区度假也可以留在第四区)。每个居民每月都可以免费前往各类博物馆参观一次、免费欣赏各大剧院的某一剧目一次、免费借阅电子图书馆的所有书目,并可以前往远郊森林①免费享受一次徒步体验。当然,第四区也不是什么都免费,娱乐中心的各色餐馆和影音体验,其他旅游观光景点包括私人订制的太空游以及进一步学术深造,都需要支付不等的费用。诚然,第四区各项工作可能会给人以一定的精神压力,但其回报绝不会让第四区职员在试图享受生活时感到物质压力。

或许,第四区的生活诚如光影中那美好的未来世界,然而这种美好往往会让人暂时忘却反思。

2

对于左伊来说,在个人征信系统办公的日子让她想起了在第三区的初高中生活。不仅是因为日子像那时那样过得非常规律,也是因为每天午休时,她都会像那时一样四处晃悠,只为能偶遇或远远望见尼克·朗。

虽然杨左伊每天的工作量不小而且内容令人震惊,不过或许是左伊看多了这类限制级的动作影片,所以在审核时总会将那些申请者的真实生活经历"错觉"为某种影视作品,因而她内心受到震撼的幅度小了不少,而且一切都还只是测试界面,所以左伊没有也不愿多想什么。她觉得每天上午上班想想午休可以有什么借口出去晃悠,好看看尼克那张漂亮的脸蛋就够了,下午上班想想晚上或者周末可以有什么和父母一起出游的好点子也就够了。

倒是舒·谢尔在三周后就再也没露过面,左伊刚开始以为她是病了,直到舒未露面的第三日午休、华旭第一次邀杨左伊和他一同去吃午饭时,左伊这才从主任的口中得知舒·谢尔主动申请并被批准调离审核部门了。

左伊推测主任邀她一起吃午饭是想听她的想法,因为如果她也调离了,主任岂不是很尴尬——自己带的组,本就由于工作繁忙而比其他组少了四五个人,现在只剩一个了,现在难道要一个都不剩了?

"主任,我觉得这个部门的工作挺好的。"左伊回答,脸上挂着那种敷衍长辈的真诚微笑。

左伊并不惊讶于舒的调离,之前在和舒·谢尔一起吃午饭或者闲聊时,舒曾说过她不敢相信每个人生活的每时每刻都被记录了下来,即使是最私密的时刻也不落下,舒宁愿不在这里工作也不愿知道这个真相。不过左伊倒认为舒之所以对审核部门的工作非常失望是因为舒向左伊吐露过对第一区自由的向往,然而显然

---

① 远郊森林即个人征信系统办公大楼面朝的那片森林,而非其背靠的那片只允许部分政府职员出入的森林。

舒困惑于这种自由所导致的混乱。左伊自认为见过不少这样的青年人,只知道自由但不知道与自由相对应的义务,也不知道牺牲自由以维持秩序,所以对舒的失望和离职,左伊并非难以接受。

用餐间,主任突然话锋一转,聊起了左伊的家人。

"我爸妈他们都通过审核,和我一起过来第四区了。"左伊回答,知道在工作的地方,不能像和同龄人在一起一样展露自己和父母的关系比寻常人都要好,不然弄不好就会让别人觉得你是个永远长不大的孩子、是个不能胜任工作的员工,所以她刻意不让自己的声音中显露出愉悦。

"你是不希望他们跟在你身边吗?"华旭就和坦露舒·谢尔离职一样直截了当。

"不是,怎么会?"如果父母不在我身边我还真不知道怎么活了。左伊心想,稍微调整了一下语气,可不能让主任误会我和父母关系不好,家庭关系不好也是不能胜任工作的员工的表现,也是幼稚、没有责任感的表现,"有父母在身边总好有个照应,我非常感恩他们能够放下第三区的许多,跟我一起过来,也很珍惜和他们在一起,但我想自己也不能过于依赖他们,他们也希望我更加独立一些。"

"我理解,"华旭安静地使用着餐具,悠悠地说,"不过现在和父母关系处得好的年轻人不多,更少有珍惜和他们一起的……你父母在这里工作还习惯吗?"

"他们正好在这里都能够继续工作,我爸爸的历史知识能为政府帮上忙,妈妈对艺术的研究能够为博物馆效劳,我看他们都还挺习惯的吧,他们很高兴自己的工作不会像其他人那样被人工智能抢去。"

华旭微微点头,仍然将视线集中在餐具和食物上:"之前我也听不少来自第三区的人这般评论过这里的人工智能,你也这么觉得?"

左伊不希望在任何事情上过早地站定立场。她回答:"只是听老师说体力劳动者在这里很难就业,但也有人比较肯定人工智能对社会的意义,因为之前在第三区,人们对人工智能最普遍的印象不是像第四区这样的服务者形象,而是社会的监督者形象;之前老师在介绍第二区的时候说,正是人工智能作为监督者存在于第三区才让第三区和第二区有了本质差别,第二区因为没有人工智能,人和人之间都会用人情牌做一些打法律擦边球的事儿,或者一些人会穿行于黑与白之间的灰色地带,徇私枉法,但在第三区就不太会有这样的事情发生,因为每个程序节点上都有来自第四区的人工智能监督着;我记得课上老师开玩笑说如果第三区的人能关掉这些人工智能早就关掉了,老师还说在第四区不需要人工智能监督,因为进入第四区的人都是经过悉心筛选的。"

左伊边说着,边注意着主任吃饭的样子,和他总挂在嘴边的一丝说不清道不明的笑意。她以前也注意过尼克吃饭的样子,要说尼克有什么缺点的话,其一就是他吃饭时并不优雅,似乎要把整个头都埋进盘子里。当然,她也注意过自己过去的其他同学吃饭的样子,应该说有的人享受美食的样子虽然罕见但也是很可爱的,比如一定要把米饭和蔬菜的比例调整到一比一才塞进嘴里,比如不习惯用纸巾抹去嘴角的酱汁一直要带回到教室的,也有的人吃饭的样子平庸但很顺眼。不过,主任使用餐具以及咀嚼的方式都让左伊觉得他像是受过特殊用餐礼仪培训,值得她在家用晚餐时模仿。

第四章　某种念想的破灭

1

在两个月内,左伊便通过了测试界面的任务要求,华旭将新的工作界面密钥交给了左伊,让她启用正式的工作界面。在舒·谢尔调离后的日子,华旭都会叫上左伊一起用午餐。左伊知道或许主任这么做是出于善意,在集体用餐时单独一人并不怎么好受。不过,对于左伊来说,虽然食堂的主色调是改善人心情的蒂凡尼蓝,并且餐具精美、增进食欲,然而,天天中午的午餐是她压力最大的时候——她要想尽办法隐藏一些自己的真实想法,并编织一些积极向上的金玉良言,就像是在和家中长辈说话时报喜不报忧那样,总不能给主任留下坏印象吧?

有时候华旭要去和政府其他部门领导一起开会,一开便是一整天,左伊就能如释重负,再也不需要在午饭时头脑风暴,也暗地里希望主任天天都开会,她便可以在午休时去办公大楼里共享的休闲空间,在充满各种香气的巴洛克氛围里,好好享用一杯咖啡,感受沙发的柔软,或者是看看玻璃健身房内别人的羽毛球大赛,看看金碧辉煌的穹顶下别人的园艺、插花、油画、素描课程,但她从未想过要自己去参与这些,似乎看看就能享受真正参与的乐趣。

左伊在个人征信系统工作的第三个月的头一个工作日中午,华旭又在办公室里和其他领导电话会议,会议一直持续到午休都没有要结束的样子。左伊正在纠结是继续等主任还是开溜时,主任的通知出现在了她正式工作界面的光束屏右下角——主任让她早点去吃午饭不用等他。左伊读罢便高兴地往休闲空间走去。

半路上,尼克·朗叫住了她。

"杨左伊,"尼克的声音非常具有可识别性,是那种嘹亮的悦耳男声,"杨左伊!"

左伊当然是第一时间便意识到是尼克在叫她。

进入个人征信系统工作以来,她几乎天天都会和尼克见上几面,但从来都是她远远地望着尼克吃饭、打羽毛球或者擦肩而过。两人有时候会视线撞在一起,左伊总会停顿几秒便移开视线,然后再回望尼克,有时候两人的视线会再度相遇,也有时候两人的视线一相遇尼克便会转过头去。这总会让左伊的心绪有些起伏。不过和尼克眼神相遇并不是左伊喜欢的,反而在一旁安静地欣赏着尼克的一举一动让她觉得更舒服。

现在尼克却主动和她打了招呼,这是什么情况?"你好!"左伊缓缓回过头来,"你是?"

尼克似乎被问得有些蒙:"我,我是尼克·朗呀,你过去在第三区联合初高中的校友。"

"你好!"左伊觉得有些紧张,不知道自己的面部表情是不是僵硬的微笑,只希望不要满脸通红就好,但一股热流还是抑制不住地涌上头来。

"你吃午饭了吗?我看你这两天午休的时候都在休闲空间,如果你没吃午饭的话,你可以和我那个审核小组的人一起。"

"啊?不用不用,没事。"左伊尴尬地微笑拒绝,但心里却不明白为什么自己的第一反应是拒绝,在她感到后悔之前,尼克便皱着眉坚持道,"你还是和我来吧,其实是大家都想问问你,拿到工作界面的密钥后和测试界面有什么不同呢?"

"哦,这样啊,好,我跟你去。"左伊喜欢自己在别人那里有不可替代的价值。

2

"你们不觉得我们在这里做的一切都很病态吗?"尼克组里一个烫了黑色短鬈发、黑眼睛里充满杀气、浑身都透着酷劲的女组员罗彬举着筷子,耸了耸肩,扫视着围坐白色餐桌边的朋友,"我是说你们都不觉得隐私、自由和平等被践踏了吗?"

"罗彬,"尼克似乎话里有话,"你非要今天说这个吗?"

"不就是你今天带了一个新朋友来?我只是想分享一些自己的观点,我们都是成年人,应该有独立的见解和自主的意志。"罗彬用筷子夹起一根鱿鱼须嚼着,"不是说第四区有最高智慧存在吗?等他们终有一天召见了我,我倒是要去问问他们为什么要把人分成五等,不是人生而平等吗?"

"那还要看你有没有机会被召见呢。"尼克所在组的另一个男组员欧文·章向罗彬泼了一盆冷水,他看上去一脸蛋白质,皮肤好得令每个女生都嫉妒。

"这么长时间以来,我都不相信第一区是那样的,那应该是一个自由而美好的地方啊。"尼克叹道,淡褐色的眼睛直视着左伊,"工作界面里也是那样吗?"

左伊上午并没有审核第一区返回第三区的申请,倒是审核了不少在第三区犯了小事、尚未被第三区当局发现,或者在第三区犯事后的假释期间逃逸到第一区的这类人所递交的从第三区调往第一区的申请。这些逃逸者之所以到了第一区之后还要倒签递交第三区调往第一区的申请,是因为他们如果不递交,就无法领到第四区政府每周补给每个第一区居民的日常救济物资。

左伊避开了尼克的视线,暗自推测,如果第一区不像测试界面那样无法无天,或许这些人也就不会从第三区逃过去,如果第一区不像测试界面那样资源短缺而且物资被各大犯罪集团垄断,或许这些人也不会再倒签递交申请、索要救济物资吧,因而左伊回答尼克:"应该八九不离十吧。"

"一定是政府在里面搞鬼!"罗彬躬着肩膀,用胳膊肘捅了捅尼克,"他们用自由骗了一些人到第一区去,当然,真正有问题的人也会去,所以自由才会导致混乱,政府应该在第三区用更加强硬的手段去限制、惩罚那些人,而不是任由他们逃去第一区。你们想,如果让那些真正有问题的坏人聚在一起,让他们在第一区为了资源、为了补给物资而内斗,他们就不会去想这个按照自由度分区的制度是不是有问题、这样的政府是不是值得继续存在这类事,这样政府就安全了、免于革命,但那些为了自由的理想而被蒙骗去了第一区的人呢?"

左伊心想,我们之所以存在于这里,不就是为了让那些被骗去的人可以回来吗?况且,从生理上每个人都是不平等的,人人平等不只是存在于法律面前吗?以貌取人者认为长得美的一定更有能力、更加聪慧,而且每个人天生的智商本就不同、禀赋不一。第一区、第二区的存在,在相对保守的某一派第三区学说中被认为是为了将那些作奸犯科、思想极端的不安定分子从第三区清除出去,然后由第四区来保证这些人不再回到第三区,从而维护目前占"三战"后总人口数三分之二以上的第三区的安稳。想到这里,左伊觉得自己的意见可能与在座者相左,她既不愿意得罪在座者,也不愿意就这么附和在座者,因而她只是对罗彬无奈地微笑了一下。

3

之后的半个月,华旭一到中午便似乎就在开会,左伊便总是有机会和尼克组一起用午餐,也了解到了更为广泛的办公室话题,比如哪个审核组组长家里刚添了新丁,每天晚上都睡不好,即使有全能的人工智能也不放心;哪个审核组组长家的孩子刚刚在第三区上了学,组长和孩子以及自己的妻子长期异地分居,这项第四区教育干预制度是多么不公!为什么不能让孩子在第四区成长、受教育、经历大选之日?不过,对于这点,左伊知道每个在第四区出生的新生儿在断奶后便被要求回到第三区接受教育并形成三观,从而在大选之日做出属于他们自己的选择。出于人道主义考虑,他们的父母或者任何其他亲属都可以随孩子返回第三区并在第三区的政府派出机构继续工作,也可以随时选择返回第四区工作,但如果是原本未被第四区选中而是通过家庭申请进入第四区的亲属选择离开第四区陪同新生儿成长，除非这名新生儿被选中进入第四区，这些亲属便再也不能返回第四区生活。比如，如果将来杨左伊结婚后有了孩子，作为孩子的母亲，杨左伊可以选择陪孩子回第三区，然后在第三区的政府派出机构里工作，也可以选择留在第四区，并可以在第三区和第四区之间自由出入。但如果是杨左伊的父母，也就是孩子的外公外婆，作为亲属陪孩子返回第三区，除非杨左伊的孩子在大选之日被第四区选中、杨左伊的父母递交前往第四区的家庭申请表，否则，杨左伊的父母便基本没有其他返回第四区生活的方式。考虑到这些亲属毕竟均曾通过家庭申请被批准进入第四区，因而他们可以每五年一次前往第四区探亲。

不过和尼克组午餐的更多时候是极为寂静的，因为尼克、欧文·章和罗彬往往都会组队在手机上玩电子游戏。"三战"后的手机——除了屏幕可以投射在空气中并无限放大，并和每个人出生时便被植入体内的法定生物识别系统互联互通之外——和"三战"前的手机几乎没什么不同。左伊看了看正集中精力在手机投射出的光束屏上打游戏的尼克、欧文和罗彬，觉得自己无法加入他们突然爆发的欢呼，更不能接受他们时不时以第三人称等不堪入耳的词汇抒发游戏失败甚至是游戏胜利时的情感。

在座的另一个尼克组组员是一个红发绿眼的女生——刘易阳。她和左伊一样，没有陷入游戏世界，只不过她总会向左伊打听主任的情况。

"杨左伊，"刘易阳的声音细柔柔、软绵绵的，还有一点点大舌头，"我看到你前两个月都和华主任一起吃午饭，他平时工作忙吗？""他平时一般都吃什么呀？主任和我们吃的东西一样吗？""他和其他组长关系好吗？有没有说起过我们的组长蒂娜·京？""我有几次看到主任吃饭的时候是用左手的，但有时候看到他用右手，他是左撇子吗？""在主任的组有什么特别的福利吗？或者，会不会加班到很晚？""他家人都在第四区吗？他是住在专门给政府职员提供的公寓楼居住区还是和家人一起住在普通居民居住区？""我总看到华主任一直戴着的那块表很与众不同，你知道是什么牌子的吗？""主任是什么星座的？""他结婚了吗？小孩多大了？"

左伊本以为易阳只是单纯地出于同事之间的好奇想要向她打探主任的情况，但当她问到主任是不是结婚了时，左伊将心比心地将自己对尼克的好奇与易阳对主任的好奇进行了类比，又觉得或许易阳对于主任的好奇更多是出于喜欢。她便非常理解易阳，希望能够尽可能多地向她提供信息，但惭愧的是，左伊虽然与主任共进了多次午餐，她却只顾着如何圆滑地回答主任的提问，从没想过要关心主任尤其是他家人的状况。

不过，左伊怎么说还是能答上来一些的，而且她也不希望在易阳面前丢了面子,便东扯一些、西扯一些地介绍着,当然,她还是从不撒谎,除非是迫不得已的善意的谎言。

"主任平时工作挺忙的,他这段时间天天都在开电话会议,都顾不上吃午饭,不然他可能会叫上我一起吃午饭,据说他是在为下个月的某项活动和总部联系。""他的那块手表我下次帮你问问吧。""主任平时当然和我们吃的东西一样,但我没看出他是左撇子,他一直都是用右手的。""他应该没结婚吧,我从没看到他戴戒指,但我没敢问他家人的事情。""主任人缘很好的,其他组长来串门总能听到他们在办公室里谈笑风生,但具体在说什么听不清。""因为我不怎么懂星座,没问过他星座的事情。""在主任的组应该有不少福利吧,只要完成了一天的工作,就能够准点甚至提前下班,上上周,主任带我去了采购部组织的新式茶点、饮料试吃会,试吃完填了个问卷,问卷中评价最好的将来会出现在休闲空间里……上周,主任带我去了职工季度运动大会,每个季度都有,但我不太喜欢运动,也就只是看看。"左伊没说主任还带她去了新职员工作座谈会,因为只有少数新职员被抽中,左伊并未被抽中但主任还是带她去了,她担心这么一说,同桌的人会有别的想法。

然而,左伊对于主任组的描述还是招来了不少在座者的羡慕嫉妒恨。从罗彬开始,每个尼克所在组的组员都开始向左伊倾诉他们组的组长蒂娜·京是多么惨无人道、惨绝人寰,以及这个组长对自己的组员有多凶,好像每个组员都不是人,好像每个组员听一遍就能够马上把规则都背出来;京组长对于错误从来都不是循循善诱地教导,而是劈头盖脸地一通直指人格的谩骂;对于重复的错误更是绝不能容忍,尼克他们几个好不容易才保住自己的办公桌不被京组长拍坏;京组长还特别喜欢让组员加班,明明可以回家继续做的工作一定要让他们在征信大楼里不吃不喝地做完,以示对他们上班浪费时间玩游戏的惩戒;更可恨的是,京组长这周还断了他们办公室的无线网络;总之,对尼克他们组来说,每天的午休是他们唯一快活的时光,他们个个可都恨死这个组长了。

为了安抚尼克组组员,左伊补充说自己的办公桌就在主任的办公室外,她觉得主任天天都会在办公室透过玻璃窗盯着她工作,所以她也和他们一样,天天都很有压力。不过左伊的安抚并没有收到任何缓和激愤的效果。

事后,左伊心想,自己在听闻那些组员对蒂娜·京的控诉之前,怎么就没有注意到华旭对组员无微不至的关怀和拿捏得当的分寸? 同时她也觉得自己在与易阳交谈之前,更是没有过多注意这位她现在想来的确一表人才的主任。

4

自从尼克组组员被断网以来,他们来左伊办公处的次数越来越多,时间也越来越长。说白了,他们都不是来找左伊的,他们都是来蹭左伊这边的无线网络的。他们只认识左伊这个不怎么会说拒绝的人,不像其他审核小组,即使五个组员中的一些和他们关系好一点,容许他们在那个组的办公室待着,但他们也不可能得到那个组全组一致地接纳,正大光明地蹭网。虽然主任在左伊这里,但他们发现主任也没对他们的存在说过半个不字,于是他们就愈加大胆了。

不过这群朋友给左伊留下的最深刻印象还是集中在午饭时的一些对话。

"如果我要是知道那些在我们出生的时候就植入体内的生物身份识别系统和那个植入眼睛的镜片怎么能从我们身上弄走就好了。"罗彬又在愤世嫉俗了。

"那你怎么会来第四区的,罗彬?"欧文·章不屑地问。

"我……"罗彬有些词穷,挥舞着筷子直直地戳在晶莹剔透的主食上。

"你难道不是被迫来的?"尼克问,嘴里鼓着满满的肉汁。

"不是啊,"罗彬又戳了戳,"我想离开家,逃离家里那两位,但是又不敢单枪匹马地去第一区、第二区,因为之前没碰到你们这么仗义的朋友,所以我就填了第四区,我想有什么好怕的? 没想到就来了。"

"那你们呢? 欧文? 易阳?"尼克视线落在了左伊身上,稍稍迟疑了一下问,"还有你?"

"当然是自己选的。"易阳柔声说。

"对啊,谁会不选第四区呀? 不然呢?"欧文挑着眉毛,"怎么个被迫法?"

"我没有选第四区,我以为大家基本都是……看来大家基本都不是像我这样的,我没有选第四区,却被选中到了这里。"尼克坦白。

"你能被选中到第四区来,真是太不容易了。"左伊赞叹道,她发现话题已经从之前你们为什么来第四区转移了,便没有正面回答那个问题。

"我本来是要去第一区的,我和……"尼克欲言又止,瞥了一眼左伊,"没什么,但现在看来要去第一区的话,得练就一身好功夫了,不然可能还没踏稳就被乱枪扫死了。"

"如果你要去,是得做好准备,但这不是关键,被选中、没被选中可能只是电脑程序里的某个随机结果,就像是我的大脑告诉我今天想吃蘑菇而不是番茄,关键是,你们不觉得这一切很怪吗?"罗彬诘问,"这里真是没一点儿正常的,"她摇了摇头,"天天让我们看别人镜片记录的隐私,还说第一区没有监控! 明明就和第三区一样密布,你们不觉得很难过、很压抑吗? 而且鬼知道现在我们说的、做的有没有人在看呢!"

"罗彬,你往好处想想,"欧文·章劝道,"至少现在这里没有战争了,人类种族延续了,然后大家都吃得饱、穿得暖,看病不是问题,不像在历史课上说的'三战'

前那样全球有多少多少人在贫困线下、在饥荒中,或者全世界财富的一半掌握在不到70个人手里,经济上现在大家都很平等了。"

罗彬嗤笑了一声:"要是大家都这样想,就没有哥白尼、没有马丁·路德·金了,到现在大家还认为地球是宇宙的中心。"

5

左伊这天回到家和父母一起吃饭的时候装作无意提起:"这两天我有个同事一直说到隐私、自由和平等……"

"隐私、自由和平等?"左伊的父亲杨森重复了一遍后问,"你的这个同事是怎么说的?"

"就是……"左伊觉得要尽可能轻描淡写,"就是我这个女同事她有点困惑吧。"

左伊的母亲左菲感慨了一句:"哦,这是典型的年轻人思想——隐私应该极端保护?但如果没有监控,就像是在第一区,或者就像'三战'前的美洲,没有监控有多少抛尸案?真不敢想象生活在没有监控的环境里!"

杨森点点头:"像是'自由'这种好词汇,在历史上一直都是有争议的,人们都说,自由是有限度的,又倡导保护自由,甚至为了实现某个地区的人的自由而将战争引到那个地区去。历史上,有多少人为了自由而战,但结果怎样呢?最终正是隐私、自由、平等的异化导向了极端思想、极端行为,导向了散漫与分裂,导向了第三次世界大战。对于像你那个同事那样的年轻人,你可以问问她是不是感到不平等。她如果觉得第一区的人比她低了一等,那便是她不懂包容,而包容才是我们现在这个世界的文化基础。"

"哦,"左伊下意识地说了一句,"或许只是因为她家里遇到了些什么情况。"

左菲摸了摸左伊的头,"有谁会像我们的宝宝这么善解人意?我和你,"她看了看杨森,"我和你都比不上她,总是站在他人的角度思考。"

6

又一个工作日,主任办公室外温馨的办公空间里,尼克组组员除了刘易阳外算是在左伊这儿聚齐了,陷入游戏世界的他们竟连过了半个多小时都没察觉。左伊也一直在工作,忘了提醒他们时间,直到左伊听到走廊里传来高跟鞋就要踩破地板的声音,然后一张方脸盘顶着一个方便面头走了进来。

方脸盘的脸上抹着显而易见的脂粉,年纪不大,应该没有40岁,穿着草绿色和墨绿色相间的制服,并用左伊听过的最高的分贝喊出了尼克·朗的名字。左伊眼看这个方脸盘从尼克手里抢过了他的手机,扔到了走廊里,接着又用要踩破地板的声音冲回走廊,然后,左伊听到了手机屏幕破碎的声音,紧接着又是刺耳的高跟鞋声返回了她的办公场所。

左伊心里倏地紧张起来,她从来都没见过这样的场面,真是像尼克他们描述的那样惨绝人寰、惨无人道!

终于,这个方脸盘算是——数落完了尼克、罗彬、欧文他们上班时间玩游戏的陋习,并要求他们快点回去工作,左伊在心里长舒了口气,耳膜终于不用再由于分贝过高而剧烈振动了。她正准备把思想集中到自己面前的工作界面上,然而,她没想到京组长在看到她办公桌上的身份信息后,又将怒火转移到了她的身上:"你就是华旭常常说起的那个他见过的最高效的员工啊?你就是这么高效的?是凭着带坏其他组组员才高效?我不允许你再和他们有任何接触!"

"但京组长,要是他们再来,我也没法叫他们离开啊……"左伊想推卸责任,却注意到蛋白质男生欧文·章向她连连摇头。

"你是说这是华旭的责任,只有主任才能让他们回去上班,不是你的责任,对不对?"京组长又一怒之下踩着地板,直接冲进了华旭的办公室门,"华旭,你的组员说外面的这些……"主任办公室的门猛地在她身后关上。

左伊觉得这下真是搞砸了,四肢突然僵硬起来,她就像是陷入了座椅里。完了!完了!不仅让主任和京组长失望,还得罪了主任和京组长,真是言多必失啊!左伊自责,和欧文·章面面相觑,倒是尼克·朗和罗彬相互捅了捅,像是在看热闹。

京组长和主任具体说了什么,外面的人都听不清楚,但没过几秒,华旭就将京组长送到了办公室门口。京组长真是变脸像变天,现在她又和颜悦色地在华主任谦恭的相送之下走入走廊,然后京组长回头不耐烦地挥了挥手让自己的组员跟上。左伊看着,有些不知所措,缓缓站了起来。

等京组长他们一行人的脚步声在走廊里隐没,主任准备走回办公室时,左伊赶紧向主任道歉:"主任,不好意思……"

华旭脸上没有丝毫愠怒,他柔和地安慰道:"没事,左伊,这理应是我的责任。"

7

之后,这些被断网的组员还是会三三两两地出现在左伊这边,主任仍然不怎么予以理睬,直到有一次尼克、欧文和罗彬再次在这里聚齐后,主任缓缓从办公室拿着与左伊母亲同款马克杯出来了。他抿了口提神醒脑的花茶,靠在办公室外的神奇玻璃上,天蓝色的衬衫映射着室内的暖黄色光线。他语气悠悠、暗含笑意地问这三个职员:"你们是来找我有事吗?"

尼克抢在罗彬前迅速推托:"哦,不是,主任,我们……"左伊知道每次尼克说假话时都会这么睁大了眼睛、声嘶力竭、全身僵硬、左顾右盼,一点儿也沉不住气。

左伊之前从未见主任打断过谁的话,但这次他生硬地打断了尼克·朗,并从神奇玻璃上直起身来。"那你们是来找左伊的吗? 不能在午休时再来找她吗?"

"我们当然不是来找左伊的!"尼克脱口而出。

主任拿着马克杯向走廊走了几步:"哦,我还以为你们都是想来约左伊出去玩的呢,一个的,天天都来。"

罗彬翻了一个白眼,尼克则连连摆手,"不,当然不是!"

左伊心想,这些人真是……如果说是来找我的,不就可以留下了? 还是说,尼克·朗即使连说谎都不愿意和我牵扯上关系? 想到这里,左伊不禁有些失落。

主任迅速瞥了一眼左伊,左伊觉得那眼神里似乎有些歉意。

"如果不是来找我或者来找左伊,"主任吩咐,"我还是比较喜欢办公环境清静一些,希望你们理解。"

三人刚悻悻离开,左伊就听到罗彬富有穿透力的声音:"他什么意思? 成心恶心我?"

左伊这时候还没工夫在大脑里处理罗彬的话,因为主任还杵在原地。她正愁怎么向主任认错,华旭已转过身来,步履沉重地走到左伊的办公桌前,双手支撑着办公桌,天蓝色衬衫下的肌肉似乎紧绷着。他微微俯下身来,茶褐色的双眸凝视着光束屏后的左伊。"左伊……"他的声音低沉了下来,欲言又止。

左伊看到主任的眼睛里闪烁着某种光亮,这么长时间以来谁在想什么她都多少知道一些,但她还是难以揣摩主任的深邃眼神,等等……她又想,主任不会是怪我上次蒂娜·京组长来过之后还不赶他们走吧? 于是,左伊又挂上了敷衍长辈的真诚微笑:"主任,不好意思,我应该劝他们离开的。"

"不,不,这理应是我的责任。"主任似乎安心了些,转身准备走回办公室,但没走几步又折过身来,"左伊,我……嗯……我刚刚并不是有意开那个玩笑的,我只是希望他们以后不要再来这里,以免再招来京组长的'问候'。"

不等左伊用蚊子般的声音笑答"没事",主任便走入了办公室。

左伊坐在原地有些不解,心想:不会啊,主任,我一点儿都不介意的,我脾气可好了,没什么能够让我心绪波动的,但不知为何,她的脑中还是闪过了尼克的片段。她下定决心,从现在起,尼克·朗应该也不能再让我心绪波动了。

8

这天下午罗彬在办公时间来找左伊。她的手臂平撑在左伊的办公桌上,柔韧地弯着腰将脸压在双手交叉的指尖:"左伊,求你个事呗!"

"好啊,罗彬,你说。"左伊礼貌地放下了手里的工作,微笑相迎。

"尼克·朗他想找个人,但我们现在还在用测试界面,而且京组长刚刚……"她努着嘴唇,一副生无可恋的样子,"她这辈子都不想把正式工作界面的钥匙给我们了!"罗彬直愣愣地用充满杀气的单眼皮凝视着左伊,"总之,尼克他想找你帮忙,就找我来和你说说。"

"他想找谁?我不知道那个人是不是在我这把密钥覆盖的辖区里。"左伊下意识地想利用一些客观限制推掉这件事,因为并不是每个征信系统职员都负责除第四区之外的所有政府辖区,而是每个组分管不同辖区,至于辖区大小和对应的工作量均由人工智能结合各员工完成工作的能力进行分配。人工智能的算法保证了每个员工的工作效率和质量成正比。

罗彬低了低头,嘴角微微扬起,眼睛还是直直地盯着左伊,黑眼珠显得特别小:"他想找格兰·韵。"

9

左伊当然知道格兰·韵是谁。

格兰·韵是典型的女神,身材不用运动就能保持曼妙,举手投足间韵味十足,她与尼克·朗在校园里就有着千丝万缕的关系。据说,两人一见钟情,在第三区学校组织的远足活动中情定终身。总之,两人一早就是男女朋友,只不过在学校比较收敛,但同学间没人不知道两人之间的这层关系——无论是游园会上悄悄牵起的小手,还是运动会上只为尼克·朗加油的、由格兰·韵领头的啦啦队,抑或是坊间传闻的两人在放学回家路上的各种风花雪月,以及两人准备一起私奔去第一区。

左伊一直奇怪尼克如果是被迫来了第四区,为什么不径直回第一区找格兰·韵呢,没人在这里阻止他呀?当然,她知道或许是第一区凶险,尼克得做好准备,但,有没有可能尼克是为了这里的谁而不离开的呢?

从回忆里回过神来,左伊回答罗彬:"嗯,好的,罗彬。"但左伊心中却闪过,格兰·韵如果刚刚到第一区,必然不会出现在我审阅的申请者里,只有五年后格兰才有机会,左伊不知道在系统给出的申请者之外调查旁人是不是违背第四区审核部门的规则。一般要在申请者以外调查旁人,都是因为这些旁人出现在申请者的详细生活履历里,并且是佐证申请者品质的关键。具体操作程序上也不是直接输入旁人的姓名,而是通过详细生活履历里系统自带的面部识别功能来查找这些关键旁人。左伊还真不知道在检索栏直接输入格兰·韵这个名字会怎么样,于是她对罗彬补充道:"我过会儿就看看。"

"你要不就现在看看吧,我看你也不忙,尼克急着要。"罗彬在左伊的办公桌前扭来扭去,"你直接搜吧,我过来看看。"

罗彬正准备仔细看看左伊的工作界面,却被主任办公室大门猛地关上的巨响吓了一跳。左伊有些奇怪,主任平时一直都是轻手轻脚的,今天是怎么了? 罗彬虽然被吓了一跳,但她并没有转过身去,而是翻了个白眼继续转身准备去看左伊的工作界面。

"你是蒂娜·京那组的罗彬吧?"主任问道,语气不再是悠悠的了,而是夹带着某种锐气。

罗彬只能停下脚步,对左伊瞪了瞪眼,没好气的样子,似乎是自己的计划泡汤了一般,她转过身去,语气生硬地对主任说:"我不是来找你的,我是来找杨左伊的。"

"不巧,我现在也找杨左伊有事。"华旭缓步向罗彬和左伊走来。

罗彬随意地用大拇指往身后指了指左伊:"我这边的事情很快的。"

"是和京组长的工作有关吗? 要我去和京组长推延一下吗?"华旭继续向罗彬逼近,声音虽然低沉,但左伊感受到了主任浑身散发出的那令人窒息的气场。

罗彬一手叉腰,叹了口气:"不了,我过会儿再来吧。"她回头对左伊做了个鬼脸,示意她一会儿再来,然后就迅速弓着肩膀溜走了。

待罗彬离开后,华旭又恢复了常态,就像他身上的那件淡褐色毛衣外套一样温和。他柔声督促左伊将工作密钥取走,然后就带着左伊向休闲空间走去。路上,华旭向左伊悠悠说道:"我刚刚听到了罗彬要你帮的忙,但我想你得无情拒绝你的朋友,如果罗彬是你的朋友的话。"

左伊点了点头:"主任,我其实也不知道应该怎么帮她,以前没直接搜过人名,都是在详细生活履历的视频文件里直接人脸识别的。"

"虽然系统可以直接搜人名,但你刚刚开始使用工作密钥,我不希望你有任何操作失误,比如输入一个不在申请者中的人的姓名。毕竟这个系统不是用来找熟人的,而且如果你一直保持精确,等年度工作考核时,你就可以被评为最佳员工了。"华旭嘴角上又出现了那抹说不清道不明的笑意,他推开了休闲空间的大门,里面飘来了食物的香气。他替左伊挡着门。"刚刚正好想带你来看看这个月的试吃大会,如果你觉得很难拒绝你的朋友,可以到我办公室来查找,我这边没有操作失误的记录,而且覆盖的区域也比较全。"

"谢谢主任!"左伊除了言谢真不知道该怎么说,在主任的组里真是无比幸运啊!

绕过斑斓的沙发、丝绒的地毯,试吃会里人流熙熙攘攘,左伊对擦肩而过的每个职工领导待以微笑,并和之前已经认识的各组组长、征信登记处领导打着招呼。

"左伊,来试试这个,"主任递了一份腌萝卜黄瓜三文鱼卷给左伊,"这个味道很提神。"

"谢谢主任! 对了,主任,"左伊突然想起了之前刘易阳的疑问,"之前一直都忘了问您,您家人都在第四区吗?"

左伊明显注意到了主任的迟疑,然后她也(终于第一次)注意到了那块易阳提过的黑色手表,表带和表面就像文在手腕上似的,表面上偶尔闪烁着几点星光。

主任淡淡地说:"他们都不在了。"

哦……左伊感到心里压上了一块巨石——都怪易阳,我根本不想知道主任的家庭情况啊! 这不是给我添乱吗?! 左伊赶紧用真诚的语气回答:"哦,主任,我很抱歉,我……"

主任宽容地微笑着安慰左伊,语气平静:"没关系的,他们已经离开我很久了,我一直都很希望能融入一个新的家庭。"

主任还准备说一些什么的时候,一个画着眼线、蓄着浓密的胡茬、穿着黑色羊毛西装的新面孔从人群里走来,他极为浮夸地和主任问好,并和左伊蜻蜓点水地寒暄两句后,便勾着主任的肩、搭着主任的背走出了休闲空间。

10

这天晚上,左伊仔细想了想自己对尼克莫名其妙的好感究竟缘何而来? 这种好感究竟是不是自己以貌取人的幻想?

左伊记得在自己的印象中,似乎第一次看到尼克那充满朝气的脸庞时,她便被他吸引了,并对他渐渐在心中形成了这样一个阳光的形象——尼克淡色的眼睛和灿烂的笑容都好像是夏日的阳光,明媚、耀眼。尼克俊朗的外形容易让人认为这是一个温柔细心、单纯善良的人;他应该是对人腼腆但内心勇敢的人;他眼神中闪烁着的脆弱昭示着他有过一段令人心碎的过往,但是他挺过来了,并且他将一直走下去;他也始终在寻找那个能够给他的内心带来温暖的人,左伊觉得自己能够成为那个温暖的使者,耐心地呵护他。

然而,事实是,在审核部门几个月工作下来,左伊还是没能和尼克说上几句话,而且左伊打心底里觉得尼克并不喜欢她,甚至是尼克厌恶她。左伊怀疑,或许在尼克心里,她杨左伊只是个会读书、无比沉闷的怪人,所以左伊往往在和易阳说到自己对于战前的艺术和文学的兴趣时,总会略略提高嗓门,希望能够引起尼克的注意和共鸣,然而尼克还是沉迷于那片游戏世界或者并没有什么反应。左伊知道自己一直都是没什么正事绝不和男生多扯半句的主,对于尼克,她也一样,不知道该说什么,有时候她终于鼓起勇气问尼克一些话,却总担心自己说得不得体,然后浑身犯一阵鸡皮疙瘩。尼克也不怎么和她说话,不怎么正眼看她。

现在,左伊不知为何有些力不从心了,加之,她越发觉得尼克并不是她想象中的那种人。这几个月的接触,让左伊比过去在学校里更了解尼克·朗。她发现尼克其实是个争强好胜的人,而且这种争强好胜并不体现在正事上,而是在鸡毛蒜皮的小事上,有时是在游戏或体育上。一定程度上,在左伊看来,这体现了他并不是一个和善的人,并且在可能的情况下,他会是一个暴力、冲动的人,会和朋友因为一些琐事翻脸。尼克对他的家庭并没有爱,他和罗彬、易阳都想逃离他们的父母,这点是左伊最不能理解的。或许一些时候父母的要求的确令孩子不能接受,但只要有心,有什么是不能通过沟通解决的呢?尼克还在很多时候并不举止得体,除了和朋友在玩游戏时爆出的粗口之外,左伊总觉得他并不尊重罗彬和欧文·章,似乎他们什么都不懂,尼克才是全知全能的,但另一方面,有很多事情他又希望他的这两位朋友能够帮他做好。

总而言之,尼克原本神秘而梦幻的面纱被揭开后,左伊渐渐看清,这其实只是一个相貌英俊的普通年轻人,只是那类年轻气盛、不够成熟、没有节制、以自我为中心但又心高气傲、眼高手低、永不知足、总想挑战既定的年轻人中的一个罢了。

左伊再次和自己约定,是时候放下过去了,尼克·朗最多只是自己的朋友。

11

几周后,尼克突然连续几日都缺席了午餐。终于,耐不住内心的好奇,左伊在一次午餐期间故作随意地询问尼克的朋友们:"怎么这几天都不见尼克·朗? 他生病了?"

罗彬嗤笑一声,低声说:"是啊,相思病。"

刘易阳则甜美地一笑:"我们几周前相继得到了工作界面的密钥,然后尼克去查找了……罗彬告诉我说,他去找了他过去的女朋友的行踪,他女朋友竟然在第一区!"易阳收敛起八卦的语气,"但尼克的行为是违规的,这几天中午都被京组长找了问话呢。"

哦,这样啊……左伊心想,幸好自己对尼克·朗的粉红气泡已经破灭了,但她还是有些揪心,毕竟她喜欢了尼克这么长时间,这么快就能放下了? 当然,左伊还是有点想了解格兰·韵的情况,等待餐桌上的气氛合适时,又随意地轻声一问:"尼克的女朋友在第一区?"

"是呢,她的情况可糟了,而且她还背弃和尼克许下的诺言,劈腿了,尼克知道之后心情就一直很阴郁,"罗彬夹起一根生鱿鱼须,在放有芥末的香醋里浸润彻底后,放进嘴里嚼着,"我猜他之前不敢去第一区找她,尤其是在知道第一区这么危险、随时都能让人丢了性命之后,但他现在觉得被那个女的背叛不好受,但你说一个弱女子在第一区那种环境里还能怎么做?不做墙头草就是识时务?"

尼克回归午饭群之后再也没有沉溺在游戏里,而是一直不怎么说话,眼神中永远带着那抹过去让左伊心动的脆弱,只不过现在左伊已经渐渐免疫了。倒是在所有人又在吐槽京组长的严厉时,尼克却站到了京组长那一边:"你们不理解她,她也是没有办法的。"

"怎么?就和京组长单独聊了几个中午就倒戈了?她给你下了什么巫毒?"罗彬友好地推了推尼克的肩膀。

尼克则忧郁地摇摇头,嗫嚅着:"你们都不懂……"

第五章 第 111 届世界和平纪念月

1

来到第四区至今,左伊的家庭和工作基调依旧总体愉快。

现在,金秋十月的世界和平纪念月假期即将到来,第四区的新任政府职员将集体前往第四区政治圈的核心——最接近最高智慧的湖滨政治圈。

湖滨政治圈位于个人征信系统办公大楼外的皑皑雪山背面,途经那片只有政府行政人员才能入内的森林——当然,乘坐"飞行者"前往时,只要生物识别系统检索到乘客的进入权限即可进入。

令人叹为观止的一环临湖玻璃长廊将湖滨政治圈的行政、科技、艺术等所有核心全部连接在一起。漫步于玻璃长廊,不用走到室外便可直通任一楼宇,并可欣赏或雾气朦胧的神秘湖岸或波光粼粼的清澈湖面。这一环临湖玻璃长廊的中心包裹的是一片人工湖,其中央是一座人工岛屿,其上居住着这个世界的最高智慧。只有第四区最优秀的职员才能被最高智慧召见,即前往那座人工岛屿接受最高智慧的亲自接见,这些被召见的员工人数极少而且需要对所见所闻完全保密,所以一般来说,没人知道最高智慧的模样。

作为第四区的新任政府职员,这趟为期三天的"世界和平纪念月·第四区湖滨政治圈之旅"不仅仅可以大开眼界,还是不可或缺的社交经历,从中他们可以结识其他部门的同事和湖滨政治圈的高级职员,从而横向、纵向地打通人脉,甚至可以寻求到进一步升迁至湖滨核心政治圈工作的途径。

为了让新职员们相互熟悉,一些"友谊第一、比赛第二"的竞赛总是不可避免的。新任政府职员以各自所在的组为单位,将徒步穿越个人征信系统办公大楼后的那片非政府职员不可入内的远郊森林,并被要求比一比、赛一赛,看哪个组能够先抵达雪山背面的驻扎营地。

左伊并不喜欢与大自然亲密接触的机会,她记得过去和家人前往第三区远足时便深受大自然中昆虫的困扰,不过,碰巧,蒂娜·京组长在这次湖滨政治圈之旅前休假了，华旭接到命令将代替京组长带领她的组员穿越丛林，这样左伊作为华旭的唯一组员便可以不参赛——这正中左伊的下怀。

华旭把自己直达雪山背面营地的缆车套票传输到左伊的手机上后对她悠悠嘱咐道："左伊，这张缆车套票可以带你直达营地，你收好。"华旭的语气低沉了一些："真是抱歉，希望你不会对这样的安排不满。"

不不不，左伊心想，这样的安排我可是满意得不得了。"没关系的，主任。"

"还有，这是星辰部长的名片。"华旭传递了一张电子名片至左伊的手机，左伊打开后发现名片上的是之前那个画着眼线的新面孔——原来那个是星辰部长，湖滨核心政治圈的第一把手。

华旭凝视着左伊，继续叮嘱道："到时候星辰部长会带着你，放心，他是我的好朋友，另外，其实去营地目的地是有'飞行者'的，但我想，或许，你想看看缆车上的风景。"

"谢谢主任！我当然会乘缆车去看看的，太感谢主任了！"左伊在手机上查收了华主任的缆车套票，对主任微微欠身，脸上挂着适度的微笑，但心里别提有多高兴了，左伊厌恶竞争、抗拒自然，主任都帮她躲过了。

2

乘"飞行者"来到第四区远郊森林的缆车搭乘点，左伊和星辰部长寒暄了两句，便登上了下一班缆车。缆车上还有许多行政人员，左伊一登上缆车便觉得气氛不对，那些行政人员似乎对自己投来了异样的目光。

星部长桀骜不驯地把双手插在裤袋里，又穿着那身黑色羊毛西装，西装里是一件亮紫色的衬衫，高高瘦瘦，杵在这辆四周全透明的缆车里。阳光从缆车中央洒下，在缆车中央吧台的玻璃杯上折射出彩色的光芒。

左伊不管别人的眼色，和星部长支会一声后，便径直到吧台泡了一杯花茶，就走到缆车的一侧欣赏风景去了。只要能够不进那片森林，随便别人怎么看我，她心想，但还是悄悄回头，发现那位部长拿着威士忌和其他行政人员热聊着什么，其他人似乎也突然对自己不这么好奇了。

左伊看着缆车外的清澈空间，雪山就在不远处，缆车底下茂密的树丛中，罗彬、刘易阳和主任正在其中穿行，自己却可以这么潇洒地直达目的地，想来就有些罪恶的快感。

"杨左伊，在第四区还过得习惯吧?"星部长说着极为标准的世界语，拿着盛着已经续杯的威士忌方杯，满脸堆笑，但左伊看上去却觉得这种笑容有些邪魅。

"还好，谢谢星部长。"左伊毕恭毕敬地回答。

"不用客气,你这么客气做什么?"星部长轻拍左伊的肩膀,"我不知道怎么和你说,只是一些传言……关于你和华旭的……不过我想你肯定很想知道你们主任过去的辉煌往事吧。"

左伊尴尬地一笑,轻声说:"其实还好吧……"怎么?传言我对主任的过去很感兴趣?谁说的?左伊悄悄扫了一圈周围,行政人员还是热切地交谈着,没人在意她。

"哦,还好?那还是有点好奇的嘛,是不是?"星部长靠到了缆车边,看了看正在逐渐远离缆车的森林,"你们的主任过去可是传奇人物,所有在湖滨政治圈外工作的政府职员里只有他一个人得到过最高智慧的召见。"

"什么?主任得到过最高智慧的召见?"左伊一惊,脱口而出。

"当然,我骗你做什么?"星部长发现自己已经完全吊起了左伊的兴趣,继续道:"不过你可千万别说出去呀!我现在和你说的都是升迁到湖滨政治圈后才够格知道的信息,我相信你,又看你对主任不甚了解,所以你知道他为什么会得到召见吗?"

左伊不觉对主任增加了一份敬意,"他为什么会……"

"这就说来话长了,"星部长故意卖了个关子,喝了一些威士忌,又俯瞰了一下雪山顶的景色,感受着缆车渐渐下降,"你们的主任出生在第一区,父母双亡后没多久就被像你们这样的审核人员发现并带到了第三区,大选之日时他被第四区选中,并在之后不久被派回第一区执行任务,因为在那之前不久,有一位第四区核心科技部门的高层叛逃到了第一区,并加入了那里的反政府组织,这个人竟然发明了某种能够屏蔽我们这边监控的技术,就连植入眼睛的镜片的实时视频传输也被切断了,不少第四区的间谍包括你们的主任在内都是因为这件事而被派往第一区的。这些人加上我们原本就已经派到第一区并潜伏在那里的间谍,他们当时的首要任务就是去将那个屏蔽监控的核心技术带回第四区,从而让我们有能力反制这项技术,最后,只有你们的主任成功做到了这点,而且还没让第一区的人发现他们的屏蔽技术已经泄露到我们这里来了。"星部长刻意顿了顿,"你们女生肯定都知道的,主任相貌堂堂,到了第一区,他也让不少女子为其倾心,其中之一就是反政府组织头目之一的女儿,正是那个女儿的倾心帮助才让他顺理成章地得到了那个技术,回到这里之后他就受到了最高智慧的召见,说实话,我当时心里可不平衡了呢!"星部长打着趣,"你说,不就是生得好看一些吗?总之,他获得了最高智慧授予的'免死令牌',我只是打个比方,这种'免死令牌'就是一种特殊权限,意味着他将来基本再也不会像其他政府职员一样,都有潜在的可能性被抽调去第一区做卧底工作。"

"哇……"左伊没想到主任有这样一段过去,但她更在意的是,"所有其他职员都有潜在的可能性会被抽调去第一区做卧底？我们也有可能吗？"

"理论上不可能，不进入湖滨政治圈的职员都没这机会为世界效力，"星部长皱了皱眉，"你不对主任的辉煌感兴趣，反而对这个感兴趣？"

"只是问问，主任过去好厉害啊！"左伊赞美道。

"我以为你们女生都不会觉得他这么做好呢，我之前告诉过不少主任手下的女生组员，她们都觉得他欺骗了那个头目女儿的感情，而且她们都不喜欢他的间谍经历。"

"哦，"左伊仔细想了想，似乎她没有这个感觉呀？不过星部长这么一说，倒也是……"但主任能够为政府做这么好的贡献是非常厉害的啊！"

星部长又是邪魅地一笑："你就不问问是什么反政府组织？还有他们对第四区有怎样的影响吗？"

"我……"左伊尴尬地一笑，他是什么意思？

缆车在这个时候不合时宜地停了下来，车门缓缓打开，"我们下次再说，你会慢慢了解的。"星部长丢下这句话便第一个径直下了缆车，左伊也想快点下缆车，但一车人迅速聚集在了门口，她便像往常一样站在原地安静地等待所有人都走完。

3

缆车外是一片葱绿。

雪山背面同样是一片万年青的森林，营地便隐藏在树木的缝隙之间。左伊按图索骥找到了自己所在的营地，发现所谓的"帐篷"其实是简易板房，每个板房虽然看上去迷你，但都离地而建，进屋之前都有几节阶梯，阻隔了爬行动物等不速之客。左伊的板房在罗彬板房的右侧，处于蒂娜·京组的组员落脚地。

通过身份识别后，左伊走入属于自己的临时板房，发现里面竟然很舒适。在板房里，左伊可以完全站直，靠左侧墙是一张小矮床，矮床对面是简易桌椅，再往里走有一套独立的卫生设备以供洗浴和解决个人问题。虽然左伊之前听说这里是公用卫生设施的，不过现在看来这又是谣传。总之，在这里住上两晚应该并不煎熬，左伊悬在半空的心放下了，但这时候关于星部长所说的事情又让她略感困惑。

审核了这么长时间第一区的申请，左伊早就知道那里有不少反政府组织，没什么好惊讶的。这些人大多都不知足于目前的生活。在第三区是作奸犯科的无名小卒，但到了第一区，加入这类组织并提出一些宣扬的口号之后，就能成为头目之一，似乎身份地位都得到了提高，而且不少反政府组织都奉行及时行乐，作为头目能够有不错的享受，即使是作为这些组织中的无名小卒也有其优势——如果他们和其他人发生冲突,他们的组织便能在背后替他们撑腰。然而,这些人并不知道他们这个组织能够存在多久,或者是否真的想要并能够践行他们所宣扬的东西。应该说,这些团体成员,十个里要是能有一个是真的想要去践行这些宣扬的东西就很好了,这些人加入这些组织基本都只是为了生存。因而,左伊并不认为这些组织是值得抛弃第四区的生活去加入的,也并不认为这些组织能够对第四区构成威胁。她不能理解那个倒戈的核心科技职员,也不能理解这些并非正义之辈组成的组织,竟然真的有能力威胁到第四区。不过好在主任解决了这个危机,而且有时候为了正义和秩序,有些东西是必须舍弃的,哪怕那是部分的良知。

想到这里,左伊便在简易椅上坐下,拿出手机将屏幕投射在空中,继续研究起《苏菲的世界》,自从其中的哲学理论进入文艺复兴时期,她便似乎遇到了理解的瓶颈,她得集中精神好好思考,不能再去想星部长说的那些奇奇怪怪的东西了。

4

过了不久,板房外便喧闹起来,左伊听到了罗彬特有的具有穿透力的嗓音,从板房的猫眼看出去——的确,蒂娜·京组抵达营地了,但她却不见主任的影子。左伊原本想装作自己不在板房里,但是她眼看易阳朝她这边走来,便赶紧挂上笑容,打开了房门。

"易阳,你们到啦? 这么快! 真厉害!"左伊走下阶梯迎了上去。

"这都是华旭的功劳,"易阳嗲嗲地回答,似乎有些害羞,她挽起左伊的胳膊,往其他组的营地走去,"我中途不小心崴了脚,华旭一直背着我呢!"

"哦?"左伊赶紧关心道,"那你现在脚好点了吗?"

"早就好了,营地西侧就是医疗队,我们一到,华旭就背我去那儿了,那里的设施和外面没什么差别,什么都有,那个蛋白质分子机一照,现在脚踝那儿就像什么都没发生过! 不过,这都不是重点,"易阳看上去兴高采烈的,"重点是我们的主任实在太牛了,他带我们走了各种捷径,我们是第一个抵达这里的组。"

"哇! 真的?! 你们组第一名,实在太厉害了!"左伊夸赞道,她的手机简短地响了一声,左伊知道那是她设定的专属于主任的简讯声。

> "我现在去湖滨政治圈的临湖长廊开会了,这三天都不在,你和蒂娜·京组长的组员一起活动,注意安全,不要靠近没有玻璃长廊的湖泊和没有营地的森林。"

"关键还是主任厉害! 你没看到,主任在森林里穿行的样子,实在太帅了!"易阳有些着迷,"不过他说他之后两天都不在,要去开会。"

"好的,主任,谢谢!"

　　左伊迅速回复主任的简讯后继续回到与易阳的闲聊中,尼克、罗彬和欧文跟在她们身后。左伊回头刻意装作没有看到尼克,而是直接对罗彬说:"你们组第一名,太棒啦! 真厉害!"

　　"你不也很好,主任把他的缆车票给了你,舒服极了吧?"罗彬穿着高领黑毛衣,看上去飘逸而叛逆。

　　"还好,就是从上面看看底下的风景,你们在这风景里身临其境地体验了一番,更好。"左伊总不希望让别人觉得她比他们过得好。

　　"明天我们就要去参观湖滨政治圈的艺术博物馆、科技馆等,你和我们一起吗?"易阳问左伊。

　　"当然当然。"左伊点头。

　　夕阳下的林荫小道腾起了几缕薄雾,薄雾前方有一处篝火,闪烁着红光,那里是各组组员的集会地。

　　几处篝火散落,散落的篝火围着中央的舞台。现在时间还早,大多组都尚未抵达篝火集会,尼克、罗彬他们正纠结着是不是要去其他地方逛逛,就都没坐下。

　　星部长从另一侧的森林里走出,来到了这片篝火群中。他还是那副桀骜不驯的样子,双手插在西装裤口袋里。左伊远远望见,有些担心他是来继续上次的对话的,正想着怎么溜走,星部长却已来到了她和尼克他们所处的篝火旁。

　　"你们好! 我是湖滨政治圈的星辰部长,负责审核申请和选票,就是你们主任的上级。就让我来慰问慰问你们。"

　　"你好!"罗彬挥了挥手。

　　"星部长好!"左伊和易阳问候。

　　尼克和欧文两人只是直直地看着星辰。

　　"其实我也没什么特别的福利给你们,我只是来传递两个你们主任或许还没和你们说的消息,一个是好消息,一个是坏消息。"

　　"我们?"罗彬摊了摊手问,"是只是我们还是所有审核部门的人?"

　　"你们除了她之外都是蒂娜·京的组员吧?"星部长指了指左伊,"我认人从来没错过。"

　　"对,我们是,她不是。"尼克回答,他和罗彬一样,显露出动物在有入侵领地风险时的警觉和敌意。

　　"也不是什么机密,杨左伊你不需要回避的,"星部长在篝火边仿造树干搭建的座椅上坐下后,看周围的人都还站着,就邪魅地一笑,摆了摆手,"都坐啊,站着做什么?"他随手从西装内袋里拿出一个银色的表面抛光的小瓶,喝了一口。

　　"那是酒吗?"罗彬问。

"嗯嗯,当然,不然是什么?"星部长笑答,"好了,不说其他废话了,也不让你们选了,我就先说好消息,好消息是你们再也不用见到那位令你们反感的蒂娜·京组长了,但坏消息是由于蒂娜·京组长的离开,你们这个组就要被解散了,假期过后的工作日你们就都要被加塞到其他组里去了,好好享受最后在一起的时光吧。"

"蒂娜·京离开了?她去哪儿了?"尼克迫不及待地问,神情凝重,左伊看出尼克似乎知道一些隐情。

"这我不能说,"星部长眨着眼睛,眼线在篝火的照射下越发明显,"真是抱歉,第一次和你们这些新人见面就要让你们感到这里机密重重的,我知道这很不好,但也没办法,作为补偿,你们可以再问我一个问题,只要我能够回答的,我都会说。"

罗彬几乎和尼克同时说:"和我们说说最高智慧吧!"然后两人相视一笑。

尼克脸上的阴霾稍稍驱散,左伊又看到了他眼神里的阳光和夹杂着的些许脆弱,只是现在她觉得自己不再为此那么心动了,这样很好,左伊心想。

"好,就和你们说说最高智慧,哪个方面呢?"

易阳抢先问:"我们怎么才能见到最高智慧?"她看了一眼罗彬和尼克,语气柔软,"我本来想问主任的秘密的,不知道你们是不是想知道有关最高智慧的这方面。"

"差不多吧,"尼克摆摆手,表示没事,"星辰,这方面你能够说吧?"

左伊偷偷观察这位部长被直呼其名后的反应,不过星部长并没有什么过激的反应。他喝了口酒后回答:"能啊,我一向都是尽可能满足新人的一切要求的,"说到这里,他瞥了瞥左伊,"如果你们没有得到召见,是绝对不可能见到最高智慧的,只有一类人能够在未受召见的情况下见到最高智慧,那类人就是给最高智慧送能量补给的职员。最高智慧不是在一座和这边不通的人工岛上吗?而且那里的网络代码写作方式和这边不同,所以'飞行者'不通,"星辰的语气越发浮夸,"而且最高智慧还很矫情地要人类而非机器人运送物资,所以得有专人划船送能量补给过去。"星辰似乎难以置信地耸了耸肩,"没错,是划船,还不是开电动船。不过,最高智慧从来都不心慈手软,那一整片流域的海陆空都有着严密的生物识别系统网络,如果检测到未受召见者闯入,据说湖泊会刮起滔天大浪、空中会刮起飓风,曾经有人擅闯过。"星部长突然压低了声音,"但没一个活着回来。"转而,星部长又恢复了浮夸的语气,"毕竟没人能够改变自己的生物识别,没人能够改变 DNA 啊……而且我们被要求不允许救助这些擅闯者,因为最高智慧懒得在我们的救助人员进去时修改生物识别系统,让我们能够安然地进出。我们不也是没受召见吗?总之,除了曾经受到过召见的人和当班的能量补给人员之外,所有其他人进去一样也会引起大风大浪的。"星部长又喝了一口酒,"这个回答满意吗?不满意也没用了,现在越来越多的组就要到了,我得走了,我可不能每个组都给这样的福利啊。"

星部长迅速开溜,左伊看着他瘦高的背影心想,这个人是多么喜欢让听者困惑才养成了这种说话的风格,总是藏一点、漏一点,每次都是戛然而止不让人追问。不过,有谁会擅闯那片流域?没有受到召见谁会厚颜无耻地擅闯?没有受到召见哪有脸面去面见最高智慧?如果不够格就得接受不够格,想想怎么才能让自己够格才是关键。

不过,左伊观察到尼克和罗彬似乎都有所动,他们一直都想要见见最高智慧,好当面要求最高智慧不要再分裂"三战"幸存者,但他们有想过后果吗?让那些第一区的犯罪分子和混乱源回来?让第二区的贪污者回来赶走人工智能?

5

待尼克组上台领头名奖状时,这片篝火群已经坐得满满当当了。左伊邻桌的几个组的组员向她投来了和善而好奇的目光,左伊友善地对他们微笑了一下。

"你也是他们那个第一名的组的吗?"其中的一个大胆地压低嗓音问。

"哦,我不是,我是他们组里的一个组员的好朋友。"左伊低声回答。

"哦,我们想你怎么不和他们一起上去,原来是这样啊。"那个人和他的邻座们对左伊同样报以友善的微笑。

"那你是哪个组的呀?"邻座中的一个问。

"我是华旭主任组的,只有我一个人,"为了避免一些不必要的麻烦,左伊补充道,"和主任一个组压力超大。"

"哦,我想起来了,午餐的时候看到过你和主任一起。"

左伊微笑着回答:"对,是有一段时间,后来主任有点忙就没再继续……"

那些人点了点头,和左伊微笑致意后,又将注意力集中到了颁奖仪式中。

左伊觉得和这些人接触似乎很舒服,双方都彬彬有礼的,这才应该是第四区政府职员应该有的样子,举止和谈吐都受到来自内心的道德限制,认真、尊重地对待每一件事、每一个人,即使是颁奖仪式都能够安心观看。回想上下班高峰时"飞行者"外的等候队伍(左伊只是偶尔会和大家一起排队,她一般都会提前完成一天的工作任务,并在主任的首肯下提前下班),所有人都静静地等待着,非常有秩序,即使是交谈都是小声地,倒是一次左伊听到后面传来尼克那标志性的嘹亮嗓音,抱怨排队进程缓慢。

是蒂娜·京这个组的组员特别与众不同,所以才给了他们这样一个组长吗?左伊怀疑,不过,罗彬、尼克他们虽然直接,但是喜怒哀乐都写在脸上,不像易阳还有刚才那些同事,或者是在休闲空间里试吃会上碰到的,他们永远都是笑脸相迎,似乎非常关心对方的一切,似乎对方的一切都好,但是他们是不是真的那么想的呢? 左伊将心比心地想了一下自己在相同场合下的处境与反应,难道自己就不会和他们一样去讨好、奉迎,即使那不是真心的吗?

6

湖滨政治圈给左伊留下了非常美好的印象,她在这里看到了许多艺术真迹,只可惜母亲不在身边,不能为她讲解艺术史。此外,湖滨政治圈的核心科技馆着实令她留恋,她还和易阳、罗彬他们一起聆听了一场科技报告会,那场科技报告会介绍了某种能暂时改变人体 DNA 的技术。

"这听上去像是'三战'前的《哈利·波特》成了真?"左伊走出蓝色的科技空间时,向易阳评价道。

"什么? 哈什么?"易阳听上去很迷惑。

"哦,那是一部经典的战前魔法电影,里面有一段——一个人能够通过喝某一种药水暂时变成另一个人,只不过在这里,这种暂时的改变是科技。"

"这么奇怪?"易阳摇了摇头,"这里可不是魔法,而是改变人体的 DNA 复制,通过控制 DNA 复制过程让它不断复制另一种 DNA 特征,然后我们就变成了另一个人,毕竟人体一周内基本所有细胞都要复制更新一遍,之后再控制 DNA 复制过程把我们自己复制回来,这听上去比你说的喝某种药水要正常得多。"

罗彬突然冲了上来,左手架着易阳的左肩,右手架着左伊的右肩:"你们拿了那个分发的试验品吗?"

"拿了,"易阳递给罗彬,那是一枚可以修改 DNA 属性、控制 DNA 复制的 DNA 反转针剂,黑色的针管中有着大量控制 DNA 复制的分子,能够和手机互联互通,并且可以通过手机终端控制这些 DNA 的属性、操控一个人的所有遗传特性,而且这些第五代试验品号称能够在若干小时内就完成 DNA 转变。"你要吗,罗彬?"易阳问。

罗彬一手接过:"刚刚尼克走得急,没去拿,如果你不用的话,我就拿给他玩玩了?"

"那就给你啦,反正我拿着也没什么用。"易阳耸了耸肩。

这天傍晚,蓝紫色的天空下,所有组员又聚集在了篝火群边,等待着盛大的烟火秀。左伊对此并不感兴趣,她的心还留在科技和艺术里。之前参观的核心科技馆还展示了第四区对于太空的探索,而且因为有了"飞行者"技术,将来总有一天,人类可以通过若干"飞行者"基站中转向太空深处进发。只不过,现在最远的飞行器刚刚飞出太阳系,还没找到其他适宜居住的行星,而改造行星的大气环境又过于缓慢,所以外星殖民理念仍然处于某种瓶颈期。

烟火掩映着每个人五彩斑斓的脸,左伊发现罗彬和尼克·朗正旁若无人地相互亲吻着。她默默转过头去,尽可能地将注意力集中在烟火的星光中。

夜渐渐深了,左伊却难以入眠。她很难在陌生的环境里沉入深睡眠,所以她打算不如享受一下这为数不多的宁静时光——月光如洗,从板房的天窗下洒落,自然界特有的窸窣声,以声衬静。左伊脑海里回想着这些天发生的事,突然听到左侧的板房传来了罗彬特有的声音。

"你真的要去吗?"罗彬似乎压低了嗓音,"你确定要在这里说?"

"杨左伊这样的乖学生肯定早睡早起,即使她听到了也不会说什么的,"左伊听到了另一个刻意压低的嗓音,她猜这是尼克,"我们计划一下,我们先放倒那些给最高智慧送能量补给的职员,然后提取他们的 DNA 到 DNA 反转针剂里,等到了他们每日零点给最高智慧送补给的时间,我们就把 DNA 反转针剂用在自己身上,这样生物识别系统就不知道那是我们而不是那些职员,我们就可以骗过最高智慧,并渡过那片流域去找他们理论整个世界的不合理。"

"没错,我刚刚就是这么计划的,我还特地问人多要了几个 DNA 反转针剂的样品,以备不足之需。"罗彬轻声回答,"刘易阳说新政府职员除了有机会在入职后的第一个和平纪念月来这里,将来就只有升入湖滨政治圈的职员才能再来这里,我们肯定不知道什么时候才能通过绩效考评,我们又不是杨左伊,有主任罩着,要去见最高智慧的话,我们就只有这一次机会了。"

"那我们现在走吗?"

"当然。"

左伊靠在板房左侧听到了他们远去的脚步,心里甚是惊讶,但她又觉得这是情理之中的,而且他们的冒险计划也解释了两人今天的亲昵行为。左伊一般从来不在别人背后做嚼耳朵根的事情,但他们今天要做的这件事的后果可能会非常危险,并有可能导致两人最终毙命于人工湖的滔天骇浪里。左伊一转念,又想:或许,他们并不能做成这件事,因为那个 DNA 反转针剂只是试验品。又或许,他们应该为自己的行为负责并承受其后果。她一时之间不知道是否应当向主任报告这件事。左伊最后决定,或许,自己应当对得起别人眼中自己的形象,所以她看了看表——十点过五分,的确,时间不早,作为乖学生,自己早该休息。

7

半夜,左伊被手机的振动弄醒了,她拿起手机的那一刻发现竟然是主任来电,便赶紧清了清嗓,一手遮着半夜惊醒疼痛的双眼,强打精神:"主任好!"

"左伊,抱歉,深夜打扰。"主任的声音低沉,充满歉意。

"没事,主任,有什么事您说!"左伊的脑袋昏昏沉沉的,但主任接下来的话让她很快清醒了过来。

"我需要你帮我一个忙,尼克·朗和罗彬在最高智慧人工岛外的流域遇险了,我现在要去营救他们,需要一个人到营地应急中心来帮我的忙,不知你是否方便?"

来不及多想,左伊便回答:"方便,主任,我这就来。"

8

营地应急中心与左伊所在营地的北侧相连,现在那里灯火通明,却几乎空无一人——就像星辰部长说的,没人会去救擅闯最高智慧人工岛的人,甚至没人会命令机器人去援救,大家都生怕这一违逆最高智慧之举,会影响他们的未来仕途。左伊匆匆走进应急中心,主任已经全副武装,紧身的黑色制服将主任魁梧的身躯勾勒而出,他正在若干光束屏前背对着门口等待着。

"主任,我来了。"左伊的声音有些沙哑,面容也有些憔悴,显然是没睡醒。

华旭转过身来,眼神中带着关切:"左伊,真是抱歉,打扰你休息了,但我需要你帮我盯着这些光束屏。"华旭招呼左伊到那几张光束屏前,"你看,这是最高智慧人工岛那片流域的所有卫星和陆地监控画面,那两个红色光点就是生命体征显示仪指示的尼克·朗和罗彬的方位,我这就搭直升机过去,你帮我观察这一带的情况,戴上耳机联系,谢谢你。"说罢,华旭便冲入了营地应急中心外的黑夜。

左伊从光束屏上看到原本平静的湖面现已波涛汹涌、大雨瓢泼、狂风肆虐,虽然两个红色的光点在暗夜中非常显眼,但这是生命体征视界,在另一个普通视界下的光束屏上,左伊除了能够看到浪与浪相撞吐出的白沫,和月光下最高智慧人工岛的轮廓外,就什么都看不到了。

"左伊,能听到吗?"左伊左耳的耳机中传来了主任低沉的声线。

"能听到,主任。"

"我现在已经在过去的路上了,想和你解释一下,一般对于擅闯最高智慧人工岛的职员是不采取救援的,所以应急中心只有你一个人,我没有叫上其他应急人员,希望你能够理解。一般没有人有权限进入那片流域,但我因为一些原因可以进去,而且从职务上我也有这个义务,你放心,你不会因为帮助我去营救而影响你的整体工作表现。"

"我知道,主任,之前星部长向罗彬他们介绍进出那片流域的一些事情的时候,提到过这点,一般没人能够进入那片流域,擅闯遇险也一般不会有人救援,这些我都知道,主任。"左伊心想,好吧,这次主任算是先斩后奏了,只要不对我的工作产生什么不利影响就好,"没关系的,主任。"

"星部长和他们说过?怪不得!他又祸害人了。"主任听上去很轻松,根本没有为那片流域恶劣的气候所动。

左伊心想,如果这次救援没有什么风险的话,不知主任为何要叫上我?我能够帮上什么忙吗?

从光束屏上,左伊看到主任的直升机出现在了监控画面里——耀眼的白色圆形机身的后方和下方闪烁着几点蓝光。

直升机在红色光点上方悬停后,主任随着绳索下降并消失在了风雨之中,接着,左伊听到耳机里传来尼克的呼喊,然后主任和尼克模糊的身影回到了白色直升机内,就在主任前往下一个红色光点营救罗彬的时候,天色似乎再度发生了变化。

"主任,好像风速正在加大。"左伊描述着光束屏上的指数,"浪高也增加了不少!主任,您当心啊!"虽然这么说着,但左伊觉得主任的直升机内置光束屏上应该也是能够看到这些读数的,她还是不知道自己能够帮上什么忙。

"好的,我知道。"主任听上去仍然不慌不忙的。

主任迅速救起了罗彬,但显然罗彬已经不省人事了。

光束屏上白色直升机掉头返回,但是由于还未飞出最高智慧的生物识别辖区,直升机在空中上下左右摆动着,似乎由于风速过大难以维持稳定的航向。左伊有点明白了,即使主任曾受过召见、能够自由出入最高智慧人工岛及其所在流域,但是他救起的罗彬和尼克·朗还是会被攻击的,所以主任附加在自己身上的救援任务并不是一点儿风险都没有。想到这里,光束屏上传来警报声,似乎一瞬间所有指标都超出了临界点,那一片流域上方雷电大作。左伊不知为何心里更担忧前去救援的主任而不是尼克或者是罗彬。然而,接着,左伊便看到刚飞出最高智慧生物识别管辖的白色直升机不断旋转着栽向了黑夜中的森林。

左伊终于明白了自己的作用——她第一时间联系了核心机器人医疗队——也许这就是主任把我叫上的原因吧,做好最坏的打算。毕竟,一般不会有人愿意帮罗彬和尼克·朗这两个违规者,她心想,即使有坠机可能那些人也不会有所行动,即使主任在坠落的直升机上那些人可能也还是会无动于衷。

9

只要得到第四区的医疗救助,除非已经脑死亡超过若干小时,没有什么伤病是第四区的医疗不能治愈的。就像之前易阳虽然崴了脚,但只要用蛋白质分子机一照便能迅速治愈。主任、尼克和罗彬虽然都受了不同程度的伤,但都并不致命。

　　左伊在主任、尼克以及罗彬的病房之间来回踱步，来营地应急中心之前服用的咖啡因胶囊在她的体内上蹿下跳，让她不得安生。路过主任病房的时候，她似乎听到了主任在叫唤她，于是就走到主任的病床边。主任已经恢复了意识，他缓缓抬起手："左伊，辛苦你了。"

　　左伊关切地握了握主任的手："没事，主任。"

　　机器人医生大概是在外面的生命体征监视仪上发现华旭恢复了生命体征，便走入华旭的病房准备进行检查，左伊顺势回避。当她再次路过罗彬的病房时，却发现之前大开的房门现在却紧闭着，里面似乎还传来了罗彬具有穿透力的声音。

　　罗彬也醒了？左伊想去一探究竟，但罗彬的病房门却突然打开了，那个画眼线的星部长从里面走了出来，他对左伊扬了扬眉毛："我想她有些歇斯底里，不建议你现在进去。"

　　左伊瞥见病房里，几个机器人护士正围着罗彬，罗彬大呼："你们这群机器都给我放手！我没疯！我不需要这些！"

　　左伊看着镇静剂从植入体内的生物识别系统的外接口被推入罗彬体内。

　　"左伊，"罗彬看到了门外的左伊，准备向门口冲去但被机器人护士押回，"他们说我疯了！我没有！"罗彬见杨左伊怯懦地看了看星部长，没有第一时间为自己说话，"是不是你？是你告诉华旭我和尼克的计划的？你听到了去告发的对不对？尼克没说错，你就是个自私、冷漠的利己主义者！我要来……"但是镇静剂缓缓生效，罗彬的眼神逐渐失去了颜色。

　　星部长叹了口气，慢慢关上了门："杨左伊，我和你说了她有些歇斯底里，你就先不用再待在这里了，快回去和其他组员一起准备返程吧，而且我和你的主任有话要说，你就不用再跟着我了。"

　　"好的，"左伊稳住情绪，尽可能地用愉快的口吻回答，"好的，星部长，那星部长我就先走了，再见！"

　　星部长已转身离去，背对着左伊挥了挥手。

　　左伊在返回营地的路上，看着朝霞染红了半边天，心想，或许，尼克·朗没有说错，罗彬也没说错，我就是那样的人，但要不是主任多管这个闲事，你们俩现在又会在何方呢？杨左伊觉得一股热血夹杂着些许愠怒冲上头脑。她平缓了一下自己的呼吸，让林间清晨冰凉的空气浸润全身。或许，罗彬只是因为自己和尼克的计划失败有些生气，是无心的，而且左伊记得自己从意识到学业的重要性开始，便这样和自己约定——我愿意放弃所有一切情感来成就自己的一番事业，她觉得自己至少不会为了罗彬的那番话而有所动摇。

第六章　某种真相的接近

1

意料之外也是情理之中的，罗彬和尼克·朗被隔离观察了，之后一直到过年他们都没回来。刘易阳和杨左伊一起吃午饭的时候，很是激动，娃娃音都破音了，"他们怎么能这么对他们？"

左伊叹了口气，没有正面回答，她看到几张白色的餐桌外，欧文·章正和新组员中的游戏队友一起吃午餐。

"我觉得罗彬说得没错，这里的一切都很病态，"易阳意味深长地感叹，她看着左伊的眼睛问，"你说我们应该怎么办？"

"我不知道……"左伊在心中捂着脸，这我们能有什么办法帮他们？我们又没有"免死令牌"。

"你去问问主任有没有什么办法？"

左伊想起上次问主任家庭情况的不悦经历，就回答："呃，其实要不是主任，罗彬和尼克·朗都已经……所以，我不确定主任是不是还愿意帮忙，要不你去问问主任吧？上次听你说在森林徒步的时候，你和主任的关系可好了，我一直都有点怕主任就像是怕老师那样……"

"我不去。"易阳摇了摇头，"我和主任的关系哪有你和他的好？你知不知道大家都在说你和主任的花边？"

"我猜到了。"左伊心想，或许这就是星部长和自己说起主任过往的原因吧。

然而，杨左伊并没有感受多久听不到罗彬的大言不惭、看不到尼克的秀色可餐的午餐时间，因为她在世界和平纪念月休假结束后的第三个工作日便触碰到了敏感信息，也被隔离了。

2

审核部门的工作要务之一便是找出所有出生于第一区、第二区、第五区的人，包括刚出生便被及时发现的新生儿,和刚出生未被及时发现但在后来被发现的未成年人,这也是主任年幼时能够被审核人员发现的原因。一般在简略生活履历中人工智能会自动标红出现未成年人的片段,然而,由于这些出生在第一、二、五区的未成年人没有植入任何法定的生物识别系统,所以人工智能难以从源头上进行追踪,只能由审核人员人工追查该未成年人是否至今仍然存活。如果存活,审核人员则需将该未成年人最后出现的地点向上呈报。这么做的主要目的是将这些未成年人接回第三区接受教育,并在大选之日做出抉择。当然,从人道主义角度考虑,这一工作要务的目的也是解救这些未成年人,尤其是出生于第一区的未成年人——他们不能选择自己的出生地,但都有权获得适宜的生存条件,并都有权在大选之日选择自己的未来,或者至少政府有义务帮助他们逃离磨难、维持生命。

世界和平纪念月休假返回后的第三个工作日,杨左伊正在跟踪审核一份从第一区返回第三区的申请,这个人在十个月前递交了申请,还有两个月就将得到最终的审核结果。然而,在左伊翻看他的简易生活履历时,却发现这个申请人近半小时内与未成年人的交集特别多,最近的一次就在 10 分钟前。

在居中的光束屏的详细生活履历上方显示着这个申请者的图片——一个肤色较黑的大眼男子。左伊点开了详细生活履历中,该申请者在近半小时内与未成年人第一次发生交集的视频文件。她习惯性地启动了生物识别系统与植入体内的耳机的互联互通,听着视频里的声音。

视频一开始就是俯视视角下的一个鲜血淋漓的新生儿。

左伊看到这个图景的第一反应是胃里的一阵翻江倒海。她将详细生活履历的时间轴向前挪动,发现这个男子起先在奔逃,身后时而响起枪声,街巷在夕阳余晖下是一片现代楼宇的断壁残垣。在楼宇与楼宇之间的阴暗角落里回荡着呼救声。那个男子四下寻找发现呼救声来源于一个女子声嘶力竭的惨叫。这个申请者跑向那个女子,左伊暂停了视频,看清了那是一个穿着破衣烂衫并且正在分娩的青年红发女子。

左伊努力压下一阵反胃的震惊,长舒一口气后,她理性地思考自己的职责是发现未成年人的最终去处,于是决定继续播放视频。那个男子跑向那个女子并把刚刚出生的婴儿从地上抱起,那个女子要求他将这个孩子送到附近的反政府组织基地,而不要管她的死活。左伊快进视频,追查这个婴儿的去向。

直到好几条街之外的一个破旧仓库外,那个申请者停下了脚步并有节奏感地敲起了门。门内的人似乎认识这个男子,直接开门就放他进去了。

穿过幽暗、挤满灰尘的仓库走廊,乘着仓库里的栅栏电梯不断向下,左伊发现这个破旧仓库的地下别有洞天。简陋的纸板分隔出了几个房间,每个房间里都有正在上课的青少年。那个男子在远处等待了片刻，从相连的纸板后走出了一个人，这个人让左伊倒吸了一口冷气，因为她正是之前去休假的蒂娜·京。

3

左伊一边想着要怎么和主任报告这件事，一边继续向下追查这个婴儿的去处。

蒂娜·京还是那张异常愠怒的方脸，但方便面头发倒是束到了脑后。她把那个婴儿用手里的毛巾包裹好后，刻薄地问那个申请人："我没记错的话，你不是已经申请了返回第三区，还来这里干什么？"

"我肯定通不过申请了，前两天刚刚做了件按照您的说法肯定通不过申请的事，都怪那些给我庇护的组织无能，哎……我都无所谓了，明年再试试也行，反正是他们要给我庇护让我回第三区宣传思想的，现在也是他们搞砸了。"

"你这么口无遮拦会泄露机密的！"京把孩子递给身边的一个看上去很会照顾人的老太太后，指责那个申请人。

"不是说我们的屏蔽技术能够屏蔽他们的监控吗？"

"是这样，但你时刻要注意，如果你习惯这么说话，在外面没有屏蔽的地方，你也这么说吗？"蒂娜·京教训道，"现在你领了补给，便快点给我滚吧。"

这个黑皮肤的申请人敢怒不敢言，在离开仓库的路上对领他进来的人抱怨，"这个女的不就是她男人在这里已经是负责人，所以才刚从第四区过来一个月就到了现在的位置，还不知道她是不是间谍呢，就这么趾高气扬?!"

4

左伊迅速将自己的所见所闻留言给了主任，主任也几乎是第一时间回复让左伊到他的办公室去。一进办公室，左伊发现华旭的神情和往常不一样，平时柔和的眼神现在却异常的严肃，似乎整个人都在看上去软绵绵的米黄色毛衣下紧绷着。办公室内复古昏黄的灯光也加重了气氛的沉重，同时将华旭立体的面部轮廓清晰勾勒。

的确如易阳所说，左伊心想，主任严肃起来时更加英俊。

华旭已经在与其他领导进行电话会议，讨论左伊的发现，并将刚进门的左伊介绍给了领导们——一群穿着正装、年龄各异的男女，星辰部长也在列，还是穿着那种精致的西服套装。在左伊向他问好的时候，星辰对她友好地抬了抬眉毛、点了点头。

左伊旁听了会议的一部分，知道尽管一部分领导希望迅速采取行动拯救那屋里的未成年人,避免他们受到饥饿、瘟疫和战火的伤害,但另一部分,也是占据更多数的意见,是不去营救——因为他们至今都仍然让第一区的所有反政府组织认为所谓的"屏蔽技术"是奏效的。当然,左伊知道事实是华旭成功地完成了间谍任务,并早就已经将这项屏蔽技术排除在了第四区政府维稳世界的羁绊之外。

这些领导占多数的意见认为,为了让第四区政府保持优势,他们不能将所有第一区反政府组织仗着屏蔽技术保护而造成的骚乱统统消除,而是只能从中选择一些攸关大局的威胁进行铲除。在左伊被请出主任办公室之前领导们还没拿定主意,并且由于左伊是刚进入政府的新职员,虽然至今她的工作表现无懈可击,但是由于信用水平与工龄挂钩,因而左伊由于接触到与蒂娜·京、第一区反政府组织和未成年人相关的敏感信息而被隔离了。

所谓被隔离就是她被要求不能回普通居住区,也不能和所有其他政府职员发生接触,而必须留在办公大楼旁公寓楼居住区分配的公寓里,生活、工作都得在那一间公寓里。左伊本觉得终于迎来了一个时刻,一个接近某种真相的时刻,心中暗自窃喜,但是没想到却被政府要求独自生活,大大地扫了兴,但她还是要表现出一切服从组织安排的乖孩子的模样,并礼貌地和各位电话会议那一边的领导道别。

5

来到政府职员的公寓楼居住区,左伊暗自庆幸这里和普通居住区没什么两样,人工智能的门禁系统让只有房间的主人,和经主人允许的人才能进入大楼和主人所在的房间。每天屋里的人工智能会做清洁,餐点什么的也由人工智能统统承包。左伊发现,或许只有在第四区,离开了父母,自己还能体面地生活,于是再次渐渐放下了悬着的心。

独处对于左伊来说是她最擅长的。完成工作后,简单的瑜伽、冥想,再加上几部"三战"前的科幻电影调剂,一个人的生活也是有滋有味的。只是她比较想念和父母之间有深度地探讨艺术、哲学和历史,比如父亲和她介绍一元论和二元论时,提及的有关灵魂是否存在的问题,她至今回想起来,仍然觉得津津有味。

左伊的父母很理解左伊工作的隐秘,得知自己的女儿由于工作原因需要隔离居住,他们并不担心左伊会泄密,因为他们了解左伊是个守口如瓶的人,他们唯独担心的是左伊是否能够生活自理。于是左伊被隔离的第一个夜晚,他们按计划视频联系了左伊(视频联系之所以被允许是因为人工智能会在出现敏感词汇时,向对话者进行提醒,避免被隔离者违规)。左伊的父母发现公寓楼居住区和普通居住区完全相同,便也不再那么担心了,一家人只是有些惋惜,原本每周去娱乐中心和艺术展的计划要泡汤了。

出乎左伊意料的是,主任当晚造访了她的公寓。不过华旭只是站在门口,向左伊的手机传输了一份经审批的文件,"左伊,我替你申请了一个监视外出的权限,如果你想要和你的父母或者和任何其他朋友接触,你可以和我说一声,只要我和你一同出行,你便不会再因接触到敏感信息而受限。"

"哦?"左伊消化了一下这句话,也就是说我之后和父母一起去玩,主任也要陪着? 这是什么意思?"怎么好意思这么麻烦主任?"

"你不用在意我是否有时间,"主任苦涩地一笑,"我没有,也可能永远都没有机会再有除了工作之外的羁绊……你问问你父母这样安排可好? 今天时间不早了,早些休息,左伊。"

"哦,您也是,主任,再见!"

"拜拜。"主任转身离开,留下一个坚实的酒红色西装背影。

左伊第一时间将这个消息告诉了父母,父母都夸这个主任考虑周到,于是三人商议下来决定问主任这周日是否有空陪他们一起去艺术展。

6

"现在来看艺术展比过去都要幸运,没有玻璃隔着,而是有一种肉眼不可见的屏障保护这些画,让我们可以'直接'看到这些艺术品。"杨左伊的母亲左菲走在前面向身后的三人介绍道,她和左伊一样有着两道柳叶眉和柔和的瓜子脸,"你第一眼看到这幅画作,是什么感受?"她指着那幅《蒙特方丹的回忆》问华旭,"视觉上或者情绪上的都可以。"第四区的特殊工艺让这些古画焕然新生,画质色彩恢复如初。

左伊心想,母亲恐怕是又要给人上课了。本以为让主任加入家庭活动中会是非常糟糕的体验,但左伊发现主任却并没有让自己感到尴尬。

"我知道这幅画是一个回忆,是想要客观地描述一个回忆中的画面,但有趣的是在客观中还有主观,或者说艺术中客观和主观是相对的。在这幅画上,就是右侧的这棵大树和画中人的比例似乎比正常的比例要更……似乎并不那么客观、写实,"主任一身灰色西装、绿色领带,他抬手指了指那棵茂密的大树,"但我看到这些画的时候,其实第一反应是能够这么宁静生活的人类,却也能够发起战争,以及,艺术中'一切从来都没有绝对'的概念让我比较着迷。"

"人类的适应性可强了。"左伊的父亲杨森插了一句,"能屈能伸。"

"人家说的是人性本身的问题好不好?"左菲拍了拍自己的老公,亲昵而温馨。

"我不也是在说人性本身吗?"杨森模仿左菲的语气回答。

　　几个周末接触下来,左伊对主任更加敬佩了,主任不仅能够和母亲在艺术殿堂里侃侃而谈,还能和父亲在厨房里切磋厨艺,也能和左伊深入地探讨战前的电影和文学。这个人完美得简直不像是真人了,左伊心想,看着一身黑西装的华旭,在自己普通居住区的家里,为左伊一家三口烹制佳肴。

　　很快,为期一个月的春节年假就要来临,直到“三战”后,幸存者们才集体庆贺春节,幸存者的祖先则都基本集体庆贺圣诞和新年,只不过现在换了一种纪年方式,所以春节等节气才成了集体庆贺的节日。

　　左伊想要回第三区过春节,但是身上的禁令未消,她不敢想象要申请监视外出、让主任和她一起回第三区,这不是太打扰主任的生活了? 不过,一个周末,左伊的父母很自然地邀请了华旭,华旭也就欣然答应了。

　　于是,过年一众亲友聚首时,左伊也就在同座亲戚好奇的目光中分不清自己和主任之间究竟是上下级关系,还是其他关系,或者是否有其他关系的可能。只不过,她也听到不少声音认为不可行,毕竟她杨左伊还不到 23 岁,主任已经 33 岁了,10 年的年龄差似乎使得两人并不合适。另外,左伊推测,就之前星部长的话来说,她并不确定华旭是更喜欢和她的家庭相处还是她。

7

　　然而,生活中的平静总是短暂的,左伊在休春节年假时,收到了一封由主任转交给她的来自尼克·朗的信件。

　　“他通过人工智能寄到了你的公寓楼居住区,我之前回去了一下,就替你取来了。”

　　“谢谢主任,我看看。”左伊恭敬地接过信件,趁亲友们在自己位于第三区的家的客厅里聊得忘我,便带着信件溜进了空无一人的主卧——她一直以来都和母亲睡在这里,她的父亲则睡在次卧里,现在主任来了,由于没有客房,就只好委屈主任在次卧里睡在简易行军床上了,不过主任一点都没有显露不满。

　　左伊关上主卧的门,翻开了信,尼克的字迹歪歪扭扭,毕竟已经是“三战”后这么多年了,有谁还会写字啊?

　　　杨左伊,我和罗×都被解除隔离了,因为我们都有了下一个去处。罗×被关进×三区的精神净化所了,她根本没有精神问题,她拜托我关照一下她的家人,我答应了,但现在我可能要麻烦你帮忙了。

　　　我知道你一直都是好人,在过去的学校里你就一直是大家心目中的好人,有什么事都可以找你帮忙。我知道我现在这么说很不合适,我也一直都知道我们之间的关系,但我只想说你值得比我更好的人。

现在都在传闻蒂娜·×去了×一区,我知道她一定是去了×一区,不知道你被隔离是不是因为发现了和蒂娜相关的什么?当时星×告诉我们再也见不到蒂娜的时候,不知道你还记不记得,星×一直不肯说她去了哪里。

你想,如果说蒂娜是去了×三区,他为什么不愿意告诉我们呢?而且之前有一些隐情我没和你们说,我那个时候为格兰在×一区背叛我的事情烦心时,蒂娜找我说过她的经历。她说她和我的情况一样,她没有选×四区却被迫来了这里,但她的爱人则遵守诺言去了×一区。这到底是什么原因,为什么我们会被迫来这里,不知道你是不是知道?

我之前来这里之前,其实是和格兰闹僵了,而且我怕自己在×一区可能……但现在,既然蒂娜去那里寻找爱情了,我也要去×一区找格兰了,我要保护她而不是推开她,她在那里也是迫不得已的。我不敢相信我要向你拜托这样的事情,但我知道你人超好,一定会帮忙的。

我可能短时间内不会回×三区的家,我已经告诉了我的家人还有罗×的家人,由于我和罗×被×四区派了秘密任务,如果他们想要联系我和罗×的话,就直接和你联系,然后你会把我们最近的状况告诉他们的。

谢谢你替我和罗×向我们的家人保密。

尼克·朗

天哪!左伊心想,尼克竟然要去第一区?

伴随着客厅的哄堂大笑,主卧门被敲响了,左伊知道是主任在门外,便打开门。果然看到西装革履的主任在门外等待着,他这时候闪烁的眼神又让左伊读不懂了,不过左伊觉得主任大可以放心,她已经不会再为尼克·朗的事而心烦意乱了。华旭从左伊手里拿过信件,悠悠地说:"我想你就不用担心了,我会替你对他们的家人负责。"

"主任,其实没关系。"原来,主任担心的是这个,左伊心想,刚才自己在想什么呢?

华旭暖心一笑:"左伊,他们是我的职员,这是我的责任,你不用为此忧心。"

左伊并不为尼克追随格兰去第一区而惊讶,她本以为尼克早已离开第四区、去了第一区,而且她已经放下他了,反倒是罗彬的处境——左伊知道罗彬并没有真的把她当朋友,但现在她去了精神净化所,这也太过了。不过左伊知道自己没有办法改变这点,即使要改变,自己也至少得像华旭那样得到"免死令牌"。左伊无奈地想,或许许多人都想要像罗彬那样去改变,但至少得让自己有足够的实力和能力,才有资本谈改变啊。不过,左伊在心底摇了摇头,她不想得到"免死令牌",因为得到这令牌的前提是自己被派往第一区执行任务,像自己这样的,如果被派往第一区,必然是有去无回。

8

年假休完回到个人征信系统办公大楼,杨左伊的隔离被解禁了。职员之间有关蒂娜·京的流言传得沸沸扬扬,就连——蒂娜的孩子在第三区因为得罪湖滨政治圈某高层的孩子,而被遣送至第一区遭受磨难,以至于蒂娜追了过去——这种传闻都出现了。左伊心里略略不悦,自己为了保密而被隔离,现在却流言四起?尽管左伊确信任何时候主任都会相信她的守口如瓶,但会有湖滨政治圈的领导认为是自己泄了密吗?不过,对于尼克·朗和罗彬的消失倒没多少人议论。当然,人们津津乐道的还有另一件事,那就是华旭主任在杨左伊家过了春节。

"主任真的到你家过了春节?"刘易阳在午餐的时候问左伊。易阳现在正喝着瘦身粥,左伊想她可能是要缓和一下年假后明显浑圆了许多的脸蛋吧。

"是的,"左伊点点头,"不过,易阳,你不要误会,我知道主任是你的,只不过,主任知道我想要回去过春节,所以就替我申请了某种暂缓隔离的权限。"

"主任对你这么好?"易阳回复。

左伊发现越描述越不可描述,便没有回应:"易阳,你别多想。"

"你不会真认为我是'那种'喜欢主任吧?主任就像是明星,每个人都可以喜欢的,我是这种喜欢。"易阳犹豫了一会儿,"你之前为什么会被隔离,之后我根本联系不上你?我知道你可能不会说,但如果能够告诉我的话,我绝对不外传。"

"也没什么,只是和主任一起做一件事情。"左伊心想,这应该不算是撒谎吧,我只是在陈述一部分事实。

第七章　深入湖滨政治圈

1

三年后,杨左伊作为个人征信系统办公大楼最优秀的员工之一,被提拔到了湖滨政治圈。左伊获悉后,喜忧参半,倒不是新工作环境可能产生的压力,而是去湖滨政治圈工作意味着分离,在三个月的休假之外,她便不能再与家人相见,而且这也意味着她正式上了那个名单,那个可能会被抽中去第一区执行间谍任务的名单,这两点是她最害怕的。

第一次,杨左伊希望在父母之外能再有一个依靠,虽然她一度完全不能理解要和一个完全没有血缘关系的、本质上是彻底陌生的人同床共枕,但现在她觉得如果那个人能够像父母一样能让她依靠,便也还是能接受的。

她不知道怎么和华旭主任道别,因为这三年间,她和华旭已经成了无话不谈的朋友。就在她被解除隔离后,华旭还是会收到左伊父母的邀请,和他们家人一起看展览、看歌剧。如果左伊的父母周末回第三区做讲座,华旭便会陪左伊去看原本她父母会陪她去看的电影。华旭还和左伊一起实践了油画课,并将两人的杰作作为礼物送给了左伊的母亲。虽然两人会在第四区的娱乐中心牵着手,或者左伊挽着华旭,但在个人征信系统办公大楼里,两人则默契地肩并肩,保持着一段暧昧的距离,但心里却留心着对方手背散发的热量。

左伊心想,自己已经习惯了华旭的陪伴,他就像是她的亲人。然而,现在她突然既要离开父母,也要离开华旭,左伊真不知道该如何面对,她更不知道如何回报华旭的这段陪伴,如何度过没有他在她身边、护她周全的日子。

2

来到湖滨政治圈后,杨左伊的上级便成了那个画眼线的星部长。第一个工作日,左伊有些忐忑地乘"飞行者"从临湖玻璃长廊中的居住区来到办公处。她知道自己的任务是监视湖滨政治圈外政府职员的动向,并对分配到自己手头上的政府职员进行工作绩效评估。虽然左伊之前就猜到"审核"的位阶应是最高智慧监督湖滨政治圈,湖滨政治圈监督第四区,第四区监督全世界,但她在接到第一项工作任务时,心里还是闪过一丝侥幸,庆幸自己时时谨言慎行的明智。

审核部门总办事处的大厅是纯木质结构的,零散摆放着简约的桌椅和书架,进到大堂背后的无隔断工作区,左伊看到了一张令她心绪波动的脸,只不过这次不再是尼克·朗,而是华旭。

华旭换上了两人初见时的白色毛衣,看上去英俊而亲切。

"主任?"左伊小声问,并小步上前,难掩微笑。

"左伊,我也调到这里来了,比较临时,你在这里还是跟着我。"华旭悠悠地说,他将左伊接到两人相邻的办公桌边,"只是在这里我们不是上下级,我们都隶属于星辰的管辖,所以不要再叫我主任了,叫我华旭。"

"好,"左伊克制住了自己准备叫"主任"的惯性思维,看出了一些言外之意,"我便叫您华旭先生。"

或许,左伊心想,华旭看重的不仅仅是我的家人,也是我。

"我曾和你的家人承诺过,我会代他们好好照顾你。"华旭坦白。

"主任……"左伊改口,"华旭先生,我真的不知道该怎么感谢您。"

"和你的家人一起过年便是最好的回报。"

3

星部长在当天午休前才抵达办公处的无隔断工作区,探望新职员杨左伊和华旭。不过他没什么可再交代的,这两个人都很明事理,而且对于操作界面,显然华旭比星部长更熟悉,更能够帮助左伊完成工作。

华旭继续陪伴着左伊,一起工作、一起用餐,即使是回到临湖玻璃长廊的居住区后,他也陪着左伊一起边看新闻边吃晚餐,有时也会加入左伊和父母每周一次的视频联系中。

顺理成章地,两人在一年后便订了婚。这个喜讯两人保密得很好,只有星辰、刘易阳和左伊的家人套出了两人的话。

就在两人订婚不久,即两人来湖滨政治圈工作的第二个世界和平纪念月,杨左伊突然再次收到了一封来自尼克·朗的信件,这次信里的内容让她困惑了一会儿。

> 杨左伊,我这边的事情发生了大变化,今年就是我来这里的第五年,我之前已经申请回第三区去了。终于可以申请回去了!
>
> 第一区简直就是梦魇……
>
> 格兰走了,我和她的孩子也被你们那里的人带走了,但如果不是第一区

该死的生活,格兰也不会在到这里的第一年就流掉那不知道是谁的孩子,却在去年因为生下我和她的孩子而死。

我虽然已经加入了那个组织,但我只是想借这个组织的光,能够不被其他帮派伤害,不犯罪地活过接下来的一年,然后回第三区。我一点儿也不欣赏他们的思想。

上次我写信给你已经是好几年前了,我之后没再和你联系是因为华旭不让我再和你联系,我想他或许只是为了保护你吧。的确,我不值得你的帮助。只是,我不清楚我父母的情况如何了,华旭已经很长时间没和我联系了。

现在我在这边的生活不好,我的组织知道我要返回第三区了,所以就不发放补给给我了,不知道你有没有办法接济我?我担心我撑不过一年,可能申请还没得到批准就饿死了……

另外,这边竟然在测试毁灭世界的武器。虽然我知道这里的屏蔽技术能够隔绝你们的监视,但听他们说,他们准备用那个武器直接攻击你们第四区,但是你们第四区和第三区靠得太近,所以武器的作用范围会波及第三区。我说政府再怎么不好,也不至于让整个世界、让无辜的生命再像第三次世界大战那样为政府的错误埋单。总之,这种反人道的行为我不同意。我想问问你,你们真的不知道吗?

我一周只能到你们在这里设立的跨区调动申请站(唯一不会死人的地方)里领取一次分发的补给,而且有时候一出门就会被我的组织抢走。在申请站给你写信有点冒风险,可能会被组织知道,也不知道这封信你是否能够收到。

总之,请你尽快回复我,我下周的这个时候也会再回复你的,我不想让那个可能让世界毁灭的计划得逞。

尼克·朗

左伊不知道华旭是不是真的很长时间没和尼克联系,并把尼克父母的状况告诉尼克。虽然和尼克的通信都是华旭负责的,但是左伊知道自己和华旭每逢佳节都会去第三区,看望尼克的父母。两位老人的健康状况都很好,并且对华旭和左伊非常友善,但罗彬的父母就不是如此,华旭从来都没让左伊跟他一起去探望过罗彬的父母。

4

左伊刚放下手中的信件,就接到了星辰的通知,要求她去临湖玻璃长廊外的森林与他见面,有正事。虽然在世界和平纪念月一般没人会提与工作相关的事宜,但左伊还是迅速赶往了星辰指定的地点。

按照手机上的定位,左伊在一片枫叶林中瞥见了星部长瘦高的背影。他的深蓝色天鹅绒西装与身后的红色枫叶林形成了某种鲜明的对比。

星辰正在那边焦急地来回踱步,一看到左伊前来,星部长捂着胸口,如释重负般地扬了扬眉毛:"总算来了,我可是好不容易把华旭从你身边支开,让他去管管那群来这里参观的新职员,那封尼克的信你收到了吧?"

"收到了,部长,我刚刚看完。"左伊不知道星部长的打算,如实回答。

"我也是好不容易在华旭发现之前,让你通读了这封信,总之,我们长话短说,华旭一旦警惕了,我就没办法单独和你说这件事,因为这封来自尼克的信从任何意义上来说都是政治的,你可能需要充分的信息才能决定如何回复他,所以接下来全部的信息都由我来提供给你,你听着便是。"虽然星辰这么说着,但似乎有些犹豫。

"部长,您说。"左伊心里没有底,这到底是怎么回事?

"先问问你,你清楚第四区政府存在的意义和价值是为了维持占据世界总人口百分之七十以上的第三区的秩序,避免世界大战的再次发生,同时让尽可能多的人生活得更幸福吗?"

左伊点了点头,表示自己清楚。的确,牺牲总是难免的,平衡各方面的权益才是关键。

星部长继续说:"我们现在把人们分成五个区也是为了将不适合第三区的人分出去,因为无论什么时候,社会都存在着一种结构性压力,人们需要找到释放点,大多数人的释放点是娱乐,但是一些人的释放点却是实践权力的欲望或者是实践犯罪的渴望,这些人发现第三区的生活束缚了他们,让他们无法发泄,所以他们才会选择离开第三区,去第二区或者第一区。这些你都明白?"

左伊又点了点头,这个制度就是为了让每个人都生活在最适合他们的环境里。虽然大多数人并不爱招惹是非,但总有那么些人不爱好和平,他们为了自己获得权力就会利用一些不爱招惹是非的无辜者,就像"三战"时被政府派上战场,却不知道自己为何在战斗的士兵。第四区的存在就是要避免这类事情的重演,不让第三区的人再被利用,而是生活在幸福里,把那些唯恐天下不乱者从第三区分离出去。

"但是,"星辰严肃地说,"自从反政府组织掩护自己的成员成功通过申请,返回第三区并宣扬他们的思想之后,第三区越来越少的人愿意申请去第一区,因为第一区的面纱正在渐渐被揭开,人们害怕了……在第一区成功返回第三区的申请增加的同时,第三区的社会稳定度正在下降,"星辰从他的手机中拉出了一条数据,用光束屏投影在了他面前的空气中,展示给左伊看,"现在,第一区的人的确如尼克所说,已经研制出了那种武器,但和尼克信里写的不同的是,由于能力有限,他们的武器只能直接危害第三区,对第四区的影响是连带的间接危害,就像是导弹的射程不够,只能用扩散效应来打击实际目标,明白?"

左伊点点头表示明白,历史书上提到过这种打击方式,但她不敢相信战争似乎已迫在眉睫,左伊尽力收敛自己的慌张,不让这种慌张流露出来。

"虽然我们对第一区的反政府组织采取行动并获得成功,是分分钟的事情,但是现在第三区的人也知道第一区反政府组织及其精神的存在了,搜索引擎上的相关搜索记录已经突破三百万。只是,如果我们现在采取行动,可能会让人们觉得是我们在伤害同胞,毕竟我们都是'三战'后的幸存者,但如果我们能够让第一区的人正式采取行动,将他们的武器及进攻计划在第三区人民面前公之于众,然后再由政府清剿这些危害和平的人,这样既能够让更多的人知道我们在做什么,第一区在做什么,也能够让大多数人分清谁是黑谁是白。"星辰强调了一下,"但必然还是会有一小部分人会认为第四区对第一区采取的行动是不正确的,这些意图反叛、谋乱的不坚定分子会受到上述信息的鼓动,感觉第一区和第四区势均力敌,这样便能够让他们更坚定地离开第三区,去他们该去的地方。所以让第一区的人实践那个武器计划,一方面能够给我们一个充分的理由去清剿他们的势力,另一方面也能够进一步实现将不属于第三区的人分出去的目标,明白?"

左伊若有所思地点点头,但这和尼克的这封信有什么关系?"好的,部长。"

"你肯定觉得很奇怪为什么被第四区选中的人会背叛,这是因为我们一开始就知道每一样东西都有它的对立面,如果没有政府,就不会有反政府组织。虽然,反政府组织的力量和我们相差悬殊,他们不会给我们造成任何困扰,但是他们毕竟也曾拥有过屏蔽技术,如果没有华旭深入敌穴,真不敢想象会怎么样,所以,我们需要安插对政府忠诚的人手进入第一区,进入那些只要政府存在就不会消失的组织,保证我们不仅仅从表面的监控上能够看到他们的一举一动,还能够从心理上理解他们的一举一动,但问题是这些忠诚的人怎么就会同意去那里,以及他们去了那里又怎么让反政府组织的人相信?"星辰顿了顿,"这就是为什么你和尼克·朗一起被选入第四区的原因,现在尼克给你写信就说明我们的计划奏效了。"星辰邪魅一笑,"左伊,你明白我在说什么吗?跟得上吗?"

左伊知道不能不懂装懂,于是迟疑着微微摇了摇头。

"我们早就选中你了,你的忠诚和冷漠是我们需要的。我们希望派你去第一区当我们的线人,但我们得让你有理由去,所以我们选中了尼克·朗,当然,我们也担心尼克·朗会为了享受这里的生活而不再去第一区,所以我们又选中了罗彬,并把尼克和罗彬安排在蒂娜·京这样一个组长的领导下,尼克的出现同样是对蒂娜·京的考验,考验她是不是真的放下了对第一区的妄想,显然她没有通过,她和她的第一区男朋友都在之前的一次第四区政府解救未成年人的行动中被清除了。蒂娜·京其实也是对尼克的考验,只可惜,尼克也抛弃了我们。"星辰再次悲伤地捂住胸口,"不过现在,我们对你的第一区派遣令遇到了阻碍,因为华旭和他的特殊权限,还有他对你那美好家庭的怪异迷恋。"星辰对左伊眨了眨画着眼线的眼睛,"在进一步说清楚之前,你先得看一段视频,或许这段视频会有助于你做最后的决定——是选择接受华旭的'免死令牌'庇护留在第四区,还是拒绝并接受政府任命前往第一区。"

5

那段视频的主角是尼克·朗和温琳娜——华旭在第一区曾经的恋人。

从尼克的视角里看出去,温琳娜正背对着他,站在一片冷色调的空间里。灰色的墙壁中央是紧闭的白色窗帘,窗帘上方映射着窗外的光,还有一些光亮从窗帘底端洒在室内的灰色地毯上。温琳娜穿着灰色系的宽松服饰,手里似乎抱着一个正冒着暖气的茶杯。如果不说这是第一区,左伊不敢相信第一区竟然还有如此遗世独立的宁静处所。

"温琳娜,您找我?"尼克特有的嘹亮嗓音中夹杂着些许沧桑。

温琳娜转过身,尼克的视角中,琳娜看上去成熟而温婉,红棕色的头发非常柔顺,眼神里闪烁着湖蓝色的光。左伊想,她十年前和华旭相遇时,肯定更加迷人。

"现在到了你按照我过去说的,去写那封信的时候了。"琳娜的声音听上去非常严肃。

尼克的视角微微摇晃着,似乎他下意识地摇了摇头,并回答:"我很愿意效劳,但是我做不到您计划中的最后一步。"

尼克继续解释道:"她是一个好人,我做不到,能不把我的行动搞得这么私人化吗?"

"这根本不私人化,我们需要证实我们的屏蔽设备和武器计划是保密的。"

"那你为什么要找她,找刘易阳或者欧文·章不行吗?"

"不行,他们都不在湖滨政治圈。"

"我不想参与私人化的……"尼克的话被温琳娜打断了。

"那你的行为什么时候不私人化了?"琳娜皱着眉,反问道,"你杀了多少人自己数得清吗? 还在乎多这一个?"似乎在琳娜看来,尼克来第一区之后的所有行动都是私人化的、冲动的,不过,琳娜随即又语重心长起来,"每个被第四区真正选中的人,都像她一样是好人,但就是这些好人,阿谀奉承着这么一个分区制度,害死了格兰·韵,也害死了过去的我。"

"我很感激您救了我和格兰的孩子,让我的孩子能够继续留在我的身边而不是被第四区带走,但我做不到杀了她呀?"尼克说完这句,声音突然紧张起来,"等等,那东西开了吗?"

"屏蔽设备从它被发明的那一刻起,就一直开着,不要打岔!"

尼克打断道:"那东西真的有用吗?"

"当然有用,"琳娜似乎很不耐烦地再次背过身去,"不然他们怎么不来阻止我们造这些武器? 言归正传,我们很快就要开始实践这些武器了,我需要你把那个女的带到这里来,或者至少让华旭知道是我下的命令,然后华旭就会再来见我,之后就是我和他之间的事了。"

"你怎么会知道杨左伊和华旭的事儿的?"尼克问。

"就像华旭当年在我们这儿一样,我们也有安插在他们那儿的'华旭',"琳娜顿了顿,左伊觉得背对着尼克的琳娜似乎是在抹掉滑落的眼泪,"要不是我们安插在那儿的人告诉我,我一直都以为华旭在那次第四区的清剿中为了救我而死,就连他的遗骸都被他们带走了,什么都没给我留下,现在倒好,他却有了他的新生活,那我呢?"

"我会帮你写信的,琳娜。"尼克走近琳娜,轻轻用手抚了抚琳娜的肩。

6

左伊有些惊讶,她不解地看着星辰:"部长,这个视频是……"她欲言又止,注意到这个视频的时间日期是三天前。

"那个女的……"星辰部长没有接着往下说,而是打量着左伊的反应。

左伊对星部长点点头:"我知道她是谁。"

"你知道温琳娜是现任反政府组织的领袖之一?"

"哦? 我是指我知道她和华旭过去的关系,您之前和我说过,我还记得。"

"了解,"星辰邪魅一笑,"这个视频是尼克写这封信给你的原委,那封信里几乎没几句实话,对不对?"星辰摇了摇头,叹了口气,"我刚刚说这么多都是为了让你正确地回复这封信,当然你也有权利选择不回复,但如果你要回复你就要考虑清楚应该如何回复。"

星部长故意做了长时间的停顿,想要让左伊注意他之后要说的话的重要性。"如果你说实话,也就是他们的屏蔽设备早就失效了,而且我们也知道他们的武器计划,并想要利用他们的野心来消灭他们,说这些实话的结果可能是这个反政府组织自身的土崩瓦解,或者至少会打乱他们的节奏,逼他们做一些冲动的事情,这样我们可能会更好下手清剿他们;然而,这可能不利于你的未婚夫华旭,他的'免死令牌'是建立在屏蔽设备上的,如果那个屏蔽设备失去它的现有价值,那么他的特殊权限可能会被收回,这样对你和他都不是好事,你们现在都在湖滨政治圈,如果华旭再次被选中去第一区,他必死无疑。"

"那还有其他什么办法吗?"左伊喃喃。

"你也可以顺着他们的计划走,他们利用你,你也可以利用他们,而且可以温水煮青蛙,让他们觉得我们不知道他们的武器计划,也没能力瓦解他们的屏蔽设备,但这样的最终结果是你必然要去第一区,但现在华旭用他的特殊权限不让你去,除非你自愿……"星辰突然停了下来,望向了左伊身后的枫树林,他赶紧加快了语速,"如果你自愿去,我可以打包票,你一定会得到最高智慧的召见,然后你的'免死令牌'就可以保全你和华旭,一辈子,或者很长时间,即使华旭的'免死令牌'不再有效了,明白? 我现在就只能和你说到这儿了。"

左伊听到身后传来了华旭低沉的嗓音:"左伊?"

她转身,发现华旭焦急地跑了过来,他把左伊护到自己身后,并质问星辰:"你都和她说了什么?"

"你和温琳娜的那些事儿,她一早就知道。"星部长一语中的,说中了华旭最担心被左伊知悉的事。

"你什么时候知道的?"华旭不敢相信地看着左伊。

"呃……"左伊简短回忆了一下,同时也平稳了一下紧张的情绪,"那次和星部长一起乘缆车的时候,他就和我说起过……"

"你还说你是我朋友,我们说好不让她知道这件事! 人与人之间的信任和承诺呢?"华旭看上去有些无地自容,"我不会让她去第一区的!"

"你怎么就这么自私呢? 这是她的选择,而且这不只是你们两个人的事!"星辰丢下这句话就离开了。

华旭第一次在左伊面前流露出了不安,但不像是尼克·朗沉不住气的不安,华旭的不安让左伊有些着迷,因为他的不安在他茶褐色的双眸里,是满眼的对左伊的关切、不舍与爱。他凝视着左伊:"左伊,请听我解释。"

左伊点点头,柔声回答:"旭,我觉得你做的事很伟大、很勇敢……我……"左伊一转念,"星部长不是还派了任务给你吗? 你快点去吧。"

"你现在就是我的任务,我哪儿也不去。"

"只是我一时半会儿还不能决定是不是应该接受这个任务。"左伊实话实说。

"那你就别去,好吗? 那你就别回复,好不好?"华旭几乎是在恳求。

左伊的内心告诉她别去第一区,在第四区享受生活多好。但她的理性却觉得有这么一个东西是高于自己的,这的确不只是我和华旭两个人的事儿,但那个东西真的和我相关吗? 只是,我不接受这个任务将来要怎么面对部长呢? 左伊又想,她看着华旭眼神里的热诚,不知道该怎么回答,"我再想想吧,放假结束后再说吧。"

7

尼克·朗:

你好!

许久未联系,很高兴收到你的信件。

你的父母一切都好,我和华旭每逢佳节都会去探望他们。

现在我已经升入湖滨政治圈从事其他事项的审核,可能没有权限再去查实第一区有关你说的武器的情况,但我无法将这个信息保密在我这里,上级已获悉。你是否能向我们提供进一步的信息?

另,我已听闻你说的屏蔽技术对我们造成的阻碍。

如果你在第一区有任何需要我和华旭帮忙的地方,你可以直接联系我们。

希望你在第一区一切顺利,期待一年后我们在第三区再见面!

杨左伊

0136. 10. 17

左伊知道如果自己不回复他们,一切同样也会发生,他们会按计划实践武器计划,然后第四区阻止并清剿他们,不适合待在第三区的不安定分子或许就会受到这个大新闻的鼓动,下定决心申请去他们应该去的地方。

然而,她杨左伊如果不回复尼克·朗,就根本不会是计划中的一部分,或者至少不是计划中受益的一部分。她绝对不可能得到最高智慧的召见,而且如果有一天华旭的特殊权限没了,那她和华旭该怎么办? 她杨左伊本就是为了被派往第一区而被第四区选中,如果没有华旭的特殊权限,她或许早就被派往第一区死过许多遍了。

她记得华旭得知她的选择后,茶褐色的双眸微微泛红:"左伊,你要想好,踏出这一步就很难收回了,我就很难再保护你了,但我会一直在你身边,我们一起面对。"

8

尼克之后的几周都保持和左伊通信,他拜托左伊看望了他在第三区公立孤儿院的儿子,尽管左伊知道这不是他的孩子而是另一个第一区反政府组织成员的孩子,但她还是单独去拜访了那个孩子。

左伊一直都不喜欢孩子,因为她觉得自己也还是个需要被照顾的孩子,但她还是会为孩子眼神中的某种清澈所打动,因为那是她即使是小时候都未曾有过的毫不掩饰。

第三区公立孤儿院也并非想象中的脏乱差,毕竟这是第四区在第三区的延伸,处处都有着第四区的洁净。孩子们在色彩缤纷的环境中,相互认作兄弟姐妹,并把老师当成爸爸、妈妈、阿姨、叔叔、外婆、外公和爷爷、奶奶。只是,孩子在10岁前或许并不知道这些美丽的谎言,但总有一天他们会发现这些自称爱他们的老师都欺骗了他们,他们还是无家可归,左伊心想,远远地望着正在五彩斑斓的活动室里边跑边笑的孩子们,她想象着将来这些孩子也会为工作而感到压力,也会为生活而感到痛苦。

尼克还向左伊请求过食物和资金的帮助,左伊也尽可能地帮了他,直到春节假期即将来临,尼克来信提出了温琳娜的要求。

> 杨左伊,这边可能马上就要对第四区采取行动了,我们所有人的对外接触都要被终止了,我很想把我知道的他们的计划内容告诉你,但我不能在通信信件里和你说,如果被发现我就死定了。我之前有些伤病,还可以到公立医院来接受医疗救助,你能在小年夜中午到第一区的公立医院来吗?我在我的主治医生约翰·古斯塔夫的办公室等你,他会帮我保密的。

左伊读完这封信件,想起了星辰之前向她展示的片段中,温琳娜问尼克:"如果那个女的知道她来这里会死,她会来吗?"

"她绝对不会来,我认识她这么长时间以来,虽然知道她人很好,但也知道她很自爱,她绝对不会为了自己以外的任何人或者任何事去冒险。"尼克顿了顿,推测道,"如果她会来,意味着我们的屏蔽设备和武器计划绝对保密。"

"那很好。"温琳娜一脸不屑,似乎华旭选择左伊是多么错误而盲目。

9

在古斯塔夫的办公室里,杨左伊见到了尼克·朗。

第四区设立在第一区的公立医院设施陈旧,不是那种光照充足、有着蛋白质分子机的未来世界。公立医院内有隐匿在暗门内的"飞行者",只有第四区政府职员才有权限通行。若不是这些"飞行者",左伊真不知道自己得乘多久的飞机才能抵达这里。

穿行过公立医院黏腻的雪花地板,左伊怀疑这里没有清洁人员,或许自己正踩在风干的血液、汗液和呕吐物上。淡绿色的门和沾满鞋印的白色墙壁都是如此令人压抑,天花板上的白色风扇摇摇欲坠。

古斯塔夫医生的办公室就在走廊的底端,左伊身边穿行着哀号的喘息和忙碌的脚步,她觉得自己根本看不清过往的人,因为自己就要接受终审了。

办公室的门虚掩着,左伊静心听了听,里面静悄悄的。她轻轻用手推开了门。古斯塔夫医生并不在,百叶窗紧闭,室内只有办公桌上的灯亮着。尼克·朗就在大开的门前,这是左伊在五年多后再次亲眼见到尼克,曾经的心动已荡然无存,尼克的脸上胡楂浓密,衣服上污渍斑斑,办公室内幽暗的氛围也让他看上去苍老了不少,他眼里的阳光也不见了踪影。

"快进来。"尼克招呼左伊,并迅速上前将门在左伊身后关上。

左伊和自己约定,自己已经不再属于自己,"尼克,你快说说……"

尼克的声音从左伊背后传来:"对不起,杨左伊……"

伴随着背后的一阵剧痛,左伊从梦中惊醒。

10

杨左伊已经记不清这是第几次在半夜被这样的噩梦惊醒了。她坐起身来,蓝灰色的卧室里只有一处光亮,那便是她入睡前投影到半空中的手机光束,其中正播放着最新新闻。

新闻里第四区政府成功化解了来自第一区的武器威胁,同时第四区清剿第一区反政府残余势力的行动获得了第三区的大力支持。无论是学龄前的儿童,还是正在上班的年轻人,抑或是没了门牙的老人,都在接受记者采访的时候吐露了对政府的感谢——如果没有政府,他们已经在第一区的武器下丧命了,如果没有政府,战火又将席卷无辜的人,如果没有政府,他们将遭到那些人的奴役、失去自由。

11

新年过后的湖滨政治圈第一聚,是升迁的新政府职员和老职员的重要社交时间。

"哦,看看,看看!"星辰部长又是那副桀骜不驯的样子,从湖滨政治圈的艺术博物馆入口向左伊走来,他一手插在裤袋里,一手拿着银色酒瓶,向左伊微微点头,以示问候:"恢复得不错。"

"星部长好!"左伊束起了马尾辫,穿着典雅的黑色晚礼服。

"怎么现在见了我还那么生分?"星部长摇摇头,但他还是上下打量着左伊,

"看来没有按华旭计划的,用你的人形机器人代替你去第一区执行任务,是个正确的决定,如果我们露了马脚,可就不知道会怎么样了,现在,他们第一区还以为尼克·朗出卖了他们,其实他倒真挺顽强,一个字都没说。"星辰叹了口气。

左伊记得尼克从她背后刺入的尖刀的冰凉,她记得自己倒地后,对尼克说着背好的台词:"尼克,这么重要的消息,我不可能是一个人到这里,你要对第四区的人实话实说,不然他们不会让你好过的……"

"实话?即使我知道他们的计划是什么,即使我知道计划的结果是第三区的覆灭,我也不会对你们说一个字的,因为我是有信仰的,那些只不过是为达信仰而不得不为的牺牲。而且现在,我的任务只是了结你的性命。"尼克的声音从左伊的身后传来。

左伊最后记得的是尼克在袭击她之后,冷眼看着她的生命体征消失,然后才离开那间办公室。只是第四区的人早就在办公室外等着他了。

从回忆回过神来,左伊突然觉得,或许,为了那些所谓美好的念想而杀人如麻才是最可怕的。

"这次真多亏了你,要不是你愿意舍身去第一区,我们就不能顺理成章地抓获尼克·朗,也不能顺理成章地让第一区的反政府组织误认是尼克·朗出卖了他们,而不是他们的屏蔽技术早就失效了。这种误认保证了我们清剿计划的顺利进行,同时也没有遭到第三区的大量反对。"星辰话锋一转,"怎么样?那个药有副作用吗?身体恢复得还好吧?"星部长看左伊有些反应迟钝,便关切地问了一句。

"那个药效果很好,也算是让我'假死'过一回了,不过失血有点多,所以还不是最好。"

"好消息是……你看看你的手机,应该现在已经发给你了,最高智慧的召见邀请应该已经到了。"星部长指了指左伊手中的手机。

左伊打开手机一看,果然如星部长所言,但她还是放下了手机,她不习惯在别人面前开封礼物。这份召见邀请,在左伊看来,就像是来自最高智慧的礼物一样。

"你不现在打开看看吗?"星部长抬着眉毛问。

"我想等华旭来了,再……"

"哟哟哟!"星部长转过身去,"我还是不来凑你俩的热闹了。"

"星部长,您看到华旭在哪儿吗?"

"他?"星部长站定,回过身来,"他去欢迎新升迁的职员了,我派他去的。"他不怀好意地一笑,转身离去了。

星部长刚刚离去,左伊又听到身后有人在叫她:"左伊!左伊!好久不见!"

左伊回过头来,发现竟然是刘易阳?!她的声音和笑容还是一样甜美,一身粉嫩的短裙,就像是公主。

左伊打招呼道:"易阳,好久不见啊! 你升迁了,好棒! 将来我们就可以在这里多碰碰面了。"

"谢谢,你只要开口,我绝对出现!"易阳同样笑着回答。

"你今天好漂亮啊,易阳,新染的头发?"

"嗯嗯,拉直染黑了,"易阳左顾右盼了一番,"华旭呢? 你的未婚夫呢?"

"哦,他不是去欢迎你们了吗?"

"对!"易阳似乎想起来了,"我悄悄溜出来的,你们很幸福吧?"

左伊不想在人前秀恩爱,就回答易阳说:"嗯,还好。"然而,左伊的嘴角却难以抑制地向上扬起,向往着和华旭朝夕相伴的未来。

"我们出去走走吧,透透气,顺便怀念怀念几年前的那次露营。"易阳提议,挽起了左伊的胳膊朝临湖玻璃长廊通往室外的道路走去。

左伊想到自己的身体状况,想要婉拒:"我其实不是最想……"

"陪我走走吧,左伊,"易阳恳求道,"我有好多话想和你说。"

"好吧。"左伊妥协。

12

室外的空气中弥漫着冬季的清新,几株蜡梅在皑皑白雪中异常显眼。这是一个温暖的冬日傍晚,易阳挽着左伊漫步在林间小道中,橙红色的夕阳正好。

"你后来还见过尼克吗?"易阳问。

"没有。"左伊忧伤地摇摇头,她知道尼克的结局。

"真的?"易阳停下了脚步。

左伊也停下了脚步,心里有些奇怪:"是啊,易阳。"

"我以为你对他的喜欢会超过你对华旭的,"易阳随意一笑,又挽着左伊走了起来,"那你后来去找过罗彬吗?"

"我和华旭去找过她,但她真的出现了精神问题,幻视、幻听,总之非常严重,医生说她在最高智慧人工岛外溺水后,大脑受损,所以变成了那样。"左伊叹道。

"你就相信那医生的话?"

"我不知道,但毕竟医生是那方面专业的,所以……"

"所以你相信所有主流和权威?"

听到易阳的这些问题,左伊心里甚是不解,这不像是之前那个爱说八卦的易阳呀?"我觉得很多东西都不知道是不是真的,尤其是做我们这一行之后,人们的表里不一显而易见,所以不如去相信一些主流和权威的东西。毕竟就我们所知,主流揭秘的虽然可能不是全部的真相，但他们也没有蒙骗公众。"

"你是宁愿让主流绑架你的自由意志？"

"我也不知道，易阳，"左伊不想再继续这些话题，便问，"你最近怎么样？有什么好玩的吗？"

"有，"易阳停下脚步，"一个叫尼克·朗的背叛了我们反政府组织，把武器计划的一切出卖给了假死的你，然后在抗拒你们的人的抓捕时，罪有应得地死了！"

左伊觉得有些四肢发软，就和那次得知自己要去公立医院见尼克时一样，刘易阳竟然就是温琳娜说的安插在我们这儿的"华旭"？不过幸好，他们还是认为是尼克出卖了他们，而不是他们的屏蔽技术早就失效了，看来自己为华旭做的牺牲还是值得的。

"我在三个月前就接到了任务，如果他们失败，就由我来处决你！"易阳紧紧扼住左伊的脖子，将她推到她身后的树干上，左伊的伤尚未痊愈，无法抗拒。

"这是我最后能够为组织做的……"易阳话音未落，左伊觉得自己恢复了呼吸通畅，并听到了易阳的尖叫。

左伊坐起身来，发现易阳被星部长率领的几个机器人警卫制服了。

"你们这群冷漠无情、自私自利的伪君子！"易阳骂道。

"你醒醒吧，"星部长对易阳无奈地挥了挥手，"我们算是给过你机会重新审视自己的选择，但看来你没把握住对你的考验，可惜了。"

华旭从湖滨政治圈的温馨灯光中冲到了雪地上，身后留下一串脚印。

他附身紧紧搂住左伊，安抚她再次受到惊吓的内心："对不起，伊，我不知道，星辰他做了手脚，没让我知道。"

"没事，旭。"左伊抚着华旭的头发。

这天夜里，左伊躺在床上感受夜晚沉重的宁静。她想起了尼克·朗，觉得后背发凉，他竟然为了某种理念而陷入杀戮的泥沼，即使是牺牲全第三区的人的生命也毫不在乎；她又想起了罗彬，觉得悲怆惋惜，难道鼓励多元思想真的会导致极端思想和各种思想的冲突？刘易阳……左伊想起了刘易阳，觉得无限哀伤，刘易阳有绝对的自由去实践组织的任务，也有绝对的自由不去，或许这就是第四区的自由。最后，她想起了华旭，华旭仿佛冬日暖阳，渐渐温暖了左伊被冻僵的心绪，左伊意识到，或许，她终于找到了毕生的依靠。

尾声

1

平静的湖面波光粼粼,最高智慧就在彼岸。

杨左伊正坐在湖面的一叶扁舟上,她的对面坐着华旭。他正轻轻摇动船桨,每一摇动,两人都离最高智慧近了那么一些。

左伊看到这木质的小船时,便知道为何那次尼克和罗彬会落水,这单薄而原始的船身根本抵不住任何波涛汹涌的冲击。

冬日暖阳洒在左伊的额头上,一时之间她似乎忘了所有的事情,就这么静静看着湖面,看着华旭。

渐渐地,左伊记起了一些什么,她突然不那么想去最高智慧那里了,她担心那里就是结局了。

一路上,两人都沉默着,只能听到船桨和湖水撞击时的流水声。

踏上最高智慧所在的岛屿,左伊发现那里环绕着茂密的樟树林。她任由华旭牵着她前行。穿过森林,两人来到森林中央的一大片空地,空地上是一面明镜。

左伊围绕着这面明镜转着圈,发现无论从哪个角度望过去,这面明镜都能够正对着来客。

“我便送你到这儿了,左伊,接下来就要看你自己了。”华旭缓缓放下了紧握左伊的手,向后退了几步:“待会儿见。”

左伊却在原地踟蹰不前,似乎不愿踏入那面明镜。

虽然她知道离别在所难免,但真的要面对时,却越发不舍。“旭,我想听你说,我们还能再见面,我……”左伊哽咽着,“我们在这里的一切都是真实的,你还会继续陪着我。”

华旭见状,再次上前牵起左伊,悠悠地说:“跟我来。”

他挂着微笑,深邃的茶褐色双眸里印着左伊的泪目。他让左伊缓缓跟着他的步伐前进,然后他背对着镜面,在将左伊拥入怀中时,退入了镜面。

2

在明镜的另一端,左伊觉得自己瞬间变得全知全能。

她看到了所有自己认识的和不认识的人的一切。

在一片混沌中,左伊着迷于各种色彩,却不见了华旭。

一个声音响起,这个声音中似乎层叠着无数种嗓音:"杨左伊,恭喜你通过忠诚和冷漠的测试,你能够顾全大局,懂得舍与得的平衡。"

3

左伊明白了,最高智慧是人工智能,被召见便是成为人工智能的一部分,所以华旭才时时刻刻知道自己的处境,所以星辰要花大工夫才能摆脱他。

现在,左伊也成了这个人工智能的一部分,她知道自己将要在另一端醒来。

4

左伊深吸一口气,在一个正方形的窄室里醒了过来。

她正悬浮在空中,头上戴着一个黑色的设备,其上连接着各种线路。左伊觉得自己缓缓站立在了地面上,头上的黑色设备自行收起。

一瞬间,所有的记忆都回来了。

5

左伊想起来自己从小就想加入"和平公式"实验室,意欲为自己的家园——圣清主时空平定连年内乱出力。

过去,她只知道,"和平公式"实验室在选拔科学家时,对专业技术采取的是精益求精的标准,但她没想到的是,"和平公式"实验室对于科学家的意念品质也有着近乎怪异的要求。为什么要科学家忠诚而又冷漠呢?

正想着,窄室左侧的墙壁缓缓打开了一个缺口,左伊看到自己记忆中那个画眼线的部长走了进来,随后那个缺口在他身后闭拢了。

杨左伊知道那个人不是星辰,虽然他也叫星辰,但自己刚刚结束的"和平公式"科学家资格检验里的星辰,不是现在自己面前的这个星辰,他们一个是程序,一个是真人。不过,左伊注意到这个星辰也在自己的上衣口袋里放着那瓶酒。

这个星辰还是邪魅一笑:"啊,杨左伊,恭喜你通过测试,成为'和平公式'实验室的一员,正好是测试允许的最大次数——第八次,终于通过了,恭喜。"

左伊迟疑了一会儿,那个画眼线的人停下了正在用意念书写的"和平公式"科学家资格检验报告。他抬起头，问杨左伊："还没反应过来怎么回事儿，对不对？至少你还记得自己为什么想要加入'和平公式'实验室吧？"

"记得。"左伊点了点头，"为了寻找让圣清主时空永久和平的公式。"

"那还好，"这个星辰解释道，"里面大多数人是程序，也有一些是你前七次失败的测试中的影子，当然我也在里面，是那些程序员调皮，把我的形象弄进去了，那不是我，虽然他也叫星辰。"他说着翻了个白眼。

"哦……"左伊的眼神似乎有些空洞，她想起来，没错，蒂娜·京、罗彬、刘易阳甚至是温琳娜身上都有她曾经的影子。她想起来，没错，尼克·朗是自己的前男友，现在也在接受这个资格检验，她早已不堪忍受这个人，但是，但是……华旭是谁？左伊想不起来。

"嘿！嘿！"星辰打着响指，想激起左伊的注意，"哦？"星辰瞪大了画了眼线的眼睛，"你是不是喜欢上了那段幽灵程序？"他若有所思地对左伊眨了眨眼，"你已经不是第一个喜欢上他的受试者，他是一段程序，在资格检验中如果失败次数超过七次，他就会被激发，只是一段辅助程序，尤其是在受试科学家专业素养极高的时候，他可以辅助你们通过忠诚与冷漠的检验，杨左伊，别瞎想了，快去实验室赴命吧，后面还有要接受测试的人呢。"

左伊在座位上缓缓起身，感到全身都僵硬了，刚准备往门外走，她又停下脚步："我能问问为什么是忠诚与冷漠吗？"

星辰似乎已经习惯于受试者问此类问题，熟练地回答："因为你们要寻找的是'和平公式'，这个公式的构成要素是人，这个实验的前提是你们这些科学家认为，在一般情况下，人在一起不会和平，但是如果附加一些条件，人就可能会和平。意思是，你们必须以真实的人为受试对象做实验，对吧？那么这些人哪里来？当然不可能是圣清主时空的人，而是我们这个主时空辖下的各大子时空上的人。为了测试'和平公式'，你们这些科学家总要不断变化参数吧？比如他们的社会制度、阶级分层，这就意味着你们将操控那些子时空上的人的命运。一定程度上，他们的生是你们给的，毕竟没这个实验的话，这些子时空也不会被造出来，当然，你也可以认为他们的死，他们的饥荒、瘟疫，他们的富庶、健康，都是你们给的，而你们的最终目的是得出那么一个公式——'和平公式'，让我们永远处于和平当中。"星辰抑扬顿挫地说着，左伊知道他说的都对，但是为什么是忠诚与冷漠呢？她心想，我当然忠诚于圣清主时空，那么冷漠呢？

星辰接着提醒道："所以你明白了吗？那些子时空上的都是活生生的人，而你们在操控他们，弄不好你们的某个制度下去，就会最终引向大屠杀，那些被杀死的人……"星辰停了下来，"当然，你不用认为那是你们的责任，当然，你也不用去同情那些人,因为你们的终极目的就是避免那种悲剧的再度上演,无论是在圣清主时空,还是在那些子时空上,这些受磨难的灵魂都是通往'和平'的代价,所以,你们不仅需要对圣清主时空足够忠诚、对'和平'和'和平公式'绝对忠诚,还要能对所有因你们的实验而导致的一切都能够冷漠对待,一心只想着做这个实验的目的,明白? 别让那些人白白受苦,明白?"

左伊心情沉重地走出了这间正方形窄室,在人工智能主机加布里埃尔的引路下,进入了一个阴冷的实验空间。一束白光从上打下,点亮了整个房间灰白的装饰。穿着白衣的实验人员对她友善地微笑,其中的负责人将她带到了实验台前。

实验台上是三面光束屏,显示着受试子时空的名称、正在测试的制度及其参数,和子时空上的景象,似乎人们正在田间过着幸福太平的生活,日出而作,日落而息,男耕女织,童叟无欺,但那个负责人对她叮嘱道:"我们现在正在测试封邦建国制,但千万别被表象迷惑,任何一个好的制度在时间面前都有可能分崩瓦解,牢记这点。"

左伊盯着屏幕,她多么希望屏幕上那对恩爱情侣、那个欢声笑语的家庭、那些人都能够从此过上幸福快乐的生活,但战争还是不可避免地到来了。于是他们这个实验组微调了君主和宰相的权力分配,试图通过调整参数的方式,继续测试这项曾带来过短暂和平的制度的可行性。

看完这个实例,你是不是明白如何才能成为"和平公式"的实验人员了呢?"和平公式"实验室诚邀你的光临。只要你热爱社会科学、勤奋刻苦,你都有可能成为由菲利克斯·命运主导的"和平公式"实验的光荣一员,致力于主时空的和平永驻。

(该则广告刊登于"和平公式"实验启动的第七百年)

彩蛋

1

漫游者·命运和克里斯·星第 416 号克隆体走出了"命运之家"的影视体验厅。影视体验厅外是一条悠长的黑色玻璃走廊,射灯光线自上而下倾洒。两人正向走廊尽头的休闲饮食厅走去。

"你之前参观'命运之家'的一路上都在期待这个'第一人称影视体验',感觉怎么样?"克里斯·星随意一问。

"大星,我还以为'第一人称影视体验'会像是看一部《硬核亨利》那样的以第一人称主观视角拍摄的动作电影,但没想到体验下来的感觉却像是自己主演了这样一则广告。"漫游者无奈地摊了摊小手。

"我好像闻到了失望的气息。"大星假装嗅着空气。

"谈不上失望,"漫游者对大星摇了摇自己的食指,评论道:"这则广告还是挺有意思的,都赶得上影视作品的病毒营销视频了,只有我家命运先生才会把一个广告认认真真地按照几百集的剧集来准备。"漫游者对大星露出了皮卡丘般的可爱笑容,"不过,要不是我看到星辰部长是你演的,我中途有一段时间是真的坚持不下去了。"

"我替我的本尊谢谢您嘞!"克里斯·星这次倒挺谦虚。

"啊?那是你本尊啊?"漫游者一惊,大眼睛瞪得圆圆的。

"是啊,拍摄那则广告时我还没出生呢。"大星随后故意压低了声音说,"不过,漫游者见到我的本尊可不要和他说起你之前点名要我陪你参观'命运之家',还有你今天请我一起到这里体验第一人称影视、庆祝我的重生也千万不要和他提起。"

"知道知道。"漫游者拨浪鼓般地点着头,但视线突然被什么东西吸引了——迎面走来的那个人竟然是之前"第一人称影视体验"里的华旭。

不同于华旭的成熟气质,这个迎面走来的人虽然有着与华旭相同的面容,但举手投足之间都充满了少年感,红裤白鞋,纯白的英伦复古衬衫外是一件飘逸的红黑相间的长毛衣,蜷曲的头发在脑后束成了一个小揪。

"哎?"漫游者拉住了那个人宽松的毛衣衣袖,"你不是那个华旭吗?"

克里斯·星饶有兴致地走到漫游者身边,轻声问:"你不是那个乔光吗?"

"克里斯·星第416号克隆体、漫游者·命运,二位好!"那个人微微欠身,"我是人工智能'演绎者'安居。"

"安居?"漫游者轻轻放开了安居的衣袖,双手抱在胸前,摇了摇头说,"不对啊,我之前没看到过你啊,这里的人工智能不就是加布里埃尔吗?"

"你叫安居?你还是个'演绎者'?!"大星似乎惊讶地被自己的口水呛到了,咳嗽了几声。"你早说啊?在那个子时空,我可是为你献身了!你这个人不仁义啊,都不告诉我你是'演绎者',你就说说你准备怎么补偿我吧?"大星双手叉腰。

安居被大星和漫游者围着问话,耳朵都涨红了,但他还是礼貌地看着大星和漫游者的眼睛,真诚地听着他们的疑问。他的双眸虽和乔光一样深邃,但眼神里却流露出了些许可爱与纯澈,或许这便是安居本身的气质。

"对不起,大星,但我不是故意的!"安居缓缓眨着眼睛,有些不知所措。半晌后,他似乎终于想好了答案,便回答:"大星,和您一样,我也是'演绎者',在子时空上执行任务时,您是知道自己'演绎者'身份的,但一些角色和任务需要彻底移除主时空记忆,在现有技术被发明之前,都是由我来承担这类角色的演绎的,现在,我只承担部分需要移除主时空记忆的任务。"安居说起话来不紧不慢,他有条不紊的架势像极了乔光,而悠悠的语气则像极了华旭。

克里斯·星边听安居解释,边摸着自己的下巴,微微点着头,像是在审视安居是否说了真话。

"大星,我那次执行任务的时候,我不知道自己是主时空人,更不知道自己的是'演绎者',所以就没和您说。"安居继续解释。

大星弯起了自己的小山峰眉,感叹:"真没想到还有你这类人工智能,不过你可别再称呼我为'您'了,我可不想被你放在心上。"

漫游者被大星逗乐了,爽朗地笑道:"那么安居,华旭和大星刚刚说的那个乔光一样,都是你的任务咯?"

"是的,他们都是我的任务而不纯粹是角色。"安居点了点头,漫游者和大星都似乎看到有那么一瞬,安居的眼眶微微泛红,但安居一眨眼,那抹泪光便消失了。

"那你和加布里埃尔是什么关系呀?"大星故意嬉皮笑脸着打听。

"我是它的双生体。"安居微微一笑——这是同华旭与乔光一样的温和笑容,只是温和背后却仿佛隐藏着什么难言之隐。

"我可是一直都听加布里埃尔抱怨自己没有实体,你这身实体看上去不错,加布里埃尔可不是要嫉妒死你了?"大星没头没脑地打趣。

安居脸上的笑意渐渐消失,稍稍低了低头,轻声回答:"不会的。"

"对了,你怎么现在在这儿呢?"也许是因为在和人工智能对话,漫游者下意识的语气有点像是在和孩子说话。

"命运先生召唤我,我要去这条走廊那头的总制片人办公室了。"安居的回答恢复了人工智能的一板一眼。

"那里可是条条大路都通的罗马,你恰巧选了这条道,和我们见了面,我们又恰巧之前刚和'你'见过,好巧啊。"大星似乎话里有话。

安居又低了低头,皱了一下鼻子,柔声回答:"是啊,好巧。"

"好了,大星,我们还是不要再拖着安居问话了,可别耽误了安居见命运先生,命运老哥还是很看重一个人是不是准时的。"漫游者拍了拍安居的肩膀说,"你就快去吧! 有空我们三个约出去浪啊!"

"一定!"安居微笑着回答,随后抿了抿嘴,收敛了笑容,恭敬地道别:"二位再见!"

看着安居远去的鲜红背影,克里斯·星和漫游者·命运都若有所思,一个在担忧命运先生、加布里埃尔和安居之间的关系,安居的笑容明显是在掩饰着什么,可不要因为他们三人的不和而影响了主时空的和平,不然我们这些人为主时空和平所付出的努力可不都白费了? 另一个则在担心自己可能漏看了时间长廊里关于圣清主时空的部分内容才没有发现安居,并决定要尽快返回时间长廊补全圣清主时空和命运先生的所有隐秘,不过,她相信漏看的部分不会改变她选择来圣清主时空的决定。

2

加布里埃尔在总制片人办公室内提示命运先生:"漫游者·命运已成功通过忠诚和冷漠的测试。"她舒展了一下羽翼,提醒道:"安居已启程前往 USLRW 子时空。"

"我知道了。"命运先生从座位上起身,走到落地窗边,远眺无垠的宇宙,眼里的万家灯火熠熠生辉。